U0513422

本书编辑委员会

主 任　刘 妮

副主任　惠 永　侯海成　王 强

委 员　高延胜　李 莉　高 磊　岳 娟　鲍 芳
　　　　杨永强　李姣姣　冯安军　王延璐

燃烧的岁月

我的父辈在延安

刘妮 主编

人民出版社

目　录

1

前　言

　　桥儿沟村，延安城东一个偏僻的村子，她普通的跟北方任何一个村子不无两样；可是，她又是极其的特殊，大约一百年前来自西班牙的传教士来到村里，让这个相对闭塞的村庄有了西方宗教文化的早期流入，我的祖辈们大都接受过天主教义。在我幼年记忆中，我常常模仿着两位姨姥姥虔诚的动作，右手在胸前画圈，然后嘴里嘟囔着"圣母玛利亚"开始了神圣的用餐时刻。当然，她们是桥儿沟村为数不多的保存有外来习俗的村民。当我问及母亲为何老辈人都加入教会组织时，母亲将我拉回很久很久以前："八国联军入侵中国后，外国人到处传教，中国人只要加入教会，就会被教会保护，入侵者不杀教徒。"母亲还说，因为那时太穷了，很多人家养不了孩子可以送入教会，长大一些还会得到谋生的技能学习。我恍然大悟，桥儿沟曾经的历史竟然和屈辱与苦难的国史密切相关。

　　然而，真正改变桥儿沟村，改变延安古城、改变中国命运的，却是二十世纪三十年代，年轻的中国共产党人落脚这片土地，运筹帷幄，辨别航向，以高超的理论智慧，书写了同样来自西方的，但是改变中国命运的科学主义——马克思主义中国化的思想启航。"六届六中全会"，一个"挽救中国之命运"的会议，在党史上熠熠生辉的名字与这座西式教堂一起定格在那个战火纷飞的 1938。

　　1938，还有一件定格中国历史的文化盛事，便是鲁迅艺术文学院成立，她肩负中华民族伟大复兴的文化使命，踏着鲁迅的道路在延安古城创立了。鲁艺的创立让世界为之一振，也给桥儿沟村带来新的生命，此后无数抗战檄文、抗战版画、抗战歌曲，传达民族解放的主旋律作品从桥儿沟上空飞出，传向大江南北、走向世界各方。这无数经典的创作者们，就是曾经住在桥儿沟村山上山下窑洞里，与村民为邻的艺术家们。所以，桥儿沟村，也是个艺术家村，因为名气之大，所幸后来延安人直接将桥儿沟村称呼为"鲁艺"；将那些艺术家们亲切地称作"鲁艺家"（"某某家"，是延安本地方言，冠以"家"是特指所属属性）。

自从艺术家们入住桥儿沟后，村民的生活中逐渐淡去了圣经的色彩，取而代之的是闹秧歌、看戏，开荒生产等新社会的新生活，田间地头、劳作饭余都是满满的鲁艺话题。我的舅舅吕峰曾经是除了吃饭睡觉时时守在鲁艺看戏的桥儿沟娃娃，孩童时代的艺术启蒙使他不爱医术爱艺术，长大后成为延安歌舞剧团团长、国家一级导演，只可惜祖上中西医结合、善治疑难杂症的医术硬是给失传了。建国后舅舅执导的《兰花花》《儿童团》等经典剧目火遍大江南北。四位本家宋姓舅爷爷都是陕北革命根据地时期从绥德移民到延安，入驻桥儿沟的，他们把踢场子、"卷菜心"、跑旱船、赶毛驴等陕北传统民间祭祀歌舞带到了桥儿沟。延安文艺座谈会后，他们兄弟四人是鲁艺人眼里的"秧歌老把式"，手把手将这种传统技艺传授给鲁艺师生。鲁艺师生对这种旧的"喜闻乐见"和群众广泛参与性的艺术形式进行改革与创新，推出了反映新时代新生活的新秧歌运动，新秧歌运动从桥儿沟村头走向延安城头，进而走向各抗日根据地、国统区。因为鲁艺，在我们的家庭观念中，文艺工作是一项神圣而令人仰慕的职业，我的姐姐与弟弟也先后从事文艺工作，就连桥儿沟村的文艺活动也比其他地方活跃而具鲁艺范，当年与艺术家相濡与共成长起来的青年们个个身怀鲁艺基因，能说会唱、善歌善舞，桥儿沟秧歌队每年在全市秧歌会演中准拿第一。听长辈们说，建国后周扬院长曾经从北京购置了一批锣鼓铜叉乐器送给村里秧歌队。记得小时候常常在冬季农闲之际，村里大队部的院子里总是敲锣打鼓，往往兵分两路像打擂台似的，一较高低，那个锣鼓镲混合起来的震天吼的声音，现在回想起来都觉得耳朵嗡嗡响。桥儿沟的村民每每赴京办事看病也会得到鲁艺人无私的帮助，找医院、找大夫，还搭钱掏路

费，这是革命战争年代建立起来的艺术家与百姓的水乳交融的鱼水深情啊！桥儿沟的老住户们，每家都藏着温暖而激情的鲁艺的故事

我自小在鲁艺教堂边玩耍，听着鲁艺故事长大，大人们"鲁艺家"长"鲁艺家"短的絮絮叨叨，塞满了童年的记忆。大约 2009 年前开始征集鲁艺文物史料，开始结识了一个又一个"鲁艺家"的孩子们，虽然我与他们的年龄相差甚远，是战争与和平的两个年代，但是我们拥有相同的出生地，共同的乡村故事，我们一见如故，总有说不完的话题。他们将来自于自己和鲁艺父辈的一点一滴的故事讲给我听，不断开发和净化我那早已写满人生琐事的脑袋，带我走进探索鲁艺宝藏的大门，让我一步一步走进鲁艺的百科世界里不可自拔。

2012 年我在北京见到《白毛女》导演之一舒强前辈的女儿，舒晓鸣老师，她是北京电影学院的教授，长期从事中国电影史的教学与研究，很有建树。她说起自己曾被父亲舒强拉着扮演歌剧《白毛女》里的小白毛（喜儿在山洞里生下的小女儿）的故事情节，竟跟舅舅及家中其他长辈讲述的一模一样的，求证的成功使我异常激动。晓鸣老师一口气讲了很多她在延安的童年趣事，她深厚的文学功底和来自于延安的刻骨铭心的记忆，使得这些故事一直在我脑海中跳跃翻腾，我从她的文字中领略到鲁艺爸爸们的无所不能，他们是能在黄土台子上设计出大上海豪华舞台效果的舞美设计师，是用羊肠、电话线和马尾巴等材料打磨小提琴的工匠。生活中，鲁艺爸爸们又是一个对孩子无微不至，用绘画炭笔给女儿纹绣眉毛的美容师，从山上刨根树木就能给孩子们制作手推车的能工巧匠，是每天花三四小时纺线，能纺出头等线的纺织能手。鲁艺妈妈们台上是演员，台下活脱脱用她们巧妙勤劳的十指，不仅自制舞台道具服装，也会引领延安的衣着风尚，更会出其不意地把自己孩子打扮成新奇艳丽的"小天使们"，尽管用材就是些延安粗布头，她们的心灵手巧让遍地黄土的延安平添几分西式的时髦。

也是在 2012 年，我在北京与古元前辈的女儿古安村大姐第一次会面。虽说初次见面，但是我始终是噙着眼泪听完她对爸爸古元延安故事的讲述。

那晚流下的一行行热泪激起我在以后十余年的时间里来追寻古元和他的碾庄道路，在无数次徜徉在碾庄村小径的苦思冥想中，我读到了教科书里读不出来的古元意义——脚下有土地，眼里有人民！古元人生的第一次画展就是在1940年北方农民的炕头上举行的，古元之后的世界意义恰恰在于他的炕头意义，他用美学的态度尊重了不识字的庄稼汉对木刻艺术的看法，他把艺术评判的标准还给了人民，继而将西方艺术的技法呈现出中国的模样！木刻作品《农村的夜晚》，描绘祖祖辈辈"睁眼瞎"的一家人围坐在一盏微弱的油灯下学习认字，老少三代人脸庞耀着烛光，目光闪烁着坚定，充满着对未来的憧憬。每每欣赏这些碾庄作品时，那种劳动者在文化上翻身的精神觉悟冲击着内心，涌出无限感动。古元把政策与真理用抒情般的叙述，在他方寸之间的黑白木刻上表达的深刻而精彩、浅显又易懂，他简直就是描摹时代的顶级歌手，不仅让来到延安的外国朋友喜欢他的作品，也让那些祖辈耕地的农民对他的作品爱不释手。我，一个非艺术门类的英语科班生，也疯狂地爱上"古元"，开启了长达十几年对古元的研究。

2022年3月，国家大剧院与北京舞蹈学院组成创作团队回到鲁艺采风，为毛泽东在延安文艺座谈会发表讲话80周年创作一部大型舞剧，希望我给他们有针对性性地施讲延安文艺课程，启发创作。我用大半夜的时间在脑子里构思了课程，分别以"延安文艺发展史"和"延安木刻版画的美育觉醒"，讲述与阐释木刻作品描摹的延安生活场景与延安时代精神。创作组三天后回到北京即进入排练，创造了没有剧本直接进入排练的创作奇迹。去年底该剧名为《杨家岭的春天》在北京首演获得成功，今年被列入中宣部全国巡演的优秀剧目，于5月回到延安献演两场，反响强烈，北京《新京报》对我进行专访，称此剧为"延安木刻版画研究阐释与新时代文艺创作结合的佳作"。我想这不是没有剧本，而是那些经典佳作所有的呈现与表达，本身就是一部部写满文字、音符与图像艺术的创作脚本。而鼓励和带领我走进木刻大世界的师者就是安村老师，1943年出生在桥儿沟的鲁艺孩子。她把从父亲那里感受到的木刻语言和情感一点点地灌输给我，不仅启发着我用艺术阐释政治，用艺术讲述革命的独特视角，让延安精神在鲁艺经典中发熠熠生辉，而且更加激起我对鲁艺木刻、传统木刻、欧洲木刻，穿越一千余年的世界领域中的木刻发展与交流进行深入的研究与整理。这一切努力，都源自十几年前那个晚上的故事。因为故事，我走近了古元的大世界，进而在延安的大时代里，发现延安有无数个"古元"，延安成批成批地成长起人才，这真是延安时代的魅力啊！

在过去十几年的时间里，我海量查询与阅读冼星海与《黄河大合唱》，追寻所有史料线索。有一天，我在冼星海的日记里看到女儿妮娜1939年8月5日出生后请用一位妇女的记述，发现这位妇人貌似我外婆，之后各种求证似乎一一对应。而且就像天外来音，我突然想起外婆小时候总把"冼星海"挂在嘴边，尽管外婆的发音是"冼星海"，一下使我意识到其中的关联，没有刻骨的记忆，不识字的外婆不会总念叨这位音乐家的名字。2009年我与妮娜大姐相识，我们互称"妮妮"，这十几年的交往，心心相印。她虽然住在人间天堂的杭州西湖边，但是她身上没有音乐家父亲的任何光环，过着清平拮据的生活，保持了父亲的清平与从容。每每重逢，两个"妮妮"眼里总是闪着泪光，我们的灵魂对话一次次被写进我的心里；每每相见，也是我们将星海遗物、作品回归延安的约定。我对她迟迟不能履行约定而心生怨气，直到2022年我赴杭州迎取冼星海音乐指挥棒，妮娜大姐含着泪不停亲吻指挥棒的那一刻，我所有的怨气瞬间释然。1940年5月冼星海接受党中央安排赴莫斯科离开延安时，小妮娜还是8个月大的小婴儿，没成想与父亲的分别却成了永别，1945年冼星海病逝于莫斯科后，伴随她成长的就是父亲贡献于中国，乃至全世界反法西斯战争的作品和代表父亲的遗物，这支指挥棒是女儿维系音乐家父亲的唯一念想。那一刻我泪目了，我终于读懂了她。有了这次"回家"，今年2月份我再次赴杭州迎回《生产大合唱》《黄河大合唱》两部冼星海音乐人生的巅峰之作的原词曲本，以及冼星海修改的教学存稿等一批重要文物。这两次文物回归是具有世界意义的文化遗产的回归，让人民音乐家的故事通过文物的故事再次感动世人，为将《黄河大合唱》唱响新时代奠定了不可估量的历史物证。

与鲁艺后代的广泛交往中，我又读出了鲁艺精神不为人知的另一面，那就是默默无闻，甘愿奉献。每每看到展柜中的李天佑前辈在前线战场缴获日军大刀、望远镜等战利品时，我的眼前就会浮现出无数走向战场的热血青年，他们也是血洒疆场的艺术之花，他们当中很多人虽然没有留下豪言壮语的文字或者耳熟能详的作品，但是他们把赤诚写进了保卫祖国、建设祖国的征程中。这位曾经在战场上对敌斗争的宣传员，在新中国成立后，本该享受安逸舒适的时候，又响应党的号召，带领全家老小从北京首都到内蒙古草原支边，一干就是一辈子。老人离世后，他的孩子们，那些像他一样朴实、带着草原气息的孩子们一次次回到鲁艺，将来自于父辈对延安的深情厚望和朴实无华也带回延安，传递给我们，鼓励我们要讲好那些不被常常记起的无名英雄的故事。

在本书编辑当中，今年年初，我们痛失一位优秀的鲁艺孩子——著名音乐家安波的儿子刘嘉绥先生，事实上他是第一位带我走进鲁艺宝藏的领路人，我们同辈都亲切地叫他嘉绥大哥。在 2008 年左右开始从事鲁艺工作时结识他，之后他将健在的鲁艺老人想尽办法联系我去采访，介绍我认识一位又一位和他一样的鲁艺孩子们。从他的父亲到无数的鲁艺前辈的故事和大批文物史料捐回鲁艺，他功不可没。为了动员文物回家，他自己率先示范，把父亲在延安从事新兴音乐和民歌研究的一大批无比珍贵的油印本刊物和文物史料无偿捐回鲁艺。更加难能可贵的是，他不仅将一个个鲜活的鲁艺故事讲给我听，而且与我一道开启对鲁艺的研究之旅。多年坚持下来，当我站在讲台能为四面八方的人士讲述鲁艺故事，成为"鲁艺的百科全书"时，他又变成一位谦虚的听课者，默默地听我讲述对鲁艺的每一个定义和对于经典的解读，还不时跟我索要讲义，说要认真学习。永远记得 2021 年 7 月 12 日我在京给中国文物交流中心等单位 500 多人讲一堂文艺党课，那天原计划很多鲁艺后代前来听课，却因一场突如其来的瓢泼大雨而难以出门，我失望地一次次张望门口，突然，嘉绥大哥背着布包，裹着风雨闪了进来。那天，我把那风雨中带来的鼓励和温暖转化成激情和感动，全部倾注到讲课中。至今，我保存着跟他多年来的每一句对话，因为我知道，在探索鲁艺的进程中，他像一支蜡烛，燃烧了自己，点亮了我和团队前行的道路。本书收入了他写的《安波的音乐生活》一文，那些朴实的文字，不仅是他对父辈的讲述，也是他本人对父辈的研究成果，字如其人，勾起我们无比怀念。

多年对鲁艺的探索和发现，我深刻地感知到鲁艺师生是中国近现代文化史上成就卓越、影响时代进程的集体存在。在不断攻读鲁艺这座宝藏的漫长年月里，这些"延安娃"关于自己成长和关于父辈创作与生活的深刻记忆，也时刻在影响着我。多年的积累下来，我深刻地感知到，鲁艺前辈是历史的书写者、创作者，鲁艺孩子们就是这本历史教科书的第一聆听者和传承者，甚至也是亲历者，虽然这些"孩子"当年还是玩耍的年龄，但已是经典的小小参与者，他们的视角独特，记忆绝对不容忽视。或许，他们没有在延安出生，但是他们与父辈血肉相连，继承了前辈遗风，接过了父亲的接力棒，同样在为传承经典而努力，他们对父辈的研究视角仍然不能忽视。

缘此，历经两年多，这部来自于鲁艺后代的共同记忆，将由人民出版社出版面世，这是送给鲁艺85岁生日的又一份珍贵礼物，是继《鲁艺记忆》之后的又一部重磅图书。鲁艺，这样一个艺术重镇的艺术家群体的集体延安生活与创作，不应随着历史的远去而被尘封淹没，又将以一种新的视角被解读。同时，这本书也是一种全新视角阐释和解读延安时代风貌，将为读者打开一个了解延安的新窗口。

尽管在征稿过程中由于一些鲁艺子女年事已高，他们能说却不能亲笔写，使得鲁艺父辈的有些故事未能完全呈现。但是，这并不影响这部鲁艺后代独有回忆的整体价值，令人读来瞬间无法抑制感慨与激动，勾起人们对那个火热时代、对延安、对桥儿沟村的无限温情与怀念。

在此，向征稿过程中提供支持帮助的中国延安鲁艺校友会和各位鲁艺家人们表示衷心感谢！特别感谢人民出版社一如既往对鲁艺关心帮助，使本书如期出版。此外，责任编辑朱云河博士仍然以高度负责与高效工作的态度对待编辑工作，更重要的，从我们的交流中我深刻地感受到他对鲁艺的热爱与敬仰，从做一本书爱上鲁艺，我把这种变化归结为鲁艺的教育意义了，真正了解鲁艺的人就会一辈子给予她无限热爱。

于是，我又想到自己与鲁艺的不解之缘。小时候，我在鲁艺的教堂边玩耍，整天在那五层半圆台阶和两侧直立的高台上七滚八爬地消磨不识愁滋味的童年时光。在青春叛逆的日子里，我为自己构筑作家和翻译家的梦想，努力想走到天边最远的地方。长大了，走出去了，可是跌跌撞撞又回来了，怀揣着诸多不甘心还要走出去，以为这个村子不足成为我的世界。30多年坚持下来，当那些史诗般规模的鲁艺青年集体走进我的心中时，我发现这个村才是我的世界……幸好自己留下来，坚持下来，成为现在的自己，择一事而终一生，一生守护鲁艺，热爱鲁艺。

我想，对于鲁艺、对于延安、对于党领导全国人民艰苦卓绝抗战的那段火热岁月，是铭刻在每个中国人心中最鲜亮的记忆。《鲁艺记忆》《燃烧的岁月》，只是我们向历史、向先辈们致敬的小小浪花；未来的路，需要我们更加努力前行，不断推出更多更好反映那段燃烧岁月的精品佳作，把鲁艺故事、延安故事讲给更多的人听，让延安精神在鲁艺经典中熠熠生辉。

刘　妮[①]

2023年8月

---

①　刘妮，陕西延安人，1968年出生于桥儿沟村——鲁艺延安办学所在地，毕业于西安外国语学院，中共党员，副研究员。现任陕西省十三届政协委员、延安鲁艺文化中心主任、延安文艺纪念馆馆长。长期从事中共党史和鲁艺史研究，致力于红色文化研究与宣传，构筑用艺术视角来研究阐释延安时代精神，著有《清凉山记忆》《亲历延安岁月——延安电影团摄影纪实》《鲁艺记忆》等多部作品。

刘岘在延安

我的父亲刘岘和母亲王卓君于 1938 年春参加彭雪枫将军领导的部队，驻扎在河南确山竹沟镇。后来，刘岘在彭雪枫将军领导下创建了拂晓剧团、拂晓木刻研究会，举办宣传抗日的木刻漫画展。

1938 年秋，刘岘奉调到延安鲁迅艺术学院美术系任教。刘岘在文章《铭刻于心的日子》里这样写道："……我从新四军调回延安，我和我的爱人从竹沟镇出发，在西安八路军办事处的安排下，很顺利地乘上开往延安的汽车……进入陕甘宁边区，车上的气氛立刻活跃起来，大家说说唱唱，无拘无束。一位搞音乐的青年高唱起了《太行山上》，带动起全车人的情绪……哪位歌唱家又唱起了《延安颂》，我也不由地唱起来：啊！延安，你这庄严雄伟的古城，到处传遍了抗战的歌声……这歌声让大家无比振奋，我真有种到家的兴奋和踏实。"

革命队伍里的团结友爱为延安生活带来了无比的生气，光明的新天地，令刘岘精神振奋，创作热情高涨，艺术技巧也愈加成熟。除给学员上课，他用所有的时间埋头木刻创作。以抗日救亡和边区生活为题材，他创作了大量的作品，如《前进》《保卫河防》《担架队》《打到鸭绿江收复失地》《巩固团结　抗战到底》《大生产》《还击》《捻毛线》《开荒》《驮盐》《延安之夜》《延河畔》《雪》《追击》《转移老百姓》等 30 多幅。1939 年 11 月间，刘岘用宣纸拓印装订成册，分送给毛泽东、朱德、林伯渠、陈绍禹、叶剑英、吴玉章等中央领导同志。毛主席看后立即亲笔题字："我不懂木刻的道理，但我喜欢看木刻。刘岘同志来边区时间不久，已有了许多作品，希望继续努力，为创造中华民族的新艺术而奋斗。"

刘岘在文章《新四军、延安生活纪实》中回忆道："题字是当时鲁艺院长赵毅敏同志送给我的，字幅约一尺宽，一尺半长，是浓浓的毛笔字。赵毅敏说：'据我所知，主席还没有专门为哪个美术家题过字，关于木刻这可能也是第一次谈到。'我把题字挂在窑洞里的墙上，激励自己的创作。1940年我再次回到新四军，将这幅字带到前方，我摘了'为创造中华民族的新艺术而奋斗'一句印在新四军政治部出版的《拂晓木刻》创刊号上。"

刘岘以刻刀为武器投身抗日救亡的战斗，他认为艺术不是艺术家个人的玩物，一定要表达时代和人民的心声。在寒冷的冬天，炎热的夏日，在昏暗的煤油灯下，刘岘不倦地刻作，《反扫荡》《伏击敌火车》《雁翎队》《延河溜冰》《荷淀袭敌》《埋雷》《修窑洞》《巡查淀上》《狼牙山五壮士》《炸桥》《杨家岭礼堂》《胜利的曙光》等等，同时还经常应《新中华报》《八路军军政杂志》之约刻作单幅木刻。这些作品充分表达出刘岘反对侵略战争的爱国主义精神。他选出其中一些作品在青年俱乐部举办刘岘木刻展，亦得到西北局嘉奖。

刘岘在边区文协美术工作委员会任主任期间，还为翻印的一批外国进步书籍，如《铁流》《时间呀，前进》《扑不灭的火焰》等刻作了封面和插图。他为了介绍和研究木刻发展的历史，提高木刻技巧，组织了D.H.孚仲社，带领着辛克、施展、肖肃等工作委员会的同志，摹刻有代表性的古代、现代版画作品。在军人俱乐部举办了展览，鲁艺的学员和不少机关干部都来看展览，反响热烈。

刘岘牢记鲁迅先生的教导——木刻是大众的艺术。当他看到延安新市场卖的年画内容陈旧，便带领工作委员会的同志们着手刻作新年画，如《自己动手丰衣足食》《保卫边区》《话丰收》《养娃娃讲卫生》《闹元宵》等。他在文章里回忆道："……为了赶在春节前完成，先用木刻刻成黑白画，然后填加颜色。胡继伟、白彦波、张思俊、胡采、金照、叶天、王卓君等边区文协的干部，在饭厅里，流水作业干起来。这些年画和报纸一起销售，群众反映很好。"

1942 年 4 月，刘岘收到毛主席和凯丰同志联名发出的请柬，5 月，参加了延安文艺座谈会，聆听了毛主席的讲话，使他更加坚定了现实主义的创作道路。

延安的生活、工作，一切都以抗日为中心，以革命需要为前提，刘岘非常明确自己的创作要服从革命的需要，即便有些工作与艺术无关系，他也很积极热心地去做。那时，中央党校总务部门号召大家各尽所能，自力更生，开始生产制作香烟，可是没有包装，刘岘便设计刻作了香烟盒——松竹梅为三友牌的烟盒；用木口木板细致地刻制了一套扑克牌；还为边区钞票刻制了纹样。他觉得这些工作是在为抗战出力，是自己不容推卸的责任。

为了召开劳动英模大会，中共中央党校决定出版《群英画报》，5 天一期，由刘岘任主编，同时刻作英模肖像，曾克、戈茅撰写人物小传、通讯、诗歌，3 个人编辑、校对、跑印厂，常常是通宵达旦地干，从不拖期，实在是紧张而愉快。刘岘每当回忆起这段日子，心中总是充满着激动和欣慰。

1942 年，刘伯承同志编译了大型军事教材《合同战术》，原书中有大量的插图、辅助文字，那时延安无法制铜版或锌版，于是联防司令部政治部宣传部部长萧向荣希望刘岘能用铅版复刻。这虽不是艺术创作，但是为了革命的需要，刘岘没有二话，一口答应。为了进行这项任务，萧向荣让刘岘迁到印刷厂里的三间北屋，有玻璃窗，光线充足，又发了木炭取暖。复刻插图的难度很大：一是铅版黏度大，刻线极难剔清，反光太强下刀不易准确，后来找来黑镜片的眼镜才算得以解决。二是插图大小不一，大则盈尺见方，小则不足半寸，画面内容丰富，有千军万马的场面，有古代城堡攻坚战，必须复刻细致准确；有各种武器，要复刻出武器的金属质感。全然不像艺术创作可以自由发挥。刘岘用了 9 个多月，完成了 50 幅插图，印在白报纸上，效果还不错。刘伯承、萧向荣同志都很满意。

1982 年，我的父亲刘岘对这段生活动情地写下：这些事都是 40 多年前的了，我每每回忆起来还是无限愉快，因为它记录着我的青春岁月。虽然个人在伟大的革命事业中微不足道，但却是一颗颗火星，发出小小的光和热。今天，我伏案写出往事的回忆，心中感慨万千，革命需要千百万人付出各式各样的辛劳，流汗，流血，献出生命，才汇成一股无坚不摧的洪流，推动历史前进。

刘岘之女　王人殷

2020 年 8 月 6 日

父亲珍藏的延安模范青年奖章

在延安文艺纪念馆的展柜里，陈列着一枚延安模范青年奖章，这是1939年5月4日毛主席亲手颁发给我父亲的，是父亲身后我们兄妹4人共同捐赠的。

奖章是铜质珐琅的。下部有红底黄字写着"西北青年救国联合会"；上部右侧有一个扇面，红底黄字写着"奖章"二字，扇面外周是环状齿轮图案；上部左侧是3位握枪战士肩并肩向前的身姿轮廓，头上的红旗拂面飘到身后。奖章的外形不拘一格，富有青春活力，整个看起来催人聚力向前！

关于这枚奖章，我有些故事要告诉大家。

一、毛主席亲手颁发延安模范青年奖章

1939年5月4日，五四运动20周年，革命圣地延安庆祝第一个五四青年节。我父亲李又华，当时在延安鲁迅艺术学院的文学系第二期学习。

五四庆祝活动是由西北青年救国联合会（西青救）提出的。西北青年救国联合会是应我党抗日统一战线需要于1937年4月在延安成立，作为全国青年救国会成立之前各地青年团体的最高领导机关。共青团中央相应撤销，在中共中央设立青年工作委员会，陈云任书记，原团中央书记冯文彬任副书记，兼西青救主席。

党中央不仅同意庆祝五四运动20周年，还批准将5月4日定为中国青年节的建议。作为庆祝活动的一项，还要表彰延安地区的一批模范青年。4月，中央青委会、八路军总政治部先后发出通知，要求各单位讨论、

准备并开展五四庆祝活动。除了其他同志撰写文章，毛主席特地为《解放》周刊撰写了《五四运动》一文。延安各大单位，包括抗大、鲁艺、中央党校、马列学院等等，以及中央直属机关单位，都进行了模范青年的评选，每个单位选出几位。

李又华在鲁迅艺术学院被选为模范青年。据他回忆，延安地区总共选出20来位，作为代表出席五四庆祝活动。

5月4日下午6时，在抗大第五大队坪场举行纪念五四运动20周年暨庆祝首届青年节大会。来自抗大的模范青年王益华回忆说，当他们这些当选的模范青年整队进入会场时，大会组织了许多同学敲锣打鼓并向他们身上撒了多种颜色纸剪成的花。

李又华回忆说，他那天非常幸福，现场聆听了毛主席那篇著名的《青年运动的方向》演讲。听完演讲，他又与其他模范青年一起，逐一走上讲台，接过毛主席亲手颁发的模范青年奖章。李又华的个头不高，毛主席的高大身材给他留下了很深的印象，以至于40多年后他回忆时，还有一些细节仍然留在脑海里。父亲"私下"告诉我说，毛主席递过奖章时，"我发现他的手掌很长"。我想，父亲的个头不高，对比之下觉得自己手小是自然的。

毛主席在演讲中指出："'五四'至今已有二十年，今年才在全国定为青年节，这件事含着一个重要意义。就是说，它表示我们中国反对帝国主义和封建主义的人民民主革命，快要进到一个转变点了。"他总结了五四以来青年运动的历史经验，指出了中国青年运动的正确方向，那就是"全国知识青年和学生青年一定要和广大的工农群众结合在一块"。毛主席还特别指出："延安的青年运动是全国青年运动的模范。延安的青年运动的方向，就是全国的青年运动的方向。"

听完毛主席的演讲和结束颁奖，大会举行献旗和献词。几位健硕的男青年高举火炬跑步绕场3周，到主席台前向毛主席献旗，一位女青年朗读献词。大会随后进行野火晚会，有中央党校的集体舞，马列学院、印刷厂的秧歌舞和生产舞，鲁艺的《生产大合唱》，抗大的国术表演等参加。

二、为模范青年再开一次庆贺大会

5月30日下午4时，在延安桥儿沟的中央党校礼堂（原天主教堂），召开了延安庆贺模范青年大会。在主持者西青救主席冯文彬发言后，毛主席讲了话。他开门见山点了主题，说："今天开庆贺模范青年大会"，"刚才冯文彬同志已经讲了很多，而且讲得很好，其中有一句话，是讲'我们要永久奋斗'。我今天要讲的，就是这一点"。

毛主席为什么刚刚在纪念五四运动20周年大会上肯定了"延安的青年运动是全国青年运动的模范"，"延安的青年运动的方向，就是全国的青年运动的方向"，现在又要强调"永久奋斗"？毛主席说，因为"三十年前的汪精卫，二十年前的康白情、罗家伦、张国焘，他们都很英勇，但是都有一个缺点，就是奋斗比较差，没有'永久奋斗'的精神"，"他们在五四运动时代都是先锋队，现在呢？变成了逃跑队了"。

毛主席像是来给模范青年们浇一盆清醒头脑的"冷水"："什么是模范青年？就是要有永久奋斗这一条。""有了正确的政治方向后，还要坚定，就是说，要有'坚定正确的政治方向'。这个方向是不可动摇的，要有'富贵不能淫，贫贱不能移，威武不能屈'的骨气来坚持这个方向。这样的青年，才是真正的模范青年。""永久奋斗，就是要奋斗到死。"

毛主席结束演讲前，又说道："你们要代表全国大多数的老百姓，代表一切爱国的人，抗日的人，求中国独立、自由、幸福的人，并且是要永远的代表他们。将来你们老了，教育你们的儿子也要代表他们，儿子再告诉儿子，孙子再告诉孙子，这样一代一代传下去，并且一传十，十传百，百传千，传遍全中国，不达目的不止。我们一定要这样努力去做，长期去做，一定要把革命干成功，干到底。"

毛主席这些听起来熟悉的而且意味着"不忘初心、牢记使命"的话语，我们后来在他的名篇《愚公移山》里再次读到。那是到了1945年6月党的七大，为迎接世界反法西斯战争胜利和完成新民主主义革命的关头，毛主席又一次借古代寓言"挖山不止"的故事发出"永久奋斗"的动员令。

在毛主席讲话之后，庆贺大会为模范青年们提供了延安地区最精彩的文艺演出。他们除了看抗大政工队的活报剧，还听到了鲁艺的《黄河大合唱》。那时，谁能想到，今天《黄河大合唱》唱响了中国大地，甚至进入了世界顶级音乐殿堂。模范青年们听到的大合唱是曲作者冼星海亲自指挥演奏的，他们相互印证了历史。时任延安鲁艺音乐系主任的冼星海，在他的日记里描述了这次大会的亲身经历：

> 4时到陕公大礼堂赴西青救青年模范运动给奖大会。鲁艺在场奏乐，许多青年都到会。毛主席、王明、邓发、赵毅敏都到会，并演讲。晚上有晚会，鲁艺的《黄河大合唱》及"五卅"活报、抗大政工队的活剧。今晚"黄河"演出很好。①

毛主席再次召集模范青年开会的目的，也许真的没被所有人理解，以至今天一些民间和官方网站对这次庆贺大会的信息还不甚清楚，比如有些党史回顾，误说5月30日是授奖大会，完全忽略了庆贺大会的正确信息，毛主席在《永久奋斗》中讲的第一句话里，以及《毛泽东文集》对《永久奋斗》的第一条注释里，都已明确给出。模范青年们当时能不能充分理解毛主席再次召集他们来开会的良苦用心，能不能理解毛主席对全局的高瞻远瞩，我们不得而知，但是得到毛主席的告诫，得到革命精神的鼓舞，是必定的。

毛主席这篇《永久奋斗》近来被越来越多人和媒体重视，因为它具有突出的现实意义。2017年10月31日，习近平总书记说"不忘初心、牢记使命、永远奋斗"，再次强调了在正确的政治方向下要坚持永远奋斗。

---

① 冼星海所述的邓发，1939年9月前还在新疆，估计是误认了冯文彬。"给奖大会"的正确说法是庆贺大会，如上所述。

三、寻找当年的模范青年

我的父亲李又华，是怎么在延安鲁艺被选为模范青年的呢？同时选上的还有哪些人呢？有没有模范青年的表彰名单和文件呢？

我们很遗憾，没有在父亲生前直接听他讲评选模范青年的具体故事。他写下的回忆录，会讲延安鲁艺以及后来转移到晋察冀的华北联大和华北大学的所有经历，但往往是讲队伍上的集体行为。他会夸奖那些才华横溢的老师、同事，会介绍一些当时文采和演艺就已经出类拔萃的同学们。不过，他没讲自己什么成绩和故事。自己的事就像简历那么简单。等我们整理父亲的遗物和写回忆录，才知道缺乏他的具体故事，想要问，这时已经没有机会了。

与父亲同一个年代的青年，大都差不多时间相继离世，想通过那些相互了解的战友得到父亲的具体故事，更加困难。我们能否从历史档案找到答案？经过请教，延安鲁艺文化园区主任刘妮告诉我们，因为战争年代的延安，党政军学所有单位都曾撤出，大量物资被迫精简，西北青年救国联合会的记录资料已经难以找到。我自己也发现，关于延安时期的西青救活动的官方网络信息，缺乏我想知道的细节，甚至还存在信息不一致现象。延安鲁艺文化园区和文艺纪念馆正在做的工作，就包括了让亲历者的回忆能够被后代们整理出来，让革命文物向公众展示，这都有助于恢复历史记忆和档案。刘妮给我介绍了延安时期一些主要的传媒，比如《新中华报》，可能找到有关信息。

中国人民大学的前身是陕北公学、华北联大，无论其校址桥儿沟及其组成院系都与延安鲁艺挂上了钩。果然，我到中国人民大学图书馆找到了保存完好的《新中华报》。此外，我又从互联网上查找当年的延安模范青年，找那些信息确信的，可以通过官方媒体和政府网络核实的。刘妮还给我提供了冼星海日记关于模范青年庆贺大会的有关信息。

当年模范青年评选，是按照什么条件考虑的呢？是看大生产运动的表现？还是看学习表现？或是看半军事生活的三八作风？甚至看文娱体育积极性？我从一篇报道发现，抗日军政大学一大队九队的王益华在采访时说，当年为了迎接五四青年节纪念大会，上级决定在抗大各队评选两名模范青年，作为参加纪念大会的代表，评选的条件是：思想作风好，军政学习好，生产劳动好，文娱活动好。这恰好回答了我的疑问。

王益华被选为模范青年。他后来到中央军委警卫营三连，恰恰就在张思德烈士生前的连队担任指导员。我又从新华社播发的陈慕华副总理逝世时的中央悼词里知道，她"1939年在大生产运动中被选为模范青年，参加了西北青年救国总会召开的模范青年大会并获得奖章"。

于是，我继续从网络上的媒体报道和单位网站介绍，审慎找到一批确信为1939年五四青年节接受毛主席颁奖的延安模范青年。他们包括（但不限于）王益华（抗大）、陈慕华（抗大，女）、李育筹（抗大）、庄焰（中央党校）、谢励（中央党校，女）、马洪（马列学院）、李又华（鲁艺）、牧虹（鲁艺）、苏俊（鲁艺，女）、武衡（中央青委和中华青救会）。遗憾的是，有一半多的模范青年我目前得不到其信息，也有一些人的信息不够确信，比方说"是1940年获奖"或别的领导人授奖，就没有纳入。

阅读了上述这些模范青年到延安前后经历的回忆，我觉得他们各有突出的表现和本领，然而评选条件所列出的思想作风好，军政学习好，生产劳动好，文娱活动好，的确是他们的共性，而且他们坚持得比较好的共同点也不是职位的高低，而是奋斗。他们中有成为优秀的军队指挥员王益华，党政领导干部陈慕华、李育筹（广西审计局局长等），政策研究专家马洪，妇女干部谢励，侨务和统战干部庄焰，科学与文化管理干部武衡、牧虹、苏俊、李又华。他们始终在为救国救民奋斗，为新中国"奋斗到死"。

获得延安模范青年奖章的青年们，都表达了他们对奖章的珍爱和受到表彰的激励，视为自己"终生难忘的喜庆日子"。从父亲的回忆，从王益华的回忆，都可以看到这点。

四、回忆父亲：珍藏奖章，不忘初心，永久奋斗

模范青年们对奖章珍爱，受表彰带来持久激励，是有原因的。我想从父亲年少开始参加革命直至奔赴延安的坎坷经历来说。

李又华，1912年7月出生于广东兴宁一个农家。因贫、病、盗交加，父亲失去耕牛，接着家里失去父亲，母亲失去两个小儿子。李又华3岁时家里就剩下寡母独子俩人。伯父好心，合家过日子，并且在客籍文化传统下，李又华得到关照，勉强上完初中。父亲小小年龄便知道，农民渴望土地，社会不公平要改变！

大革命时期，国民革命军多次在粤东北的兴宁地区进出，播下了火种。李又华在中学时读了萧楚女的《共产主义ABC》等进步书籍，还得到李一啸等进步教师的启蒙。他1927年初中毕业，次年到家乡学堂教书。那时的东江特委秘书长萧向荣也在兴宁教书，负责兴宁的党团组织发展。他教李又华和几位青年唱《国际歌》，不过，在革命低潮的白色恐怖下，他们只能悄悄地低声吟唱。1929年1月，李又华参加了共青团，曾任团支部书记、兴宁县附城团区委宣传委员、区委代书记。他这时16岁半。

1929年夏秋，为迎接朱德率领的红四军打通广东东江苏区与赣南苏区，兴宁的共青团配合做欢迎准备，宣传标语都刷出去了。然而，红军打到梅县后，战况不利没打进来。兴宁反动政府在同一时间里疯狂打击革命者。许多人被抓进监狱，无辜者也要被趁机敲诈一笔"轻判"费。李又华和一批同志1929年10月也被逮捕，因为押送路上喊冤串供、守口如瓶、报小年龄、族人说情，县衙缺乏证据，拖了半年，敲诈500大洋，判了两年牢。

李又华1932年1月出狱，经过一段恢复身体、四出寻找工作养家，又开始和共青团的老战友们秘密组织读书，同时寻找组织。他们阅读能够找来的马列书刊，讨论时局，也讨论哲学。他们曾经得到一些消息，试图进江西苏区，因敌人严密封锁半途而废；去香港也没见到要找的人。李又华后

来到东莞、广州等地寻找机会，在广州一所中学做教务。因为酷爱文学，参加了左联领导的《中国诗坛》（原《广州诗坛》）。

李又华终于在广州找到了中共党组织。1937年春，由一位当年赶赴南昌起义的武汉黄埔军校女生大队战士何柏华介绍，经党支部考察批准他入了党，单线联系进行活动。

那时，李又华热情帮助《中国诗坛》的出版，更有意识地为诗坛写抗战新诗，用辩证法意味的笔名"可非"发表，比如《中华的妇女》（1937年11月）、《站在收音机面前》（1937年11月）、《大众歌》（1937年12月）、《晨呼队》（1938年2月）、《我的手枪》（1938年2月）、《拉拉拉（儿调）》（1938年5月）、《黄昏里》（1938年5月）。他还发表文学评论：《大众化与方言街头诗歌》（1937年12月）、《新诗歌运动在现阶段的四个特点》（1938年1月）等。

李又华的文学评论《新诗歌运动在现阶段的四个特点》，概括了新诗歌运动的四个基本特点：加强大众化的形式与内容、强调战斗性、为民族统一战线而歌唱、要打开实践的大门。他对"文学为人民大众"的见解，可以从评论看出："在内容上，是歌唱大众的出路，如指示组织起来或武装起来，一致抗日反汉奸等；并呼喊大众的利益，如争取民主，改善生活；和颂扬大众的伟大力量，集团的力量，个别的英勇等；又如描写对于大众奋激痛恨的事实，或鼓吹对于大众绝对有利的各种条件，如鼓吹实现革命的三民主义及抗日救国十大纲领等。这不单有大众立场的意义，同时是把诗歌事业，献给伟大的民族解放斗争的主题了。"

因为是国共合作时期，李又华公开引用毛泽东说的话和中共提出的抗日救国十大纲领。这都说明他作为共产党员，认真学习并了解了党的纲领和政策。他的"文艺为工农大众"的认识已经出现，这是与毛主席的文艺思想非常合拍的。李又华在进入延安鲁艺前，已经有了马克思主义学习的积累，同时也有一些文艺创作及评论的积累。

1937年9月下旬，日军频繁空袭广州。李又华给家乡的母亲和大伯写了一封家书，情真意切地说：

当此国家存亡关头时候，好男儿亦应为国为民谋解放、谋复兴，因此 侄决暂留校，俟机出来为民族解放服务。望大人洞察侄衷，时加鼓励，在 家常多关照。他日幸未牺牲，当报答万一矣。兹极力抽出五元为家用，请 大人交侄母收用。

李又华在家国危难之际，立志报国，不怕牺牲，展示了为国为民谋解 放、谋复兴的初心，其抱负和对家人的挂念，跃然纸上。我们也把这封抗 战家书与模范青年奖章一起捐献给了延安文艺纪念馆。

李又华那颗共产党员上前线抗日的决心，只能向党组织诉说。1937 年 12 月，他经党组织批准，到广东的国民党抗日部队 187 师做抗战宣传 工作。那首刊载在《中国诗坛》的诗《我的手枪》，就是 1938 年 2 月部队 上前线之前，他在训练期间写的。

1938 年 5 月，李又华随部队开赴抗日前线。这支国民党部队在河南 陇海沿线屡战屡败，溃退下来，使他清楚地认识到：挽救民族危亡，要有 革命理论和本领，要靠中国共产党领导。于是他借请假到郑州探友之机离 开国民党部队，辗转找到西安八路军办事处。1938 年 6 月间，李又华终 于如愿进入陕北公学（29 队，枸邑县看花宫），来到党中央身边。他寻找 共产党组织的坎坷经历，这时竟触动了自己的情感深处：

开学不久，学校召开纪念党的生日大会，会场上红旗招展，1000 多 名同学齐声高唱《国际歌》，这个场面令我激动得一面唱一面抹热泪。我 想起这首无产阶级的战歌是 1928 年我在广东家乡兴宁县当小学教师时， 萧向荣同志秘密教我们唱的。从那以后，我只能小声吟唱。它曾伴随我坐 监牢，伴随我过漂泊的生活，不知不觉竟过来十年。此时此刻，在大会上 第一次放声歌唱，又怎能不令我激动！

在陕公的学习以及接下来进入鲁艺文学系的学习，这位来自国统区的 南国农家青年，珍惜在革命大家庭里和同志们一起追求理想、知识和本 领，无论学习还是生产，睡大炕还是吃小米，对他来说一点不觉得苦。他对自己要求极高，处处要求走在前面，每天都感到兴奋和自豪。李又华被评选为延安模范青年，条件是思想作风好，军政学习好，生产劳动好，文娱活动好，我想一定也是李又华平时对自己的要求。

然而，正如毛主席1939年5月30日告诫模范青年的，要永久奋斗，要奋斗到死，所以考验并没有完，而且是长期的。对李又华来说，有一个考验其实已经开始了。

李又华到了陕公后，除了向学校报告自己的党员身份，还立即给广州的党组织单线联系人写信要求转组织关系，然而，广州毕竟是国统区，渺无音讯。没想到，组织关系失联了，而且真相要等40多年后才得知。李又华不能等了，只能重新入党。1939年2月，他在延安鲁艺文学系被批准重新入党（介绍人是同班学员毛星和毛篷），五四青年节获得模范青年奖章时，他刚好党员转正。直到1983年3月和5月，广东省委组织部门根据外调找到他的入党介绍人何柏华以及当时的党支部其他人的证明，终于给李又华的入党时间（1937年春）和参加革命时间（1929年1月）作了肯定的结论。这时，距他1983年11月退居二线已经不久了。抗战前还是抗战后入党的时间差异，以及1929年大革命时期就参加革命的资历，对李又华几十年的任用和待遇都产生了明显的差异。事实上，他的职级比同时期参加革命的同志要低。但是，我们作为家里的亲人，还有认识他的同志，从来没有看到父亲为待遇争过。相反，他总是"不介意"、不努力"争取"。"文化大革命"审查干部，他才向组织正式请求核查他的入党时间，然后就耐心等待，直到组织作出结论。难怪，李又华工作过的地方，同志们给他的评价总有一条：老实人，老黄牛。

在征途上，李又华是能够经受考验又努力奋斗的。1939年8月，他在延安鲁艺报名上前线。离开延安，到晋察冀敌后根据地，在华北联合大学完成鲁艺文学系的学习，然后毕业留校工作。1943年是晋察冀边区反日寇扫荡的最艰难时期。根据地收缩了，学校必须经常转移驻地，但是仍然时有遭遇日军、师生伤亡的现象。鉴于形势，文艺部的教职员按照命令大都撤回了延安鲁艺，华北联大也压缩成一个教育学院。这时，李又华就被调到了教育学院，留下坚持"边教学边战斗"。

坚守敌后是危险的。1943年11月，日军进攻八路军《晋察冀日报》和华北联大曾经驻扎过的阜平县平阳镇罗峪村一带，屠杀百姓，制造了臭名昭著的平阳惨案。妇救会主任刘耀梅在她家的山村连家沟被抓，带到罗峪村后被叛徒指认，遭到日军扒衣、割肉、挖胸，当面烤吃腿肉，直至砍头，都不说出一点儿八路军的消息。刘耀梅坚强地含怒而牺牲，遗体几天后被乡亲们从冰冷的水井打捞上来，头颅只剩一层皮连着。八路军记者叶曼之强忍悲愤拍摄了烈士遗照，现已成为国人控诉日本野蛮侵略者和人民誓死抗战的铁证。

为什么要说刘耀梅烈士？因为她遭日军抓捕的地方是她的家乡连家沟，就是华北联大的原驻地，就是那张八路军摄影记者沙飞为李又华拍摄照片的所在地！

为有牺牲多壮志，危险吓不倒革命人！李又华和华北联大的战友们并没有退缩。他们顶着牺牲的危险，战胜艰难困苦，配合八路军，培训各种抗战人才，同时进行生产自救，把根子牢牢扎在敌后。李又华自己也在1944年被华北联大教育学院评为了劳动模范。

延安鲁艺文学系毕业的他，有诗人情怀，对华北平原挺拔向上的白杨树情有独钟。1942年9月，由他作词，由延安鲁艺音乐系毕业、同样在晋察冀敌后工作的罗浪谱曲，创作了一首歌颂革命人坚强挺拔、不断向上精神的《白杨颂》。这首歌，多年后由两位作者再度携手发表到了1980年的《解放军歌曲》上（作于1942年9月，发表在《解放军歌曲》1980年第8期）。

父亲告诉过我，在延安和晋察冀的11年，无数次的行军转移，为了轻装冲过封锁线，队伍要求精简行李，有时连被子、毯子都丢了，到了宿营地，冻得睡不着觉，唯有这延安模范青年奖章和陕公成立周年、鲁艺成立周年这3枚纪念章，他始终舍不得丢掉。

现在我理解了，父亲对延安模范青年奖章和延安时期获得的纪念章保留着一种寄托，那是一种延安精神，是毛主席在1939年5月给他和其他延安模范青年提出的正确政治方向，是为此方向永久奋斗的精神。他行李可以丢，他待遇可以丢，但延安模范青年奖章不能丢，延安模范青年的永久奋斗精神和觉悟不能丢。毛主席对他们说过：要有"富贵不能淫，贫贱不能移，威武不能屈"的骨气来坚持这个方向。"永久奋斗，就是要奋斗到死。"

当我翻开父亲的诗作，他最后的几首诗都是在1991年80岁前后写的。一首是《我爱土地》（1991年春），描述自己小时候和母亲没有土地、贫穷受欺，最终知道需要革命。最后一小段是：

为了祖国，为了土地，为了人民，为了母亲，为了真理，为了社会主义，这就是我为之奋斗的一辈子！

一首是《纪念党的七十周年》（1991年7月）：

数千年了，人们在渴望：愿天下的穷人得解放！一篇《宣言》唤醒了我们。既要有仁人志士的浴血牺牲，更要有广大群众的团结奋斗！七十年了，开辟了新天地，更美好的未来还须努力。起来，这是最后的斗争！

一首是《纪念蒲风同志》（1991年9月）。蒲风是左翼作家联盟的中国诗坛主编，父亲1937年春加入中共党组织前后，在中国诗坛活动。我从这些诗歌看到了父亲的革命初心，宛如1937年他年轻时写给母亲的抗战家书那样——"为国为民谋解放、谋复兴"。

父亲李又华，用他自己的一生回答了毛主席给延安模范青年"不忘初心"的嘱托，不忘"永久奋斗"的告诫。我想，他奋斗到死，他做到了。

李小健

2021年1月31日

安波的音乐生活

1915 年的冬天，我的父亲安波出生在胶东半岛的牟平县东关。那里曾是一座千年古城，历史上叫宁海。古城必有古歌。可我却无从考证当年究竟有哪些歌在流传并且影响了父亲的音乐启蒙了。父亲兄妹共 6 人，家里仅有 3 亩薄田，难以养活一大家子人，爷爷只好去远东的海参崴做劳工，工余贩卖炊饼谋生。奶奶则带领年少的孩子们居家耕作，半饥半饱度日。奶奶姓孔，因父亲是乡村的私塾先生而略通文墨。多年后父亲还记得幼年时依偎在奶奶怀中听她吟诵唱词，内容依稀是"公子落难，小姐招亲"一类的故事。等到父亲读了小学，除了学习学堂乐歌之外，也曾奉母命买来唱本，模仿街头艺人，于漫漫长夜为奶奶吟唱解忧，有一次竟唱得奶奶落泪了。12 岁那年，因避军阀混战之乱，父亲曾随全家进入法国神父主持的天主教堂半月，受到过宗教音乐的浸染。有一年，爷爷自东北带回来一架大正琴，夜间父亲在打谷场中把玩，得到家人和邻里的称赞。这些就是安波少年时代的全部音乐生活了。可见，无论是在音乐天赋还是家学传承上都乏善可陈。不过，即便是出自寒门的农家子弟，也能切身地感受到老百姓对音乐的渴求。这为他后来形成的对民间音乐的热爱打下了烙印。

1935 年，父亲在党的领导下参加了一二·九学生爱国运动。党组织安排他在上海结识了著名的抗战歌咏运动的负责人刘良模先生。就是那位在体育场站在梯子上指挥数千人高唱《义勇军进行曲》并使之传播到美国的爱国音乐家。从此，父亲和他的同学们源源不断地得到刘良模寄来的抗战歌曲歌谱。聂耳、冼星海、吕骥、张曙、孙慎的救亡歌声在济南校园内开始了秘密传播。不过，那时候传唱这些歌曲是有风险的，大家得小心地选择在郊外的小树林中进行，事先还要安排人放哨报警。终于，有一次在火车站慰劳上前线队伍的歌咏表演中，同学们以"共党嫌疑犯"罪名遭到了反动军阀逮捕。在狱中，他们亲眼见到五十几位难友无端地被枪杀，刽子手们捧着血淋淋的心肝在牢门前堂皇而过（民间迷信吃人心肝能治肺病）。难怪我母亲说过父亲有时会在夜里忽然惊醒哭泣。今天的我们谁会想到：在黑暗的年月里唱歌竟要承受如此巨大的惊恐和悲痛！

1938 年，父亲在陕北公学毕业后考入延安鲁迅艺术学院音乐系第一期学习。音乐系的主任正是因学唱他的歌曲而心生敬佩的作曲家吕骥同志。音乐系也希望借重他的文学才能，做些歌词或歌剧文学方面的工作。课程学习虽然短暂，但在参加歌剧《农村曲》和《军民进行曲》的集体创作中获得了许多心得。在吕骥同志领导的中国民歌研究会号召下和人民音乐家冼星海的亲切教导下，父亲逐步确立了从采集民歌到民歌填词"旧瓶装新酒"，再到学写新民歌的创作方向。《夜摸营》《八杯茶》《怎么办》等小调都曾经在边区军民中流行，一时安波被人们戏称为"小调大王"。音乐家马可曾经回忆：其实当年的延安音乐界对此称谓是有些不以为然的。人们更热衷于创作高水平、大部头的鸿篇巨制。尽管作曲家们都很真诚热切，却与延安军民 70% 仍是文盲的现状显得有些格格不入。1940 年 7 月，朱德总司令在鲁迅艺术学院的演讲中举例父亲写的《骂汪小调》在前方受欢迎，这使他深受鼓舞。特别是在学习了毛主席《在延安文艺座谈会上的讲话》使他更坚定了"中国风格、中国气派、生动活泼、喜闻乐见"的音乐理想。《七月里在边区》《拥军花鼓》和后来的《兄妹开荒》都是父亲和他的伙伴们的追求足迹。以至于他越来越热爱音乐。他往往身兼多种角色：有时是歌手，在晚会上演唱山东民歌（尽管声音条件并不好）；有时是乐手（弹拨大三弦或者拉板胡伴奏）；更多是写手（写剧本、唱词和歌曲）。为了音乐，他也甘愿做些幕后工作，比如从鲁艺的桥儿沟搬运钢琴到 10 里外的王家坪演出。然而，安波个人的音乐和生活却并不总是像管弦乐总谱那样的和谐统一。鲁艺音乐系毕业后被分配至编译处做教材和校刊的编辑工作。不久又被派遣到太行山根据地的鲁艺实验剧团做党的工作（组织科长，相当于指导员）。9个月的巡回宣传演出之后，回到延安又被学校安排做教务科长。其间他曾多次向领导申请希望能够获得加强音乐学习的机会，都未获准，十分苦闷。

作曲家刘炽讲过一个笑话：一天早晨，刘炽故作谦卑地将一歌谱出示给安波求其评论。安波试唱后觉得挺有味道，遂问：作者是谁？刘炽答：咳，就是你呀。安波诧异：我怎么不记得写过这支歌？刘炽说：是你夜里做梦哼哼，我就把它记下来了。不过嘛，你晚上写的歌，比白天的好！这个故事一则反映了鲁艺战友们亲密无间，二则日思夜想，梦里也能唱满全曲，可见父亲对音乐的痴迷一斑。

诗人贺敬之同志回忆：大约在整风运动前的某一天，鲁艺大门口贴了一个告示，内容大意是：安波等人因不服从党安排去敌后从事秘密工作的任务，给予降为预备党员的处分。音乐系的山东老乡剧作家慕柯夫同志也记得：安波把炕席掀开，郑重地把珍藏的几百张纸片民歌记谱托付给他，表情沉重地说，我要到敌后去了，这些用不着了，都留给你吧。在父亲写给党的自传中写着：虽然表示了服从分配，但出于对音乐工作恋恋不舍，思想有了动摇。恰好延安中央医院开出了诊断，证明他患有二期肺结核不宜长途行军。就此向有关部门申述了困难。这件事父亲一生都视为深刻的教训：作为党员，当自己的音乐理想与现实生活发生矛盾的时候，要永远把党的任务放在第一位。

陕北是民歌的海洋。延安鲁艺的音乐工作者们秉承苏联文学家高尔基先生的观点：民歌是人民的歌。这就不仅是把民歌看作为了创作搜集素材而已，也不同于在书斋里做些人类文化学的研究。首先，是对民歌所反映的群众喜怒哀乐具有打成一片的同情。其次，是对千百年来人民口头流传的音乐与文学采取恭敬老实的学习态度。最后，就是揣摩群众的审美趣味习惯，参考遵循民歌传播的特殊规律，从而指导旨在"革命化、民族化、群众化"的新民歌创作。歌唱家李波、王昆、郭兰英都曾经演唱过父亲的作品，像《三十里铺》（改编）、《三绣金匾》（改编）、《开会来》（词曲）、《兄妹开荒》（作曲）等。有一次，王昆阿姨评价道："这些作品'化'得多好啊！"所谓"化"，讲的就是文艺工作者努力追求的这"三化"。多年后，父亲仍然对延安时期的音乐生活心驰神往，在配歌编曲的《三十里铺》中唱道："那时节延安是热腾腾，从早到晚是一片歌声，天下的英雄都奔延安，延安成了大都城。"

在延安的 8 年，父亲参加的有组织采集民歌活动大致有：1939 年 3 月至 11 月随鲁艺实验剧团在山西晋东南地区，1942 年 1 月至 5 月随鲁艺河防将士访问团在陕甘宁边区，1944 年 10 月至 11 月边区文教大会文教组在绥（德）、米（脂）、清（涧）地区和 1945 年初至 8 月随民众剧团在陕甘宁边区各地。加上平日不间断地采风，所涉及的民间音乐品种有：信天游、道情、郿鄠、吹打乐、陕北说书、秦腔等，甚至还包括了在陕北流行的河北民歌。有学者指出：鲁艺音乐工作者们虽然没有宣称是什么"发现"，但那的确是人类音乐史上最具规模的田野调查和民间音乐研究活动！就是在那次鲁艺河防将士访问团巡演采风时，贺龙司令员赠给了每位团员一双缴获而来的日军胶鞋（那时的装备还只是自制草鞋）。父亲不好意思地推辞：这么宝贵，应该给前线的战士。贺龙同志回应道：你们的工作是子弹打不到的地方！贺龙同志的言传身教是与毛泽东同志那段"我们有朱（德）总司令指挥的拿枪的军队和鲁（迅）总司令领导的拿笔的军队"讲话一脉相承的。当年延安被誉为歌咏之城，它的歌声插上了翅膀，飞遍了祖国的山山水水。八路军和解放军打到哪里，群众歌曲就唱到哪里，大秧歌就扭到哪里。这些作品中也有出自父亲这样一名从普通爱国青年到革命音乐工作者的辛勤奉献。作为延安文艺运动的亲历者，他所热爱的音乐得以融入了大时代的火热生活。

抗战胜利后，父亲被派遣到关外日伪长期占领的承德、赤峰一线。临别时他特意到鲁艺所在桥儿沟陶瓷厂精心选了一只能做定音器的陶瓷碗赠给民众剧团乐队，又郑重地将向老艺人学习后整理的《秦腔音乐》手稿交给学院，然后就匆匆打起行装，背着大三弦出发了。此后，安波在冀察热辽军区的胜利剧社和联合大学鲁艺学院工作了3年，其间还发起组织了蒙古族民歌的采集和研究工作。至今还在全国传唱的《牧歌》《嘎达梅林》和《诺恩吉雅》就是他们当年的奠基性工作。父亲留下的一本《随军日记》里记载：解放朝阳县城战斗的前夜，他和东野九纵战士们生活在一起，帮忙写家信、变魔术、打扑克、教歌。战斗一打响，参加火线喊话、包扎伤员和押送俘虏。战斗结束不久，就结合生活体验写了《运动战歼灭战》《打倒蒋介石解放全中国》等一系列的军歌。

解放以后，父亲被分别调遣当过艺术剧院的院长、驻外文化专家、辽宁省文化部长和省委宣传部副部长，到北京后又兼任过中国歌剧舞剧院的党委书记、北京电影制片厂"四清"工作组组长。还有一大堆的社会团体和临时性职务。父亲的日记中透露：他还一直酷爱着音乐事业，也一直苦恼着缺乏提高音乐修养的机会。在写给政务院的报告中父亲诚惶诚恐地表示：自己实在算不上音乐家，至多也只是千千万万个普通音乐工作者中的一员。但是，他谨记着当年受处分的教训，虽不情愿却也坚决地服从了党交付的任务。

1964年，为了建立中国民族音乐体系的宏伟目标，根据周恩来总理的设想创立了中国音乐学院，我父亲被任命为党委书记和院长。院领导层共有5位，其中4位来自延安鲁艺。父亲终于盼到了回到音乐岗位这一天！老战友们纷纷摩拳擦掌致力于把鲁艺的传统发扬光大。可留给父亲的时间实在太少了。一天，他突然昏倒在去开会的路上，从此一病不起，享年只有区区49岁！纵观他短暂一生，似乎可以发现：就像许多交响乐作品一样，"音乐与生活"这两个主题既交织缠绕又矛盾冲突地伴随了他的一生，直到戛然而止。有人说："生命有长度，也有宽度。"在短短的30年音乐生活中，父亲共留下了300多首歌，两部歌剧和一批音乐理论文章。其中第一部中国戏曲音乐研究专著《秦腔音乐》，第一部中国少数民族民歌集《东蒙民歌集》和第一部中国人研究外国民歌的著作《越南民歌选》，被学术界评价为"开拓性贡献"。他在早年从事的一些民间音乐研究陆续被后世认定为国家级和世界级的非物质文化遗产。战友们想起：他生前在闲谈中曾经说过，要是将来墓碑上能写上革命音乐家就死而无憾了。于是，以中国音乐学院的名义在大理石制的骨灰盒上铭刻了中共党员、革命音乐家安波同志遗骨的字样。治丧委员会特别安排了总政军乐团身着礼服，列队吹奏《哀乐》为他送行。

"我们的生活里少不了音乐，我们的音乐里更少不了生活。我们音乐工作者就是要为广大人民群众多增添一些美好的音乐，而这些美好的音乐又必须充分反映广大人民群众在社会主义革命和建设中的丰富多样的生活。这几乎可以概括我们整个革命音乐观，又可以作为我们毕生行动的纲领。"在去世之前不久，父亲在一篇文章里如是说。

安波之子　刘嘉绥

父亲任虹在延安鲁艺的往事

"啊！延安，你这庄严雄伟的古城……"2009年，我和爱人来到延安桥儿沟鲁艺旧址的大教堂前时，耳边响起这首《延安颂》的经典歌曲。这里是我家5位老人曾经学习成长为革命文艺工作者的红色艺术摇篮。

父亲任虹（中国儿童艺术剧院首任院长），母亲罗正（中央乐团副团长），舅舅瞿维（上海交响乐团作曲家），舅妈寄明（上海电影制片厂作曲家），公公钱江（北京电影制片厂著名摄影师、导演）。

父亲任虹是在1940年5月1日到的延安，五四青年节晚上，中共中央党校礼堂有一台演出，是欢送冼星海去苏联。听说毛主席、周副主席也将参加晚会，他心里很激动。没想到在观众里有一位音乐界熟人说他是三大口琴家之一，台下一片掌声，父亲又激动又惶恐，红着脸上台，吹奏了一首自编的《天堂与地狱》。"再来一首！"台下掌声不断，又吹一首自编的《快乐家庭变奏曲》。在热烈的掌声中父亲激动地流下泪来，感觉就像回到家里，在母亲身边一样。在同志们的大海洋中是多么快乐幸福啊！

最令父亲难忘的是，1942年延安文艺座谈会时，毛主席握着他的手说："你就是那个吹口琴的任虹啊！"使父亲吃惊的是，没想到事隔两年，日理万机的领袖还能认出他。一种暖乎乎的感觉，成为他今后推动音乐教育的强劲动力和无限激情。

任虹先在鲁艺音乐系任教员，后在鲁艺音乐工作团任演出科长，抗战胜利前担任音乐研究室研究员、音乐系教员。据说，当时任虹是延安口琴独奏第一人，他的口琴独奏是鲁艺演出音乐会的经常演的节目之一。据孟于阿姨说：你爸爸在一次下乡演出后，有村民说："那个啃骨头的节目很带劲。"村长听见后马上告诉村民："那不是啃骨头，是吹口琴。"此事成为笑谈，一直到解放后老同志们见到父亲还经常开玩笑说："任虹再啃一次骨头"，"再啃一个！"

2009年，我和爱人钱泓（延安出生的延安娃）来延安，我们参观了许多革命旧址博物馆，在那些珍贵的老照片里，有时能看见父亲任虹的身影。在延安革命纪念馆里第一次见到《凤凰涅槃》大合唱的照片时，我一眼就认出了坐在第一排的穿西服的父亲任虹。

刘妮带我们参观新闻馆，在二楼展厅正对门口的展板上一张游泳比赛照片，左边第二人那不是爸爸任虹嘛！看见他年轻的身影我有些兴奋。当我们参观室外清凉山上的窑洞时，刘妮说，为真实再现当年延安的场景，她们会在北京潘家园地摊买旧书来当展品。当时我就被她的工作热情打动了！

我父母留下了很多有关延安鲁艺的书，回北京后我们翻箱倒柜找书。三姐妹商量好把书捐给延安的纪念馆。在2009年捐了50本旧书。其中一本1942年4月出版的，有黎辛、毛星签名的书最有意思。在2013年我们是和黎辛前辈乘同一列火车前往延安的。在火车上我去问他，给他看书的照片。他说是他的签名，但不知道任虹。这本书怎么到了我父亲手中，已无从考证了。

2018年，我们又去延安时，这本旧书已在新闻馆展出了。这本书的背后有3位延安老前辈黎辛、宗一、毛星的故事。书的封里及封底两页就是它的"延安身份证"，它比我岁数大。"华北书店发行　一九四二年四月初版"；"华北书店发行　延安文化沟"。我很欣慰！现在它又回到了它的出生地延安，这是多好的归宿啊！此后我们又几次捐书，我会继续尽力而为的。

舒晓鸣（舒强的女儿）在她写的书里有一段文字和照片，记录了她们家和我父母住的房子。那排房子住了几家夫妻：林白一家，周巍峙、王昆，任虹、罗正，舒强一家。2013年，在西客站，当王昆阿姨见到我的大姐时说:"你就是那个大眼睛的小姑娘!"还记得她。舒晓鸣在这排房子前有张照片。

鲁艺的工作人员艾丹带我们去找旧址,很遗憾没有找到。虽然是旧貌换了新颜,延安鲁艺的革命精神已经传承下来了!延安鲁艺文化园区的工作人员的辛勤付出,使我们鲁艺后代人从心灵上走近了父辈,走进了革命圣地延安!

在鲁艺教室礼堂等展区,能感受到当年他们学习、排练、演出的热烈场景。

我们走到鲁艺音乐系的一架古老的德国钢琴前(替代品),它是1941年一位爱国人士送给周恩来同志的,从重庆运到延安的时候,琴键都松散了。抗战时期的延安,各方面条件都十分艰苦,在什么都没有的情况下,父亲发挥他的聪明才智,自己动手做出了调音器和修理工具的代用品,修好了钢琴。在"延安钢琴第一人"寄明的弹奏下,延安的深山沟里第一次响起了钢琴的优美旋律,成为当时延安的"头号新闻"。以后这架钢琴被抬出去演出时,父亲任虹这位钢琴的"保健医生"不但要包治好它的毛病,还利用口琴音准的优势,在演出前耐心地校音,保证演出成功进行。

在鲁艺音乐团演出的,由郭沫若作词、吕骥作曲的《凤凰涅槃》大合唱照片里,我找到了父亲任虹,他担任合唱指挥。

这是一次延安音乐演出史上最有名的大型音乐会,非常隆重。为了大合唱能表演得有声有色,他还亲自设计了合唱队的演出服装。按照西方模式,男装是乌克兰式样黑上衣,领口袖口均有白色花边,女装是粗布做的裙子。音乐会的节目十分丰富,大合唱是分声部的混声合唱,任虹表演了口琴独奏,曲目是《茶花女》和《威廉·退尔》中的插曲。

在这张照片里,有幸看到了那架鲁艺的老钢琴。瞿维,他为《凤凰涅槃》大合唱配了伴奏曲,是这次首演的钢琴伴奏。

在1942年毛主席和延安文艺座谈会同志的合影照片里,有任虹、瞿维、寄明。父辈们在聆听了毛主席的讲话后,在"从小鲁艺到大鲁艺去"

的号召下，深入到人民群众中去，向民间艺人学习，创作并参加了歌剧《白毛女》的演出。任虹在《白毛女》的乐队里打板鼓（是乐队指挥），参加了秧歌剧《兄妹开荒》等的演出，得到延安地区广大工农兵观众的热烈欢迎。他还作曲、配曲了《拥军花鼓》《送子入关》等作品。

在瞿维和寄明二人在延河之滨的照片里，我发现穿着棉衣的二人，寄明穿的是单鞋，瞿维穿的是草鞋（手工编织）。可见当年延安环境很艰苦，但是年轻的父辈们脸上洋溢的却是幸福的笑容。

在一张延河游泳比赛的照片里，又看到父亲任虹。听说他不但游泳好，跳水姿势还很漂亮，他冬天还会滑冰。在那激情燃烧的岁月里，一张张老照片展现给我们的是一幅幅年轻的父辈们朝气蓬勃、满腔热情投身到革命洪流中的生动画面。

母亲罗正在 1939 年来到延安，先到女大学习，后去鲁艺音乐研究部任研究员，并在那时认识了父亲，于 1943 年生下大姐瞿晓星。后来，她为秧歌剧《光荣灯》作曲，歌曲《王二嫂过年》（罗正、邓子怡作曲）的演出得到群众的欢迎，受到东北局的通报表扬。

一张在教堂附近拍摄的 30 多人的老照片里，有 7 个小孩抱在大人怀里，其中父亲抱着大姐，舅妈抱着表哥蹲在第一排。这些"延安娃"至今也都是六七十岁的人了。照片中的叔叔、阿姨们笑得很开心，我们只能认出一部分人。

岁月将老照片泛黄，岁月将照片中的"延安娃"鬓角摧白，岁月将延安精神升华。随着岁月的延伸，老一辈所创造的延安革命精神将一代一代地传承。

朋友们，到延安来看看吧！"这庄严雄伟的古城"，它将荡涤你的灵魂！

任虹之女　任小民
2020 年 9 月

父亲母亲在延安的日子

20世纪30年代，我国正处于半殖民地半封建社会状态中，民不聊生；继而，日本又发动了侵华战争，人民陷于水火之中。全国人民渴望光明、渴望解放。那时，在中国已萌生并快速壮大了一支新生鲜活的有生力量，即由毛泽东同志领导的中国共产党和人民军队，其宗旨是解放全中国，为天下劳苦大众而奋斗。虽然当时他们长期遭到国内强大的反动势力的打压和围追堵截，但却一直不屈不挠地顽强抵抗着。最后，他们经过二万五千里长征，爬雪山、过草地，历时一年多终于到达陕北，建立了自己的红色根据地——陕甘宁边区。

当时，这个红色根据地虽然还处于弱势，但她却强烈地放射出全国人民渴望的光明，并辐射到全国各地。于是，大批的有志青年和有识之士纷纷由全国各地奔赴革命圣地——延安！

一、奔赴延安

我父亲王滨于1912年出生在山东昌邑夏店村，后举家移居到烟台。当他才14岁时，我爷爷就为他包办了大他7岁的农家女并在形式上完了婚。对此，我父亲极为不满，坚决不圆房，以示反抗。那时，在烟台我爷爷谋到在烟台英商洋行月薪较高的职位，我父亲亲眼看到了洋人对中国人的跋扈，心中充满了对殖民主义者的敌意。在那令人窒息闭塞的环境中，我父亲从北京读书回家休假的知识青年那里得知北平学生反帝反封建的进步活动，如同呼吸到一股清新的空气，使他强烈地想冲出这闭塞的山东。我爷爷以"不许再闹婚姻问题"为条件，满足了他。于是，18岁的他进入了北京大学西洋文学系，成为旁听生。在广阔的天地中，他终于寻觅到电影才是他最热爱的并定为自己终身的事业！那时，令他憧憬的是有革新思想的上海联华公司的影片和西方的有声电影。之后，由于他的佳好形象和灵敏的神气，他考入北平联华第五电影分厂的电影人才养成所，毕业后就演了电影《故宫新怨》的男主角，因其影片内容无聊，被他自称为"令人作呕"的演艺，但这却是他电影生涯中仅有的一次演员实践。因为此片不赚钱，厂子倒闭了，他也随之失业了。爷爷认为父亲拿了学费不读书，而去演电影，有辱门风，愤怒至极，从此断了他的经济来源，但我父亲坚持从影的意愿却没有一丝改变。之后，他便踏上了一条艰难坎坷之路。

在北平学习期间，通过同学他认识了左翼作家、共产党人宋之的和地下工作者尤兢（于伶），尤为后者经常与他谈论作品的倾向性和政治问题，对他产生了很深的影响。于是他便请求原厂经理介绍他到一直向往的上海联华一厂工作。成行前，他征求了宋之的和尤兢的意见。到厂后他当上了场记，不久又当上了剧务。期间，他受到上海地下党的关怀，同时他还与聂耳住在一个亭子间，学习了不少的音乐知识并阅读了世界名著和练习写作。当时，厂里还准备让他主演一个工人角色。就在他正要蓬勃向上发展时，却发生了一件非常不幸的事。

他的智齿长不出来，造成肿痛。因生活拮据，便到街边的牙医治疗，不料因消毒不好，造成下颌骨骨髓炎，手术后骨断牙废，导致面容变形。就这样，突然间，"演员梦"破灭了，紧接着就是失业。这对他来说，不能不说是一个巨大的打击，他痛不欲生。待他痛定思痛后，他从影的志愿依然十分坚定！心想，既然不能当演员了，那就改学编剧和导演。其实，这种改变谈何容易，这其间横着多个台阶需要飞跃。但他在无经济基础的状况下，以他超乎寻常的勤奋和努力，完成了从演员到编剧、再到导演的两度跨越！尤兢为他安排了新住处，正好与冼星海为邻，又学到许多音乐知识。在地下党的关怀下，由夏衍介绍他到上海天一公司做了编剧。在这一年中，22岁的他连续创作了3个电影剧本：《重归》《母亲》《海葬》。前两部分别由高梨痕、文逸民导演;《海葬》于次年由他亲自导演并带领全组到山东实景地体验生活,这是上海天一公司有史以来的第一次。成片后,竟遭反动政府的穷删乱剪,影片变得支离破碎。尽管有进步报刊的屡次推荐,影片还是卖不了钱,但这一部却在中国电影史上留下了一笔。老板又把王滨介绍到香港分厂,导演《广州一妇人》,又在他重质量而老板要速度的矛盾中被解雇,前后不足两个月,不得不离开香港返回上海,重过失业生活。

旧日的失业、贫困和伤痛,并未使他颓废消沉,在地下党的帮助下,反而更加振奋,从场记、剧务又转到编剧、导演,几乎是全行业地领略了。意志的坚强伴随着刻骨铭心的痛,将成为他日后坚定踏上革命之路和成功的艺术创作的宝贵财富。

1938 年春,他终于接到了终身挚友于敏的信,后取道香港转汉口同于敏会合,在罗炳辉将军亲自介绍下,二人结伴去延安,终于在五一节的下午看见了宝塔山。

我母亲李莫愁于 1920 年旧历 3 月 3 日出生在山城重庆。在重庆二女师的初三学习时,受同班进步同学的影响,开始阅读了大量进步作家的著作。1936 年冬,她参加了重庆青年自强读书会。由于家庭生活拮据,更重要的是我母亲对旧教育不满,1937 年她自动放弃升学机会,在家自学。七七事变,全民族抗日战争爆发,救国浪潮迅速高涨,在我四舅带回的报上,她看到一则引人注目的广告:"延安陕北公学、抗日军政大学招生",对她产生了极大的吸引力。她想,这不就是我一直向往的学习抗日救国的地方吗!于是相约同窗好友,好友们再约好友,很快集成 9 人。1938 年春节过完,就乘汽车启程,前往延安。行前,由年长的胡宗荣带二师的几位同学去见《新蜀报》的主编漆鲁鱼,他又是重庆救国会的负责人,他很支持我母亲一行去延安,并为他们写介绍信给在延安的任白戈。1938 年 2 月,他们如期成行。途中我母亲一行又达到了 13 人。

之后他们才知道,那时全国各地甚至海外,许多爱国青年学生和仁人志士都纷纷投奔延安，已形成势不可当的热潮。四川这个角落里出现的这股小流，正是当时社会的一个缩影。

前往延安的途中少能搭车，多为步行，途中的艰难不言而喻，一人打了退堂鼓回成都了。我母亲自幼体弱多病，不是两眼交替红肿，就是累倒在旅馆的炕上。这一行人只好分成几路前往。我母亲一行在途中偶遇周巍峙，得知他那时在丁玲办的西北战地服务团工作，就向他坦述了自己一行人的经历和愿望，他把我母亲等人介绍到八路军办事处。该处负责人劝我母亲等人先去栒邑陕北公学分校学习，那里离延安更近了，学完再去延安。终于在1938年6月底到了栒邑陕公分校。陕公分校校长是罗迈（李维汉）和成仿吾，学期是3个月。8月份我母亲加入了中国共产党。到了深秋，这里已经凉气袭人，我母亲脚上长了冻疮又溃烂了，走起路来一瘸一拐的。学程结束，学校打算留她在俱乐部工作。可我母亲申请去鲁迅艺术学院学习，组织不但同意了，而且还考虑到我母亲走路困难，特意配备一匹马，跟着行李队提前出发了。

约在11月初的一个傍晚，当看到被暮色笼罩隐约可见的宝塔山时，我母亲终于如愿以偿地抵达了革命圣地延安。西山上层层排列有序的窑洞，点点灯光像星星般闪亮，活像一片漂亮的楼房。大家不约而同地赞道，多么独特的景色，好美呀！

二、在鲁艺

当初的延安，既是红色革命根据地，又是为新中国培育、储备各条战线的专业人才的大学堂。延安鲁艺，就是其中的一所著名的艺术院校。在这所学校里，无论是老师还是学生，个个都是热血沸腾、充满朝气的革命青年。就在这短短7年中，他们就展露出了不凡的成就，散发出刚踏上革命征程的朝霞的光亮。

当时，日本军国主义的疯狂侵略，使我中华民族面临灭亡的危险。终身从影已决的王滨，在此关头，投笔从戎，在读完3个月的陕北公学后，毅然选择了抗日军政大学，准备扛枪上前线打鬼子，并于1938年10月加入了中国共产党。我父亲与两位终身挚友田方、于敏商议：王滨入抗大，田方入抗大的参谋班，于敏入陕北公学的马列主义高级班，待毕业后就组成以王滨为指挥员、田方为参谋长、于敏为政委的一支抗日武装队伍，这样三首脑就全了。

殊不知，在毛主席领导下的根据地——延安，除了抗日保卫中华和解放全中国历史使命外，还要储备和培养新中国所需的各行各业的优秀人才。1939年1月，抗日军政大学筹组总政宣传大队，发现他们一个是颇有经验的电影导演，一个是颇有经验的电影演员。于是，命田方任大队长，王滨任副大队长兼指导员。当年7月，他们又一起被调到鲁迅艺术学院，田方任实验话剧团团长，王滨任副团长兼戏剧系教员。因大家都知道他以前已搞过很长时间的电影了，又曾导演了影片《海葬》，并从任场记开始的，所以我父亲一来延安就有些名气了。

1.《日出》 据说，当时毛主席说，可以演国统区的话剧，如曹禺的《日出》，从开阔延安干部群众视野考虑，并体现与国统区进步文艺工作者实行统一战线的精神。遂令刚到鲁艺的王滨导演曹禺的四幕话剧《日出》。1940年1月，《日出》公演，一举成功，获得中央领导和群众的好评。这是王滨首次导演大型著名话剧。他以"全神贯注、潜心钻研、一丝不苟、刻意求新、求精"的态度进行工作，这成了王滨后来艺术创作的一贯作风。

在排《日出》前，延安从不排外面的戏，即便是名著也不排。在他熟读剧本后，便开始了排戏的第一要事——选演员。剧中演员比较多，据王一达、韩冰回忆说，王滨很善于挑选演员并且挑得很准，这是他当导演的一大特点，也是他的一大特长。待演员表公布后，大家对其中几个角色的安排大为不解或者根本不是搞表演的，有的甚至是导演不太认识的，也安排进来了。但最后，公演证明他们演的都成功了，有的甚至是演绝了，令人赞佩！"王滨是个非常好的导演，他对耳闻目睹的演员的形象和特质有着不凡的洞察和记忆。这大概就是大家疑惑为什么他选派演员能那么准，甚至还包括他不曾相识并不了解的演员的一个原因吧！"韩冰回忆道。

剧中成功饰演潘月亭的演员王一达回忆："王滨导演的第二特长，也是他最大、最突出的特点，是他在排戏的时候始终带着饱满的感情去激发演员，这点在排练中起到了决定性的作用。在他非常动情地给演员说戏的时候，如果必要，说着，说着，还做出一两个示范动作，即刻点通了演员的理解。当时在延安，王滨在导演艺术上的水平是很高的。我认为，一个导演的水平如何，通过一部戏就能看得出来，主要看他对剧本的理解和解释、对演员的挑选和派定，特别是排戏的时候对演员的启发和指导。我在延安专业搞话剧的三年多时间里，除王滨以外，崔嵬、张庚、史行、水华先后都给我排过戏，他们各有长处；我最佩服的是王滨。"

一般被安排饰演妓女的女演员都会有些顾虑，导演王滨主动与被选中的戏剧系第三期学员韩冰谈心，使她打消顾虑接受了这个角色。但在对台词遇到一大段实在难听的骂人脏话时，她怎么也骂不出口，工作进行不下去了。大家都知道，导演在工作中一向严格还爱发火。韩冰一时急得眼泪流了下来。"但出乎我的预料，王滨导演并未发火，反而安慰我说：'别难过，别着急！这段台词让谁来说都会难以启齿的。就是让我说，也会是这样。夏克菲拒绝这个角色，原因就在这里，所以她退出这个戏了。这样吧，今天的排练就到这里，大家回去自己准备，我和小韩留下，单独作业，我会使小韩冲破这道难关的。'"经过一番从内心深处的启发、鼓励和引导，使韩冰"不但渡过了难关，而且让你仍然保持着原有的自信，并且更增加了自觉的成分"，再次接受了这个角色！这就是作为导演或戏剧系的教员对演员或学员必做的工作。

作为导演一定要深谙剧本，并能在舞台上深刻地展现出剧本的内涵和其深意，更鲜活地呈现出每一个角色。他在第三场中加入了一个细节，不但教会学员如何更好演绎角色，打开了演员与角色的通道，而且让人看了赞不绝口。

由于《日出》演出很成功，应观众的要求，在当年下半年又演出了若干场，这次演出时，正值国统区的《塞上风云》剧组，在应云卫率领下，从内蒙古外景地归来路过延安，看了《日出》的演出。"他们说，我们的演出水平出乎他们的预料。"剧中演员干学伟回忆，"《日出》在延安公演，确实轰动了一时。公演期间，正巧国统区的《塞上风云》剧组拍外景路过延安。当时，大有名气的应云卫导演看了我们演的《日出》后，大加赞扬，尤其对第三场戏非常欣赏。当妓女翠喜送走了客人，才得空匆匆吃口饭。桌上放着一碗冷饭，刚刚吃几口，又喊：'接客了！'只这么一碗冷饭，就充分揭露了天津窑子里下等人生活的凄惨。而这一细节，在原作中和各剧团的表演里都不曾有过。因为王滨添得恰当，戏就深刻了。由此可见，他作为艺术家，有灵感，令人佩服。所以应云卫说，这个导演有才，绝了！"

我母亲回忆道："我亲眼目睹了戏剧系参加演出的同学们在公演后成功的喜悦之情，同时，大家都觉得王滨这个导演很了不起，很有才华。由于大家都是艺术学院的人，知道导演的重要性。但这时，我还不认识王滨，只认识台上的演员们。"

2.《佃户》 1939年9月上旬，我母亲已在音乐系第三期学员班学习了一年多了。此时，正值音乐系的教员冼星海指挥排练他早就写好的《九一八大合唱》，舞蹈教师夏静又创作了一个舞蹈节目，这两项我母亲都参加了。演出正好是9月18日的晚上，在抗大分校广场搭的舞台。天气早晚已经很凉，我母亲虽感冒，但坚持到演出结束。这种烧是早稍退，晚加重，每日循环。马海德大夫给她看过病，只能给些阿司匹林片，别无他药，使她整整烧了一个多月才好了。当她回到系里，同学们都惊奇地问她："你怎么变了？"她说："我没变，只是病了一个月，现在好了。"有人说不是这个意思，是说她变白了。在北门外住时，大部分时间在户外活动，不禁晒的她，被晒得非常黑，常有人问她是菲律宾人还是马来人。戏剧系一位同学还给她起个戏谑的外号叫"黑牡丹"。这时，马上有人喊："看呐！黑牡丹变成白牡丹了！"

就在这一年的三八妇女节时，我母亲还被评选为全延安10位学习模范之一，给我母亲的奖品是雕刻家的两幅木雕作品。我母亲回忆道：

1940年5月初实验剧团派张平突然来借我去戏剧系下属的话剧团，排演俄国戏剧大师奥斯特洛夫斯基的名著《大雷雨》，他们看中了我这个音乐系的学生来演剧中的女主角卡捷琳娜。5月中旬开始排练《大雷雨》，还没有多大进展，就宣布停排此剧了。但通过这个过程，我与王滨渐渐熟悉起来，生疏感消除了许多。

接着，为了庆祝鲁艺成立两周年，决定改排延安剧作家王震之的反映农村斗争的四幕话剧《佃户》，仍由王滨导演，预计6月初公演。由剧团演员张守维和我主演，我扮演受地主剥削压迫的贫农寡妇，张守维扮演佃户老农，田方扮演一个受伤致残的抗日士兵，剧团演员于蓝扮演佃户女儿金子姑娘。

在这短短一个月中，我父亲向我母亲展开了热情而猛烈的爱情攻势，我母亲被其攻下，决定接受他的感情。他提出，等《佃户》公演完毕就结婚，面对这种神速，我母亲竟然也同意了。母亲回忆道：

6月初，我们在陕公礼堂演出。王滨告诉我，他将我们要结婚的事告诉了江青，她想见我。于是，在公演的那一天下午，我俩提前出发，步行到了杨家岭。那时，我梳着两条辫子盘在头顶，戴着帽子。约午后3点左右，江青和毛主席刚起床。我们俩先到江青住的窑洞里，她正在梳头。她和蔼可亲地问我年龄、家人，在音乐系的学习情况等等，待她梳好头就带我们去见毛主席。

毛主席在杨家岭的住处有3孔窑洞，江青住右边，毛主席住左边，中间是餐厅并与主席的窑洞相通，就像平房的里外套间。餐桌上已摆好了碗筷。江青向主席介绍说，这就是《日出》的导演王滨，毛主席表示满意地说这台戏演得好。江青又指着我说，她是音乐系学生李莫愁，实验剧团借调她来演话剧《佃户》，庆祝鲁艺成立两周年，今晚在陕公礼堂首演，请主席观看。主席说："好嘛！"江青又补充说，他二人演出结束以后将要结婚。主席笑着"哦"了一声。正好警卫员来叫吃饭，江青就说你们二人也在这儿和我们一起吃吧，算是吃晚饭。我和王滨并排坐在餐桌的下席，主席和江青相对坐在左右两侧。

我们很快吃完就告辞了。我们还未走下窑洞，江青就出来叫住王滨，我们回转身见她手里拿着什么，她走到我们跟前说，这是主席从他的稿费里拿出的钱送给你们结婚时用。王滨接过的是50元边币，我们表示深深的谢意后快步下山了。我俩感到非常幸福，更是非常高兴。但我俩从来未向别人谈过此事，也从未这样商量过，这大概是我们的性格有相似之处吧！

我俩到了礼堂后台，剧组人员也刚到不久。开演前，江青陪着主席还有其他干部来了。另外，抗大和陕北公学的同志也来了很多。演出的效果还好。

我们把结婚日期定在1940年6月18日。演出结束后，王滨就筹划我们结婚的事。那时结婚只需组织批准就行了。自从鲁艺搬到桥儿沟后，不知何时就像城里似的有了一个机关合作社（即饭店），平常我们从未进去吃过饭。为了欢庆我们的喜事，王滨请了很多干部和学员到合作社大会餐。用那50元边币包了所有的饭桌，也不够坐，到处挤满了人，少数人只好站着就餐了。平常大家的生活很艰苦，吃小米、土豆块、萝卜条、白菜汤，很少见油星。在合作社会餐能吃到红烧肉、延安名吃三不沾、蜜汁轱辘等甜食。大家都吃得很高兴。

3.《蠢货》 1940年冬，实验剧团作为专业学习，排演了契诃夫的3个独幕话剧，王滨是导演之一。他首先让陈锦清和史行分别挑选了《求婚》和《纪念日》后，他最后导演了剩下的《蠢货》。我母亲回忆道：

1941年4月9日我们的第一个孩子出世了，是个女孩儿。当时，所有的年轻人都想全身心地投入到革命工作中去，但有了孩子后，我必须在工作和家务这二者间做出正确的决定。我以最大的努力做到独自承担家务，保证王滨的工作不受家事的干扰和影响的同时，我还珍惜在延安的宝贵机会，最大限度地充实自己，并力图投身于革命的洪流中。我积极地参加了政治、业务学习和大生产运动。在大生产运动中，我学会了纺线，又用纺出的棉线或羊毛线织出的各种成品及缝制的光板羊皮大衣等产品，全是优等品，甚是令我高兴！

王滨在延安时期，始终站在艺术创作的第一线上，艺术创作就是创新。在"抢救"运动中，我们都受到了历练，但在遇到过激场合时，我仍缓和地提醒大家要讲政策。

这也成为日后我母亲做了终身长春电影制片厂的专职党委书记的思想基础。

4.《带枪的人》 1941年下半年，王滨与水华联合导演了苏联包哥廷的四幕话剧《带枪的人》，其中有革命导师列宁和斯大林的形象，反映了列宁的工农联盟的思想。演出又获得了成功，并且十分具有教育意义。

王滨导演对于两位领袖人物的扮演者，采用了不同的特殊的导演方法。

在剧中饰演列宁的干学伟是继《日出》后，第二次与王滨合作。他回忆：

这次，因为他对我的创作习惯已经了解，就对我说："除了你的三场和尾声外，我还有十场戏要排，工作量很大。你的戏，自己先准备，什么时候准备好了，我什么时候来排。"这样，我感到愉快，他给了我时间和创作自由。

因为这是列宁和斯大林第一次出现在延安的舞台上，我也是第一次扮演列宁，感到任务艰巨。组织上在十分困难的条件下，为我们放映了《列宁在十月》和《列宁在1918》两部电影。因当时汽油紧张，不能多次放映，我就把片子借来，自己拉着看。另外，又看了大量的资料之后，我请王滨导演和演雪特林的田方，来看我的表演，我们尝试了多次，仍然不行，我感到沮丧。真应该感谢我那两位老战友，当我对自己失望时，他们拿我过去演的角色鼓励我、安慰我。并说："没关系，你再琢磨琢磨，以后就好了！"他们又使我有了信心。但是，怎么渡过这一关呢？我失眠了。

王滨知道我的身体历来不好，一天他给了我 50 元边币。这是他从家境较好的人那里以我身体不好演列宁中气不足为由要来的。当时，这 50 元数目不算小了，大约 5 元就能买一只鸡。经过多次深入揣摩练习，我要求再次排练，结果没几遍导演就高兴地肯定了。给我化装的是许珂同志；因为列宁的头部造型应是特殊的。我在美术系看到一个骷髅，就要了来放到我屋内一个炮弹筒上，范景宇同志拿去，用绸子裱糊，做成了我演列宁的头套，化装和头套都很成功。

在公演首场开场前，我还因我演的列宁是否能被观众接受而不安。但在幕后等待出场时，我的心境突然沉静下来。我只想回到"自己的"办公室去……我终于从斯莫尔尼宫走廊的后景迈向前台，整个剧场刹那间静极了，仿佛什么都凝固起来，我快步走向前去……突然，震耳欲聋的掌声扑面而来，我知道我演的列宁已被观众接受了。

据说，扮演斯大林的严正，是在出乎他自己和众人的预料之外以及多次求饶未果后，硬着头皮接受的。他回忆：

此剧的导演是王滨和水华。王滨的工作方式不像别人，是战将姿态，而水华是个儒将。二位导演的分工：水华排剧中的家庭戏，王滨则排列宁、斯大林和群众场面的戏。工作量确实很大，从 1941 年七八月到元月演出，只有短短的 5 个月。

王滨只给了我一本书，让我去看。是法国人巴比塞写的《他是这样一个人》（即斯大林传），有 1 寸多厚。

我很想再和王滨磨磨，让他饶了我吧。我找了个会餐的节日，有好菜又备上两盅酒，为了方便聊天，我亲自把菜送到他的窑洞里。待两杯酒下肚后，我问他：你看我怎么样？他回答：我看你头发长长的，身子摇摇晃晃的，像一头狮子，你是困兽犹斗哇！就这些，完了。我要睡觉了。咳！吃饱了，喝足了，只套出个困兽犹斗，我还不明白！

在话剧《带枪的人》准备工作正式开始时，王滨给我下了几条命令，不许我和剧组里的其他人搅在一起。总之，全部放手，自由创作。到这时候，我才明白困兽犹斗的意思。按他的话说，你本身就不是"绵羊"。可以放手让我自己去领悟，又给了足够的粮食（书籍资料），在屋子里关三五个月，让你憋足了劲……

这种做法，是建立在他对一个不会演戏的青年人深刻地了解。从王滨这一套办法，你完全可以看出这是个成熟导演的工作方法。相信你的能力，开发你的潜力，给予正确指导。

从此，我的屋里到处摆的是斯大林的照片，每天看的想的全是关于斯大林的事。王滨还不让我进排演场看排练，只能看剧本。我就一边看书、思考、笔记，一边想象如何表演；同时想着苏联电影《列宁在十月》《列宁在1918》中斯大林的形象及形体动作，自己默默地学练着。我就这样当着"困兽"。

那时，我已经为了这段戏，夜不成眠了，心里也急得要命。于是，在一个明月当空的深夜，自己悄悄地走出实验剧团，来到了四面山峦起伏，秋风萧瑟，一片树林环绕的教堂门口，把那里的台阶当成假想的舞台，我站到了出场的位置。想到，王滨说我像一头狮子，狮子是不能软弱的；法国的巴比塞说斯大林是鹰，说明斯大林的眼睛很锐利。这也是王滨启发我的根底。就这样，我多次夜间出行反复揣摩、练习。最后，在正式排练时通过了，但王滨不让我反反复复地排，为的是要保持正式演出时的新鲜感。

我的外形由钟敬之负责。他在我脸上堆满了用鼻油灰做成的化装泥，塑出斯大林的脸形，雕塑得很艰难！

1942年元月1日，首演成功了。我创造的这个角色站住了，观众报以热烈而长久的掌声。那是革命激情，是对革命领袖斯大林的崇敬，使我创造了这一角色。同时必须指出，这个成功与王滨对场面的经典性处理密不可分。他的处理是：在舞台的斯莫尔尼宫外广场上，各兵种排着整齐的队伍，等待斯大林的接见，周围是好奇的孩子们，空中飘着苏维埃的革命歌曲，加入革命队伍的雪特林和战友们一边聊天，一边吸烟……突然一个孩子高喊："斯大林来了!"雪特林马上熄灭了烟,全场十分肃静。然后,墙上先出现了斯大林的高大而矫健的身影,接着才是斯大林真的出现了。他举着手向大家致意,于是,场上欢声雷动。斯大林与附近的人握手、拥抱,场面异常活跃动人。当斯大林鼓励出征的话讲完之后,随着出征的红军迈向战场的步伐,手风琴奏出欢快的进行曲……我说它经典,是认为只有这样处理,才能表现出那气势宏大的场面,那革命必胜的信心,和那领袖与人民心连心的关系。此后,我看到别的团体演出的《带枪的人》就没有像王滨这样处理,也就未出现我们那次演出的效果。

中央很肯定这个戏的政治影响。它是在第二次世界大战的重大转折时期演出的;这个戏使中国革命根据地延安的舞台上第一次出现了列宁、斯大林的形象。重庆的《新华日报》转载了这个戏演出的消息,在国内外的影响都很大。同期演出的《上海屋檐下》,就没有这样的影响。重庆《新华日报》转载了延安《解放日报》的消息,在当时的中国影响很大。萧三写了评论文章,肯定了该剧,尤其肯定了列宁、斯大林这两个角色。对有些场次虽然认为有些许不足,但认为整个演出是个壮举!该剧演出确实是很成功的。王滨对于导演这样的外国大戏,应该说是"敢吃螃蟹的人",与新中国第一部长故事片电影《桥》一样,都是第一个。王滨确实是中国革命新话剧的创建者之一。

5.《延安文艺座谈会》 1942 年 5 月,我父亲参加了中央召开的文艺座谈会,亲耳聆听了毛主席的重要讲话并参加了座谈。这成为他世界观得以根本改造的起点和标志。此后,深入工农兵群众,为工农兵服务的意愿,便由原来自发性的而深刻升华为自觉行动,并以自己的生命去履行了这一信念。我母亲回忆:"记得,会后他曾兴奋地说,这是他一生中受到的最生动最深刻的毛泽东文艺思想的教育。只有自觉地贯彻实行,才能成为一个真正的党的文艺战士。"

6.《我们的指挥部》 1942 年 7 月,为纪念抗战 5 周年,王滨导演了陈荒煤的反映敌后斗争的独幕话剧《我们的指挥部》。这是延安文艺座谈会后，第一个表现战争的戏，来纪念抗战 5 周年。剧中有红军出身的八路军干部第一次上台参加舞台表演。

从 1943 年到 1944 年，王滨参加了整风和大生产运动，他都是积极分子。在劳动中，大家都是两个人共用一把镢头，而他却一人独用一把。1944 年春，王滨被评为学习劳动模范。

7.《白毛女》 这部大型的新歌剧，产生于抗日战争的尾声，极其适时地配合了解放战争和土地改革运动，那是中国新民主主义革命的关键时刻，即集中解决农民问题的时刻。它是在新秧歌运动的基础上，依靠集体的智慧，经过集思广益，反复修改，成为艺术精湛的划时代的经典之作。

1944 年，鲁迅艺术文学院院长周扬决定选用已在各地广为流传的"白毛仙姑"的传说为蓝本，创作一出新歌剧向中共七大献礼。周扬先请文学系的教员邵子南写本子，但邵子南的本子偏重文学性和诗性，戏剧性不足，结果未成。随后，周扬又把任务交给了戏剧系主任张庚，并由鲁艺戏音（戏剧系、音乐系）部委员会研究确定，由鲁艺戏音部委员会委员王滨直接领导并参加集体创作组和集体导演组。

作为《白毛女》集体创作组和集体导演组的负责人王滨首先在剧团演员和戏剧系学生中，挑选剧中的演员并由他亲自宣布其名单：喜儿（白毛仙姑）——林白饰，杨白劳——张守维饰（鲁艺第一期学生），黄世仁——陈强饰，穆仁智——王家乙饰，黄母——李波饰，王大婶——邸力饰，王大春——张成中饰，张二婶——韩冰饰（戏剧系学生），赵大叔——赵起扬饰，李拴——邢升武饰，大锁——李克饰。

在创作过程中，遇到很多问题也走过弯路。当时，大家都不知道新歌剧该是个什么样子的，所以走过两三次弯路。每一次，都是王滨带领大家重新开始。最终，决定全剧不再采用方言，改用普通话，因全国解放后就要面向全国观众了；音乐，也不再以地方戏曲为素材，要以民间曲调为素材。

张庚、陈强（后者从始到终都是集体创作组的成员之一）、瞿维（作曲之一）、于蓝、林白、韩冰等人都认为，王滨生活阅历广，思维敏捷，主意多，来得快。他引导大家讨论剧本，搞结构。因大家都不懂戏剧，每场戏都由他先拉出一个架子，搞个纲。之后，大家再往里面加东西。王滨还引导大家讨论研究如何处理、塑造几个主要角色和他们之间的关系，就连杨白劳、黄世仁等名字都是王滨想出来的。"白毛仙姑"原本就没有那么多的故事，对此，王滨起了很大的作用，很多的情节都是他想出来的。他把故事的一开头放在了矛盾最尖锐的时候——过大年，杨白劳年前出外躲债，一下子就把戏展开，搞活了。之后的"买二尺红头绳""扎红头绳""包饺子"等情节，都是王滨根据他山东老家农村的生活提出来的，皆为之后的戏剧冲突埋下了很好的伏笔。在表现形式上，采用老百姓喜闻乐见的虚拟的表演手法；布景用代表性的大道具加平面景，不设门窗，与虚拟的表演手法相吻合；学习我国戏曲表演节奏强烈、带舞蹈性的特点等。同时，王滨很重视对新人的培养，不放弃任何课堂和每个艺术实践的机会，运用启发式的教学方法向大家灌输戏剧专业知识。

作词贺敬之、丁毅（丁一）。在音乐方面，作曲者包括音乐系的马可、张鲁、瞿维、向隅、李焕之、陈紫、刘炽等。王滨与作曲家们共同商定采用地方曲调《小白菜》为音乐素材来创作。之后，音乐家们便创作出了脍炙人口的主题曲之一《北风吹》。

1944 年 11 月中旬，正在歌剧《白毛女》紧张地创作中途，中央党校为配合干部学习和鲁艺联合排演了反映苏德战争期间前线干部思想问题的三幕五场话剧《前线》（考涅楚克编剧，萧三翻译）。事前，李伯钊代表党校找鲁艺的王滨商议确定，双方联合成立一个大型导演团，鲁艺出演员，这样歌剧《白毛女》的创作只能暂停了，直至《前线》演完了，回到鲁艺后才又继续。

我母亲回忆："《白毛女》的排练场地就在鲁艺的一个大院里，搭了一个临时舞台，观众席用砖头做支撑，上面横放长条木板搭成，前后左右的距离合适又整齐。此剧几次弯路和最后的成功版都是在这里进行和完成的。教职员工任何人都可以随时来观看排练。当时，我每日尽量腾出时间，带着女儿坐在靠后的观众席上专心地看着排练，我把这当成最好的学习课堂，十分用心，以弥补我不能参加工作造成的损失。小毛毛喜欢并学会了喜儿的唱段《北风吹》。就这样，我天天坚持着，并把每个角色的唱腔、台词、舞台调度，以及每场戏的每一改动等等，都能记得滚瓜烂熟，倒背如流。"

在《前线》演出结束回到鲁艺时，距离七大的召开已很近了，为了赶进度，形成了极为紧张的流水作业的局面，即创作出一场戏就排一场戏。终于在七大即将召开之际完成了！

歌剧《白毛女》在延安连演了30多场，时间之久，场次之多在当时是罕见的，受到了极大的欢迎。

有报纸说："每次观众都达三四千人，很多农民跑十多里路来看戏……房上、墙上、大树上都站满了人。每次演出观众大多落泪。……每演到最后一场斗争黄世仁时，喊打倒声不绝……很多农民说：'这个戏为我们穷人说出了心里话！'"

6月10日，《白毛女》到杨家岭中央大礼堂为党的第七次全国代表大会献演。当演到喜儿被救出山洞、后台唱起"旧社会把人变成鬼，新社会把鬼变成人"时，毛主席等中央领导同志都起立鼓掌。第二天，中央领导就派办公厅的同志，传达了他们的三条重要指示：第一，这个戏是非常适合时宜的；第二，黄世仁应当"枪毙"；第三，艺术是成功的。之后，王滨立刻带领全剧组按指示修改——"枪毙"了黄世仁。其实，"枪毙"黄世仁的决定是根据党中央提前清醒认识到中国的主要矛盾将由民族矛盾转变为以阶级矛盾为主而作出的。之前，是以民族矛盾为主，所以要团结一切可以团结的力量一致抗日。

正如中央所预料的，当时的中国正处在历史转折期，即民族矛盾即将下降，国内的阶级矛盾即将上升。歌剧《白毛女》正好就是在此时出现了，并且发挥了预想不到的轰动效应，成为划时代的作品！也正因为它在艺术上是成功的，所以直到现在我们还会常常看到《白毛女》全剧或选段的表演和演唱；而且由此又衍生出各艺术种类的《白毛女》，如京剧《白毛女》，芭蕾《白毛女》等；不仅在中国还有在外国，如日本的芭蕾《白毛女》，还有捷克的《白毛女》……

鲁艺戏剧系主任张庚回忆道："王滨在鲁艺话剧团里做了许多事。他在艺术上很有修养，他在延安进行艺术工作，一方面，是在实践中积累经验，使之升华；另一方面，他极大地运用了电影手法和从影经验，并在这二者冲撞中他获得了更多的经验。1944年初夏，决定排《白毛女》开始不久，领导委派王滨同志组织《白毛女》的集体创作和集体导演的工作。他很动脑子，他排戏，对角色的要求和艺术创作，都多从感情出发，在感情上考虑较多，所以，他编导的戏都比较动人。"

干学伟、王一达等认为："王滨是个有骨气的人。在战争年代搞创作，敢于出生入死。自他20岁从影后，就一直为其作品的高水平和进步性而执意地努力着。而且他确实是一位很有灵感的导演。他在理解和解释剧本、组织和配备好演出人员，以及把剧本体现成舞台形象，这三项上都做得很好。"

严正道："王滨确实是中国革命新话剧的创建者之一。我很佩服王滨导演。他的作品、他的导演手法、他处理事情的办法，如同他的为人一样，都是那么质朴、豪爽。他的导演方法、创作风格都对我日后的艺术创作产生着影响。"

许多人一致认为："王滨是个好同志，他没有什么名利思想，让干什么就干什么。""他为人热情、坦率，愿意帮助人，从不背后搞人；对国家、对民族特别爱护……""他没有文人的那种自傲，与团员一样，平易近人，乐于助人。如见人家有困难，他就毫不迟疑地拿出自己的全部东西助人。"

三、踏上新征程

1945年8月15日，日本正式宣布无条件投降，在鲁艺院内举行了庆祝 8 年抗战胜利晚会，狂欢了一整夜。

8 月下旬，延安的各文艺工作团即将分赴各地，周恩来副主席在欢送会上向大家语重心长地说："你们将赴各地工作，要贯彻毛主席的文艺政策和坚持鲁迅的方向；要埋头苦干，不要怕默默无闻；要虚心，防止骄傲，才能顺利开展工作。"

鲁艺的学子们不负党和母校的期望，在离开延安的沿途中就开始了宣传延安精神、延安文化和延安的艺术精品！

母亲回忆：

王滨和我与美术系一对夫妻被分配到有中央组织部的、离开延安最早的一支队伍里，目的地是山东解放区的首府临沂。到达后，王滨被分配到山东军区任文委委员，还给他配备一名带枪的警卫员；我带着组织关系到烟台市委组织部谈了我的情况和愿望，之后他们把我分配到距离烟台 10 里路的农村——榛山区委任宣教委员，补上了在延安因为带病而未能深入农村缺的一课。1946 年 6 月初，自认为已经准备好的国民党，要发动内战，进攻解放区。组织上为了保护干部，通知我去莱阳部队《前线报》做见习编辑。可到了莱阳，接我的却是国防话剧团的同志，他解释说，剧团已与报社谈好，先借我到剧团工作一段时间。因为他们已知我是延安鲁艺音乐系的，并且又是《白毛女》主要编导王滨的妻子，要我去介绍延安《白毛女》歌剧的演唱法。因为他们团已排演过一次，由于唱法等问题未获成功。

母亲继续回忆：

因我在延安时，对《白毛女》全剧已能倒背如流。所以，到剧团后首先按团长虞棘同志的要求，为他们解决了在歌唱和乐队方面的问题。继而，虞团长又让我接着当导演排出全剧。我当即表示承担不了这份导演工作而婉言谢绝。虞团长说，我们的导演都是剧中的重要角色，如王少岩（虞棘的夫人）扮演喜儿，另一位导演扮演穆仁智。他们实在顾不上再做导演了。我看既然推不掉，就只好试试看吧。我就把在延安时和地干班学员合演秧歌剧《夫妻识字》时学的方法用上了。特别是分析角色，找出每句对话的潜台词，使他们能集中注意力进入角色，掌握好表演分寸。同时帮助他们克服忘词儿的毛病。他们对这些东西都感到很新鲜。

待我导演完全剧之后，我又给他们排演了秧歌剧《夫妻识字》。可以说，我在这个非常偶然的机会里，竟把王滨等集体创作、导演出来的《白毛女》，在山东又给照样导演了一次，又普及了新秧歌运动中的优秀剧目。看来，没有得到延安版本《白毛女》的真传，还真的不能成功，我这也算是传播延安文化吧！也是与新歌剧《白毛女》的一种缘分，这份缘分一直持续到我随王滨去了大连和到东北电影制片厂的工作中。

王滨在大连买好电影放映机，回到临沂交了差，准备返回大连做牙骨整形手术前，赶到莱阳找我，正赶上《白毛女》总排。请他来看了。他对我前段工作的成果，感到惊奇，看后他只在一些小地方上提了意见。我们未等剧目正式公演，就回到烟台转而奔大连去了。后来听说山东国防剧团的《白毛女》演出效果不错。此事不胫而走，又听说东北文工一团（由鲁艺出来的人组成的）的人知道了，都感到惊讶："哎呀！李莫愁在延安名不见经传，只演了一个《佃户》，就当了导演，效果还不错！"就这样，我这个见习编辑，还未到莱阳的前进报社报到就离开莱阳了。

到大连后，王滨入院手术、疗养，我则到旅大地委报到，领导派我同另一位老同志，将原中苏友好协会的文工团改编为旅大文工团，那位老同志任团长，我任政治指导员。苏军不同意有明显的政治色彩，就改叫我的职务为教导主任。在这里的工作，又是一次传播延安文化。

首先要我们搞一场演出，倘若排演《白毛女》歌剧，人太少了，于是，我首先给演员排了《夫妻识字》，讲普通话，扭秧歌。随后又排练了一些歌曲，形成了一台晚会，在建国学院礼堂演出。那时扭秧歌在旅大还是个新鲜事物，所以深受观众的欢迎！我还记得一个有趣的故事，在节目进行中，突然报幕员报："下面请王小妹表演。"我坐在下面直纳闷，整个晚会的节目都经过我手，哪有什么王小妹的节目？正在疑惑中，只见我的5岁多的女儿大大方方走上台唱了一支《白毛女》歌剧中的《北风吹》，真是让人好笑！但由此可看出，新歌剧《白毛女》与我们家的关系有多深。

不久，迁到旅大来的丹东白山艺术学校与我们团合并了。各系都有系主任、老师。我兼音乐系副主任。人员齐备了，决定排演《白毛女》。这次我不做导演了，只教唱。那时很重视宣传工作。我刚教完唱，就被邀请到广播电台广播了。记得在进行中，"黄母"的扮演者一时唱不下去了，我立即暗中接着唱了下去。

当时，有一位苏联歌唱家来华进行访问演出，要学一首中国歌曲《东方红》，让我去教她。后在演出中，她满怀激情地把这首歌演唱得非常好，特别受欢迎。事后，报社还邀我写一篇关于延安新秧歌剧的文章，我不想写，可在医院疗养的王滨却鼓励我写，我才写了并登出了。王滨休养结束后，医院就让他做医院的秘书长。那时，人们认为从延安来的人什么工作都能做！

王丁菲

2020 年 11 月

父亲邬析零的抗战音乐之路

　　1939 年 4 月 13 日，《黄河大合唱》（以下简称《黄河》）首演于延安陕公大礼堂，之后迅速传遍了中国，极大地鼓舞了人民的抗战斗志。在音乐方面也激发了抗日音乐创作的高潮，催生了如《中国人民解放军军歌》（原名《八路军进行曲》）等优秀作品。《黄河》的诞生是发生在一个不大的圈子里，主要是在抗演三队和鲁艺音乐系两个单位，不像延安时期的歌剧《白毛女》是中央领导亲自作的全面统筹安排。因此真正亲历创作过程知详情者并不多。我父亲不是个很爱动笔的人，并且觉得这文章的音乐部分主要应该查看冼星海的日记或文章，歌词朗诵语言部分应该主要是光未然写的。可谁知光未然酷爱写诗，生活在诗的境界中，对传记类型文章也不太勤于动笔，并且特别鼓励由我父亲来主要执笔。本来早就有人和父亲约稿，但直到 1959 年《黄河》诞生 20 周年纪念之际，父亲才意识到自己作为《黄河》孕育诞生首演音乐方面最知情人的重要性，如果他不写这一幕就会成为中国音乐史上的谜团。遂应向隅同志之邀，在繁忙的工作之余开了几个夜车，为中央人民广播电台纪念《黄河》首演 20 周年撰写播讲稿，第一次向公众讲述了《黄河》诞生及首演的真实故事，同时将播讲稿投送发表在 1959 年 5 月 10 日的《中国青年报》上，《黄河》诞生的故事自此开始向国人展现。但 20 年的媒体空白加上知情人不多，所以难免产生很多关于诞生和首演的不实流传。

　　父亲工作一直很忙，《黄河》诞生的文章 1959 年发表后又回忆起很多具体情节，想写却一直没有时间，"文革"挨整更无闲暇。直到八九十年代父亲已离休，能够找老同志一起回忆、补充、考证，《黄河》孕育诞生和首演的事实。经过长时间的辛勤工作，写成了更准确更完善的真实故事《黄河大合唱的孕育诞生及首演》。现在《黄河》已经诞生81周年，父亲已经离世9年整。他的一生说明他是一个非常值得永远回忆、纪念的人。

一、才华出众的上海少年

我父亲于1920年5月13日出生于上海，学名邬雪铃，童年的家在上海火车站附近。父亲自幼天资好，学习成绩优秀，文理通读、才华出众，是同学们仰慕的对象。我爷爷名叫邬晋甫，在京沪铁路上当西崽（西餐厅服务员），工作了大半辈子，不识字但工作兢兢业业、为人忠厚老实。奶奶也能做些临时工，一家三口生活虽不富裕也属温饱。爷爷祖籍是浙江定海茅岭乡，小时在家放牛到12岁离乡在轮船上当学徒，家里穷苦不能上学识字，但十分崇尚知识文化，看到自己的儿子在学习上如此争气，自然十分欣喜，又加上是独子，所以对父亲十分宠爱。30年代，遭受日本侵略之前的上海，是空前繁荣的，是中国工业的中心，从国外引进了很多先进工业项目，建立了中国民族工业的基础。上海的青年学生也大都以理工救国为荣、以发展国家工业为追求。爷爷吃尽了没有文化的苦处不愿让父亲再经历自己的辛酸，把家里几乎全部的收入节省下来，有时还要典当东西来筹足学费支持父亲读书，读上流的学校。小学毕业后，爷爷就把父亲送入了当时在上海用英语授课的知名洋教会学堂圣芳济学院。爷爷知道学好英文才能当工程师。父亲文理成绩均优，在初中时已开始探索高中与大学的数理问题。同时父亲也酷爱音乐，喜欢阅读科学、音乐等各类书籍。爷爷、父亲和大多数人一样有理工救国的思想，把读博士当科学家、工程师，出国留学作为梦想追求。

二、参加抗日，学习音乐，结识冼星海

1931年九一八事变，日军侵略中国，人民抵制日货、抗日救国的情绪日益高涨，老百姓关心国家大事。父亲11岁就开始经常为爷爷和邻居

们读报，学会了讲时事新闻。父亲也懂得了抗日救国的道理，萌发出为国为民抗日的思想。面对着日本帝国主义对中国赤裸裸的侵略行径，面对这最恶性的社会不公，父亲像大多数爱国青年一样无法抑制愤怒，难以专心于自己钟爱的科学与理工科学习。1935 年，父亲 15 岁就在邻居革命者周钢鸣等的影响下，参加了吕骥等同志领导的中共抗日团体上海合唱团，不仅学习音乐也经常能听到最新的时事分析报道。

爷爷生活上省吃俭用支持父亲读上流的中学，但并没有闲钱支持父亲学音乐。好在父亲喜欢看书，到处搜集便宜的音乐书籍，买回来不分白天黑夜地钻研。买便宜的二胡、笛子等开始自学。当然很向往钢琴、提琴等西洋乐器，但那时的西洋乐器昂贵，不是他能支付得起的。父亲的中学是教会学校，常去聆听教堂音乐，他非常喜爱教堂里面的管风琴、合唱音乐。父亲酷爱欣赏音乐，喜欢唱、喜欢乐器，还特别喜欢研究乐理，不仅逢师必问，也爱自己钻研，很多音乐理论都是无师自通，这使得父亲在音乐学习方面能够胜人一筹，为做音乐指挥奠定了基础。

父亲第一次学指挥的课程是冼星海来合唱团指导时教授的。1936 年，父亲那时 16 岁，星海那年是 31 岁，来合唱团指导练唱他刚脱稿的新作《救国军歌》，他刚从法国以优异成绩毕业回国，在抗战歌曲的创作上已是全国知名。父亲见到自己崇拜的偶像，迫不及待地提出很多音乐方面久思不解的问题。星海看到父亲年龄不大却能思考音乐上这么多的问题，十分欣赏，又问起父亲的音乐学习。得知父亲艰辛的自学经历，还有在学校参加抗日救亡运动，这些都引起了冼星海的共鸣。星海的家庭贫困，音乐学习十分艰难，他还有在学校闹学潮被开除的经历。星海解答了父亲的很多问题，并且对父亲进行了指挥方面的热心指导，鼓励父亲做指挥，认为父亲乐感好，并且爱看书，对各种乐器、乐理都有很好的钻研。后来父亲买了指挥棒，逐渐成为合唱指挥。父亲热爱冼星海的抗战歌曲，更崇拜音乐家，他回忆冼星海时，印象最深的就是冼星海的作曲天才。说星海谈话、讲课时常能即兴哼出一些十分优雅的旋律，说星海就是天才，见到词马上就有曲，而且句句上口。与冼星海的相识不仅使父亲得到了指挥方面的教诲，也让父亲更加爱音乐、爱作曲，以后特别注意研究曲调的规律，并注意收集和记录他人和自己的音乐思维片段。

父亲是个不怎么爱说话的人，开个会最少发言的往往就是他了。但父亲感觉见了星海就有缘分似的，总有说不完的话，问不完的问题。星海对父亲也非常器重，非常欣赏这样勤于自学探索知识的青年，在后来的日记中经常提到父亲。父亲的一生还有另一位见面话多的朋友，就是音乐家盛家伦。父亲爱算生日，第一次见星海就说起自己的生日是 5 月 13 日，而星海说自己是 6 月 13 日，整差一个月，是巧合也是个缘分，不知意味着什么。而 3 年之后的星海指导父亲指挥首演《黄河》日期又是整差一个月，4 月 13 日。

三、离家离沪，步行武汉，艰难抗日

出于抗日救国的激情以及对音乐的热衷，父亲在中学时期不仅参加了上海的抗日合唱团体，也在学校办刊物宣传抗日，号召人民组织起来。父亲的努力使当时很多学校的同学，如殷家修等人参加了抗日革命工作。但学校当局思想保守，惧怕涉入政治活动给学校招惹麻烦，校方竟将父亲开除，使他钟爱的理工科学习难以继续。父亲并不为此吓倒，反而更加积极地投身抗日活动。1937 年 11 月，上海沦陷后，父亲准备离开上海，奔赴武汉参加抗日救亡宣传演出团体，以音乐为武器投入抗战。当爷爷得知在一起生活 17 年的儿子要离开家时，无论如何不能接受，把父亲反锁在家里。那时孩子离家就是通信也不容易，往往需要熟人来往时捎带口信才能得知消息。父亲也舍不得家，舍不得大上海，舍不得朝夕关爱他的爷爷，更没有想到与爷爷的离别后来竟成了永诀，成了终身憾事。但当时为了抗日而别无选择。对于在世界性大城市上海长大的孩子，弃家参加抗日演出团体走南闯北，将要遇到的困难与艰辛是巨大的。每天的三顿饭与晚上的居所、冷暖安危将难以保证，更重要的是离开大城市，医疗条件差太远，各种疾病四起，身体如何能够承受。第一个困难就是去武汉没有火车、汽车可搭，只能靠两条腿走，一路要风餐露宿，如果染上疾病很难找到医院，就只能靠自己的抵抗力，有生命危险。但父亲和几个抗日爱国青年，面对这样的困难没有丝毫退缩。1937年的11月下旬，他们几个坚定抗日的青年，违背父母及亲人的意愿，卷上了被子，挑上了担子，父亲把指挥棒绑在扁担上，步行奔赴武汉参加抗日。

从上海到汉口大约有1600里的路程，11月下旬的天气已转凉，那时出门都是自带被褥，父亲与几个志同道合的青年，白天挑着行李被褥步行，晚上找不到住处就裹在被子里睡在路旁。有时能搭上一段小驴车，但大部分路是要步行的。兜里的钱十分拮据，必须省吃俭用，走长路非常消耗体力，但也不能吃得很饱，还有各种各样的风险数不胜数。但父亲他们几个热血青年以极大的勇气克服了困难，就这样历尽艰辛，经过近20天的行程，在12月抵达汉口。这段艰苦的征程不仅让父亲走上了抗日救国的道路，也让父亲结识了出生在汉口的后来成为我母亲的廖家高。抗日激情把父母连接到抗日宣传队伍之中，他们从此相爱，结为伉俪，相伴相随几十年并有了4个孩子。

父亲到达汉口后一周，于1937年12月中旬在星海的介绍下作为筹备委员参加了由冼星海、张曙发起的全国歌咏界抗敌协会筹委会，加入了剧协话剧移动第七队。该队之后于1938年7月改编成国民政府军事委员会政治部第三厅（郭沫若为第三厅长）组织的抗战演剧队第三队，简称抗演三队。

该队于1938年9月9日离开武汉后，就一直在抗战大后方的山沟里面，在西北战场执行演出任务（1941年7月，在山西隰县驻扎时接到军委政治部的命令，各演剧队按配属的战区番号重新排列，在二战区而随战区编号改为抗敌演剧宣传第二队，简称剧宣二队）。父亲一直在该队担任音乐组长，负责全队音乐方面指挥与教练工作。这个抗演三队就是《黄河大合唱》诞生时的创作辅助团队、首演团队。那时是国共合作时期，国民党与共产党在抗日工作上是统一行动的。演剧队当时是国字头的宣传团队，由坚定的抗日爱国精英，出众的文艺青年所组成。在全国为前线英勇抗日的中国军队演出，也为后方老百姓演出，以文艺为武器鼓舞军民抗敌斗志。全国有 10 个队，每队正式编制 28 人，加上十几个编外人员，一般是三四十人。抗演三队主要负责山西、陕西、河南等地的抗日宣传演出任务。队里是有军衔的正式军队编制，命令下来无论是前方还是后方，说到哪里演出就要到达，不能延误。抗战时期走遍了山西的田野和山庄。队员们生活在一起，吃喝不分你我，在前方将士英勇牺牲精神激励之下，为抗日献身的激情无比高涨，他们不仅以宣传演出的内容更以自己的献身精神，激励着军队和民众，抗战期间立下了抗战史上不可磨灭的功劳。

四、家园被占，悲愤交加，《黄河》孕育，盼望延安

参加了国家级的抗日宣传团体，担任了抗演三队的音乐组长，父亲走上了抗日的道路，担负了国家的重任，很兴奋也感到担子很重，需要更多的音乐专业方面的知识。他一方面继续利用演出的闲暇深入学习各种音乐知识和技能，另一方面也渴望能到延安鲁艺等抗日基地培训，和同行在一起对抗战音乐作更深入的学习、探讨和研究。延安是中共中央的所在地，是父亲他们政治上向往的地方。从 1937 年底到 1939 年初，演剧队包括父亲在内的大部分队员都在做各种努力争取去延安。1938 年 9 月 9 日，离开武汉前，他们就有意选择了赴西北战区，因为这样就可以有机会接近延安。1938 年 10 月 28 日，抗演三队执行演出任务离开洛川往宜川进发，洛川离延安较近，经上级批准，派了 6 位同志（包括我母亲廖家高在内）到延安学习，她被安排在抗大学习。我母亲在汉口黄陂街世彩里长大，那时整条巷子都是母亲祖上传下来的房子。但是由于日本侵略战乱等，老式的木房难以修复而越来越少。母亲从小学习优秀，非常爱这个家，爱祖母，但因痛恨日本侵略，遂一心想参加抗日的文艺组织，16 岁就和抗日的大姐姐田雨来往，感到了一个温暖的抗日大家庭，17 岁就参加了演

剧队的组织，下了决心要在这里坚持到抗战胜利。这次能有机会被派到延安抗大学习成为抗大的第四期学员，到了延安的环境中更是倍感温暖、荣幸。

父亲和抗演三队的同志们一方面在敌后执行演出任务，另一方面在努力争取全队到延安演出和培训的机会。在此期间执行任务多次渡过黄河，受到了黄河巨浪惊险场面的震撼，而孕育了《黄河大合唱》。全队赴延安需要国民政府政治部第三厅的许可，好在那时是国共合作抗日的最好时期，经过多次找人斡旋，又找到去榆林劳军的机会可顺路到延安，还因为光未然不幸手臂骨折需要疗伤，三队赴延安终于成行！抗演三队的同志们在多年之后回忆写道：

二纵队派专人护送我们从永和关渡过黄河，进入陕甘宁边区。一踏上边区的土地，大家就放声歌唱起来，从《大刀进行曲》到《流亡三部曲》，从《马赛曲》到《国际歌》，几乎都唱遍了。同志们一路走，一路唱，一路说"快到家了"！步子越走越快，快乐得像孩子马上要见到妈妈似的，向着延安前进。在奔赴延安的道路上度过春节，迎来了1939年的春天。当同志们远远地看到了宝塔山的时候，心情万分激动，含着欣喜的热泪，又唱又跳说："到家了！到家了！"武汉出发时的愿望，终于实现了！我们到了延安，住在宝塔山下的西北旅社。延安是党中央领导抗日战争的政治中心，是革命圣地，是进步人士和革命青年日夜向往的地方。这里的中国人民抗日军政大学、鲁迅艺术学院、陕北公学、文化界抗敌协会等都有我们熟悉的朋友，我们非常羡慕他们，如果自己也能留在这里学习或工作，在政治上、艺术上得到培养和提高，该是多么幸福的事啊！因此，首次在陕北公学大礼堂演出时，大家的心情像学生入考场那样，既高兴又紧张。礼堂里早已坐得满满的。没想到在开演前十几分钟，毛主席和刘少奇、李富春、罗瑞卿、萧劲光、萧向荣等领导同志都来了，他们穿着灰色的士兵服装，戴着八角帽，和普通观众一样走到稍微靠前排的条凳上坐下。队长徐世津致开幕词，讲了国共合作，团结抗战的重要性，当他说到"现在，在抗日战场上，国民党员和共产党员的血已流在一起了！"顿时掌声雷动，经久不息。拉开前幕，全队同志演唱了抗战歌曲《抗敌歌》《救亡进行曲》《大刀进行曲》《在太行山上》《最后的胜利是我们的》，那不仅是在歌唱，简直是把坚持抗战的决心和蕴藏在内心的热情从胸中喷涌了出来，真挚的感情激起了观众的共鸣，不少观众也轻声地跟着唱起来了。毛主席带头鼓了掌。在演出王为一同志所写的《军民合作》（即《宣传》）和光未然同志所写的《武装宣传》两个话剧时，毛主席有时微微点头，有时发出爽朗的笑声，观众的情绪也很热烈。第二天，李富春同志对我们说："昨天的演出很成功，你们以这种政治面貌出现是对的。"鲁艺有的同志也告诉我们："你们那样严肃的态度和严整的纪律，也使我们受到影响。"

从上面的记载不难看出，抗演三队的到来是受到延安各界高度重视的。他们在艺术上、纪律上、军容上在当时堪称一流，受到延安精神的熏陶，让他们更上一层楼。优秀的文艺作品出自他们之行绝非偶然。他们在到延安之前的几个月中经历了一生中最大的悲愤和激励。几个月前的 1938 年 9 月 9 日他们投身抗日离开武汉，那是他们大部分人终身怀念的家园。而一个多月后的 10 月 25 日，在演出刚结束就听到日军占领武汉的噩耗，他们痛哭流泪、悲痛欲绝。就在这个时候多次东渡黄河，看到了黄河的激流险滩，领悟了中华民族不屈不挠的精神象征，给了他们抗战必胜的信心，激发了壮丽史诗级作品的灵感。抗演三队的同志多年之后回忆：

圪针滩，在黄河西岸，山高路险，气势雄伟，从渡口可以看到上游不远的地方就是著名的大瀑布壶口。不到岸边，远远就听到如虎啸一般的激浪声，黄河从百丈悬崖直泻而下，溅起无数浪花与水珠，像朝雾一样从水面升起，真是一幅气壮山河的图画。对面是一望无际的好似海浪的黄土高峰群，那就是山西前线，在那里多少抗日战士与群众在同敌人浴血奋战。黄河像母亲一样抚育了我们的民族。今天，在她的身边正在开展一场民族生死存亡的战争，她以自己的伟大体魄捍卫着后代子孙。……我们这群青年，初次来到黄河岸边，看到此情此景，怎不感慨万千。我们登上了一只三四丈长的木船，船在狂涛巨浪中真像一叶扁舟颠簸起伏。快到河心，水流更急。掌舵的老船工突然高呼起号子，全体船工齐声响应，像战斗的号令一样，船工们与旋流激浪展开了一场激动人心的搏斗。水急浪高，黄水四溅，不时溅入船中，时值严冬，船工们裸露胸膛与臂膀，汗水已浸湿了他们的衣衫。同志们也与他们同呼吸、共紧张。靠近岸边时大家才缓缓地舒了一口气。光未然同志以他诗人的方式描述了这段经历，酝酿成功《黄河大合唱》这壮丽的诗篇。

五、《黄河》诞生在延安

抗演三队在延安的几个月里，每天都在紧张兴奋和欢乐中，总感觉时间过得太快。除了演出、排练节目，就是参加各单位的联欢会、座谈会，参加延安的一些重要的群众集会，还听了毛主席和中央领导同志的报告。父亲讲在延安逛县城时也可见到全国知名的毛泽东、朱德、王明等中共中央领导。父亲他们到抗大、陕公、鲁艺、文协等单位去学习、交流，各单位的负责同志都亲自出面接待，见到罗瑞卿同志、萧向荣同志等。萧劲光同志还请全队同志吃了饭。父亲一面工作，一面如饥似渴地学习，感到非常充实。他们把自己最好的保留节目一个个亮出，献给延安的观众。一两个月过去，节目都演过了，受到了热烈欢迎，时间过得太快，大家都不想离开延安，但都知道这一天不久要到来。拿什么作为告别延安演出的节目呢？父亲他们都是年轻人，好胜心强，希望这次能在延安之行的最后阶段拿出新的更好的作品，给延安人民，给中共中央领导一个最深刻的印象。父亲和大家一样都是寄希望于光未然与冼星海的合作，1939 年 2 月 26 日，冼星海同志去看望光未然，老友重逢，商定再来一次合作，主题是黄河。

父亲也很难考证到底是谁首先提出"黄河大合唱"这个词，好像是不约而同。他那时已经感到一个表现黄河的大型音乐节目就要诞生，做指挥后他能指挥大型音乐作曲的机会还不多，这时已经感觉到一份重任的到来。他找出了自己在黄河圪针滩记录的，回味激动人心的黄河船夫号子，从此每天都沉浸在黄河的思维之中，并且安排合唱队员集训，每天晨起要求练唱，进一步提高识谱等基础水平。几个月来在父亲的培训和全体队员的努力下，抗演三队合唱水平在当时是首屈一指的，每次演出都迎来热烈的掌声。星海几个月前在赴延安的路上，路过西安时在西安剧场看到三队的演出大加赞许。我父亲回忆文章中写道：

临离西安前夕，三队会同当地歌咏团体和音乐界联合举办募寒衣音乐会。适值星海应延安鲁艺之聘，从武汉经西安悄悄赴延安，又悄悄地坐在那场音乐会的听众席中。演出结束后，星海托人给我带话，让我到剧场偏僻角落一见，我赶忙前去。一见面，他送我一叠空白总谱纸，说：“你们唱得有气势、有力量，你的指挥很有气魄。”三言两语后，他匆匆离去；第二天一早，星海离开西安，继续向延安进发。后来我才知道，政治形势复杂，他是为安全，在这白色恐怖之地不便声张和久留。

为了促生最好的作品，父亲他们计划找机会要给星海展示一下队员的音乐基本功，让星海对他们更加重视。父亲要求多数队员准备现场表演视唱，即将生疏的歌曲凭看曲谱自己唱出。合唱队员的视唱、识谱能力是衡量水平的重要标志之一。这也是星海训练合唱队时候很重视的项目。歌词方面，1939年3月初，光未然经几个月渡黄河过程的孕育，在病床上构思成熟，口授给胡志涛同志记录下来，共5天时间就把《黄河吟》（《黄河大合唱》当时的名称）的歌词写完了。3月11日晚上，请星海在西北旅社的窑洞里和三队队员们开了一个晚会。队员们被要求上台展示现场识谱唱歌和单独歌唱的能力，并向星海表达了对新作品的高度期望，希望把新作品作为离开延安告别演出的压轴节目。光未然同志带着骨伤亲自上台朗诵，星海聚精会神地听着。掌声中，星海激动地站了起来，一把将词稿抓在手里：“我有把握把它谱好！我一定及时为你们赶出来！”星海在这天的日记中写道：“第三队”派人来请我去西北旅社，因光未然同志已出院了，病已好转！他们开一个晚会，请我批评！他们的晚会是识谱运动，每个队员都要唱一支歌。主席是邬析零，宣布开会理由，然后要求我唱歌，我们还要"全面抗战"唱《江南三月》。

星海为了新作品邀请我父亲到他的窑洞。父亲从西北旅社走到鲁艺星海宿舍。那时鲁艺还不在桥儿沟，而在延安北关的文庙一带。1939年8月，迁至桥儿沟。路上，下一坡上一坡，途中还需穿过延安县城的整条大街，路程不短。星海一见到我父亲，迅即离开书桌满怀殷切相迎。星海与我父亲过去3年来在上海、武汉、西安已是4次相见4次相别。那天谈话的中心就是黄河。父亲拿出自己记录的黄河圪针滩听到的船夫号子，模仿哼唱船夫号子。星海聚精会神地倾听。哼完划桨的，又学掌舵的，学完船夫的，又哼艄公的，哼完紧张的，又学松弛的，有时还得站起来比画动作；正当忙得身上沁出汗水时，星海忽然似有所悟，似有所感，掉过头去拿起铅笔，在纸上记下好几个动机音型（音乐术语，指音乐结构的最小单位），写完后与父亲一起核对。那天星海还十分关心三队在壶口、峰巅以及渡河时的所见所闻。一旦涉及渡河情境、船夫的紧张劳动、坐船人的心情感受，总是要父亲不厌其详地叙述描绘，星海虽也渡过黄河但并未能经历那样震撼的场面。那天，对父亲来讲是向往多日的畅叙。演剧队渡黄河看到那激发灵感的情形时，父亲想到了伟大的音乐作品，想到了冼星海，而今天完成了这一夙愿，把这极具灵感的震撼最大限度地转达给了冼星海。那天，谈的时间较长，至少4个小时以上，父亲的归途中，西边已是霞光万丈。

为了保证新的作品及时问世，父亲有时和田冲，在随后的日子里几乎每隔一两天就要步行去鲁艺这边看看星海。再次和田冲两人在一起给星海表演黄河的场景。还有，星海是个大忙人，全国各地找星海谱曲的人是应接不暇的。父亲他们知道《黄河吟》水平甚高非一般人能及，一定能抓住星海。但总怕出个什么意外耽误了告别延安的演出，还是要常看看才放心。还有一件事就是，上面领导已安排父亲留在鲁艺培训一阶段，以研究员的身份可以选课旁听或做专题研究，这是父亲梦想多年的学习机会。父亲学音乐一直是靠自学，钻研书本、逢师必求，梦想能够有机会在音乐的学堂里深造，和各方音乐才子在一起，特别是在鲁艺和抗战音乐的精英们在一起学习切磋，想起这些就满怀兴奋。父亲也是利用这个机会到鲁艺熟悉下情况，拜会音乐界的知己。特别是星海，虽然过去的 3 年中在上海、武汉和星海谈的不少，但总感觉想说的还是太多。这次在延安相会好像是大家都回到了家中，说话更加自由舒畅。这些天，当然父亲是代表三队来表示希望尽快能得到新作的谱曲。星海虽然也常说起《黄河吟》谱曲的事，有时背诵歌词的一个段落，有时进一步了解队员声乐方面的特点，但总不提动笔的事，并且拉着父亲去参加延安的女子大学歌咏比赛会等活动。看来星海因为刚刚脱稿《生产大合唱》（其中有《二月里来》等歌曲）还在收尾，感觉其中有不少未尽之事要思考。他正在逐渐把自己从《生产大合唱》的意境中走出来向《黄河大合唱》进军。可以看得出星海很想早日动笔新作，并且也感觉到这比《生产大合唱》要更上一层楼。但音乐的思绪、意境和灵感并不是能人为地挤压出来，需要发酵酝酿的时间，这时思维中会出现一些音乐片段，并且会被记录下来但还不便全面动笔。父亲虽有些焦急，但深信星海的承诺"有把握把它谱好，我一定及时为你们赶出来"，并且每次见星海都感觉黄河的主题旋律正在越来越强烈地抢占着他的脑海。美妙的音乐旋律神奇地产生于作曲家的脑海，瞬息而过，不记录下来就可能永远忘掉再也回忆不起来。"大合唱"曲式区别于"组歌"，是在于其歌曲的风格前后连贯，既别致新颖又体现同一持续，这就需要更多的酝酿、积累时间后一气呵成。谱写最美的音乐不像做计算题，可以在既定时间内完成，作曲家在灵感未能真正迸发，未能确认美妙的旋律已记录在纸上的时候，往往不愿意向人宣布自己将要谱写音乐，一旦宣布那就一定是清楚地知道已经成功了。父亲深知这些，所以虽然心里急但从不催促而只是经常让星海看到自己。从星海日记知道动笔疾书是 1939 年 3 月 26 日前后，完成是 3 月 31 日。星海在《创作杂记》中写道："这曲是在鲁艺的一个小窑洞里写成的，为着第三队要离延（安），我就以五六天的时间连总谱和合唱都写成了。"父亲回忆道：

记得3月底的一个傍晚到星海家里，星海正坐在矮凳上，把谱纸放在膝盖上，凑着菜油灯的暗黄亮光谱写《黄河颂》。一见我进去，他兴奋地站起来说："今天你来得正好，八个歌子我已写好了七个"。他顺手从桌子上拿起一本厚厚的用简谱写的《黄河大合唱》的总谱稿本（现存中国艺术研究院音乐研究所）对我说："我写得很顺利，除韵玲（星海的妻子）帮我划格子以外，我连写带抄一共用了4天时间。"他把写好的全部曲谱从头到尾地唱了一遍，有时我们二人合着一起唱，有时让我一个人唱。每唱完一段，他将我视为指挥，为我分析歌曲的情感内容，阐述他的创作意图以及歌曲演唱处理上的一些注意之点。那一晚我们唱得不少，谈得也不少。我步行回西北旅社的路上，这些陌生又熟悉，平凡又高雅的旋律不时浮现，有时停下脚步回味，兴奋至极地哼唱，无疑这是中国之最。回到西北旅社时已经是后半夜了。后来从星海日记考证，拿到《黄河大合唱》的全部清稿的这一天是3月31日。也怪不得那天去看星海的路上我是那么兴奋雀跃。这是不平凡的一天，是值得大家记住的日子。是的，1939年3月31日，是闪耀着光晕的《黄河大合唱》的诞生之日。《黄河大合唱》起始孕育于1938年11月1日在黄河岸边，自孕育到诞生整整4个月；它的文学部分降世于1939年3月11日，离孕育之初整整100天，20天之后插上音乐的翅膀飞向全中国。

六、《黄河》排练紧张迅速，首演成功

1939年4月1日起，在星海细致入微的指导下，由父亲负责合唱部分的排练，在西北旅社的一孔宽敞的窑洞里，响起了抗演三队练唱《黄河大合唱》的歌声。那些天住在旅社的客人和工作人员，是有幸最早领略《黄河大合唱》的听众。20天前，就在这孔窑洞里，光未然用亲自当众朗诵的生动有声方式，将歌词发布，传与冼星海。首次演出的时间已定在4

月13日，排练的天数总共约10天，时间不宽裕。好在大家已提高了视唱、识谱能力，更重要的是，大家都是亲身经历过那次渡河，亲身观赏过黄河壮景，亲身与游击战士、抗日军民在吕梁山抗日根据地共同战斗，共同生活，共同工作过来的，因而对作品所要展示给听众的一切，能较快地接受下来，平均每天练一首，4天之后已算初步练就合唱、齐唱、轮唱共4首。上午练集体的，下午单练独唱、对唱。担任独唱、对唱的演员，由于全队人员较少，都得参加上午的集体练唱，我母亲廖家高还在抗大学习但也抽时间回来参加中低音部的合唱。父亲那10多天是完全进入了角色，吃饭也在考虑音乐的细节，全力排练合唱部分而无暇顾及乐队，只能商请星海负责动员召集鲁艺音乐系的师生参加乐队，并指挥乐队排练。

这一期间，星海来队多次指导，并细心品味三队的演唱，从而进一步推敲音乐旋律的细节，还进行了《黄河颂》乐曲的整体改动以及和声部分的修正。父亲代表三队给星海送去了营养品，和由光未然多方努力才借到的白糖，这是星海进行音乐创作时的必需品。星海在4月3日的日记中写道："邬析零代表第三队送我猪肉二斤，核桃和白糖，慰劳我替他们写《黄河吟》。"

星海召集乐队的十几个人有向隅、李焕之、李鹰航、李凌、梁寒光、汪鹏等，还可能有三队三弦演奏者杨志远。总谱上列出的伴奏有小提琴、竹笛、高音二胡、低音二胡、三弦、口琴、锣、鼓、钹、竹板、木鱼共11种，其中低音二胡是鲁艺自制的用装过煤油的洋铁桶作为二胡的共鸣箱，这些乐器是尽延安所有的。4月12日，抗演三队大部分参加合唱的演员到鲁艺与乐队合乐，算是预演，由我父亲操持指挥棒。三队与鲁艺音乐系师生之间的合作，非常融洽、顺利。预演甫告结束，即在鲁艺操场上集合拍照留念。

4月13日下午7点举行了延安空前的音乐晚会，是抗演三队向延安各界的告别演出。压轴节目就是《黄河》的首演。那时没有专门的演出服装，冬天的棉装已有些过时，但单服还不知能否发下来，队员们为了使服装能够有更平整的舞台效果就把棉裤中的棉絮拿掉再压平。父亲也拿出平时舍不得用的从上海带出来的指挥棒，那天离他的 19 岁生日，整差一个月，毕竟还是个年轻人，指挥任务要求很高，不能有丝毫差错，父亲一贯是兢兢业业，首演那天更是专心，剧场里能不看的都不看，绝对专注于音乐的旋律、节奏和演员之中不分心。那天，三队的 30 来人都参加了合唱。乐队十几个人由鲁艺师生组成。担任男声独唱的是田冲，担任朗诵的是光未然，担任三弦伴奏的是李鹰航，担任二重唱的是史鉴和刘晨暄，担任女声独唱的是蒋旨暇，担任"说白"的是胡丹沸。那天陕公大礼堂挤满了听众，座无虚席。毛主席、刘少奇同志和党中央的许多领导同志也来了。

大幕拉开以前，三队演员的心情十分激动。舞台上响起"朋友，你到过黄河吗？……"的洪亮诗句，不久前他们曾经历过的渡河情景出现在面前，那是一幅惊心动魄的活的图画。指挥棒挥起，整齐的"划哟！划哟……"顿时抓住了观众的心，台上台下的都到了黄河，他们是渡船上的乘客，他们就是划桨的、掌舵的黄河船夫，包括那位老艄公，唱的就是黄河船夫号子。田冲演唱《黄河颂》表现的感情内涵十分深远，星海经过多次弃稿才将此曲谱好，演唱是高难度的，田冲用它善于控制气息的歌声作了相当好的诠释。《黄河之水天上来》由光未然亲自吟诵，舞台上的灯光暗了下来，一束聚光照亮了诗人的上半身。他身披黑色的大半身长的大氅，遮住了他因伤扶着拐杖的形象，诗人显得那样的英武潇洒。随着吟诵的节奏，他挥动单臂。吟诵者高吟低哦，速度有张有弛。席上听众个个倾耳谛听，随着诗句，走进诗中的情景，听众们陶醉了。《黄河怨》由蒋旨暇演唱，这也是高难度的独唱歌曲，时间太仓促，唱这样的独唱实在难，她是队里有名的假小子，这时也有些紧张，但很好地表达了全曲悲愤的情感。《保卫黄河》的齐唱、轮唱将音乐推向高潮，《怒吼吧，黄河》又将高潮再一次升华。合唱与乐队融为一体，感情是那样的投入，忘记了是在舞台上，忘记了台下还有满满的听众。父亲的指挥棒激情流畅无瑕，当指挥棒点示完最后一拍音符后，只听台下发出狂热而持久的掌声，演员们才猛醒过来。父亲才转过身第一次看了看热情高昂、满满入席的观众，这时已经是晚会的最后一刻了。

晚会结束之后，《黄河》的旋律就在延安流传开来。三队仍然在进一步提高演唱水平，并请星海指导改进的技巧，准备把《黄河》带到二战区。4月16日，抗演三队在延安生产运动总结晚会上，第二次演出《黄河大合唱》及首次演出《黄花曲》（词作者光未然，曲作者田冲）。

七、带着满足和遗憾离开延安

4月中旬的一天，大家都清楚但又不想听到的，将要离开延安返回二战区的日期定下来了。队员们纷纷表示不想回去要留在延安，但也知道是不能被批准的，只能恋恋不舍地做出发的准备。几天后，4月下旬的一天，气候特别温和，大家正排练节目，忽然交际处的负责同志来通知，说毛泽东主席和中央领导马上要接见三队全体人员。排练立刻停止。当他们越过延河爬上山坡时，毛主席已经在窑洞门口等着了。在一张铺着蓝色桌布的长桌旁，他们围着毛主席坐下来。大家都是能说会道的演员，可这时却感到有些拘束，毛主席看出来了，首先说："你们的演出生龙活虎，很有战斗性，跟你们的年龄一样，朝气蓬勃啊！"接着问几个小同志年龄多大啦。当他知道最小的只有15岁，队长也才22岁，就说："你们这样年轻，能到边远的西北来参加抗战，真不容易。"还问是怎么出来的。我母亲廖家高那时还是个17岁的小妹妹，说她瞒着父母连换洗衣服也没带就来了。毛主席听了以后笑了，风趣地说："你们敢造反，这一点很好。"室内的空气顿时活跃起来。毛主席扼要地讲了抗日战争的形势，说明抗战到底的"底"就是把日本帝国主义赶出全中国，就是一直要打到鸭绿江边。接着又说，国民党顽固派是被迫抗战，他们不会真心抗战到底，要抗战到底必须发动群众起来全面抗战，因此，宣传工作的任务就很重要，要向广大群众宣传抗战到底，反对妥协，反对投降的道理。你们应该回到国民党统治区，占领那里的文化宣传阵地。毛主席还谈到自己和周副主席都做过统战工作，说周恩来同志现在还在国统区做统战工作。统战工作有困难，有斗争，但这种工作能锻炼人。这时，警报响了，听到隆隆的飞机声。队员们和毛主席一起走到附近一座石头窑洞里。毛主席边走边说："延安的窑洞保险得很，日本鬼子拿它没办法。"毛主席把队员们让到里面，自己站在洞口。我母亲后来回忆说，当时她真没想到毛主席那样平易近人、有问必答、有求必应，说三队人员也见过国民党的官员，官不大可官气十足，早知道就带个本本让毛主席题字做个纪念的。

离开延安前，李富春同志找支部干事彭后嵘对几项问题作了指示："关于组织关系，决定把抗演三队的党支部编为直属中央组织部的特别支部，要学会独立作战，遇问题可联系当地八路军办事处直接向中央请示汇报，特支的代号为济生堂。他还指示，党支部不能和地方党组织发生关系。"抗演三队离延安时人员作了调整，我母亲在抗大学习已经结业，这次归队。因工作和培训的需要，中央组织部安排鲁艺的4位同志与抗演三队的4位同志互换，其中我父亲的音乐组长工作由鲁艺的音乐家杜矢甲接替，父亲留鲁艺以研究员身份选课旁听或研究专题，但是三队临离延安前一周左右，因不知杜矢甲去向，只能交换3位同志，父亲只得改变计划随队开赴二战区。父亲对这次学习深造机会已经是盼望已久，向隅同志曾领父亲去看过分配给他住的窑洞，他也做好了各种准备，这突然变化真有点难以接受。但他们当时是军队编制并没有接受不接受的问题。此后父亲多次争取去鲁艺的培训机会，但因蒋、阎管区逐渐开始反对共产党的大小动作，政治形势更加复杂，去延安的交通受阻断绝而无法成行。没有能到鲁艺学习培训成了父亲终身的遗憾。

离开延安还有一大遗憾就是与星海的离别，这是父亲第5次和星海告别，告别时星海特意拿出自己的照片签上名留给父亲。父亲当时以为不久就会再见到星海的，想不到此次告别竟成永诀。《黄河大合唱》1938年11月1日在黄河边孕育，整7年之后的1945年10月30日，人民伟大的作曲家冼星海同志竟于苏联莫斯科为人民鞠躬尽瘁……

八、在山沟里自学完成大学音乐基础课程

离开延安之后，父亲仍然担任演剧队的音乐主管，负责音乐教练与指挥工作。为了满足在音乐水准方面使演剧队能够达到"国字头文工团"的水准，父亲在工作的空余时间一直刻苦地搜集音乐方面的书籍，系统学习音乐理论学习作曲。不仅要求自己在音乐方面的指挥与作曲的实践，在理论上也要达到大学毕业的程度。经过多年利用一切时间自学，以及多方面的参考比较，父亲确认自己的水平已经可以达到当时专业大学毕业的乐理水平。许多优秀文艺青年从全国选拔来参加演剧队，大都需要在音乐方面的培训。父亲就是用自己多年刻苦自学来的知识培养这些抗日文艺青年。

九、怀念延安，入敌牢狱，保全组织

1941 年 7 月，抗演三队的番号随二战区的编号改为剧宣二队。抗战进入相持阶段，政治形势很复杂，而且越来越复杂，国民党顽固派阎锡山更进一步加紧了清理共产党的活动。国民政府政治部的 10 个演剧队中只有这个队去了延安，并且还与中共中央领导人多次公开接触。阎锡山手下的特务头子梁化之（后任山西省代理主席），早就接到特务的报告了。那时，梁化之是二战区的"戴笠"，并且在山西建立了像军统一样的特务系统。二队在招收新队员的时候也非常谨慎，生怕特务混进来，但仍然难免有人向特务报告二队的情况，说二队的一些作风像共产党。比如，组织纪律性强，官兵一致，逛县城不下大馆子、不逛窑子，等等。所以梁化之高度怀疑二队有共产党组织。梁匪突然在 1945 年 1 月 26 日把王负图、赵寻，包括我父亲在内的十几名骨干以共产党嫌犯的罪名抓了起来。大都被单独审讯、恐吓、逼供，队长王负图和赵寻还经历了"老虎凳"的考验，但全体被捕人员经受了这次考验保全了党组织，一年后因无证据及多方面营救措施，梁匪没找到证据只好无条件释放。

十、抗日离家离父一别永别

父亲对爷爷感情至深，爷爷离世 5 年我才出生，我小的时候，父亲总是给我看爷爷的大幅画像，给我讲爷爷一生的善良正直，让我牢记爷爷。父亲 1937 年为去武汉抗日，离开朝夕相处的爷爷后心情是十分痛苦的，但是那时国家被日本侵略，像我父亲这样的热血青年是无法抑制内心的不平而自己图安定生活在上海的。自离开上海后虽然每天都想念爷爷，想念上海的家，但由于那时奉命驻扎在山西隰县山沟里，工作忙且交通极为不便，所以一直未能回家看看爷爷。有时有熟人来往，才能给爷爷带去一点消息。父亲入狱的消息也会传到远在上海的爷爷耳中，可能是由此导致了爷爷的疾病。父亲在 1946 年 1 月出狱后日本已经投降，抗战胜利结束，但由于国民党顽固派的跟踪和工作上的安排，仍然需要寻找时机才能回上海看爷爷，可是正在这时却突然传来了爷爷去世的噩耗。这对父亲真是一个巨大的打击，他本以为抗战胜利后回上海看望爷爷的机会马上就要到来了，并且以后经常可以看望爷爷，甚至到上海工作。想到离家时自己是个穷学生，经过 8 年现在已有牢固的社会地位，有了妻子孩子，可以让爷爷感到体面和扬眉吐气。但没想到 8 年前的一别竟成了永别！见面机会竟永远不会再来了。爷爷十几年早叮咛晚嘱咐地呵护、日日夜夜养育之辛劳竟无法得到滴水的回报。父亲感觉自己亏欠爷爷太多了，强烈的自责导致了父亲好长时间的抑郁。没有能和爷爷见上一面，未能尽一天的孝心成了父亲终身的最大遗憾。

十一、革命初心不忘，延安传统不变

父亲自参加抗日革命工作起，兢兢业业，廉洁奉公几十年。抗日战争时期大部分时间是奉命常驻山西隰县的山沟里，听到命令不管到哪里，不管多远，不顾个人安危，也要从命奔赴演出宣传的战场。抗战胜利后，演剧队撤到了解放区并不再以音乐演出为重点。父亲在上海做了些合唱指挥的工作。1948年盛家伦等人联系父亲到东北的乐团作指挥，但之后盛家伦未能将该乐团联系成功。父亲于1950年全家搬到北京，之后父亲到中央戏剧学院工作，后调文化部音乐舞蹈处任处长。1962年调到中央歌舞团（现在的中国歌舞团）任团长，团里有小汽车随时可调用，但他上下班都是自己骑自行车四五十分钟，从来不用公车。只有一次我看到父亲是坐着小车回家的，那是因公受伤了，被几个强壮的男舞蹈演员抬上楼才能回家。在家养了一个多月才能出来走动，没有痊愈就开始上班了。在家养病的一个月家里人员络绎不绝，不仅同事们来看望，也有一些"走后门"的来拜访，其目的大都是为了子女当演员。父亲对此类事情都是耐心和他们解释演出上台各项专业要求很重要，要顺其自然，勉强对子女也不好，并且一切要具体业务负责人决定，自己作为团长不能说影响业务的话。有些人也使出送礼等招数，但父亲从来不收礼，见人拿出礼物就皱眉头，反而不给好脸色看。

　　住房方面，父亲的级别标准规定的最低平米数他也没得到。不仅没有超标竟未达标。这在领导干部中是不多见的，那时很多人都可以两倍、三倍甚至更多地得到住房，并且这些得到的住房面积，后来大都平价卖给了个人。总之，在北京市这笔财产确实不小。父亲对这些事从来不与人争，顺其自然，总觉得他人比自己更需要，也从来不抱怨，认为自己能到现在的地步也应该满意了。参加革命的本来目的就是为了社会公平正义，为国为民，个人的要求适可而止就是了。父亲总说，一生对得起人民比什么都好。

　　父亲不幸于2011年9月28日离世，终年91岁。今天是他离世9年整。

邬　康

2020年9月28日

殷参在陕北的岁月

一、在延安鲁迅艺术学院

1938 年 12 月，组织批准殷参的申请，同意他到延安鲁迅艺术学院学习。

事与愿违，当时主持鲁艺工作的副院长沙可夫，让殷参在鲁艺工作一段时间后，再参加学习。具体任务是参与鲁艺编审委员会编辑科工作。殷参虽不太情愿，也只有服从。

编审委员会编辑科人不多，沙可夫兼主任。殷参与温剑风、天蓝、安波负责编辑，另有 4 人搞油印。

殷参他们住在半山腰上的一个窑洞里。4 人挤在一铺炕上，地上 4 张桌子 4 把椅子，各得其所，倒也不显得拥挤。天蓝、温剑风是大学生，懂英文，做翻译工作，也参加编教材。安波懂音乐，对民歌很有研究。

殷参办过《大同校刊》，沙可夫分配他编辑鲁艺院刊——《艺术工作》。

《艺术工作》内容包括戏剧、音乐、美术、文学 4 个部分，也登些评论文章，32 开油印本，每次五六万字，一个月出一期。殷参按沙可夫提出的要求，拟出题目，分头向各系教员约稿。每期内容丰富，不少出自名家之手。

1939 年 3 月，4 人中的安波参加鲁艺实验剧团工作，赴前方去了，院领导派搞音乐工作的郗天风参加殷参他们的编审工作。这么一调整，凑巧殷参他们的窑洞里 4 个人 4 副眼镜，有人就说这是"四进士"，自然与京剧里的《四进士》联系起来。不过京剧里的"四进士"同庚而不同心，而殷参他们虽然不同庚却同心，目标一致。搞油印的杜守真抓住这个题目

"大做文章"，为4个人画了各有特点的漫画，排列在横匾式的门框上端，下边在深红的底色上突出3个白色大字：进士第。然后把画框钉在窑洞门框上面。自从钉上惹人注目的横匾，招来不少同志，看后哈哈大笑，再加上殷参他们的住处是上坡必经之地，进士第之名不胫而走。都是些有志的爱国青年，彼此相见，对视一笑，充满友情。

鲁艺，当时的党组织是秘密的，殷参在鲁艺教职员党支部中担任宣传委员。党支部会都利用节假日到野外秘密召开。殷参积极工作，努力学习，善于团结大多数同志，沙可夫对他的工作和为人很赞赏。

1939年春，延安掀起了大生产运动。鲁艺生机勃勃，全院同志开赴了春耕第一线。

殷参参加了这次大生产运动。他与大家一样，汗流浃背，手掌磨起了血泡，但是内心有说不出的喜悦。天蓝作词、吕骥作曲的《开荒》表达了他们的欢乐心情；塞克作词、冼星海作曲的《生产大合唱》，生动地反映了当年延安大生产运动的劳动场面。

火热的激情，高昂的斗志，自然丰富了鲁艺院刊的内容，殷参简直是劳动、编辑双丰收。殷参的《开荒突击的后方》详细记述了鲁艺女同学在大生产运动中的工作，赞扬了她们坚忍刻苦、认真负责的精神，还发表在《燎原》上；《炸弹的威力》记述了1938年11月，日寇飞机轰炸延安的野蛮暴行，称颂延安军民英勇抗击敌机和互助互救的动人事迹，还发表在《抗到底》上；《宝塔》描述了步行前往延安的一批青年望见宝塔时那种无限喜悦的心情，表达了全国青年对革命圣地延安的向往，还发表在《浅草》上；《杜春》通过对一个热情奔放的青年的描述，展示了在延安工作和生活的青年朝气蓬勃的精神面貌，发表在了《七月》上。

这期间，殷参还发表了《民主——在模范抗日根据地陕甘宁边区第一届参议会开幕典礼上》《边区的妇女》《东北抗联李延禄将军访问记》等。

徐开垒同志在《战地》增刊发表的《"孤岛"文学的主要阵地——抗战初期〈文汇报·世纪风〉的回忆》一文中提到："特别是一九三九年三

月三十一日的《世纪风》，刊登了殷参的《民主——在模范抗日根据地陕甘宁边区第一届参议会开幕典礼上》一文，用文艺通讯形式详细报道了毛泽东同志和林祖涵同志在这个会上的活动，并记录了他们的讲话内容，这对当时上海'孤岛'读者来说，这样的材料是非常珍贵的。"

冯并同志在《中国文艺副刊史》中也提到《世纪风》"在一九三九年三月三十一日发表了两篇有关延安的通讯：其中，殷参的《民主——在模范抗日根据地陕甘宁边区第一届参议会开幕典礼上》，描述了是年元月十七日，由人民选举的参议员在陕北公学大礼堂参加边区参议会开幕的盛况以及各方面代表的发言。上海与延安虽然相隔万里，《世纪风》却及时地将革命圣地延安的情况传达到上海，使上海的读者了解到延安的抗战形势和生活情况，增强了抗战必胜的信心。"

他们对殷参的《民主——在模范抗日根据地陕甘宁边区第一届参议会开幕典礼上》均给予了高度评价。

在延安大生产的同时，鲁艺筹备庆祝成立一周年的活动展开了。其中，殷参印象最深的是，光未然作词、冼星海作曲的《黄河大合唱》的演出"可称得上是中国音乐史上石破天惊的壮举"，而使殷参更加难忘的是，他和天蓝参加了《黄河大合唱》。

1939年夏天，鲁艺部分同志分赴晋察冀边区参加华北联合大学办学，沙可夫调殷参去华北联大编译处工作，行军途中，殷参泻肚不止，严重虚脱，终于病倒在米脂县，团部决定殷参折返延安。这次殷参因病情严重而"掉队"，曾是他较长时间的最大遗憾。

1939年8月中旬，殷参返回延安时途经绥德，正赶上绥德警备区刚刚创办的《抗战报》缺人，组织上了解殷参的情况后，便决定留他在《抗战报》工作。

二、在《抗战报》的岁月里

绥德，是陕北的一座古城，秦朝设郡，称上郡，后历代设州县。绥德以边陲重镇雄居北塞，是有名的古战场。秦将蒙恬领兵在此，大理河畔留有他的墓冢。秦长子扶苏的墓碑也留在城北的疏属山上。这里又是交通要道，过往商贾，就连延安党中央通过华北、东北抗日根据地的干部、物资运输、信息传递都得经此中转。因此这里自古就是兵家必争之地。

1937年11月，日寇逼近太原，妄图越过黄河，入侵陕甘宁边区。绥德、米脂、葭县等地区首当其冲，成为保卫边区抵抗日寇进攻的前沿阵地。为了加强黄河防务，11月，经国共双方商定，将绥德、米脂、葭县、吴堡、清涧五县划为绥德警备区，由八路军接防，并在绥德设立警备司令部，同时在警备区秘密成立了中共绥德特别委员会。虽然绥德警备区在军事上是八路军防区，但在绥德城内设有国民党陕西省第二区行政督察专员公署（简称绥德专署）和保安司令部。行政机构从专署、县政府到保甲长和地方部队仍为国民党掌控，形成一个统战地区。国民党专员何绍南大搞摩擦，处处和八路军作对，专署有一张报纸，叫《绥德日报》，它手中无真理，经常靠造谣过日子。

为了更好地指导一区五县的抗日、统战工作，毛泽东主席指示绥德警备区于1939年7月1日创办了麻纸铅印，四开四版，三日刊的《抗战报》。1939年10月，党中央加强保卫河防（黄河）力量，调王震同志率领的359旅进驻绥德警备区之后，武装力量对比发生重大变化。经过一系列的斗争，1940年春，把国民党绥德专署"摩擦专员"何绍南赶跑，把绥德专署和各级政府统一在共产党的领导下。

《抗战报》在这场斗争中，发挥了重要作用。报社只有3个人，黄植任主编，还有殷参和靳石足，他们住在司令部的一间窑洞里。王震司令员亲自领导报纸工作，掌握斗争策略，坚决执行"坚持抗战，反对投降；坚持团结，反对分裂；坚持进步，反对倒退"的办报方针，使报纸起到与武装斗争紧密配合的作用。

殷参在《抗战报》期间，根据上级指示精神和政治斗争的需要，及时集中采写了国民党"摩擦专员"何绍南的大量丑闻，如"白银案""暗杀案""嫁祸案""绑架案""抗粮案""赌博案""吸毒案""贪污案"等十大要案的报道，把何绍南大搞摩擦、贪污腐败及其内部勾心斗角的丑闻揭露得淋漓尽致。

殷参在报道了十大要案之后，写了通讯《山城的雾》。他在通讯中，深情地赞美了绥城的雄山秀水古战场，赞叹她的"城墙，矗立在水之滨，蜿蜒在山之顶，宽敞而且雄伟"。歌颂了保卫黄河西岸的八路军战士英勇抗敌、夺得胜利、粉碎日寇白日梦；揭露了国民党顽固派假合作真反共、官匪勾结抢劫嫁祸、受贿敲诈坑害老百姓；讲述了山城中一边是市场物价腾贵、发国难财的自肥商人、吸鸦片的瘾君子、鬼魂似的娼妓，一边是严肃工作的人群、经售抗战进步报纸书籍的西北抗敌书店下午 3 点钟后拥进拥出的青年……最后，他分析到国民党反动派垮台之日不会太远了，就像"这座山城的每天早晨都弥漫着雾气，那只是太阳出来前的一瞬间。雾好像漫长的黑夜所残余的最后的迷茫，黎明的曙光必然会冲破它"。

这篇写于 1939 年 12 月的通讯，发表在《抗战报》上，随后又发表在《全民抗战》周刊和《新华日报》上，影响很大。

为鼓舞军民抗战热情，殷参遵照上级指示，采写了 359 旅的战绩和英雄人物。他写的《碛口胜利》一文，报道了王震司令员率 359 旅在黄河对岸碛口镇同日寇作战的胜利。殷参身临前线，记录了这次作战的全过程："山上，沟里、街道上，丢满'皇军'的枪炮、弹药、大衣、皮帽、大米、罐头、饼干……'皇军'原是打算在碛口镇享几天'福'的，谁想得到滚到黄河里喝水呢，又是这么冷的天气！""老百姓都回来了，他们亲眼看见鬼子逃回离石。他们看见自己的房子和财产一点也没有损失和缺少，非常高兴。都围在战士周围，帮助收集战利品……"这篇战地通讯发表在《抗战报》上，延安八路军总政治部的《八路军军政杂志》也予以转载。

这期间，殷参采写的《下"南路"的孩子》《印度医疗队从敌后归来》《战斗学习生产》《休养连》《大和田廉及其他》《河防上的妇女》《吕梁山的孩子们》《细腰涧战斗》《白求恩大夫》《袁牧之从敌人后方来》等，分别发表在《抗战报》《解放日报》《新华日报》《妇女生活》《全民抗战》《大公报》《文汇报》等报刊杂志上。

殷参还是范长江主持的国际新闻社的特约通讯员，不少报道通过桂林国际新闻总社转发给国统区、沦陷区（如当时的上海）、港澳的报纸，还转发给新加坡、印度尼西亚、马来西亚等地的华文报刊录用。

殷参前后写了不下200篇报道，针锋相对地揭露国民党顽固派破坏抗日民族统一战线的阴谋，宣传共产党的抗日主张，宣传共产党的政策，宣传八路军抗日的功绩及边区军民加紧生产、英勇抗战的动人事迹，得到广泛传播。这对当地专搞摩擦的国民党反动派的打击是很沉重的，使前后方军民都受到了极大的鼓舞。

柯灵同志曾在《上海抗战期间的文化堡垒》一文中提到："远在陕北革命根据地的殷参，不远千里，加以声援，在《世纪风》时期，已经以文艺通讯的形式，寄来了《民主——在模范抗日根据地陕甘宁边区第一届参议会开幕典礼上》这样空谷足音式的文字，介绍了毛泽东和林祖涵同志的活动和讲话内容……后来在《浅草》上，更不断发表他介绍陕北风云的散文；郭小川的诗，就是由他推荐的。这种远距离的殷勤播种，把革命根据地的信息带进'孤岛'。"

柯灵同志还在《三十八年前的一张旧报》一文中提到："现在回想，《浅草》幸运地得到革命根据地的来稿不少。得到这些来稿的喜悦心情，至今记忆犹新。因为关山远隔，得到它们很不容易。这些稿件的来历，有的通过党的渠道，有的似乎是鱼书遥递，不远千里，由绿衣人辗转送来的。我记得有一位署名'殷参'的作者，在《浅草》发表作品最多，有的是从延安直接寄来，有的是由他父亲从宁波转寄的。对于这种雪中送炭的慷慨行为，我永远感激，对这些同志，更怀有深切的眷念。"

柯灵同志拳拳之言表达了对殷参同志勤奋耕耘的赞赏。

1940年，殷参又写报道，又担任《抗战报》主编，深感人力不足。他找到王震司令员汇报情况，王震司令员命令他到延安鲁艺去"搬兵"。

这年夏天，殷参回到鲁艺，找到周扬同志，周扬不仅答应了他的要求，还让他给全院同志介绍绥德情况和《抗战报》的情况，随后派张沛、白焰两同志到《抗战报》工作。

三、在绥德民众剧团的岁月里

1941年9月，地委决定由殷参筹备绥德分区文化协会，并担任文协主任。这一年，他重点开展绥德分区的文化活动，如组织文艺骨干演剧、歌咏和文艺座谈会，还出版了24开本的铅印月刊《文艺生活》。

1942年2月初，殷参兼任绥德民众剧团团长。他一方面领导文协工作，组织剧团活动，筹划演出经费；一方面又要写报道。殷参异常忙碌，但他从不感到辛苦，倒觉得很充实。

绥德民众剧社成立于1940年8月，后因经费困难，特委决定解散。这次重新建立实属抗战形势需要，调回原班人马，改名绥德民众剧团，隶属绥德特委和绥德警备区领导。

但困难依旧摆在剧团同志面前，若说经费不足，倒不如说根本就没有经费，不要说添上台新装，就连演员平时穿的也换不下身来。到了夏季，大家就把棉衣棉花掏出来改成夹衣，到了冬天再絮上。在这种情况下，殷参根据农村秋后搭台唱戏的习惯，组织大家将过去演出的《那台留》《中国魂》《查路条》《回关东》等剧目进行了重新排练，以上演反映抗日救国内容的现代戏为主。由殷参同志带领全团下基层到四十里铺、米脂、桃镇、葭县、蝎蜊峪、义合、吉镇、田庄、清涧、瓦窑堡等地演出，在各县乡试着"赶台口"，他们收费很少，既减轻了村民负担，又缓解了剧团经费的困难。

后来王震司令员称赞他们艰苦奋斗的作风，并介绍他们到延安去募捐。经朱德总司令的批准，联防司令部贺龙同志批给他们5000元边币作活动经费。

1942年5月，殷参有幸到延安聆听了毛主席在文艺座谈会上的讲话，深受鼓舞。他觉得绥德民众剧团走的路，符合毛主席的讲话精神，更加坚定了办好剧团的信心。

1942年冬，剧团接到命令，要他们赶赴采林，为晋绥边区参议会演出。这对剧团来说，当然是一件光荣而负有重任的大事，全团同志都非常高兴和振奋。

采林在府谷县境内，是个小镇，属晋西北边区管辖。从绥德到采林有二三百里路，剧团同志背着行李、道具，迎着刺骨的寒风，踏着霜雪，顺着黄河沿岸崎岖而坎坷的山路北行。经过几日的艰苦行军才到达采林。参加晋绥参议会的同志和当地老乡走出村头热烈欢迎他们。

参议会在一座简陋的不很大的礼堂举行，剧团就在这里为晋绥边区参议会共演出了3场，剧目有《中国魂》《查路条》《打渔杀家》《桑园会》等节目。剧团胜利地完成了任务，受到参议会的嘉奖。经区委书记林枫的批准，给剧团每人发了一套新棉衣。

1942年冬到1943年春，剧团在绥德进行休整。剧团聘请戏曲老艺人赵山姣来教练基本功，排练由艾维正导演自创作的新编历史剧《荆轲刺秦》和宣传陕甘宁边区发行货币（称边币）抵制国民党货币（称法币）的现代戏《边法币》和一批传统戏。剧团在排传统剧目时，对一些封建迷信、低级趣味和带有色情色彩的情节都进行了删改，使剧团的演出健康有益。

绥德分区管辖着绥德、米脂、葭县、吴堡、清涧、子洲6个县，地域辽阔、人口分散，农民是主要的服务对象。

陕北农民习惯赶庙会看戏。每逢庙会，四面八方的男女老幼都赶来助兴，那真是人山人海红火热闹。所以，"赶台口"这种形式是接近群众、占领农村文化阵地、活跃农村文化生活的极好时机。

中共绥德地委宣传部支持绥德民众剧团以"赶台口"的形式为农民服务，鼓励剧团用这种形式宣传党的政策，教育农民群众。

陕北的庙会，一个接一个，也就是一个台口接一个台口。可以说从正月上台到大雪飞扬时下台都不会间断。"赶台口"是很辛苦的，要"一天三上台，三天一搬家"。这一台口结束，就到下一台口去，有的十几里，有的几十里路。剧团一到新的演出点，先装台，吃完饭就上台演出。戏台在村子的还可住在老乡家，如果戏台搭在山上或寺庙，就只能住破窑洞或在庙里打地铺了。这样的生活，每年约有七八个月。可以说绥德分区6个县的城、镇、寺庙和有办庙会条件的地方都留下了绥德民众剧团的脚印。

"赶台口"期间，剧团也常住在老乡家，大家给房东担水、扫院、拉家常，记录民歌民谣，学唱民间小曲……既接近群众，了解民情、向农民群众学习，又宣传了抗日，服务了群众，得到了锻炼，振奋了精神。

殷参带全团同志从1942年秋天下乡"赶台口"到1943年春节后才返回绥德，他写了一篇报道，就叫《赶台口》，署名"毕耕"，发表在《解放日报》和《抗战报》上。

1943年7月，殷参参加了地委机关整风运动，1944年10月结束，历时一年多。这期间他与同志们一样，接受组织审查，后来组织分配他办整风简报。整风结束后，他被分配到地委秘书处，不久又调到地委宣传部。这期间，他在《解放日报》发表了通讯《边区自卫军活捉土匪》等。

高鸿烈、刘希圣

冼星海最后五年的艰难岁月

我的父亲冼星海，在他生命短暂的 40 年的最后 5 年，是在苏联、哈萨克斯坦、蒙古度过的。在极其艰难的岁月中，他的行为不仅是共产党员的典范，还留下了大量无价的精神财富，是音乐宝库的无价之宝，给我留下了难忘的记忆与印象。

1998 年 7 月 3 日，我有幸遵照江泽民主席的安排，随同江泽民主席专程前往哈萨克斯坦共和国首都阿拉木图，见证江泽民主席亲自为冼星海故居揭牌，江泽民主席和纳扎尔巴耶夫总统以两国元首的名义向故居献上了花篮。在揭牌仪式上江泽民主席与纳扎尔巴耶夫总统分别发表了热情洋溢的讲话。

江泽民主席与纳扎尔巴耶夫并肩携手进入冼星海故居并题词留念。

江泽民主席题词："忆星海，黄河涛声萦回于耳；访邻邦，友谊之花绚丽夺目。"

纳扎尔巴耶夫总统题词："我相信，中国伟大作曲家冼星海的作品及其生命本身，都将促进并加强哈中两国之间的友谊。"

我有幸于 1999 年 11 月 16 日，参加冼星海大街命名暨冼星海纪念碑落成揭幕仪式和在哈萨克斯坦首都阿拉木图举行活动。

在莲花瓣状的碑身正面，分别用中、哈、俄三种语言镌刻着以下文字：

谨以中国杰出作曲家、中哈友谊和文化交流使者冼星海的名字命名此街为冼星海大街

碑身背面也分别用这三种语言刻着碑文，这碑文的字里行间透露出一

段中哈两国人民友好往来中颇为动人且又尘封已久的历史：

冼星海（一九〇五年—一九四五年），中国二十世纪杰出的作曲家。冼星海四十年生命旅程的最后两年半是在哈萨克斯坦度过的，在此创作了歌颂哈萨克民族英雄的交响诗《阿曼盖尔德》，并搜集和改编了大量哈萨克民族歌曲。冼星海用音乐在哈中两国人民之间建起了一座友谊的桥梁，让我们永远铭记他的名字，愿哈中友谊世代相传。

如今有关冼星海曾在哈萨克斯坦活动的这段尘封已久的历史，已由中哈两国元首在冼星海故居揭牌仪式上正式向世人揭示，冼星海被授予中哈文化交流使者的光荣称号，冼星海的名字已载入了中哈两国友好交往的史册。

站在冼星海纪念碑前，走在冼星海大街上，追慕父亲高大的形象，犹如又回到延安儿时坐在他的怀抱之中。我赞叹父亲的才思豪情，追想他昔日的风采，更折服于他思想品格之高尚，意志之坚忍不拔，创作作品之多，速度之快，才思之敏捷而超前。他短促的一生经历过万般磨难，饱尝人间艰辛，但不管命运将他抛向何方，他始终能居贫寒而不感委屈，处逆境而不失气度。他心中时刻装着劳苦民众，把献身新音乐事业、追求民族独立解放视为最高境界，鞭策自己勇往直前。正如他在《创作札记》中表述的那样：

一个《黄河大合唱》的成功在我不算什么，我还要加倍努力，把自己的精力，把自己的心血贡献给伟大的中华民族。我惭愧的是自己写得还不够好，还不够民众所要求的量！

因此我又写了《民族解放交响乐》和其他作品……但我还要写，要到我最后的呼吸为止。贝多芬临死时说："我不过写了几个音符……"我是什么东西呢？有什么了不起！比较他们差得多了，还不更努力么?!

我曾有幸应邀数度进出于俄罗斯、哈萨克斯坦的一些地方，参加过那里关于我父亲冼星海的新闻纪录片的拍摄工作。我曾经沿着父亲走过的足迹，尽可能地遍访父亲的战友、同学、同志和曾经帮助他的异国朋友、艺术家以及相识者和他们的后代，与他们进行广泛的接触和交谈，倾听他们如泣如诉的回忆，渐渐地对父亲——冼星海在全世界人民奋起反抗法西斯侵略战争的艰苦岁月里，在其生命历程的最后5年，身在异国他乡的种种处境，他的表现、工作、艺术创作、社交活动以及身体健康状况有了一个较为清晰的了解。以此简要的追记作为对父亲的纪念。

1940年5月，我父亲受党中央派遣与袁牧之一起携带延安第一部大型纪录片《延安与八路军》胶片赴莫斯科完成影片的后期制作任务，父亲主要负责影片的作曲配音及配合后期制作任务。党中央、毛主席对此十分重视，临行前毛主席设家宴为冼星海送行。毛主席指示说："党中央决定这次派你们到苏联去完成这项重要任务，为时半年，完成任务之后马上回来，还有很多事情等着你去做。"我也有幸跟随父母一起参加毛主席在自家窑洞里为我父亲送行的便宴，临别时毛主席拉着我的小手说："小妮娜快点长大吧，看看爸爸要走喽！"当时才几个月还不懂事的我根本不知道在战争年月里那将会是革命者永远的离别。

我父亲等人都是化名去苏联的，父亲化名黄训，这化名是临行之前我父母共同商定的。我父亲于1940年出国之后共3次进出莫斯科。我父亲一行是经西安、兰州、新疆，于1940年11月后直抵莫斯科的。通过共产国际很快与有关部门取得联系并开始工作，在大型纪录片《延安与八路军》中冼星海除担任全部影片的作曲，还与同行的一起完成配音和影片的后期制作的各项工作。冼星海还挤出时间担负起考察苏联音乐艺术的任务。

在莫斯科，父亲很快结识了格里埃尔、卡巴列夫斯基、穆拉杰里、别雷、别利亚耶夫、施奈尔松等苏联著名音乐家，与他们交流音乐艺术，探讨中国音乐艺术的发展方向，多次参加各种音乐会、座谈会，一起讨论新出版的苏联音乐作品，还将自己的作品介绍给苏联音乐家同行们，他刚到莫斯科不久便应邀参加了格里埃尔、卡巴列夫斯基、穆拉杰里等专门为其召开的小型座谈会。在座谈会上，父亲向苏联音乐家们介绍了中国的音乐艺术概况和中国新音乐的发展动向，并展示了自己的作品，他自弹自唱了自己创作的抗战歌曲，并用钢琴弹奏了《黄河大合唱》。这是《黄河大合唱》在国外的首次演奏，是由父亲本人向苏联著名音乐家用钢琴弹奏的，也是这部作品首次在国外的系统介绍与传播。据与会的苏联著名音乐家穆拉杰里在《苏联音乐》杂志中撰文记载：

冼星海自弹自唱了几首自己创作的群众歌曲和合唱曲，这些歌曲悦耳动听，内容健康充满活力，大多具有进行曲式的特点，五声音阶调式使这些歌曲具有独特的表现力。冼星海还弹奏了自己的钢琴协奏曲《黄河》。这部作品主题鲜明，给我们印象极深。它描绘了黄河这条滋养着中华儿女的"母亲河"的形象，歌颂了中国劳动人民以及他们自古以来与奴役者们进行的斗争。作曲家对复调音乐技巧的自由运用使他克服了中国传统音乐调式的封闭性，创作了充满动感与丰厚表现力的气势恢宏的合唱曲。

冼星海是中国第一位掌握所有现代作曲技巧，并采用欧洲书写方式写作大型音乐作品的作曲家。他正在短短的一生中创作了两部交响乐，讴歌中华民族的第一交响乐《民族解放交响乐》和描写苏联人民和苏联红军在卫国战争中英勇奋战的第二交响乐《神圣之战》，钢琴协奏曲《黄河》，四部器乐组曲、大型交响乐作品《中国狂想曲》，一系列室内乐作品及大量成为中国人民战斗武器的群众歌曲。

穆拉杰里在撰文中肯定我父亲弹奏了自己的钢琴协奏曲《黄河》不是偶然的。这是父亲第一次在莫斯科向苏联著名音乐家同行们用钢琴完整弹奏《黄河大合唱》。虽然当时弹奏时具体的钢琴乐谱至今并未找到，也没有写入在稍后冼星海于1941年春天完成的"交响大合唱《黄河》"的总谱里，但我们却注意到在父亲的《创作札记》里明显记载着钢琴协奏曲的创作计划。

父亲在《音画：〈中国生活〉》的《创作札记》中记载："这作品本来不想动笔，因为自从第四组曲写成后，想写钢琴协奏曲，但因没有适当房间写作，身体疲乏，又最近患脚肿、头昏的病，为着要生活和疗理病躯，乃把从前旧作加以配器而写成这作品，乃名之曰'音画：《中国生活》'。"同样在《古诗十首歌集》的《创作札记》中，也有相似的记载。因此，我认为，这正说明我父亲想把创作钢琴协奏曲《黄河》继"交响大合唱《黄河》"之后作为一个单独作品来完成，但因客观上的困难和生病的原因，这一创作计划最终未能完成，这是十分可惜的。

在莫斯科，父亲完全脱开了延安鲁艺日程上的教学和音乐系主任工作，因此在完成《延安与八路军》影片任务的同时可以抓紧时间对《黄河大合唱》进行进一步加工、修订，以达到更国际化的目标。

父亲为完成的 1941 年莫斯科五线谱手稿定名为"交响大合唱《黄河》"，并在这部作品的手稿首页上用俄文书写了歌谱。

"交响大合唱《黄河》"是在《黄河大合唱》1939 年延安简谱手稿的基础上，在原 8 个乐章的基础上加写了乐队序曲，加写了说白和各乐章之间连接的乐队音乐，形成共 9 个乐章。整个作品改用五线谱谱曲，采用三管编制的大型交响乐队伴奏，在曲终末段，即《怒吼吧，黄河》最后两句："向着全中国受难的人民，发出战斗的警号！""向着全世界劳动的人民，发出战斗的警号！"要求重复连唱 5 遍，用 12 把降 B 调小号、降 B 调长号和 6 把法国号伴奏，小号和长号在乐队两侧，奏时竖立着，像向全世界响着警号一样发出它们的声音。

这是一部立意深刻、内容丰富、规模巨大、气势宏伟的交响声乐作品，是为具有特大型管弦乐团装备的高水平的专业演出队伍在庄严盛大的庆典会议上演出的，具有我国民族音乐形式和进步技巧的鸿篇巨制。

对于这部作品，苏联著名作曲家穆拉杰里曾给予高度评述：

我以极大的兴趣，研究了冼星海的巨著——交响乐式的清唱剧《黄河大合唱》的总谱，这部深刻、庄严、充满丰富的感情和美好的诗意的音响作品，不愧被公认为中国音乐宝库的卓越的贡献。

我父亲在莫斯科期间还抓紧时间完成了他于 1935 年 7 月起稿的第一交响乐《民族解放》，后命名为《民族解放交响乐》，在这部作品的前面写着：

此作献给伟大的中国共产党、党中央委员会和光荣的领袖毛泽东同志。

我父亲在《民族解放交响乐》的《创作札记》中详细记述了这部作品的内容和创作经过：

一九四〇年十二月起我到了另一个环境。我为着不肯离开战争的空气和一般民众对我的渴望的缘故，每天伏在案上写……大约从早上写到深夜我才停下笔，在这写作期中，我曾得到一些皮肤病，耽搁了一些时候，但我岂肯因病而放下笔呢！我仍继续写，病也慢慢好了！一九四一年春欣然地看见了历年来我所想望完成的《民族解放交响乐》得以完成！这作品的迟迟完成，对我是有益的，因为我把自己所经历过的前后方情形和民谣小调都加入这作品里，更使我对民族形式作更深入的研究！

这作品是我恳切地献给伟大的毛泽东同志，他是我最崇拜的一位真正的民族救星，他的道路是正确的，只有这样才可以拯救中国，拯救整个民族的危亡。

我父亲时刻牢记毛主席为其送行时的指示，他深知来莫斯科工作机会之珍贵，因此他抓紧一切时间不分昼夜地创作，在完成"交响大合唱《黄河》"和《民族解放交响乐》之后，又创作了《第一组曲："后方"》，在这部作品的《创作札记》中写道：

第一组曲："后方"（作品第九号）

这曲原是在西安（一九四〇年秋）起稿，本想名为钢琴演奏曲子，内有四段，后来在钢琴上听了，颇为好，听者又爱这曲，有人劝我用管弦乐编出来，于是我就一九四一年春在M城完成此曲。内容有……

这曲还没有完成时，德国法西斯蒂在六月二十二日侵入苏联边境。我非常愤恨德法西斯的侵略，因此更用心写，含意反对德法西斯。虽然标题为中国组曲，但是这是反法西斯的组曲。在写作这曲当中，我曾听过好几次警报，这一来又激起我要写第二交响乐去反对世界的罪人，战争的挑拨者，祸魁德法西斯蒂。我立意写，我一定要在最近写成！……但为生活的变更所迫，我又停下了好久没有执笔，我想在一九四一年年底以前草成它。

我父亲在莫斯科，于1941年6月22日开始，在德国法西斯侵略者对莫斯科血腥空袭轰炸声中构思《第二交响乐》，当时得到共产国际季米特洛夫的提示："应该写些音乐给斯大林、苏联红军，而不是我和共产国际。"但因当时宿舍民房及整个城市被炸得一片狼藉，处于疏散及一时的混乱之中无法动笔。

1941年6月，正当影片《延安与八路军》的音乐创作业已完成，影片的后期制作已接近尾声，德国法西斯突然进攻，苏联人民的卫国战争随即开始，父亲与袁牧之被迫停下工作，在共产国际的帮助下与从延安来莫斯科的其他同志一起离开莫斯科，取道蒙古准备回国。

《延安与八路军》影片的后期制作工作，也因苏德战争爆发以致未能在苏联全部印出拷贝，无法送回国内。其中个别镜头及影片音乐曾被用在解放后1950年中苏合制的纪录片《中国人民的胜利》和《解放了的中国》里。

我父亲和在莫斯科共产国际中国党校学习的同志一行十余人在一名苏联上校的护送下撤离莫斯科，于1941年8月到达蒙古首府乌兰巴托，当时某名将同意大家以他的随从人员身份一同起程，经商议有的扮作秘书，有的扮作武官警卫随行。但到临行时刻，情况发生了突然变化，该名将决定不带随员，只身回国，而使大家这次回国的希望成为泡影，也使父亲失去了回国的机会。情急之下，我父亲便于1941年9月18日仓促之间急修家书两封托其带回延安以报平安，其中一封是写给远在上海的母亲——我奶奶黄苏英，另一封是写给延安鲁艺的妻子——我母亲钱韵玲，由于当时远在上海沦陷区的祖母已和我党在上海的地下组织失去联系，所以这两封信都始终保存在我母亲钱韵玲的手中，最终收入了《冼星海全集》。这是冼星海最后两封家信，没有说明发信地址，带信人的名字，只有家人知道。

1941年11月，在党中央特派交通员的陪同下，我父亲等一行十余人从蒙古乌兰巴托起程回国，当时计划经内蒙古到达陕北，在途经绥蒙大青山时，因遭到侵华日军的封锁，无法通过，只好返回乌兰巴托，但他们仍然回国心切，尤以年轻力壮、会骑马、能打仗的李世英、李天佑等最为坚决。他们说："冼星海为人随和，每天埋头作曲不多讲话，谈起艺术滔滔不绝。当时他说：'我一不会骑马，二不能打仗，身格也不如你们好，看样子不能和你们一块闯戈壁滩了，不过我是要定回延安的。'"

我父亲一行到达蒙古首府乌兰巴托之后，最初是生活在离市区几十公里的山沟里，这里环境幽雅，空气新鲜，远山连绵，林木清秀，飞鸟歌唱，牛羊遍野。这环境极大地激发起作曲家的创作灵感和思国思乡之情。他每天从早到晚不知疲倦地埋头创作，从 1941 年 10 月起到 11 月 14 日由党中央特派交通员陪同向绥蒙大青山进发时止，仅用连续 6 个星期谱写完成了第二组曲《牧马词》的钢琴谱，并着手谱写总谱。

我父亲从绥蒙大青山返回乌兰巴托已是 1942 年春天，当我父亲、袁牧之、钟赤兵等人来到乌兰巴托中国工人俱乐部时，已是个个蓬头垢面，面色苍白，穿着沾满油污的蒙古式旧棉衣和毡靴，看起来像是刚刚经过长途跋涉，经受过长期磨难度过监狱生活被释放的人一样，使得不明真相的中国工人俱乐部工作人员，人人都用警觉的眼光试探着接近他们，并不时提出种种疑问和猜疑。这时我父亲拿过工作人员正在使用的小提琴，调了一下琴弦之后，用一曲贝多芬名曲《米奴哀》打破了僵局，大家被征服，连连伸出大拇指说"蒙得格空"（意即：了不起的人）。从此我父亲化名孔宇受聘为中国工人俱乐部音乐组教员。不久，经工会中央理事会批准增加了他们长期工作的定员编制。

我父亲在受聘为中国工人俱乐部音乐组教员期间，首先亲自为俱乐部谱写了《中国工人俱乐部歌》和《志愿军之歌》，每天同志们高唱着："中工俱乐部，伟大堂皇，组织健强……"和"志愿军，志愿军，志愿精神志愿心……"歌声此起彼伏。中国工人俱乐部的文娱活动蓬勃开展起来。他在这里因地制宜制定了作业时间表和工作计划，组织了一支演出队伍，亲自教授乐理、指挥及钢琴、提琴、黑管、三弦、二胡、笛子等各种乐器，逐步开始教授五线谱，训练合奏、合唱和独唱。最终组织演出了《黄河大合唱》，并组织了中国工人俱乐部有史以来最大规模的音乐会。

我父亲在中国工人俱乐部工作期间从未间断过音乐创作，在这里他继续完成了第二组曲《牧马词》的最终配器工作，除此之外，还创作了第三组曲，原名《乌兰巴托的一天》。第三组曲的一、二两段演奏时定名为《乌兰巴托的早晨》。

我父亲组织了中国工人俱乐部最大规模的音乐会，公演《黄河大合唱》和小提琴独奏《乌兰巴托的早晨》，在蒙古的音乐界及社会上引起了极大的轰动。从此中央剧院乐队负责人达木丁苏伦与戏院乐队负责人莫尔道尔及中央剧院音乐指导苏联专家西米尔诺夫，经常找他交谈切磋技艺，达木丁苏伦曾邀请他指挥中央剧院交响乐团在中央剧院音乐会上演奏，同时演出我父亲的小提琴独奏《乌兰巴托的早晨》，由苏联专家西米尔诺夫为其钢琴伴奏。交响乐团的音乐家们为他的指挥及演奏的高超技艺而折服，一致称其为"蒙得格空"。不料这次公演竟成为冼星海一生中最后一次亲自指挥公演《黄河大合唱》。当然这也是《黄河大合唱》在国外第一次也是最后一次由作曲家亲自指挥的公演。

此时，"交响大合唱《黄河》"虽已完成，但由于种种原因，此次演的仍是延安的手稿，遗憾的是直至病逝，我父亲都未能实现其亲自指挥大型交响乐团及合唱团演出"交响大合唱《黄河》"的愿望。

我父亲逝世之后，1955年10月30日，在他逝世10周年纪念日，《黄河大合唱》第一次被搬上苏联舞台，音乐会在莫斯科柴可夫斯基音乐厅举行，由苏联指挥家阿·斯塔谢维奇指挥。

1956年10月，我国著名指挥家李德伦，在莫斯科柴可夫斯基音乐学院音乐厅，指挥俄罗斯合唱团及莫斯科爱乐交响乐团，用俄语演出了"交响大合唱《黄河》"。这次演出由郭淑珍独唱《黄河怨》，其演出时总谱在个别地方做了适当的处理。

根据资料记载，这是"交响大合唱《黄河》"诞生以来，在国外仅有的两次正式演出。1986 年，在上海因编《冼星海全集》演出一次，以后由于种种原因至今尚未正式按原作演出过，"交响大合唱《黄河》"的名字也是鲜为人知的。

1942 年冬季，我父亲秘密离开乌兰巴托，返回苏联，另寻回国机会，但始终未能如愿。

当父亲徒步进入阿拉木图时已是 1942 年的严冬，阿拉木图是出国时踏上苏联国土的第一站，这里靠近中国新疆边界，也是德国法西斯尚未到过的地方。我父亲想从这里回到延安可能更方便一些。然而这里的严冬异常寒冷，已是零下三四十度。

这时的父亲经过长途跋涉已是精疲力竭、饥寒交迫、身无分文，身边只有一把小提琴，一个塞满作品手稿的枕套布袋和一个内装生活用品杂物的小皮箱，已处于衣不能御寒，食无处索取，没有户籍，没有工作，没有熟人，更没有归宿，语言不通，蓬头垢面，疾病缠身的境地，已完全与组织失去联系而沦为不折不扣的流浪汉。

我父亲到达阿拉木图时最初居住在一个叫作"集体农庄庄员之家"的木结构廉价旅馆里。销售农产品的远郊农牧民是这里的常客，七八个人住一间房，人员混乱，环境嘈杂。父亲这时只靠变卖随身携带的衣物、用品换取食品度日，处境十分恶劣。在一次偶然的机会，他与当地音乐工作者拜卡达莫夫相遇，得到拜卡达莫夫及其母亲和姐姐拜卡达莫娃一家的热情帮助，得以留居并分食其全家人仅有的战时政府尚无法正常供应的限量配给食品，才得以暂时落脚生存，以至能重新拿起笔来进行音乐创作。之后虽经拜卡达莫夫等人极力向有关当局联系推荐，但因处于卫国战争最困难时刻，我父亲在阿拉木图的编制与口粮始终难以解决。

我父亲靠坚定的革命信念、回国的决心和对音乐艺术的无限热爱与执着追求，以常人难以具备的毅力，克服着寒冷、饥饿、病痛，在现今的哈萨克斯坦共和国的阿拉木图、库斯坦纳等地艰难地度过了他生命的最后时光，也是一生中最为困难的两年半时间，当有关当局发现其病情严重，派员将他送往莫斯科克里姆林宫医院住院治疗时，其病情业已恶化，整个身体几乎处于崩溃边缘，已经为时太晚了。

此时，正是苏联卫国战争进行得最为激烈，全国上下供应紧张，粮食短缺的时刻，是在哈萨克人民生活极端困难的情况下，我父亲暂时被拜卡达莫夫·巴赫德让安排在其姐姐达娜什·拜卡达莫娃家。这个哈萨克家庭，在他举目无亲、流落异国他乡街头的时候，慷慨地接纳了他，向他伸出了援助之手。正像哈萨克人常说的那样："在饥饿的时候，分食最后一块面包。"充分体现了高尚的人间真情。而冼星海当时以化名秘密出国工作的特殊身份，不便于也没有条件去了解对方这个异国公民家庭的一切。冼星海以其所特有的诚恳、勤劳、朴实、忠厚的高贵品质赢得了当地人民的信任和帮助，他在与异国人民之间语言不通，难以交流的情况之下，仅凭着自己仅有的那把小提琴及其娴熟高超的演奏技艺，征服了当地的人们，叩开了感情沟通的大门，进而用音乐架起了与哈萨克人民进行民间交往的桥梁，使自己深深扎根于当地民众之中，置身于那里音乐家的行列。在那里，他通过拜卡达莫夫结识了哈萨克功勋艺术家伊万诺夫·索科尔斯基等许多音乐同行，他时常参加哈萨克斯坦作曲家协会的活动，和大家一起讨论新创作的作品，并介绍自己的作品。渐渐地他得到广大人民群众和音乐家们的理解、同情、称赞与爱戴。我父亲高超的音乐才能和不停创作出的丰硕成果，也进而引起了当局有关部门领导的高度重视。

我父亲在哈期间化名黄训，以政治流亡者的身份，在经济及道义上得到了国际无产者联合会及拜卡达莫娃姐弟、伊万诺夫·索科尔斯基夫妇、叶谢托夫夫妇等人的种种帮助，使其得以继续拿起笔来创作出大量优秀的作品。

我父亲在阿拉木图完成了于1942年春天在乌兰巴托已写成的两段描写乌兰巴托一天的第三组曲，最后定名为第三组曲《敕勒歌》。又以古代诗人李白、吕本中、朱敦儒、彭羡门的4首古诗谱写的艺术歌曲配以新的和声编成《古诗情别》，更进一步接近中国古调的旁赋，同时充分抒发其身在异国他乡思念祖国亲人之情。受阿拉木图作曲家协会委托，为哈萨克斯坦国家广播电台播音写出第四组曲：《满江红》（作品第十五号），向哈萨克人民介绍中国音乐和中国人民伟大的抗日战争；冼星海又将从前旧作（置民歌、拉犁歌、顶硬上、第一组曲的第二段催眠曲）加以配器写成《音画：〈中国生活〉》，此曲得到苏联著名作曲家波波夫于 1943 年 8 月 23 日代表阿拉木图作曲家协会作出的书面肯定。

1943 年起，我父亲在阿拉木图因生活条件恶劣、营养严重不良而导致浮肿，疾病缠身，情况日趋恶化。但从 1943 年 1 月 8 日起，他又在阿拉木图起草了早在 1941 年 6 月 22 日在德国法西斯对莫斯科人民的血腥轰炸声中于莫斯科构思创作的"第二交响乐《神圣之战》"第二、三段，5 月修改，6 月配器，7 月中断，8 月继续写作，直到 10 月 19 日正午终于完成了该交响乐的全部乐队总谱。在"第二交响乐《神圣之战》"的首页上写着："这部交响是献给与爱好自由的英美人民结成同盟的苏联红军，他们正在'黑色瘟疫'中把被奴役的国家和人类解放并拯救出来。"1943 年 12 月，他应邀赴塔什干列宁格勒音乐学院，在那里将旧作集成 3 首中国舞曲，得到施泰因堡教授书面评价："《中国舞曲三首》是管弦乐作品中较成功的。作者以高度的技巧，在作品中把鲜明的中国民族音乐因素与后期法国印象派的作风结合起来。教研室认为用管弦乐演奏这曲将会有趣味的。"

父亲是以政治流亡者的身份，由共产国际介绍，留居阿拉木图的，然而不明真相的人们仍然持怀疑态度，每天仍有很多双怀疑的眼睛注视着他，甚至有人还想以种种理由将他从那里驱逐出去，使他始终处于十分被动地位。

当时，国民党政府在阿拉木图已设有领事馆，好心的拜卡达莫娃姐弟、索科尔斯基等哈萨克朋友也曾建议我父亲去那里想想办法，取得一些帮助。其实我父亲十分清楚，自从 1938 年离开武汉起，国民党特务分子就千方百计寻找他，此刻去国民党驻哈萨克使馆说明身份，放弃共产主义理想与信念，听其安排为其工作，饥寒交迫的日子是完全可以改变的。但是作为中国共产党党员并受党中央派遣秘密前往工作的父亲冼星海，其共产主义理想与信念始终坚定不移，从未动摇，他没有投靠他们，也没有暴露自己的真实姓名与身份（连拜卡达莫夫一家也不知道他的真实情况），而是以流浪的民间音乐家的身份扎根于当地民众之中，隐蔽下来，保护自己，生存下去，以自身的音乐才能、高超的技艺和高贵品质赢得了异国人民的理解、信任和帮助，顽强地与疾病抗争，无怨无悔，默默地工作着。

1944 年 1 月 30 日，我父亲由拜卡达莫夫推荐，寻机返回延安，受有关部门安排和应江布尔国家音乐馆库斯坦纳分馆馆长叶谢托夫的邀请与科伊什巴耶夫一起，赴距阿拉木图 1500 多公里的腹地库斯坦纳市筹建音乐馆并在该馆任作曲及音乐指导工作，负责筹建库斯坦纳音乐馆工作。每项工作都完成得十分出色，表现出他深厚的艺术功底和非凡的组织才能，受到音乐馆馆长叶谢托夫及同事科伊什巴耶夫等发自内心的敬佩，他与叶谢托夫成为知心的朋友。

我父亲还以一个民族友谊与文化传播者的身份，走到哪里就把音乐带到哪里，在当地组织起音乐艺术队伍，亲自教授乐理，传授演奏技艺，组织排练，举办音乐会，他与队员们一起直接到人民群众、农庄庄员中演出，他在异国他乡不但热情传播中国音乐，同时十分注意并善于利用演出排练、参加音乐会等各种机会，从所组织的文艺队伍的成员，和与他交往切磋技艺的音乐家朋友乃至民间如农庄庄员中，收集挖掘民间流传的民歌乐曲，他如饥似渴地吸收着俄罗斯、蒙古、哈萨克等民族音乐的养分，把它们整理出来，以独唱、合唱、提琴独奏、钢琴曲等形式供音乐馆排练演出。人们回忆他有这样过人的本事：只要听你哼一遍便马上把谱记下来，还你一个原汁原味的曲子，令你心服口服。因此，大家都十分敬佩他。

在库斯坦纳音乐馆工作期间，为纪念哈萨克民族英雄阿曼盖尔德逝世

35周年，我父亲创作了交响诗《阿曼盖尔德》，以音乐的形式再塑了哈萨克人民心目中的英雄阿曼盖尔德的光荣形象，然而这部交响诗的创作，却是在极端困难的客观条件之下，又承受了饥饿、寒冷和疾病的折磨的情况下完成的，我父亲在交响诗《阿曼盖尔德》的《创作札记》中真实地记述了当时的一些情况。

一九四四年计划写交响诗、第三交响乐等作品，已逐渐实现了。从一九四三年十二月起，我已计划写交响诗《阿曼盖尔德》，因生活的不调，营养的不足，无法继续下去，一九四三年的草稿就停止下去了，直至一九四四年正月三十日抵库斯坦纳后，在旅馆住了五个月。从那时起（二月）又再草稿，生活是相当艰苦，而营养比在阿拉木图更差，自己的衣服、手表等拿去市场出卖还不够供给几个月生活，薪金实在是不多，而每天还要忧虑到粮食，膳堂的纸证虽然发给，但膳堂不发给早餐营养品，是在月底才能领到。即使领得只够三四天的粮食，这样的生活，实在是困苦万分，但我仍不灰心丧志，除了在音乐会提琴演奏之外，我还写了三十多首哈萨克民歌的和声伴奏、十首中国艺术歌曲、三首哈萨克民歌（女声）合唱曲和一些哈萨克的"丘依"。而交响诗《阿曼盖尔德》从二月起至六月十日始完成，这作品本来是给交响乐队的，因库斯坦纳没有乐队，只得写两架钢琴一个提琴合奏。

我父亲在生活条件极度困难，体弱多病的情况之下，以其杰出的作品赢得了当地人民的赞扬和当局的物质奖励，这是苏联卫国战争最困难、食品奇缺时期的最高奖赏，他面对台上台下的一片欢呼声，激动得热泪盈眶，用颤抖的声音高喊着："我十分高兴，因为你们听懂了我的音乐，理解我，这是对于一个艺术家的最高奖赏……"

我父亲在江布尔国家音乐馆库斯坦纳分馆工作期间，真正接触到了丰富的哈萨克音乐传统，广泛搜集并记录了大量哈萨克斯坦民歌乐曲，在此基础上创作了大量优秀作品。1944年完成了《哈萨克歌曲集》《哈萨克女声三部合唱曲》，哈萨克民歌改编的《郭治尔—比戴》《哈萨克进行曲》

《嘎什克—然尔》《阿曼盖尔德》《哈萨克舞曲》《古诗十首歌集》等。对于《古诗十首歌集》这部作品，我父亲生前好友拜卡达莫夫之女、艺术学副博士、哈萨克斯坦国立音乐学院教授巴德尔甘·拜卡达莫娃在其为参加中国《黄河大合唱》创作 60 周年而举办的学术研讨会上宣读的论文《哈萨克斯坦音乐生活中的冼星海》中说："该演出不仅对哈萨克斯坦腹地小城具有轰动效应，而且对当时全哈萨克斯坦来说也是初次尝试。另外该作品的键盘音乐形式而非交响音乐形式对当时的哈萨克斯坦来说也是一件特别的事情。"

1944 年，我父亲以诗人柳宗元、李煜、吴平香、李清照、马致远、姚宽、莱茵、殷英、塞克、蒲风等人 10 首诗词合编为《古诗十首歌集》。1945 年 1 月 27 日于病中开始写管弦乐作品《中国狂想曲》，1945 年 4 月完成全曲。这是迄今为止所能搜集到的我父亲一生中最后的一部作品。其时本已因患严重营养不良症而引起肝炎、浮肿和头晕病的父亲，在一次去山区演出归途中又患感冒并转成肺炎，虽经医师千方百计数月抢救治疗，仍不见效，在病情日益加重的情况下，实现创作《钢琴协奏曲》《第三交响乐》等大型创作计划已力不从心，我父亲思国思乡思念亲人之情异常热切，又带病创作《中国狂想曲》，以狂想曲的形式借以慰病，并抒发期盼抗战胜利之情。我父亲在《中国狂想曲》的《创作札记》中记载：

……这作品之作成是包含五部分中国民间流行的歌曲，加以变化遂成了狂想曲的形式。和声及形式极自由，加上配器全用中国打击乐器帮助，则更能增加许多趣味。中国打击乐器的利用在此曲则根据曲的内容和它的不同省份，如山西和陕北民歌、广东民歌和广西民歌各有其特点。……但大部分则根据歌曲的主调加以变化，利用各种西洋乐器的特色去表现中国作风。这是一次狂想曲形式的尝试。如果中国作曲家仍没有狂想曲的出现，则这首管弦乐的作品《中国狂想曲》应该是第一首。

由于我父亲的病情日趋恶化，必须即刻送往莫斯科住院抢救治疗，于1945 年 5 月由专人将其护送到莫斯科克里姆林宫医院住院抢救治疗。在住院治疗期间，我父亲的病情极不稳定。克里姆林宫医院是全苏联最好的医院，虽然我父亲在那里以革命乐观主义的态度积极配合治疗，并多次向医护人员和前来探望他的朋友们表示："我的病在这里是可以治愈康复的，一旦医生允许我坐起来，我便马上拿起笔来继续写作。"虽然医院的专家和医护人员们千方百计抢救治疗，但我父亲病笃的躯体已极度衰弱，处于崩溃的边缘，各种并发症也不断发生，此起彼伏。我父亲承受着多种疾病折磨，终因抢救无效于1945年10月30日病逝于莫斯科克里姆林宫医院，当时年仅40岁。然而他在远离祖国的异国他乡，身处于逆境之中却克服重病缠身，最终又为祖国人民留下了"交响大合唱《黄河》"；两部交响乐：《民族解放交响乐》《神圣之战》；四部器乐组曲：《后方》《牧马词》《敕勒歌》《满江红》；艺术歌曲：《古诗情别》《古诗十首歌集》；管弦乐：《中国舞曲三首》；音画：《中国生活》；交响诗：《阿曼盖尔德》；狂想曲：《中国狂想曲》以及搜集、记录、改编、配器，创作了《哈萨克歌曲集》《哈萨克女声三部合唱曲·钢琴伴奏》《哈萨克器乐独奏曲》《哈萨克舞曲集》《哈萨克丘依》以及几十万字的论文等，极大地丰富了我国民族音乐文化遗产的宝库和哈萨克民族音乐文化的宝库。

更令人惊奇的是，我父亲在住院抢救治疗期间，甚至在逝世之前，他的创作欲望始终没有减退，头脑也一直处于清醒状态。他在病榻上强忍着病痛补充完成了《创作札记》，构思创作《胜利交响诗》（这部作品手稿尚未找到）。1945年8月15日中国人民抗日战争取得胜利，日本帝国主义宣布无条件投降的消息传到莫斯科克里姆林宫医院病房时，我父亲激动万分，他用颤抖的声音对护理人员高声说："快！快给我拿谱纸来，我要写一首《胜利交响诗》来庆祝中国人民抗日战争的伟大胜利，不然我的乐思就要溜走了。"

我父亲在病逝前20天，即1945年10月10日还写信给苏联著名音乐大师、苏联作曲家协会组委会主席格里埃尔，向其拜师学艺：

……读了像您这样一位伟大和天才的苏联作曲家的信，我感到非常自豪……我为了建立中国新的音乐奋斗多年，这种音乐必须真实地表现人民的心灵和具有新的形式、新的和声……

我不知疲倦地工作，但是至今没有听到自己作品的音响，真是非常遗憾。我在病中完成了《中国狂想曲》和六十首中国歌曲，在此期间创作欲望一直没有丧失。

我衷心期望做您的学生，期望您成为我的老师和朋友并指导我的创作。

他在临终之前还向前来看望的同志们说："我多么希望再活三十年，我还有三十年创作计划需要完成啊！"

我父亲病逝之后，他的骨灰被安放在莫斯科郊外的一座教堂里，苏联《真理报》刊登了我父亲在莫斯科病逝的消息，同时还刊登了由格里埃尔、哈恰图良、别雷、穆拉杰里等著名音乐家及其他一些苏联音乐活动家联合签名发表的讣告，讣告中说：

这位中国天才作曲家的逝世是中国音乐艺术的一个重大损失。苏联音乐家对这一噩耗深表悲痛。冼星海是中国人民新兴文化艺术的天才代表。冼星海的音乐遗产将成为作曲家的卓越丰碑。

我父亲病逝的消息传回到延安，延安各界无不为之悲痛惋惜。

1945年11月14日延安鲁迅艺术文学院举行中国人民音乐家冼星海追悼大会，参加追悼大会的有：林伯渠、吴玉章、徐特立、罗迈、姚尔觉、谢觉哉、我妈妈带我等700多人，主祭吴玉章，陪祭周扬、柯仲平，谢觉哉致悼词，吕骥报告冼星海生平。

毛主席亲笔题词："为人民的音乐家冼星海同志致哀。"

周恩来总理生前多次指示有关单位及有关同志："要把冼星海同志的作品手稿保管好，以后出版、演出这些作品。""在适当的时机将冼星海的骨灰移回国内安葬。"

1983年，在邓小平同志的直接关怀之下，按照党中央的决定将冼星海的骨灰从莫斯科运回北京，安放在北京八宝山革命公墓，后经广东省委报请党中央批准，在广州市白云山下麓湖之滨建立星海园（在星海园内造冼星海墓，立大型冼星海塑像，建冼星海纪念馆），将我父亲的骨灰正式安放在星海园内，从此我父亲得以落叶归根，长眠于祖国大地之上。他会骄傲地对祖国和人民说：我不顾一切为党工作，没有虚度此生。

冼星海之女　冼妮娜

感悟征程　品味精神

——牛文的延安岁月

历史是一壶沧桑的老酒，看来平常，品来醇香甘美。

1940 年 8 月，中国民众奋起抗击日本侵略者的战争，已进入艰难的相持阶段。八路军总部调集 105 个团，从华北敌后出动，在 2500 公里长的战线上，发动了"以彻底破坏正太路若干要隘、消灭部分敌人，收复若干重要名胜关隘据点，较长期截断该线交通，并乘胜扩大拔除该线南北地区若干据点，开展该路沿线两侧工作，基本是截断该线交通为目的"的战役，史称百团大战。牛文所属的山西新军抗日决死第二纵队配合八路军参加了该战役，自 20 日夜起，破坏了汾（阳）离（石）公路，袭击了吴城、王家池、信义、大武镇等敌人据点，使敌人运输中断……就在这激烈的战斗中，二纵队首长接到后方延安鲁艺的"酌情选送文艺骨干培训学习的通知"。二纵队文艺骨干是留？是走？激战中收到的通知，令纵队首长踌躇再三，最后拍板："不要打光了，把他们撤下来，送延安。"牛文等 30 位文艺战士就这样从激烈的战场撤下，身披战火的硝烟，带着延安求学的热盼以及对战场、战友不舍的五味杂陈的心态，踏上了去延安的征程。

革命圣地延安，是中国人民抗战的中心，是党中央、毛主席所在地，也是大家日夜思念向往的地方。从部队驻地临县到延安，途经葭县、米脂、绥德、清涧、延川等好几个县。路上每隔六七十里，就有一处兵站，兵站的负责人大都是年老体弱或是负过伤的老红军，他们都是经过战场洗礼的人，因而对过往军人都很热情，一路上食宿顺利方便。多日的急行军，离延安城越来越近了，脚步也愈发轻快。早听说鲁艺有一座标志性的天主教堂建筑，当顺着延河上行，远远看见前面路旁一条土沟里露出教堂的尖顶塔时，试着一打听，目的地到了。

走进鲁艺校门，直接到教务处报到。学校安排摸底考试，美术系的试题是两道：一是对照现场摆设的模特儿，画一幅素描；二是个人自由命题创作一幅绘画。平时喜爱写写画画的牛文，一拿到试题就蒙了，此前虽对素描、创作有所了解，但并未系统学习培训过，基础基本为零，无奈只得硬着头皮上……第二天，考试成绩公布，副队长苗波、苏光考入美术系，杨戈考入音乐系，华纯、李束为考入戏剧系。而牛文等大部分考生落榜了，随后被安排进入鲁艺附设的部队艺术干部训练班一队，一些年龄小、文化低的同志则被编入训练班二队。一场不期而遇的入学考试，考了个明白，考了个清醒，牛文看到了差距，看清了应该努力的方向。

部干班一队住在学校教堂右边，一排料石砌的窑洞，每孔窑里住十多个人，铺着麦秸秆睡地铺。冬天窑里没有炉子，只在门口生着一盆木炭火，门上挂个草帘子，晚上睡觉倒也不冷。生活管理仍然保持着部队的作风，每天早晨起床后集体出操跑步，吃饭也是列队集体到鲁艺大灶上就餐。学习是请鲁艺的教员来上课，而更多的时间，是按各人的志向到鲁艺各系去旁听。牛文一门心思专注于美术的学习，当时正值美术系第四期，教员学员一来二往的就熟悉了，一块上课、一块活动、一块画画、一块野外写生……顺理成章俨然成了个正式学员。

远离战火硝烟的鲁艺校园，洋溢着浓郁的艺术氛围与气息，沉浸在一派安宁祥和的景象之中，为如饥似渴求学问知的学员们，创造了绝佳的学习环境和条件。教员们都是全国闻名、颇有造诣的艺术家，与学员亦师亦友、情谊交融。学习的课程专业实用，简明规范。课外活动举办木刻、漫画画展、诗歌会、文艺演出等丰富多彩的艺术活动，让学员们得到充分的艺术熏陶。每天清晨，可以听到三五成群的男男女女在唱歌、练功、吊嗓子。白天，可以看到有人在山坡上边晒太阳边看书，有人拿着本子在四处画速写。傍晚，又能听到一些人在拉二胡、小提琴，那些悠扬的音乐十分动听。学校教堂里经常举办文艺晚会，上演苏联话剧《带枪的人》，契诃夫的独幕剧《白茶》《蠢货》《求婚》；还有曹禺的《雷雨》《日出》；鲁艺平（京）剧团上演的是传统剧目，京剧《群英会》《四进士》《打渔杀家》等；延安八路军总政电影团带着小型电影机来放映的是苏联的《列宁在十月》《夏伯阳》，还有纪录片《冯玉祥将军练兵》等等；有百十户人家的桥儿沟村，有时请外地戏班临时搭台唱大戏，有秦腔，也有山西梆子，现场摩肩接踵，热闹非凡；校园的图书馆是学员们经常光顾的地方，许许多多中外名著，《钢铁是怎样炼成的》《战争与和平》《阴谋与爱情》《基督山伯爵》《诗经》《世说新语》《资治通鉴》以及鲁迅的《彷徨》《呐喊》等等，都能借到且得以通读。一次偶然的机会，牛文在图书馆看到一本发黄的《地理》小册子，一下子被书中对西藏地理人文风情的介绍所吸引，平生第一次知道，在祖国的西南边陲还有这么一处遥远而神秘的地方，壮观的雪域高原，多彩的民族文化……一种强烈的好奇心，迫不及待、一探究竟的冲动油然而生，由于条件所限，这一强烈的愿望被深深埋藏在心底。新中国成立后，牛文随军南下四川，有机会得以第一次踏上进藏征程，终于实现了 10 年前在鲁艺图书馆的夙愿，藏区成为牛文长达半个多世纪的主要创作基地和绘画题材。多年后，牛文在回忆这段学习经历时，不无感慨："一个苦出身，对什么是艺术一无所知的山里娃，真是掉进'蜜罐子'了。"

来年 3 月，部干班结业，功夫不负有心人，全班除牛文和郭生因成绩优异幸运地留校外，其余整体转入延安八路军留守兵团部队艺术学校继续学习，校址就在鲁艺对面的东山坡上，与鲁艺近在咫尺，来去很方便。牛文和郭生被分配到鲁艺美术工场的创作科。这里名为美术工场，实际是鲁艺的研究和创作机构，其成立简章的第一条宗旨明示："它是以提高美术理论和技术水平，扩大美术工作和作品的影响，团结和培养优秀美术工作者，共同致力于新民主主义美术的理论与实践为目的……"在这里，牛文与鼎鼎大名的艺术家江丰、钟敬之、王朝闻、力群、古元、陈叔亮、华君武等朝夕相处，他们既是尊敬的师长先生，又是共同工作生活的同志战友。牛文和郭生一面深入学习，一面担负大量为老师翻石膏、印木刻的工作。王朝闻老师制作毛主席、鲁迅头像浮雕，他们一直守在近旁，看着设计小样，做泥稿子，定模，最后翻石膏就由他们来大显身手。那时延安各种会场主席台上，悬挂的毛主席的浮雕像就是出自他们之手。为老师们印木刻是牛文最喜爱的事务，这既是一种学习实践，也是一个提高的过程。王式廓的《开荒》、马达的《汲水》、力群的《饮》、古元的《运草》等等众多木刻作品，印制起来很是畅快，常常通宵达旦且乐此不疲。一天下午，正忙活着印制木刻的工间，进来一位身着灰布军装，留着齐耳短发，显得格外沉稳干练的女同志，进门后大方地巡视一番说："我姓王，是边中的美术老师，今天专程来，看能否选一些木刻画，作为给学生上课的范画。"当时印得多，没在意这一幅两幅，自然满足了王老师的要求。临走时王老师说："今后再有新作品告诉一声。"打那以后，一有新作品，不是她来校拿，就是牛文送到延安城的边中去，一次也没耽搁。这样一来二往，才知道王老师叫王曼恬，是上海新华艺专毕业的，是毛主席的表侄女。因行事低调，来校未联系校领导，自己误打误撞进了牛文的木刻工作间，由此引来这段佳话。后来在 60 年代初，牛文在天津王老师家做客，王老师拿出了这批珍藏多年的木刻画，都是文物了，大箱套小箱，保管得真好。

1941 年 6 月，牛文如愿以偿以优异成绩正式考入鲁艺第 5 期美术系学习。所学课程除了政治、经济、文艺理论外，还有必修课军事和选修课俄文。美术专业课有美术概论、解剖学、透视学、色彩学、木刻作法、漫画作法、室内实习、野外写生、自由创作、观摩会、美术辩论与座谈会，以及名画研究、民间美术研究、美术家研究等选修课，洋洋洒洒，系统且面面俱到。

开学不久，学校安排美术系老师、学员一起挖窑洞，自力更生修起明亮的大画室。王式廓、王朝闻老师亲手教学员们用柳条包上泥巴烧木炭条画素描，耐心指导学员们如何用点、线找轮廓，最惬意的是老师带着学员们到野外写生，桥儿沟方圆十几里地的山山洼洼都走了个遍。

鲁迅先生直接培养而成长起来的版画先驱力群，是学员们尊崇的师长，他这一时期创作的反映延安民众以自己的双手创造新生活的木刻画《饮》《伐木》《丰衣足食图》《帮助群众修理纺车》等优秀作品，学员们耳熟能详、爱不释手、推崇备至。木刻概论与技法正是由力群老师主授，他治学严谨、平易宽容、开朗爽快，课堂上一口浓重地道的山西灵石话，音调高亢，抑扬顿挫，讲得兴起时手舞足蹈，引人入胜。他深入浅出地介绍木刻版画的概要与把握的要点，示范怎样起稿、上版，手把手指导怎样握刀，怎样刻直线、曲线、点，同时讲解不同刀具所产生的不同效果和魅力……牛文与力群老师是同乡，走得拢，靠得近，多得点拨。牛文的初期尝试以个人经历为原型，表现万千有志青年奔赴延安的心情与情景的木刻作品《去延安》，另一幅以一普通的三口之家在日常生活中所洋溢着平和安详愉悦的景况，表现陕北民众新生活、新气象的木刻作品《暖炕头》，都得到老师的关注与悉心指导。

深得学员们尊敬的延安画派杰出代表古元，教授木刻创作。古元老师不仅传授木刻创作的方法与技巧，更以自己的艺术实践与绘画作品来影响和带动学员们的研修学习。古元老师在坚持古为今用的基础上积极探索，将西方木刻的表现形式与中国民间年画、皮影、剪纸等传统技法相融合，创作出一批新年画、新剪纸木刻画，作品一经问世即风行一时，深受陕甘宁边区军民的喜爱。牛文深受启示与鼓舞，积极行动起来，在老师指导下，刻绘了《学文化》等木刻新窗花。该画大胆地运用陕北民间剪纸风格特色，以民间剪纸的对称式、阴刻和阳刻相结合的技巧方法巧妙地刻画出两个年轻战士背靠大树，认真地学习文化的场景，揭示了提高民族文化素质的历史必然和现实意义。古元老师在称道这幅作品时建议，印制时一版可黑红色两印，老百姓拿到印红的可直接剪下贴门窗上。这样效果斐然，反映甚好，既方便了群众，也扩大了作品影响。将西方的绘画元素与中国民间传统技艺相结合，使得作品既有朴实、明快、简洁的剪刀味，又有西方木刻之精细、洗练的刀之美，使作品走进现实，贴近民众，成为人民大众所喜闻乐见的精神食粮。

教授漫画概论与技法的老师，是日后被誉为中国漫画界泰斗的华君武老师，他的漫画在延安乃至各抗日根据地早已被津津乐道，漫画《肉骨头引狗》《丰收》《日寇的圈套——诱降》《磨好刀再杀》等，寓意深刻，讽刺辛辣，用笔简洁活泼，刻画入木三分，使人过目不忘。学员们能在其门下听课自有几分惊喜、几分得意。华老师睿智儒雅、幽默风趣，在课堂上，漫画讽刺与幽默的艺术特点以及教育、审美等社会功能，这些看似高深的理论，华老师却不紧不慢，深入浅出，妙语连珠，娓娓道来，学员们时而忍俊不禁，时而开怀大笑……不知是老师的人格魅力，还是漫画本身那种智慧的穿透力，几堂课下来使得牛文兴趣大增，对夸张、比喻、象征、拟人、寓意等独特的构思方法和表现手法细细研修，受益匪浅。日后牛文并未辜负老师的指教，虽主攻版画，却在从事革命宣传工作中创作了一大批优秀的漫画作品。这些作品多在报刊杂志上发表，虽说这些漫画作品，就其寓意的深度与艺术的高度而言，不及老师的皮毛，但也是种瓜得瓜，种豆得豆的。

初冬的大雪纷纷扬扬、飘飘洒洒，一天班上新来一位由抗日军政大学转来的插班生，听说她是四川大军阀杨森的亲侄女，原名杨汉秀，本来有享不尽的荣华富贵，但她一门心思奔延安，来延安时到西安八路军办事处，还是朱德总司令为她改名叫吴铭并介绍来延安咧！窃窃私语的同学们都闪现着一种异样的目光。谁能想到，活泼、开朗、大方的吴铭，很快就融入了这个集体，不久便成为了班上的"开心果"。班上学员互助精神很强，学习成绩在班里算是拔尖的牛文，对新同学自然会力所能及地关照，无论是绘画技巧的把握，还是艺术理论的认知，都多有交流点拨帮助，俨然当起吴铭戏称的"二先生"了。吴铭家境殷实，平时非常节俭，但对同学可大方了，只要一遇学校晚上没有活动，就打招呼了，走咧！于是乎，延安城十来里，小盘两三碟，小杯三两盅，烩面一大碗，好不快活！……转眼间，第 5 期美术系毕业，吴铭被分配到关中专署，后调延安八一剧团任美术教员。1947 年 3 月，她接受党组织做军阀杨森的策反工作任务，与周副主席同机飞抵重庆。后因特务告密，被捕关押在重庆中美合作所渣滓洞。1949 年 10 月 6 日，牛文随军南下到达重庆，当天得悉重庆中美合作所"11·27"大屠杀的惨讯，听说老同学吴铭也在其中，惨遭杀害，血染红岩，于是与同事苏光（美术系第 4 期的同学）立即赶往惨案现场寻找凭吊老同学。他俩心情沉重地沿着松林坡、渣滓洞、白公馆一路打听，一路寻查，最后无为而终。后来经多方打听才得知，老同学在大屠杀前的 11 月 23 日，已被秘密杀害，掩埋在歌乐山的金刚坡，刽子手行凶后，竟连手铐都未顾上取。1961 年，牛文应邀为长篇小说《红岩》插图，在反复阅读小说初稿，并再次走访烈士们殉难之地后，老同学吴铭往昔那难以磨灭、刻骨铭心的记忆，又一幕幕呈现在眼前：延安的宝塔、桥儿沟边的延河、黄土坡上的窑洞，歌乐山中的魔窟、囚徒、呐喊、抗争、红旗……很快署名《胜利》的版画作品完成了，画中一位红岩女英烈，雕像般挺立在红岩之上，高举五星红旗，迎接黎明前的曙光，刀光剑影交织，电闪雷鸣回映，革命烈士视死如归、追求光明、渴盼胜利的情景都凝聚在女英烈的形象上。画中的她是老同学吴铭，也是江姐，更是千千万万为中国人民的解放事业而抛头颅、洒热血的革命先烈！ 1980 年，吴铭烈士遗骨迁葬于重庆歌乐山烈士陵园，举行了隆重的迁葬仪式。至此，每逢雨纷纷的清明时节，牛文都要来到老同学的墓前坐坐，献上一束鲜花，寄托一份久久的哀思。青松挺拔苍翠，杜鹃点点吐血，一座丰碑矗立在歌乐山巅，一幢警钟警示着一代又一代……

一阵阵嬉笑、喧哗声打破了清晨的宁静，不经意间 1942 年的春节来到了，同学们写对子、贴春联、挂灯笼，一片忙碌，来自西北凛冽的寒风，夹带着漫天的雪花，怎么也挡不住暖融融的节日气氛。"毛主席来了！""周副主席来了！""毛主席、周副主席要和我们一起包饺子过新年！"

热闹的校园一下子炸开了锅，一桌桌红枣、杏仁、山核桃，一桌桌大肉馅饺子，一桌桌贴心的关怀与问候，一桌桌抒怀的欢声与笑语，师生们簇拥着人民的领袖，沉浸在无比的欣喜、欢快、幸福之中，此时此刻些许思乡之情早已荡然无存。吃罢饺子，学校教堂里的舞会开始了，能歌善舞的师生们和毛主席、周副主席都纷纷涌入舞池。毛主席的舞姿虽不够标准，但都是踏在点子上的，周副主席的舞姿那就轻盈潇洒多了，不时获得满堂彩，把舞会推向一个个高潮……夜已深，地坝上点燃了熊熊的篝火，师生们扭起陕北大秧歌，围着篝火跳啊！唱啊！"正月里来是新春，赶着那猪羊出了门！……""解放区的天，是明朗的天，解放区的人民好喜欢！……"

1942 年 5 月，毛主席在杨家岭亲自主持召开了文艺座谈会，这是一次空前的盛会，对我们党新文艺的发展有着重大而深远的意义。牛文后来在接受记者采访时曾回忆道：

延安文艺座谈会，断断续续开了 20 多天，5 月 23 日结束，我们的老师都参加了。记得消息传来，我们缠着周副院长给传达。周扬同志讲，毛主席要亲自来，这下我们兴奋了好久。5 月 30 日那天，早饭后，学校还没吹集合哨子，各队的学员已自动集合起来了，匆匆赶到大礼堂，为的是抢占前边的最佳位置。那天，来听报告的人很多，连附近一些机关、学校听到这一消息也赶来了。教堂里容纳不下，临时将会场改到了教堂后边的大院子里。当我们最后从教堂里退出来的时候，偌大的院子里已挤满了人，我们只好坐在了会场的最后边。毛主席身穿灰布军装，没戴帽子，就站在窑洞前的台阶上开始讲话，毛主席如同拉家常一般，谈笑风生地讲了整整一上午，安静的会场不时爆发出愉快的笑声和热烈的掌声。会上我印象最深的是毛主席讲的大鲁艺和小鲁艺问题。他说我们是小鲁艺，工农群众是大鲁艺，让我们毕业后到工农群众中去学习，去打成一片。毛主席讲的仍是《在延安文艺座谈会上的讲话》的基调，只是更通俗一些。后来，《在延安文艺座谈会上的讲话》全文正式发下来，我们认真学习，端正每个人的立场、观点，这为我终生的创作奠定了方向。

1942 年的夏季来得格外的早，前方战事吃紧的消息，如阵阵热浪裹挟着不平静的校园。听说贺老总的八路军 120 师急需补充一批干部，同学们纷纷申请暂停学业，参加战斗部队。名单公布，牛文等 3 人获得批准，于是告别了同学，走出了校园，离别了延安，回到了久违的晋绥边区抗日前线。

短短两年延安的校园生活，牛文由一位不愿做亡国奴而毅然从军的热血青年，千锤百炼，化蛹为蝶。当他从小鲁艺，走向大鲁艺，在长达半个多世纪的社会历史进程中，秉承并不断拓展延安画派的精髓，用版画书写历史，以骄人的艺术实践，迅速成长为中国新兴版画运动的中坚力量与代表性人物而载入史册。

斗转星移，日升月落，从鲁艺校园中走出来的一批批学子，桃李满天下，春晖遍四方。鲁艺校园所蕴藉的中华民族的精神与文化底蕴，所承载的家国情怀与文艺报国的理想，将在历史的长河中生生不息，熠熠生辉。

牛文之子　牛小牛

燃烧的岁月

王震司令员介绍吕梁剧社到延安鲁艺学习。那天，在359旅战士的护送下出发了，天空飘起了雪花，大家走在雪地上又唱又跳。为了防止晋绥军的捣乱，防止出现意外，剧社没有直接向延安走，而是绕道米脂、子长、甘谷，再到延安。

经过了几天的行军，终于看到了宝塔山，看到了延安城，大家高兴地高喊："延安我们来了！"按照指定的路线在预定的地点和359旅奋斗剧社的同志接上了头，又走了十多里路，最后到了延安城东桥儿沟鲁迅艺术学院后边一个叫后沟的小村。

鲁艺第三期11月已经正式开课，因此我父亲胡斌武他们只能作为培训生插班学习。剧社的全体人员根据文化程度和年龄，分别到鲁艺部干班、军艺班，还有的到延安各剧团学习。华纯到鲁艺戏剧系，苗波到鲁艺美术系，胡斌武到鲁艺音乐系。大家白天到各自学习的单位学习，晚上回到后沟住，社里组织的集体活动都要参加。

太阳升起来了，金灿灿的阳光照耀在黄土高原上，每一座山都放着光，山坡上有人在歌唱，那是一首《延安颂》。

后沟村实际只有几户人家，住得还不集中，东一家西一家，几孔闲置的窑洞也很陈旧，剧社除了领导外，分成了4个组，每组10多个人，3个组是男队员，1个组是女队员，领导住的窑洞是办公室也是宿舍，社里发给每人几大张发黄的麻纸，让大家裁开用线订成小本子，作为学习的记录本。在窑洞的墙上挖了10来个小洞，放队员们的东西和学习用品，包括碗筷、牙具和书本。虽说是冬季，窑洞仍有些潮湿，新挖的小洞洞更潮，没几天书和本粘在一起了，大家隔三差五遇天好就拿出来晒。每天三顿饭离不开小米，早饭是小米稠粥，中午和晚上是小米干饭，在这里没有敌人的"扫荡"，听不见鬼子的枪炮声，看不见战争的硝烟，闻不到火药味儿，有的只是歌声和笑声。

一、胡斌武成为鲁艺音乐系第三期插班学员

开始学习了。

当时音乐系主任是冼星海，老师有：向隅、唐荣枚、杜矢甲、李焕之、张贞黻。

三期是四个班。父亲在第二班，二班班长是博平，她是王实味的妻子，后来她离开延安回老家去了。

吕骥、向隅、李焕之给音乐系讲课，后来冼星海来上大课。礼堂（教堂）有别的系上课，窑洞里又坐不开，大课都在外边上，上大课就是给全系上课。12月到转年的3月，陕北的天气干冷，在外边上课手冻得拿不住笔，大家坐在小凳子上，没有凳子的坐在地上，用块木板垫在腿上记录。时间不长，腿和脚冻木了，老师就让大家起来原地蹦，身体暖和了再上课。

鲁艺音乐系三期学员前一段参加大生产刚刚回到鲁艺，11月才正式上课，父亲尽管落下了一些课程，他找同学借课本、借笔记，找老师"开小灶"。每天早起床晚上床，他就是想多学知识。学习几乎占去了他全部的时间：他追着杜矢甲老师，求教发声，学换气；找向隅老师请教歌曲创作；到冼星海家中学指挥。他上山砍树枝修成一大把指挥棒，随身带着，枕头下压着，有时间就拿出来练习指挥。

1940年1月9日，在陕甘宁边区文化协会第一次代表大会上，毛泽东作了《新民主主义的政治与新民主主义的文化》演讲，第一次明确提出了新民主主义的目标。鲁艺赵毅敏副院长在全校师生大会上传达时，社长也带剧社全体人员到鲁艺广场听传达，大家都很受鼓舞。

延安春节另有一番情趣。春节那几天，机关、学校、民众团体都放假，小小的延安城到处都是人。过年了，好多人特意地打扮了一番，特别是那些来自敌占区的人，男人们有穿长衫的，穿长袍马褂的，穿西装的，穿中山装的，穿陕北农村装的。女人们的打扮更是五花八门。大冬天竟然有穿裙子的，还有戴着帽子的，帽子也是怪模怪样的，还有的下身穿裙子，上身穿一件小袄或是毛衣，围一件好看的披肩，穿得很"摩登"。"摩登"这个词在剧社议论了好长时间，有人说"摩登"就是怪模怪样，有人说"摩登"就是羊群里出骆驼，还有人说"摩登"就是勾引人，反正说什么的都有。后来，大家觉得林杉有学问，都去问他，林杉说，"摩登"是一种时髦，是一种美的表现。大家听了还是不太明白。其实，大街上还是穿八路军军装的人多，自己也是穿军装，所以还是认为穿军装好看。春节前剧社发给每人一块钱，大部分男队员上街就买好吃的，吃油馍、吃年糕、吃羊杂、喝羊汤。几个年纪小的队员钱花得最快，一条街没逛一半，钱早花光了。女队员总是东瞧瞧西看看，买个发卡，买尺头绳，买点女孩用的。延安有好几个文化广场，春节广场上可热闹，扭秧歌、跑旱船、踩高跷、打腰鼓，还有几个剧团搭台唱戏。

359 旅派人给他们剧社送来一些白面、猪肉和白菜，也给吕梁剧社分了一些，王江山组织大家包饺子，剧社里很多小战士出自穷苦人家，没见过饺子更没吃过饺子，大家兴奋地争先恐后包饺子，结果饺子包得五花八门，什么样的都有，下锅一煮全乱了套，最后不是吃饺子而是喝片汤、"丸子"加饺子。尽管这样，大家仍很开心，毕竟很长时间没吃到白面，没吃到肉了。

延安是革命的圣地，是艺术的摇篮，也是学习大课堂，那里的一切都使父亲感到新鲜和振奋，特别是延安的歌声，不仅在桥儿沟鲁艺的驻地，在宝塔山下，在延河边都能听到抗战的歌声。有些歌他也能唱，但在延安听起来感触更深，更能理解歌的含义。有时是学校组织、有时是战友们结伴去看演出，到鲁艺看戏剧系学员们演出曹禺先生的《日出》，到女大看同学们演出的大型话剧《秋瑾》，到中央党校看苏联话剧《破坏》，还有看电影，听演讲，听诗歌朗诵会，观摩鲁艺戏剧系排戏，这些都开阔了眼界。

父亲除了正常的上课外，每天都认真整理笔记，特别是乐理课他比其他学员理解得快，记得也快，所以很多学员课下来找他，他还要重新给大家辅导。每次老师讲完课，父亲都要追着问一些问题。冼星海老师来讲课，更吸引他。星海老师给学员们讲他的经历比较多，是让大家知道学习音乐的艰难，父亲逐渐地对音乐摸着点门。他说以前只是喜欢唱歌，在开封和北京上学时喜欢看美国新片、唱流行歌，只是觉得好玩和时髦。跟着冼星海学习坚定了他搞音乐的志向。冼星海给同学们讲他怎么创作，怎么追求音乐；讲他在法国怎么艰苦、怎么穷困；讲他回国以后又怎么参加了工作，包括写《救国军歌》时，写好以后又怎么马上到群众中去亲自教唱；讲他怎么过黄河，包括他写《黄河大合唱》，写他的《第一民族交响乐》《第二民族交响乐》的经过和体会。就是在星海的影响下，在他的创作经验以及他个人经历的启发下，父亲对作曲有了一些想法，一些思考。这些东西对他后来进行作曲乃至人生，有着很大的影响。冼星海说到了作曲的根本要在生活积累的基础上，就如"昨夜西风凋碧树，独上高楼，望尽天涯路"，就是说心里有感慨，有想法，有说法，有不平，有话要说，有内容，有自己的冲动，这样写出来的东西才是有生命的，生活根据有直接的也有间接的。跟着冼星海学习，父亲被他的创作精神、创作的态度、创作的追求，被他对民族的热爱、对人民的热爱所感动和激励。

星海老师是个可敬可爱的人，他是留学回来的大音乐家，但他对待任何人都很热情，是个毫无城府的天真之人。他和学生打成一片，他带着同学们走几里路到山沟里上课，他说那里有冰河、有落叶、有枯枝、有蓝天、有小鸟、有大自然的美，在这样的环境里上课有激情。他一讲就是半天，他有那么大的学问，但讲课通俗易懂，他很容易让人接近，很随便，爱开玩笑。他说："我是广东人，舌头不打弯，你们听不懂我的话尽管举手提问，扔石头也可以。"逗得大家哈哈笑。有时因天冷他让大家站起来搓手跺脚，他还用广东话给大家说笑话。

星海老师教指挥和乐理知识，父亲说他原来也做指挥，但听了冼星海的课才知道了指挥的意义。也就是从那时起，父亲在文艺团体几乎除了演出独唱外还兼做合唱和乐队的指挥，就是后来担任绥远军区文工团副团长时仍兼着乐队的指挥。有时他独自到东山冼星海住的窑洞前坪地上去上课。冼星海对父亲要求严格，但教得又精心、耐心（尽管父亲也懂得一些乐理知识，但和要求差得太远了）。冼星海老师有时一个问题要讲好几遍。有针对性的、由浅入深的讲解，启发式的教学使学者不觉得枯燥。冼星海老师对父亲很关注，还因为父亲是剧社的音乐老师，是要传导知识、传导艺术的。再有父亲那时也创作歌曲，同时演唱歌曲，冼星海对父亲说："你能唱，能创作，还能教学真是难得呀！"他让父亲常到他家里来玩。父亲曾说：冼星海是大艺术家，特别重视从前线来的同志，喜欢听大家讲战斗故事，听得很专心，有时还用笔记下来，听到战友牺牲，群众被敌人杀害，老师的眼里噙着泪花；听到战斗胜利，鬼子举手投降，汉奸们跪地求饶时，他笑得像个孩子。冼星海告诉父亲，做人民的艺术家，就要刻苦钻研，艰苦奋斗，提高音乐理论水平，努力研究高超的音乐技巧，要始终保持中国民族音乐的风格，吸收西方先进的音乐技巧和基本功。

冼星海用心培养从前线来的骨干和业余作者。有一回冼星海特意找来杜矢甲老师，纠正胡斌武的发声，共同听胡斌武唱了几首歌，他听胡斌武试唱《黄河大合唱》中的几首领唱后，眼睛一亮，自言自语地说："好！太好了！"后来，胡斌武回到抗日前线在《黄河大合唱》中担任了领唱。

还有一次在延安中央礼堂里，由冼星海指挥500人参加的《黄河大合唱》，父亲是500人之一，他渡过黄河经历了黄河的惊涛骇浪。震撼人心的《黄河船夫曲》就如船夫们齐心协力与黄河激流搏斗，多像是中华民族面对日本帝国主义的侵略，不畏艰难、奋力拼搏的精神；《怒吼吧，黄河》是中华民族的力量，中华民族是打不垮压不烂的，日本帝国主义再嚣张必定会灭亡；《黄河怨》一首悲歌，诉说着中华民族的哀怨，启迪着被压迫、被奴役人们的心灵。《黄河大合唱》不管是词，还是音乐处处打动着人们，参加演出的人员包括鲁艺音乐系、戏曲学院、总政歌舞团，还有青艺以及各根据地文艺团体到延安鲁艺培训的学员。

大约在2013年前后，鲁艺校友聚会，鲁二代也参加了，大哥向群见到了孟于阿姨，孟阿姨告诉大哥，父亲当年在延安鲁艺是4个男中音之一，外号"小钢号"，学校里联欢，文艺演出都少不了他的独唱。

二、毕业考试成绩优秀，冼星海把指挥棒奖给了胡斌武

1940年3月初，剧社接到林枫拍来的电报，准备调剧社提前回晋西北，剧社组织大家抓紧排练，准备回到晋西北做汇报演出。

3月10日前后，剧社已整装做好离开延安回晋西北的准备。那天下午，夕阳的金辉洒在西山坡上，初春的陕北风已不再刺骨，带有几分柔情。父亲带着他创作的歌曲《故乡》去找冼星海老师，想让老师再做指导，那首歌词是这样的：

故　乡

走下了陡峻的山坡／跨过弯曲的黄河／故乡我又离别了你／我不唱那临别的悲歌／还有那岁月的蹉跎／我要把你的消息带过黄河。

告诉河西的父老兄妹／是谁使我们这样奔波／是谁破坏了我们的平安生活／还有那决死队怎样战斗在原野汾河／游击队怎样保卫了吕梁山坡／中国人民已经站起来了／美丽的山河／决不能叫强盗们任意宰割。

走下了陡峻的山坡／跨过弯曲的黄河／故乡我又离别了你／去消灭侵略者／开创美好的生活。

冼星海把父亲谱写的歌曲认真地看了几遍，用笔修改了几个小节和音符，随后他又轻轻地吟唱了两遍，说："很好，你进步很快！"因为在那段

时间里父亲创作了好几首歌，都拿给冼星海老师批改。父亲告诉老师就要离开延安了，希望老师再提些要求。冼星海老师又提出了一些关于谱曲方面的要求和应该注意的地方，特别嘱咐胡斌武要接近生活，吸收传承民间的、民众的、民族的精华，学习外国的先进的文化。他在父亲的笔记本上题写了"做人民的艺术家"几个字。

几天后，鲁艺音乐系第三期要毕业，毕业考试除了笔试外还要进行实际考试，父亲的选题是指挥《黄河大合唱》，地点是在鲁艺的教堂里，参加合唱的有音乐系学员、代培的学员，还有外校喜欢音乐的同学，有二三百人。上台前，父亲既紧张又兴奋，他在台下来回踱步。当他上台举起指挥棒的瞬间，仿佛看到了黄河，看到了晋绥军民杀敌的战场，耳边响起了黄河的怒吼声，他的心随着音符跳动，胸腔里的热血伴着黄河奔腾。合唱结束后，台上台下报以热烈的掌声。主考老师冼星海激动万分，破例走上台，和胡斌武紧紧握手，并当场宣布把他指挥《黄河大合唱》用的指挥棒，奖给胡斌武，他说这支指挥棒是他从国外带回来的，跟了他十来年，希望胡斌武努力奋斗做人民的艺术家，指挥中国的一流乐团。

胡斌武后来走过许多地方，经历过许多挫折，始终把冼星海老师送给他的指挥棒带在身边。在集宁战役中，他多年积累的音乐资料、创作歌曲的手稿以及冼星海老师给他的题字都遗失了。在枪炮声不断，敌人紧跟追杀的险要关头，指挥棒一直带在他身边。

时间到了2012年，延安鲁艺校友会组织鲁二代到延安鲁艺参观学习。二哥向光在这方面是个积极分子，在这次参观学习过程中，他认识了很多老鲁艺的后代，了解了鲁艺校友会的许多事情，特别认识了延安鲁艺纪念馆馆长刘妮同志，刘妮馆长介绍了国家非常重视鲁艺精神的弘扬，筹备建设鲁艺纪念馆的基本情况，并向延安鲁艺师生的后代征集当年鲁艺的相关资料。二哥的一位朋友和冼星海的女儿冼妮娜是同学，这位朋友知道了二哥保存冼星海指挥《黄河大合唱》的指挥棒，就告诉了冼妮娜。冼妮娜说："我及家里人都没见过。"二哥把指挥棒拿出来准备交给鲁艺纪念馆。当时延安鲁艺纪念馆馆长刘妮也在场。冼妮娜说，她先带到广东去给家人见识见识后，再交给鲁艺纪念馆。

我们也是事后才知道，我们没见过那支指挥棒，二哥说是父亲给他的，在我们姊妹几个中，二哥是喜欢音乐的，在黑龙江生产建设兵团时曾在团文艺宣传队乐队打扬琴，也能谱个小曲儿。可能父亲觉得他的二儿子能够继承传统，于是便把指挥棒传给了二哥。我问二哥为什么把东西捐献出去也不跟大家说一声，而他说冼星海的指挥棒应该算是文物，本应属于国家，我们能保管几年，交给国家就能保管永久。我觉得有道理。问他指挥棒是什么样？他说：爸爸说指挥棒原来是镀银色的，年久银色脱落成了铜棒。铜棒能伸长也能缩小，长到一尺有余，小到钢笔大小。我想有一天在延安鲁艺纪念馆会陈列着冼星海指挥《黄河大合唱》用过的指挥棒，我们会为父亲高兴。

三、傅东岱是胡斌武的好战友

傅东岱，原名傅尚普，在延安鲁艺学习这段时间，胡斌武和傅东岱常在一起交流学习的体会，傅东岱把他重新修改的《牺盟大合唱》歌词拿给胡斌武，胡斌武对歌词提出了一些修改意见，傅东岱进行了修改。胡斌武得知吕梁剧社遵照上级命令即将离开鲁艺，便问傅东岱《牺盟大合唱》歌词改写得怎样了？傅东岱说已完成了，还想再改改。胡斌武告诉他还是快点，剧社有行动，不知什么时候就出发了。大约是1940年3月22日下午，傅东岱约上胡斌武一同到了冼星海的家，傅东岱真诚地向老师说明自己的创作过程和想法。傅东岱和胡斌武共同向星海老师介绍了决死队的战斗生活，讲了几个可歌可泣的动人故事。冼星海老师被深深地吸引着。傅东岱恳切地说自己随吕梁剧社马上就要回前线，想把《牺盟大合唱》的合唱谱带回前线。

《牺盟大合唱》共分6个乐章。标题是：1.我们是牺盟会员。2.民众武装曲。3.三年的牺盟。4.打倒顽固分子。5.战斗吧！牺盟。6.保卫牺盟。

冼星海看过《牺盟大合唱》的歌词后很激动，他被歌词中体现的民族英雄气概所感动，创作的灵感和热情迸发，3月24日动笔、25日完稿，也就是说冼星海用了一天一夜的时间就完成了谱曲。

冼星海在《创作札记》中写道：这部大合唱（《牺盟大合唱》）"是一天的工夫写作，完成后交傅东岱同志拿去山西，他们带去前线应用"。这是冼星海继《黄河大合唱》《生产大合唱》和《九一八大合唱》之后的第四部大合唱作品，被誉为《黄河大合唱》的姊妹篇。

当傅东岱颤抖着双手接过冼星海谱写的乐谱时热泪盈眶，深深地给老师鞠了一躬。《牺盟大合唱》每句歌词都凝聚着决死队战友的血汗，是战友们的呐喊。她是在中华民族的生死存亡关头，抗日烽火燃烧在中国大地，全国人民坚持对日抗战的情况下产生的，她反映了抗日根据地的火热斗争，反映了100万牺盟会员和山西1300万人民坚持抗日斗争的场面，同时又揭露了阎锡山对日妥协投降、反共、反人民的丑恶嘴脸。这部大合唱是时代的产物，是时代的英雄战歌。《牺盟大合唱》的完成是冼星海被决死队英勇抗战的精神感动、被傅东岱的热情感动的结果。傅东岱被冼星海老师对艺术的追求，为抗战忘我精神所激励，带着冼星海沉甸甸的手稿奔赴了前线。

1940年5月，冼星海亲自指挥延安鲁艺音乐系的学生在杨家岭中央大礼堂演出了《牺盟大合唱》，毛泽东等中央领导都出席观看了演出。大合唱在宏伟的终曲中结束，全场报以经久不息的热烈掌声。"大合唱蛮有气派的哟！"毛泽东称赞道。他握着冼星海的手亲切地说："星海同志，听说你明天要走了，来看你们演出，也算给你送行！""请主席多提意见！"冼星海激动地回答。

在抗战的艰苦岁月里，《牺盟大合唱》的歌声传遍了延安和山西，极大地鼓舞了牺盟会员和抗日军民的士气。正如冼星海在《创作札记》中所写："这曲没有全部的器乐伴奏，以简单的合唱，两部，一部的形式写成，但他们极爱唱，曾在1940年5月10日延安的晚会上（是我离延安的前一天）由鲁艺的音乐系学生演唱出来，颇好。自后，大合唱的第二段《民众武装曲》……群雁飞，汾水寒……的歌声响遍了延安和山西一带。第四段的《打倒顽固分子》和第六段《保卫牺盟》在民间和军队里也时常听见。"

冼星海从延安赴苏联，直至 1945 年在莫斯科病逝，冼星海再未回过中国。傅东岱在"晋西红五月"后被扣上"特务、托派"处死了。《牺盟大合唱》成为傅、冼二人留下的最后绝唱。

四、胡斌武随剧社二次到延安鲁艺学习

1940 年 11 月底，我父亲调到七月剧社不久，百团大战后，日本侵略军开始对华北和晋绥根据地进行疯狂的报复，分兵几路开始向晋西北边区扫荡，区党委为了保护文化队伍，决定派七月剧团到延安鲁艺学习。

经过考试，父亲胡斌武被鲁艺音乐系第四期录取。

教师比第三期又增加了何士德、任虹、瞿维、李元庆。

音乐系学习的专业课程有：音乐概论、普通乐学、音乐运动现状、民间音乐研究、作曲、作词、器乐、指挥、名曲研究、创作实习。

指挥课常常在野外，学员逐个到队前练习指挥。指挥棒是学员们到后山上砍的树枝自己做的。父亲身边带着冼星海送给他的指挥棒，他舍不得用，也砍了根树枝修成指挥棒。音乐运动现状、民间音乐研究课，有时选在较宽敞的窑洞里，有时在教堂里，还有时在教堂侧面的院子里。

课下胡斌武常去找杜矢甲老师学习。他第一次到延安鲁艺学习时就认识杜老师，还观看过杜老师的独唱音乐会，杜老师特意给他纠正过发声和技巧处理。杜矢甲长得白白胖胖的，他唱低、中音，行内是唱贝斯的，他常戴一副亮边眼镜，穿一身粗呢西装，有人说他很"艺术"（散漫），但他教课很认真，他对胡斌武倾注了很大的心血。他经常带着胡斌武到野外，让胡斌武对着大山放声高歌。唱后老师几乎又一句一句地教唱，对于咬字及吐字的处理，通过语音来创造乐曲意境，抒发情感要求得很严格。

那时延安鲁艺的东山西山开遍了各样的野花，杜老师几个人总爱在山

上转，回来的时候，大家都能见到杜老师的口袋里一定装一束各色的野花，有时还把花拿下来送给女同学，引得大家嬉笑。他教学员们发声，运气，强调气运丹田，声音从脑门发出。他自称是俄罗斯的唱法，他的老师就是俄罗斯大歌唱家夏里亚宾的学生。他强调，不要追求意大利的唱法，意大利的唱法太华丽，而俄罗斯的唱法朴素而深沉。

鲁艺也常请从前线回来的部队首长、战斗英雄到学校来做报告，学校组织学员唱歌、跳舞欢迎、欢送他们。

在国民党对陕甘宁边区实行全面封锁前，上级统一规定每个学员每月发给一块大洋，因为在边区主要流通的是边币，也用银圆。边币是陕甘宁边区银行自己发行的，它和国民党政府发行的法币等同。大家都知道从鲁艺毕业后要上前线，大洋用着方便，所以一块钱拿在手里舍不得花，可日常还是要开销一些，如买牙刷、牙粉，买针头线脑，买本买笔之类。刚入学时吃饭还不成问题，小米饭能吃饱，只是菜少，油水少，面粉极少见，大米几乎就没有。过两三个月才改善一次生活，吃白面馒头和猪肉类，每当这时系里小学员就高兴地唱歌。1941年皖南事变后，国民党政府翻脸，所有的待遇取消了，这给抗战时期的延安如雪上加霜，生活更加艰苦。学员伙食标准一般是每人每天一斤小米、一钱油、两钱盐。主食主要是小米饭，基本上没有什么副食，肉更是难得吃上一次，几乎顿顿是盐水煮土豆、白菜汤或南瓜汤。每个月有一两次馒头或肉丁烩面条，就算是改善伙食了。但面条常切得粗细和小拇指差不多，即使这样，只要盛面条的木桶一抬出来，大家便一拥而上，争先恐后地去捞。

学校组织学员自己做牙刷、自己打草鞋、自己做蘸水笔，还组织学员上山、下河割青草，卖给造纸厂，换来纸自己订笔记本。

每周正常的上课也只有两三天，其余的时间是自己学习。在鲁艺的东山有一个图书馆，周扬副院长担任馆长，有几孔又深又大的窑洞藏书，戏剧系和文学系的学员总是把几孔窑洞挤得满满的，他们在这里看书、查资料、搞创作。父亲也愿意到图书馆看书，读莎翁的书、果戈理的书，《钦差大臣》《五月之夜》《塔拉斯布尔巴》都读过。此外，他在图书馆里寻找世界名曲和有关音乐方面的论著。那时图书馆的书总是换新的，不是买来的，是各学校及中央图书室交换来的。这大大丰富了图书馆的藏书，阅览室是好大的几个相通的窑洞，里边有用土坯搭的阅览桌，凳子是土墩子。有的学员很早就到阅览室，中午也不回去，用手巾包了小米饭当中午的饭，还有的干脆午饭不吃一直在那里看书学习。

五、不懈追求，重新加入中国共产党

鲁艺有艺术教育、政治教育，两年多的学习，提高了父亲的业务水平和专业知识，用他自己的话说，他是从这里进入了艺术的大门，接受了艺术和人性的启蒙。在政治上也开始成熟，对党的认识更深刻，恢复党籍的心情也更加地迫切。胡斌武是 1938 年初在晋西南隰县泉子坪山西青年抗敌决死第二纵队参加的革命，同年 5 月被派到特训队学习。决死第二纵队特训队里的人际关系很复杂，尽管一起出操，一起上课，一起吃饭，可总觉得相互都隔着心。慢慢地父亲了解到，到特训队来的尽管都是骨干，但有共产党员，有国民党员，还有国民党顽固派特务，共产党员是秘密的。一次胡斌武问武振刚，共产党是怎么回事？国民党是怎么回事？国共合作是怎么回事？武振刚是洪赵中心区组织部长，兼任特训队指导员，他耐心地从中国共产党 1921 年建党开始，讲到第一次国共合作，讲到四一二反革命政变大肆屠杀共产党人，讲到南昌起义、广州起义，讲到国民党"围剿"井冈山，讲到红军长征，讲到西安事变的和平解决。胡斌武听得入了神，他第一次了解了中国共产党，他觉得共产党太伟大了。武振刚问胡斌武：你想不想加入中国共产党？胡斌武深深地点点头。

武振刚是早期的共产党员，他把了解到的情况介绍给了同在特训队是胡斌武班长的共产党员辛守基同志，两人交换了对胡斌武的看法，辛守基也觉得胡斌武是个可信赖的同志，而且在特训队表现积极，军训和学习都很努力，进步很快，再有他们共同认为胡斌武有文化，对抗日认识也高，对党的知识有了一定的了解和认识。在武振刚的建议下，由辛守基和彭钧同志找胡斌武谈话，介绍他加入中国共产党。胡斌武于 1938 年 6 月，在特训队加入了中国共产党。辛守基、彭钧反复叮嘱胡斌武不能暴露身份，等待组织派人和他联系。特训队学习结束后，胡斌武就上了战场。在汾西作战时被调到吕梁剧社，到剧社没有多长时间就集体到八路军 115 师宣传队学习，学习回来又被派到太行艺术学校学习，随后第一次到鲁艺学习。由于当时党的组织是保密的，不能贸然打听党的组织和党员。后来吕梁剧社秘密建立了党组织，王江山是党支部书记，他找到胡斌武，问他是否愿意加入党组织，胡斌武才告诉他自己是党员，并把入党的经过向王江山作了汇报，王江山答应把胡斌武的情况向上级党组织报告。但时间不长就遇上了木前塔遭遇战，随后胡斌武就调到七月剧社。

父亲回忆说："1941 年春天，在中央大礼堂演出时，孟于同志受党组织的委托和我在礼堂边的小树林里谈过一次话，我谈了入党时的情况以及多年寻找组织的经过，孟于同志又问了我家庭的情况，入伍后的情况和对党的认识，对党建的学习情况。在以后的学习过程中，到延安城及中央机关演出过程中孟于都给我很大的帮助。夏季的一个中午，孟于让我和她一起到延河边洗衣服，又给我讲了党的知识和党的纪律，指出了近一时期学习、工作中的优缺点。仔细询问了我的家庭情况，社会关系，参军前的情况，参军后工作情况，思想和对党的认识。还谈到二姐胡琳在女大和她是同学，询问了胡琳的近况，并指出了我今后工作的方向。"这次谈话不久，总支毛星、五一夫分别找父亲谈话，内容大致相同，即：过去虽然失掉了党组织关系，但一直在革命队伍中积极工作，未进行过任何反革命活动，应予恢复组织关系，要重新履行入党手续。徐徐同志在一天晚上，在教堂边的小树林里，也找父亲谈了一次话，着重谈了对党建的学习和对党的认识，并要求父亲学习《〈共产党人〉发刊词》《论共产党员的修养》。父亲在他的自传中说："徐徐征求我的意见，问及谁做我的入党介绍人最合适时，我很快提出杨戈同志，因杨戈同志和我在晋西南、晋西北时都在一起，在四期音乐系学习的过程中经常帮助我，在政治上更关心我，由于和他经常在一起，并肩战斗，思想上学习上的情况杨戈了解的最多。请徐徐同志征求杨戈同志的意见，是否愿意做我的入党介绍人。随后又研究另一个介绍人，因当时我和加洛同志在一个学习小组学习，他对我的学习情况也了解，我提出了加洛同志。7月间政治处的毛星同志，找我到他办公室谈了一次话，谈及了家庭和简历情况，政治思想情况及对党的认识，入党动机，并指出了在院学习的优缺点及今后努力的方向。8月间的一天下午，麦新同志通知我到他的办公室，为我举行了入党仪式，参加人有杨戈、加洛、麦新、关鹤童、徐徐、五一夫等同志，会议开始后我读了入党志愿书，谈了学习中优缺点，今后奋斗方向。杨戈介绍了我的情况，随后大家发言，指出了我的优缺点，五一夫代表党委发言，宣布党委批准接收我为中共候补党员，候补期半年。从此在填写履历表时，都填1938年6月入党，1942年8月重新入党。"

父亲的党籍恢复后，学习的热情更高了。那一时期他创作了十几首歌颂延安、歌颂党的歌曲，杜矢甲、吕骥看过后都说父亲进步很大。有一次周扬院长看到了父亲还说："斌武同志，听说你进步很快，好好学习锻炼，一定会成为人民的音乐家！"

本文摘自传记文学《父亲这辈子》

刘长山、林向英

他们来自延安

——怀念我们的父母亲和他们的朋友们

父亲方纪，母亲黄人晓（金星），他们都是在 1937 年抗日战争爆发之后辗转多地后，于 1939 年和 1940 年相继抵达延安的。他们各自在延安不同的单位学习和工作，接受党的教育与培养，并又生活在一起。父亲是河北束鹿人，1935 年他 16 岁参加一二·九学生运动后入党，回到家乡开展抗日工作。母亲在 1937 年 15 岁时从泰国清迈长途跋涉回国参加革命。在国共合作共同抗日的那个时期，他们不约而同地领受党委派的任务，加入了中国红十字会救护总队，以后又各自通过在各地的八路军办事处的工作和引领，先后到达了延安。

一、父亲前往延安

1939 年底，方纪同许多进步青年一起踏上了去延安的路。

1966 年 10 月，"文革"已开始，我和 4 位同学在大串联中决定去延安，看一看当年父辈们曾经学习生活过的地方。临行前，我从父亲的书架上找到一本书，上面写道：

此行艰难……陕北民谚称：宁肯往南移一丈，不愿向北挪一步。黄土高坡，积年风雨，已成沟深梁高，纵横交错。山山相连，连绵起伏，山（梁塬）与山之间，人可对面而歌，行却半天不即。西安到延安之间，直线距离 350 余公里，步行路程，迂回崎岖，竟有 800 多公里。晴天有风沙，雨天有泥泞，只有绕着村前村后走才会找到水源，还有野狼出没，夜嗥不断，时或伤人。

父亲得知我们要去延安，便说："去吧，应该去看看，也替我们去看看吧。"同学们问父亲当年是怎么样去延安的？父亲笑着说："为了减少路上盘查的麻烦，我们都换上国民党的军服，我穿的是国军少校军装，对外身份是参谋。那时是国共合作时期，八路军穿国民党军服是合法的。离开重庆时坐着军用卡车，由宋时轮同志带领，走了好几天，经汉中安全到达了西安，住进了七贤庄八路军办事处，然后又分批出发步行到延安的。"

父亲还说，他在七贤庄八路军办事处看到了几个少年学生，只有十几岁，他们对接待人员边哭边说："我们从四川来，路上卖光了行李，沿路讨饭吃才到的西安，就是为了到延安上学，打日本，救中国。沿路盘查我们不怕，只要叫我们去，就是爬，我们也要爬到延安！"接待人员听了，再看他们单薄破烂的衣着和决心，为之动容。经研究决定，给以特殊照顾，送他们去了延安。

去延安时，方纪受西安八路军办事处委托带领王海涛等几名青年，化装潜越了国民党军队设置的绵延千里的5道封锁线，通过草滩、三原、耀县、铜川、宜君、黄陵、洛川、富县等特务据点和军警关卡，每天差不多要走六七十里的路，历经十几天的艰苦跋涉，终于到达了延安。父亲深有感慨地回忆，当他们伫立在延河岸边，望着高高的宝塔山，听到放羊老汉高歌信天游："延安府城东，两边有山峰，一边叫清凉，一边叫嘉岭……"他们高声欢呼："到家了！我们到家了！"

天下黄河九十九道弯，陕北延安就深藏在黄河的"九"字弯弯里。延河及其支流在黄土地上刻削下丁字形的河谷，当地人称为"川面子"，延安城坐落在丁字形的延河川面子上。延河从西北方流经延安，有西川河注入，在嘉岭山（宝塔山）下有南川河注入，形成二水分三山地形。二水，即形成丁字形的延河与南川河；三山，即延安城东南的宝塔山（嘉岭），北面的清凉山，南面的凤凰山。这三座山在延安城东隔河相望，雄踞在二河交汇的丁字口上，很有气势；延河从这三山之间蜿蜒流过，拐了一个大弯后，向东北方向流去，直奔延长县天尽头村流入黄河，全长195公里。

黄土高原上这种独特的景观，呈现出一派壮丽景色，令人叹为观止。

延安是一座古老的城市，有 2000 余年的历史。延安本意是延顺安稳，亦有"吉庆逾生、丰颖兼收"之意。据《延安府志》记载，古称有高奴、延州，别名肤施。肤施一名来自一个佛教故事，传说释迦牟尼一位弟子，在传教途中路过这里时，因饿得实在没有力气了，便躺在清凉山头等死。这时，飞来一只老鹰站在他身边。他问鹰：你在这里干什么？鹰说：我在等你死，因为我已经饿得没有力气飞了。佛陀听后，从身上割下一块肉抛给鹰，结果老鹰活了，这位佛陀却因失血过多而死了。为了弘扬这种舍己救人精神，佛经中有了《割肤施鹰》的故事。肤施城修建于隋大业三年（607年），设延安郡。唐代设延州和延安郡，宋代升为延安府，是隋唐至北宋初年西北的政治、文化和军事中心。明代改设延安府，清代沿设延安府。

嘉岭山上有宝塔一座，故俗称宝塔山。宝塔名岭山寺塔，高 44 米，是八角九层的楼阁砖塔，始建于唐大历年间（766—779 年），宋代重建，金、明修葺，传说建塔的用料都是山羊驮上去的。宝塔旁有一口铁钟，是明代崇祯元年（1628 年）铸造的，战争时期曾作为防空警钟。宝塔是延安的标志性建筑，是革命圣地的象征，当年日军飞机轰炸延安，炸弹纷纷落在城内，也没有炸毁嘉岭山上的这座宝塔。

清凉山山势高耸陡峻，入夏凉风习习，因而得名清凉山。后山上还有道教太和宫，所以又名太和山。清凉山上还有一座万佛洞石窟，抗日战争时期中央印刷厂就设在这里，以防敌机轰炸。此外，当时新华社、解放日报社、新华广播电台等单位也都在清凉山上。父亲对清凉山很有感情，时常提起它，因为当年他在《解放日报》工作时就住在这里。清凉山西北是王家坪，中央军委、八路军总司令部就设在这里；再往西北是杨家岭，是中央办公厅和中央大礼堂所在地。从清凉山向东北方向去，可到桥儿沟，当年鲁迅艺术学院设在这里的天主教堂中。中国医科大学、延安旧机场也在这一带。

凤凰山在嘉岭山之西，两山隔河相望，因又在延安城南门之西，古代名西山或西岭，是延安群山最高的山，海拔 1167.4 米。范仲淹戍守延安时，曾在凤凰山上建有镇西楼。凤凰山与清凉山、宝塔山隔河相望，形成"三山对峙，二水环绕"之景观。抗战时期中共中央机关、陕甘宁边区政府等就在凤凰山下。

当年延安城郭四门齐全，东有大东门，也称东胜门。为了城内人到东门外延河取水及过河方便，修了一道水门，亦称小东门，康熙年间门匾为"津汤"二字，民国时修建后匾额为"通惠"。南门为顺阳门，北门为安定门。大东门、小东门上都建有城楼。延安城垣没有西门，就在北城门西角处修一道拱券门洞，通西沟，叫小西门。过去城里死了人都是从小西门送出去，故当地人称："小西门，送死人，活人谁敢走西门！"所以，延安城有东关、南关、北关，就是没有西关。

延安城里主要是一条南北大街，在北大街设有著名的西北旅馆，接待往来过客，很多来延安的干部也住在这里。钟鼓楼下的南大街上商贾店铺遍布街巷，人来车往，非常热闹。听父亲说，那时延安的生活条件很艰苦，物资匮乏，伙食较差，所以很多从城市来延安的年轻人经常爱去南大街或南门外新市场去逛，但是大家都囊中羞涩，即使去了也买不起东西，最多看个热闹开开心而已，偶尔也买两把大枣解个馋。有人想家了，也跑到南大街去，登上当时延安城里最高的建筑——鼓楼，拼命地向南眺望，因为站在那里能看到延安城南门外直通往西安的大路，当年从西安来的爱国进步知识青年都是从这里进入延安的。

抗日军政大学设在大东门内。出东门就是延河，河对面是清凉山。延安城北安定门有瓮城，门外有一座单孔过水桥，向北有蓝家坪，中央组织部、马列学院、中央卫生处都在这一带，中央医院的门诊部也设在这里；再往北走是李家坬村，中央医院就建在这里。

早在 1925 年夏天，省立延安第四中学就创建了中国共产党的组织，展开革命斗争。1935 年 10 月 19 日，中共中央长征到达吴起镇，12 月开始陆续到达陕北的瓦窑堡、保安县。1936 年 12 月 16 日，国民党东北军撤离延安；12月18日，中央红军进驻延安城。1937年1月13日，中共中央、中央军委等机构从保安进驻延安；9月，陕甘宁边区成立；10月，延安市政府正式成立，直隶于边区政府。陕甘宁边区是抗日战争时期中国共产党建立并领导的抗日根据地之一，是经国共两党签订协议共同承认的"特区"，也是党领导全国抗日战争的中枢。正如毛泽东曾指出的："延安的窑洞有马列主义，延安的窑洞能指挥全国的抗日斗争"，陕甘宁边区的方向就是全国新民主主义的方向。

在民族危机空前严重的情况下，自1936年西安事变至1941年皖南事变，成千上万的青年知识分子奔向延安。其中，1938年是一个高潮，据八路军西安办事处统计，1938年5月至8月，经该处介绍赴延安的知识青年有2288人；全年总计有1万多名青年从这里获准去延安。1940年2月5日，陕甘宁边区召开科技人员大会，有理、工、农、医等高、中级科技人员400余人参加。

二、父亲在陕北公学

到延安后，父亲先到中共中央组织部报到，不久被派往设在陕北公学的训练班学习，之后留在陕公当了一段时间教员。

那时为了适应抗日战争的需要，陕甘宁边区推行"干部教育重于社会教育"的独特教育体制，积极培养抗日干部，陕甘宁边区成为中共抗日干部的摇篮。而那时，沦陷区在日伪政权高压统治下，不但很多学校停课、大批学生失学，而且由于日伪政权强推奴化教育，大多数青年已不能安心读书，无论校内校外，一切爱国行动和言论自由尽被剥夺。在国统区，学校入学门槛太高，已非一般中产阶级以下的子弟能够问津；学校中"三青团"以外的一切青年组织全被封杀，社会上的进步书报杂志及文化机关被封闭，许多进步青年被逮捕入狱，广大青年的不满和茫然悲观情绪在全国各地蔓延，而延安成为青年心中向往的一座灯塔，到延安去，成为青年的理想。中国共产党抓住这个历史时机，通过各地的地下党组织和八路军、新四军交通站，大量吸收知识青年到延安及各抗日根据地，带领他们走上革命道路。

随着大批爱国青年从全国各地来到革命圣地延安，一所抗大已不能满足需要，为了把更多的爱国青年培养成为优秀的抗战干部，中共除加强中央党校和抗日军政大学的干部教育外，还先后开办了许多中高级干部学校，主要有陕北公学、马列学院、鲁迅艺术学院、泽东青年干部学校、中国女子大学、延安大学等。边区成为中共抗日干部的大熔炉，来自全国各地的抗日志士，在边区培训后又走向全国抗日战场，源源不断地为敌后抗日根据地输送着各类干部人才。

陕北公学是中共中央1937年7月决定在延安创办的新型学校，原称陕北大学，但国民党政府以陕北已有抗日军政大学为由，不予核准备案，为此改名为陕北公学，简称"陕公"。该校是中共专为培养造就各类干部人才而设立的，由林伯渠、吴玉章、董必武、徐特立、张云逸、成仿吾等人筹办。8月，任命成仿吾为陕北公学校长兼书记；1938年中共中央又派李维汉任副书记兼副校长。陕北公学实行党团领导下的校长负责制，直属中央组织部、中央宣传部领导。根据毛泽东提出的"陕北公学主要的任务是培养抗日先锋队"指示精神，陕北公学制定的办学宗旨和培养目标是"实施国防教育，培养抗战人才"；教育方针是"帮助青年获得抗战中实际工作的方法与民族自卫战争的最低限度的理论基础"；并根据"七分政治，三分军事"的原则，制定了理论联系实际、内容少而精、教与学一致的教学原则，主要课程有：社会科学概论、抗日民族统一战线与民众工作、游击战争与军事常识、时事演讲。每天学习8小时，上课与自习各一半。为加强陕北公学的师资力量，中共中央陆续从国统区抽调一批知名学者和文化名人来校任教。初期的主要教员有邵式平、周纯全、何干之、李凡夫、艾思奇、吕骥、徐冰、陈唯实、宋侃夫等人。

毛泽东非常重视和支持陕公的教育建设，不仅亲自为陕公制定了"忠诚、团结、紧张、活泼"的校训，1937年10月毛泽东还为刚开学的陕北公学题了词：

　　要造就一大批人，这些人是革命的先锋队。这些人具有政治远见。这些人充满着斗争精神和牺牲精神。这些人是胸怀坦白的，忠诚的，积极的，与正直的。这些人不谋私利，唯一的为着民族与社会的解放。这些人不怕困难，在困难面前总是坚定的，勇敢向前的。这些人不是狂妄分子，也不是风头主义者，而是脚踏实地富于实际精神的人们。中国要有一大群这样的先锋分子，中国革命的任务就能够顺利的解决。

　　成仿吾校长看到题词后，心潮澎湃，在窑洞的油灯下创作了《陕公校歌》歌词：

　　这儿是我们祖先发祥之地，今天我们又在这儿团聚，民族的命运全担在我们双肩。抗日救亡要我们加倍努力，忠诚团结，紧张活泼，战斗的学习！努力，努力！……锻炼成抗战的骨干。我们要忠于民族解放事业，我们献身于新社会的建设，昂头看那边，胜利就在前面！

　　当时刚到陕北并在陕公任教、后任延安鲁迅艺术学院音乐系主任的吕骥，兴致盎然地谱了曲。这首歌很快在陕公同学中传唱开，并流传到全国，经久不衰。父亲晚年在医院里，还曾与一些老战友、老朋友挥着手，你一句我一句地唱着这首难以忘怀的校歌。

　　1938 年 3 月，毛泽东高度评价陕公说，陕北公学是属于中华民族的，因为它为抗日救亡而设，因为它收纳了全国乃至海外华侨的优秀儿子。陕公是代表着统一战线，是一幅进步的缩图。中国不会亡，因为有陕公。毛泽东要求中央政治局委员都要到陕公讲课，并且他自己第一个带头来授课，他先后到陕北公学作报告不下十几次。有一段时间里，毛泽东几乎每隔几天就到陕北公学作一次报告，讲授中国抗日战争的战略与策略问题。他的《论鲁迅》《目前的时局和方针》等多篇著作，都是根据他在陕北公学的演讲整理而成的。此外，周恩来、朱德、董必武、张闻天、任弼时、李富春、王若飞等革命家都曾来陕公作过讲演。

　　陕北公学在延河的右岸，样子很像老百姓的打麦场。靠山边有几间平房，是校长和党委书记成仿吾等人办公和住宿的地方。陕北公学的学习和生活与抗大一样，学生们上课都是在大操场上，没有教室，住宿也都是窑洞。父亲说，上课一般都是上大课，上课的时候老师在前面讲，学生们随便搬块石头或砖块坐在地上听。上的课有工人运动、农民运动、社会发展史、马克思主义等等，每次上完课，学生们就分组讨论，讨论的时候，可以在操场上，也可以在窑洞里。每学期每人发一支铅笔和几张油光纸，写了正面写反面。

那时候，大家都是一日三餐，早餐吃的是小米稀饭，晌午及晚上都是小米干饭。小米干饭是用大锅煮成的，有锅巴，陕北公学的锅巴每天按小组轮流分。学校的菜很简单，土豆、咸菜是主菜，有时是从老百姓家里买来的酸菜，偶尔有学校自己发的豆芽。每人还按月发给少量生活补贴。

陕公是在极端困难的条件下办学的，新学员入校，第一课就是挖窑洞，首先解决栖身之所。父亲曾对我们说，我刚到延安进入陕公时，也挖过窑洞。住进新窑洞后因天凉湿气大，得了关节炎，腿痛得下不了炕，朱丹就每天背着我下山到操场上去听课，下课后再沿山路把我背回来。

后来他在回忆文章中写道，当时同我最要好的朋友是朱丹同志，我们虽然不住在同一间窑洞，但终是形影不离地去散步，同去开会听报告。那时，我患了关节炎，走路很困难，他便背着我上坡下坡。对于我生活中遇到的困难，他总是尽可能地帮我解决。

朱丹是江苏徐州人，年长方纪3岁，非常耿直、豪爽、仗义，像个大哥一样无微不至地关心着方纪。在这种艰苦的环境中，方纪与朱丹结下了非常深厚的友谊，成为终生的朋友。抗战胜利不久，朱丹先期去了东北，与方纪相约在东北见面。后来方纪在去东北途中，被留在热河工作。新中国成立后方纪进了天津，朱丹调到北京工作，来往很多。"文革"后期，很多老干部相继落实政策，但方纪的问题一直得不到解决，朱丹义愤填膺，代方纪向中组部反映，直到耿飚同志亲自过问，病重的方纪才得以住院治疗，问题逐步得到解决。朱丹逝世时，方纪因病也不能去北京送别，悲痛了很多天。那段时间他很少说话，吃东西也很少，总是一个人闷头在看书或写字，由此可见他内心中对朱丹的深厚情谊。

那时在陕公就读的学员大部分是从大后方来的，也有少数是从敌占区来的。他们来自五湖四海，是作为抗日干部和革命后备力量来培养的。当时为了解决延安的生活问题，中央提出开展大生产运动，先从学校、机关等单位开始，因此大家除了上课，还要参加农业生产，所以学校将生产劳动列为思想政治教育工作的重要部分，在培养理想信念的同时，有计划地组织学生参加建校劳动和农业生产劳动，磨炼学生的意志，使他们在劳动生产过程中，将所学理论知识应用于实践。这样也形成了陕公艰苦奋斗、理论联系实际、不怕牺牲、排除万难等优良的学风。父亲在陕公学习结束后，留校当了一段时间教员，他曾说：虽然自己在陕公的时间不长，但陕公对于初到延安来的人确实起到了奠定思想基础的重要作用，在理论上受到了系统的培养，在思想上受到了严格的教育，在品格意志上受到很好的锻炼，而且延安朝气蓬勃、积极向上、轻松愉快的氛围，与在国统区完全不一样。

陕公从 1937 年开学，到 1939 年 7 月与延安鲁迅艺术学院、延安工人学校、安吴堡战时青年训练班四校合并为华北联合大学时，在两年时间共培养了学生 6000 多名，吸收 3000 多名青年加入了中国共产党。

三、父亲从事文学创作的起点

1942 年 1 月，延安"文抗"主办的文学刊物《文艺月刊》第 14 期上发表了方纪的小说《意识以外》，这是方纪正式发表的第一篇小说。可惜这篇小说目前已找不到了，大致内容也只能从 1942 年 6 月 25 日延安《解放日报》上一位署名刘荒的作者所写的批评这篇小说的文章中看出一些端倪。这篇小说的主人公林兰是延安一所医院的护士，她满怀热情和理想从大城市来到延安投身革命，因为她酷爱音乐，本以为到延安后可以进入鲁艺学习，但没想到的是却让她去了医院当护士。尽管她不想去，但还是服从了分配，到医院后努力做好本职工作，力争适应新的环境。然而，当她的理想与现实发生碰撞冲突后，思想上产生了剧烈波动，陷入苦恼与茫然之中。她变得心情抑郁，不但与周边的同志产生矛盾，而且对医院的环境也产生了一种恐惧感，虽然她想从这种精神极度苦闷中挣扎出来，但依然无法挣脱内心的矛盾，最终导致精神分裂。方纪在这篇小说中用了大量的心理描写，他为了表现好主人公内心世界的心理活动，看了不少有关的书，如日本作家厨川白村的《苦闷的象征》、弗洛伊德的精神分析学等，因此小说中对主人公的思想痛苦过程描述得比较细致，以至给当时不少读者留下深刻印象。

方纪是如何构思这篇小说的具体过程，现在我们已无法得知，但从当时的情况看，他写这篇小说也并非偶然。这篇小说是根据一个真实的故事写的，主人公林兰原型是延安中央医院的一位护士，名蓝琳，是从大城市背着一把小提琴来到延安的。她热情浪漫，对前途充满光明的理想，但延安的艰苦环境和革命队伍对知识青年的严格要求，与她天真的想法发生了严重的冲突，以致得了抑郁症。而且，类似她这样的情况在延安也不是孤立的个例。在《意识以外》这篇小说发表之前，丁玲于1940年也写了一篇同题材的小说《在医院中》，发表在1941年11月15日"文抗"的另一个文学刊物《谷雨》创刊号上。这篇小说的内容是写一个上海产科学校毕业的学生陆萍，来到延安后又进入抗大学习，期待毕业后从事政治工作，但组织上却安排她到离延安40里地的一个刚开办的医院去工作一年。陆萍是个富于幻想的人，她自认为自己有能力去打开新生活新局面，所以她愉快地到了那里。但理想与现实是有差距的，医院肮脏的环境，混乱的秩序，加上管理不善，设备不全很令她失望。院子里草堆和粪堆相连，病房里的东西到处乱塞，全院只有一只注射针，而且针头已弯，手术室里没有煤火炉……而且从院长到勤杂人员，几乎都对病人缺乏起码的人情，对工作缺乏一定的责任感。陆萍自然看不惯这一切，因而与周围环境和人物发生了种种矛盾冲突，周围的人也认为她是一个怪人。但她最终实习期满，怀着迎接春天的心情离开了医院，重新回去学习了。

方纪的《意识以外》与丁玲的《在医院中》，虽然两篇主人公结局不一样，但在题材、内容方面非常相似。这两篇作品一前一后发表，相差两个月时间，很可能是一个巧合。至于丁玲在创作期间是否与方纪谈过这个题材，就不得而知了。虽然丁玲很平易近人，而且对大家都很友善，但她那时已是很有名气的作家，与一个正想迈入文学创作大门的年轻人谈自己的创作题材，似乎不大可能。而且父亲的《意识以外》发表后，得到了丁玲的大加赞赏。有意思的是，延安文艺座谈会后的 1942 年 6 月，先是丁玲的《在医院中》在延安《解放日报》上受到批评；几天后，父亲的《意识以外》也在《解放日报》上受到批评。在这个阶段，类似这种写知识分子在革命环境中失落、苦闷的文学作品还有一些，也同样受到了不同程度的公开批评，如刘白羽的《陆康的歌声》等，几乎都是"文抗"的作家。不过，那时的文学批评还是比较友善的、商讨式的批评，与后来越来越上纲上线的批评相比，还算是温和很多了。但不久后开始的对丁玲的《三八节有感》、王实味的《野百合花》的批评，就比较严厉了。到延安文艺座谈会后，文艺批评则以"讲话"精神为基准，对作品进行衡量了，但以后随着教条主义和"左"的倾向扩散，文艺批评渐渐出现了脱轨现象。

父亲对我们说，他写《意识以外》是受了日本厨川白村所写的《苦闷的象征》一书启发，这本书是由鲁迅和丰子恺共同翻译的，书中说"生命力受了压抑而生的苦闷懊恼，乃是文艺的根柢，而其表现法乃是广义的象征主义"。而当时他自己也正在前途的选择上处于苦闷与彷徨之中，因为当时在"文抗"的环境中，有两条路摆在他面前，一条是从事行政工作，一条是从事文学创作。虽然父亲那时是有了几年党龄并在革命实践中经受一些锻炼的人，但毕竟还是年轻，性格又是那种"性情中人"，遇事也比较敏感，加之身上还没有完全摆脱学生时代所受的"小资"影响，所以他产生了思想矛盾。他在"边区文协""文抗"期间看了很多关于文学创作的书，又常受到萧三、萧军、丁玲等人的鼓励，于是终于下决心想走文学创作的路。为此，他终于鼓起勇气去找支部书记刘白羽谈了自己的想法。刘白羽听后问方纪：你是真下决心走这条路，还是一时冲动？不要受小资产阶级思想影响而感情用事。方纪说，是下了决心走文学创作的路。刘白羽与方纪谈了很长时间，从新文化运动讲到革命文学的使命，也对方纪鼓励了一番。这次谈话，可以说是方纪从事文学创作的起点，奠定了他以后的道路。《意识以外》受到批评后，刘白羽找方纪谈了一次话，严肃批评了方纪作品中的"小资"情调和"个人主义至上"的倾向，即"忽略了个人利益服从革命利益的根本原则"。方纪在回忆文章中写道：

一天晚上我带着自己的苦闷来到刘白羽的窑洞，和他做了一次长谈，刘白羽批评我不要受小资产阶级思想影响。短篇小说《意识以外》受到批评，是小资情调严重。写什么？为谁写？成为那时延安作家和文艺工作者经常争论探讨的问题。

关于《意识以外》，方纪在回忆文章中写道：

那个时候，大批的知识青年从大后方，从敌后到延安寻求真理，参加革命，然而他们的脑中仍残存各种不现实的幻想，旧家庭、旧社会留下的各种烙印。他们在艰苦环境中磨炼自己，要经历思想的自我改造和转变的痛苦过程。这是必然的，是符合客观规律的现象，我自己也经历过这种阶段。这就促使我写了《意识之外》。小说写延安文艺座谈会之前，从我来说，当时思想上对革命文学应该表现什么，怎样表现，为谁服务这些根本性问题还没有一个明确的认识，在文学创作上受西方资产阶级民主思想影响较深，认为文学应该表现个性解放。另外，在写这篇小说前，我又看了鲁迅先生翻译的厨川白村的《苦闷的象征》和介绍弗洛伊德精神分析学的一些文章，以及尼采的"超人"学说。因此小说中一味强调突出人物个性，而忽略了个人利益服从革命利益的根本原则。在这篇作品中，我用了大量的心理描写手法，表现女主人公的个性与现实的冲突所产生出来的内心苦闷，强调了个人痛苦，过分渲染了艰苦的环境。这样，作品中流露出来的思想情绪与延安当时革命形势的要求不相符合。尤其是小说后面没有写主人公的转变，却写了她的精神失常，这与党当时对革命文学的要求就不相符合了。尽管这个小说主人公的原型后来确实是精神失常了，但在当时这样来表现，使作品失去了积极意义。经过延安文艺座谈会后，我才逐渐认清了文学创作的方向，明确了创作的指导思想，要符合无产阶级根本利益和要以无产阶级思想为指导。

刘白羽是老作家，又是方纪的上级，但后来二人因志同道合，在很多方面有相似之处，因而成为兄弟般的好朋友。1944年刘白羽调任重庆《新华日报》后，他依然像老大哥一样关心方纪的工作、生活，常与方纪通信交换思想，如他在一封信中这样写道：

你下乡多多生活，记着"为群众，如何为群众"。我在此报告了几次这个问题，这就是人生观。如果一个人经常考虑的是这两点，他的个人主义就越少，他就会进步。你仔细想一想。

刘白羽在另一封信中写道：

你第三封信中说到工作安定，我觉得很放心，但仍总还流露着感情的激动，这当然是友谊的缘故，但也应坚强起来，我自己这方面就很弱，常常为了情感的缘故而陷入个人的囹圄，是不好的。我自来此后，我对前途信心更大，因此，多努力干一（些）。但终究还有许多思想的羁绊，这说明，我很应该时刻意识着自己的改造才对。

从这些话语亲切的私人通信中可以看出，那时人们在思想改造方面是多真诚，多么努力地去实践。也许，现在会有人感觉不理解，但这就是当时人们思想境界的真实写照。方纪在回忆文章中曾这样写道：

在文抗生活的两年是我集中时间写作和读书的两年。除了看书、学习马列著作和时事外，就是不分昼夜地写作和钻研写作技法。这两年在我的一生中，是排除一切干扰，集中精力努力读书，努力写作，努力探索写作之道，时时刻刻地磨砺自己的两年。我从能借到的书籍中，学习并研究了多种多样的创作方法，从弗洛伊德的精神分析方法，厨川白村的艺术手法，尼采的"超人"学说，直到高尔基的从生活着的人们中间发掘出生活的真实意义，并用来揭示令人激动的生活典型。我勤奋耕耘，反复锤炼，试写了一些散文、小说、诗歌、报告，及诸如《糖衣毒药——〈野玫瑰〉观后》的评论文章，但拿出去发表的不多。至今我还留有印象的是两篇作品，一是诗歌《马》，另一篇是小说《意识以外》。为了纪念自己在革命圣地延安文学事业的开始，我开始正式用"方纪"这个名字发表作品。这同"冯骥"的名字读音相近，同时以"纪"为名，也是为了纪念自己在革命圣地文学事业的开始。

四、15 岁从泰国独自投奔延安的母亲

方纪的《意识以外》虽然受到了批评，但却得到了一个意外的收获，在延安中央医院结识了一位年轻美丽的护士金星。

1940 年春天的延安，温润而多情，这一天从那条蜿蜒的黄土路上，走来了一位身材娇小的女学生。她，是经过艰苦长途跋涉远道而来的归国华侨，本名黄银晓，大概是她刚回国时，因汉语讲得不太好，在登记名字时书记员误把"银"字听成了"人"字，所以她的名字就成了黄人晓。后来，她成为我们的母亲。

黄人晓出生在泰国清迈南邦镇一个爱国华侨家里，是家里的次女。她的父亲——我们的外祖父，是一名普通医生，因子女多，日子过得并不富余，仅能维持生活。黄人晓的原籍广东台山。黄姓在台山是大户，早年外出下南洋打工的人很多，以至黄氏宗族到现在还是北美最大的宗亲同乡会，很有势力。辛亥革命以前身在海外的华侨华人因长期受排外歧视与欺凌，那种寄人篱下之感，使他们深深盼望祖国能强大起来，这样他们才能挺起腰杆做人！因此，当孙中山流亡海外从事革命运动时，便受到了华侨华人的热烈拥护和广泛支持，他们纷纷解囊，支持孙中山的革命。黄人晓的外祖父、舅舅正是受了这种影响，加入了孙中山领导的同盟会，并参加了孙中山 1907 年在广东潮州发动的黄冈起义。但这次起义失败了，参加起义的仁人志士遭到通缉。于是，黄人晓的外祖父和祖父带着全家老少一

起流亡到香港，辗转逃到泰国，在北部山区的清迈南邦镇定居下来。1923年黄人晓出生在那里。

泰国是个美丽的国家，原是政教合一的国家，泰王有至高无上的权力。地处泰北山区的清迈，是泰国第二大城市，气候宜人，到处鸟语花香，泰王在那里设有行宫，他有一位王妃就是清迈人。泰国原属英国殖民地，因而英语是泰国的第二语言。黄人晓小时候在家里可以说华语（广东话），上小学时还可以说泰语、华语，但她上了南邦镇上的华英中学后，就只准说英语了，因为那是英国的教会学校，假若说汉语、泰语就会挨打，背不下来《圣经》，也要受罚或挨打。因此，华侨学生对殖民教育非常痛恨。在这样的环境中，黄人晓心中自然产生了对祖国的向往，虽然她那时并不知道自己的祖国是什么样子，但她从父辈那里听过一些关于祖国的情况和孙中山的故事，受到的教育就是要热爱自己的祖国。

黄人晓在家里是二女儿，上面有个姐姐，姐姐协助母亲(我的外祖母)料理日常家务，黄人晓在课余时间就承担照顾弟弟妹妹的责任。在她14岁那年，日本侵略中国的七七事变爆发，中国抗日战争全面开始。为了支援国内抗战，世界各地的爱国华侨纷纷慷慨解囊，捐款捐物，声援国内的抗日战争。1938年夏，黄人晓面临高中毕业，她想继续读大学，因家中拮据，正不知如何是好时，一位与她很要好的张姓女同学说，家里让她去美国读书，并已联系好美国的学校，但她不想一个人去，想让黄人晓与她同去，费用可由她来想办法解决。正在这个时候，一位从曼谷回来过暑假的大学生，拿着延安抗日军政大学的招生简章在街上宣传，号召华侨青年回国去延安上抗大。此前，东南亚各国已有不少华侨青年回到了国内，或奔赴延安上了抗大与其他学校，或回国从军走上抗日前线。祖国的危情令爱国华侨青年群情激昂，不少人决定回国抗战。此时，泰国共产党也在清迈秘密联系并组织一些爱国华侨青年回国参加抗战。黄人晓的一些同学与泰共取得了联系，并约黄人晓一起回国参加抗战。不过，他们又考虑到黄人晓年纪还小，而且是女孩，家里可能不会同意。然而，有着强烈爱国感的黄人晓执意要与他们一起回国。于是，黄人晓一面与同学秘密策划回国的行程，一面偷偷准备行装。

临出发前的晚上，黄人晓整夜未眠，生怕错过集合的时间。天未亮她就静悄悄爬起来，抓起枕头下裹着几件换洗衣服的小包袱，溜出自己的房间。在她经过父母的房间时，一种眷恋之情突然涌上心头——就这样背着父母走了？留下还需要照顾的弟弟妹妹？这令她内心非常不安。她停下了脚步，心中暗暗地说："爸爸妈妈，对不起了，我要回国了，等抗战一胜利，女儿就会回到你们身边！"

在雾蒙蒙的凌晨，他们一行7人就这样出发了。黄人晓15岁，是年龄最小的唯一的女生。他们走在泰北的大山里，沿着崎岖的山路徒步前行。渴了，喝点溪水；饿了，吃口从家里带来的大米饭团。这天晚上，他们就露宿在路边的大树下，黄人晓在疲乏中睡着了。她梦见了父母和弟弟妹妹，仿佛听见父亲在呼唤着自己的名字，并感觉父亲紧紧抱住她。她惊醒过来，父亲真的把她紧紧抱在怀里。她又高兴又惊奇，不明白自己的父亲为什么会出现在这里。父亲对她说："我们发现你不在了，非常着急，到处找，才打听到你随同学们走了，立即找车追赶。"当时的泰北山区十分荒凉，常有老虎出没。父亲说："我们非常担心，这种走法很危险！"经过跟同学们商议，决定由父亲先送他们到清莱，黄人晓跟自己父亲先暂时回南邦，如果三天后不能回到清莱，大家就自行继续北上。

我的外祖父将母亲带回家中，严肃地说："你想回国，应该和家里商量，我们会支持你的，但不能背着我们偷偷离开。"这晚，外祖父与黄人晓进行了一次长谈，从孙中山讲到毛泽东，从辛亥革命讲到抗日战争，这是她第一次听自己父亲讲了那么多关于政治时局的事。外祖父对她说："现在，共产党在抗击日寇，他们的主张和勇气让华侨看到了希望。你已经决心回国，我们不会阻拦，会支持你，但是，你回到祖国，一定要去找共产党，去找毛泽东。"黄人晓感动万分，没有想到自己的父亲那么通情达理。去找共产党，去找毛泽东，抗击日寇，不做亡国奴！这些话深深地刻在了她的心上，激励她坚定不悔地走上了爱国革命的人生之路！

临行前，外祖父从柜子中取出来心爱的照相机，外祖母从首饰盒里拿出来一些首饰和三块银圆，弟弟妹妹还把外祖母亲手织的一床线毯送给了姐姐。外祖父嘱咐说：一旦遇到困难，可以把这些东西卖掉。黄人晓在父母面前长跪不起，搂抱着弟弟妹妹热泪长流。分别的时刻是那么漫长，又多么短暂。哽咽的她，不断地重复着一句话："等抗战一胜利，我就马上回来了……"然而，令她没想到的是，这一走竟成了与父母的诀别！母亲想女儿想得哭瞎了双眼，临终前还不停地念叨着女儿的名字……

黄人晓与同伴一行 6 人，从泰国清莱北上，在湄公河乘船来到老挝的万象，在那里休息了几天后又继续徒步前行。当他们来到越南河内时，四处打听回国的办法，有人告诉他们，华侨捐献的物资都集中在海防，到那里可以找到回国的办法。于是他们赶到了海防，就在他们打听如何回国时，遇到了正在海防接收华侨所捐医疗物资和救护车的章文晋，他是中国红十字会救护总队的运输股股长。章文晋得知这几位年轻的华侨学生要回国参加抗战后，很热情地表示欢迎，在进一步得知黄人晓一行是由泰国共产党介绍回国的，便说："你们找对人了，跟我走吧。"这时，在历经数月艰难长途跋涉中，他们一行中已有二人陆续回泰国了，剩下的 4 人跟着章文晋率领的车队回到了祖国，来到救护总队的所在地——贵阳图云关，黄人晓被章文晋编入到救护总队。其他的人后来陆续也都回泰国了。

章文晋原名章宏道，在清华大学读书时，积极参加了一二·九爱国运动，加入了抗日民族解放先锋队。卢沟桥事变后的第二年，他在学校南迁途中，加入了中国共产党。此后，章文晋和清华大学的几个党员一起，按照党的指示，考入了国民党军队的机械化运输学校，准备经过半年训练进入国民党军队，但这时出现了一个新情况：中共长江局调他们前往中国红十字会救护总队工作。

1938 年，中国红十字会救护总队在长沙成立时，由于刚刚组建的战地救护总队十分缺乏人手，国民党特务机关也想插手，但因国际友人向蒋介石施加了很大压力，始终未能得逞。而思想开明的总队长林可胜，对与八路军、新四军合作却抱积极态度。此时，林可胜的好友、章文晋的三姨妈朱淞筠听说救护总队急需人手，再三动员章文晋到总队的运输股工作，并坚决反对他到国民党军队服役，因为她认为国民党实在太腐败，她还曾在公开场合痛骂国民党不抗日。章文晋经请示中共长江局后，进入中国红十字会救护总队，负责救护总队的物资转运工作。当时，由救护总队运输的物资包括汽车、药品、医疗器材、设备以及活动经费，这些物资款项多是西欧、北美进步团体和世界各地爱国华侨捐赠的，其中有不少指定要交给八路军、新四军。

虽然父亲与母亲先后进入中国红十字会战地医疗救护大队，但当时他们并没有交集，也不认识。父亲与章文晋都是一二·九运动的积极参加者，但真正一起工作，是天津解放初期，那时章文晋在天津市军管会外事处任副处长（处长黄华），父亲在《天津日报》社和中苏友好协会天津分会工作，由于工作关系，又因有母亲与章文晋的这种关系，父母与章文晋、张颖夫妇来往就很密切了，也使他们成为好朋友并一直保持着友谊。

1938 年 10 月，中国红十字总会救护总队由长沙、祁阳迁至贵阳图云关，这里成为中国医疗卫生中心和军医培训基地。被称为"黔南首关"的图云关为老贵阳九门四阁十四关之一，始建于宋嘉泰元年（1201 年），是古代贵阳东出湘桂的咽喉，为古代来黔主政的高官显贵上任、卸职或受封举行迎送或行封赐仪式之地。明代在图云关上修有亭台馆所，清康熙四十年（1701 年）又建关帝庙、可憩亭，亭上有一副名联："两脚不离大道，吃紧关头，须要认清岔路；一亭俯览群山，踮高地步，自然赶上前人。"抗战时期，中国红十字总会救护总队和由波兰、奥地利、美国、捷克等 9 个国家组成的国际援华医疗队，在这里为中国抗日战争作出了巨大的贡献。

红十字总会救护总队来到图云关之初，这里是一片林场，所有的房屋，从办公室、材料仓库、汽车库、修理厂到职工宿舍、公共食堂和集会礼堂，都是在平地上一砖一瓦盖起来的。经过建设，图云关救护总队的医疗条件渐有规模。救护总队工作人员平时有一千多人，最多时连家属在内有两千多人，队员们的宿舍以稻草为顶，竹笆为墙，既不防雨又不防寒，十分简陋，而从总队长林可胜到救护总队的普通队员，都住在这样的茅草屋中。中国红十字会救护总队就是在这种艰苦的环境中，指挥着全国各战区的100多个医疗队开展战地救护。成千上万吨的医药卫生器材及各种物资从这里发出，上千名军医、护士、卫生员、化验员等在这里被培养出来，奔赴各战区前线，为抗日将士提供医护服务。

黄人晓在这里经过培训后，被编入救护总队第7支队。1939年夏秋之际，第一（洛阳）、第二（山西）和第十战区（西安）的国民党部队中，传染病流行，死亡率非常高。几个战区的司令长官就相继要求国民政府尽快派医疗队前来救治。国民政府随即要求中国红十字会派医疗队前往这几个战区。9月，西北环境卫生视导员、中共地下党员郭绍兴率领第7支队从贵州出发，前往陕西汉中地区，在城固、褒城、勉阳（今勉县）一带做卫生防疫工作。

陕西汉中是川陕之间的战略要地，也是秦岭南麓一块富庶的平原之地，汉水从这里发源，最后汇入长江。历史上从刘项争霸到汉魏争霸，这里演义了无数英雄故事，也留下了许许多多的名胜古迹。中国书法中最著名的《石门颂》，就出自汉中褒河的石崖上。曹操当年到此，望着滚滚如雪的波涛，留下了著名的"滚雪"二字，但他的"滚"字并无三点水偏旁，手下人不解，以为曹操写错了，曹操大笑道：河中有的是水，何愁无水？沟通川陕的子午道、褒斜道、骆汉道等交通要道，曾让诸葛亮在这里耗尽了心血，明修栈道、暗度陈仓，六出祁山，大战五丈原，定军山下黄钟刀劈夏侯渊……这些耳熟能详的故事都发生在这里。诸葛亮死前，立下遗嘱将自己葬在定军山下，以昭壮志未酬之遗憾，因而这里不仅留下了武侯墓，还建有武侯祠。中国红十字会救护总队第7支队队部就设在武侯祠中。

金星回忆起在这里工作时的往事，曾说：她们刚来到汉中时，先是住在城固、褒城一带，那时西北联大已迁到城固，学生很多。褒城也有不少从沦陷区迁来的人，到处都乱哄哄的。褒城是美女褒姒出生的地方，周幽王得到褒姒后，为博她一笑，不惜烽火戏诸侯。后来救护队迁到勉阳武侯祠，那里院子很大，便于开展防疫救护工作。

　　郭绍兴回忆说，他当时作为救护总队地下党的负责人，在了解了黄人晓是一名很爱国的年轻华侨后，便有意加以培养。他交给黄人晓一个任务：在可能的情况下，利用救护队护士的身份作为联络员，转送要去延安的爱国青年。当时年仅15岁的黄人晓，接受了这个任务。黄人晓说，虽然那时她年龄还不大，但很多爱国学生都亲切地叫她"黄阿姊"，说如果有了困难，到了勉阳救护大队只要找到"黄阿姊"就没问题了。那时为了资助这些青年去延安，金星将离家时所带的用于救急的首饰和照相机都统统卖掉了，送给青年们作路费。在这些青年中有一位后来成为中国著名诗人的贺敬之，当时他是绵阳国立中学的学生，他就是在金星的资助下去的延安。虽然后来他们同在延安生活，贺敬之在鲁艺，金星在中央医院，但彼此并不知道。直到解放后，贺敬之才知道当年的"黄阿姊"就在天津，是方纪的妻子，于是他带着夫人柯蓝专程来到天津开怀叙旧……

　　1940年初，郭绍兴率领第7支队抵达第一战区司令部所在地洛阳。第7支队有20余人，除少数医护人员外，大部分是公共卫生防疫人员。第7支队队部设在洛阳第一战区司令长官部里（今解放路与中州中路东南角转角处）。八路军驻洛阳办事处也很快与救护队取得联系，争取其对八路军的援助与支持。当时救护总队手中还掌握着大量经费和医药物资，其中大部分是国内外爱国人士、海外华侨和国际友人捐助的。

　　一天，郭绍兴通知黄人晓去八路军驻洛阳办事处，在那里由郭绍兴正式介绍，黄人晓加入了中国共产党，并举行了入党宣誓。不久之后，组织上通知黄人晓去延安学习。黄人晓说："我那时才16岁就入了党，又让我去向往已久的延安学习，我非常高兴和激动。"每当黄人晓说起此事，都感到无比自豪。为了纪念她即将开始的新生活，她将自己的名字改为金星。这个名字她一直沿用到解放后。所以她的很多老战友只知道她叫金星，并一直称她为金星。

八路军驻洛阳办事处是 1938 年底设立的。当时中共中央根据抗战形势需要，决定在国民党第一战区司令长官部（以下简称司令长官部）所在地洛阳建立八路军办事处，并命刘向三（河南人）前往洛阳开展筹建工作。当年 11 月，刘向三率领 50 余名军事干部，携带军用电台等物资抵达洛阳。起初，国民党第一战区司令长官程潜不准八路军在洛阳设立办事处，后经刘向三多次交涉，程潜才勉强同意在洛阳贴廓巷 56 号（今贴廓巷 35 号）的庄家大院设立"通讯处"，对外办公。1939 年 1 月，卫立煌调任国民党第一战区司令长官后，第十八集团军驻洛通讯处正式更名为第十八集团军驻洛办事处。洛阳"八办"的主要任务，除做好统一战线工作，促进国共合作外，还负责转运物资和转送前往延安的中共干部、国际友人以及前往延安的进步人士与青年学生。当时经过国民党战区，要有通行证，如果要过黄河，还要有过河证。洛阳地处交通要道，"八办"的一项工作，就是到司令长官部给过往人员办理通行手续。1939 年年底，国共关系逐渐紧张，司令长官部对洛阳"八办"过往人员的手续办理加以限制或不予办理。洛阳"八办"就想办法以中国工业合作协会（简称"工合"）、朝鲜义勇队、中国红十字会救护总队第 7 支队等单位或机构工作人员的名义办理通行手续。救护总队第 7 支队签发的护照在国民党防区也能通行，因为无论哪个部队都欢迎医生。第 7 支队签发的护照上一般写明：某某系中国红十字会救护总队第 7 支队队员，请沿途军警查照放行等字样。当时第 7 支队的工作人员有"中国红十字会救护总队第 7 支队"的证章，证章为圆形，蓝底白字。一般来说，有了护照再佩戴上这种证章，到各地包括国民党的防区，都可通行无阻。利用这一便利，每年都有一些共产党的干部，通过这种途径分赴豫东根据地、华北的抗日前线。

金星去延安之前，"八办"交给她的一项任务：护送两名烈士子女去延安中央保育院。金星愉快地接受了任务，与一位保姆一起带着两个幼小的孩子踏上了去延安的路程。她们在历经多道关卡后顺利到达西安七贤庄八路军办事处，在那里住了一段时间，又踏上了去延安的路。于1940年春到达延安，金星将两个孩子安全顺利送到了延安中央保育院。金星回忆说：她始终不知道这两个孩子的名字，只记得有一个女孩的名字叫维乌，是世界语的名字。

母亲曾对我们说，延安的城门整天开着，从来都不关闭。从早到晚都有从各个方向走来的青年，背着简单的行李，胸中燃烧着希望，络绎不绝地走进城门。在经过一段紧张而愉快的学习后，又一群群地穿着灰布制服，唱着歌走向各抗日前方。

五、母亲在延安中央医院

金星到延安后，先到中组部报到，转组织关系。因为她是爱国华侨，又是年轻的女党员，组织上格外重视，由康克清和蔡畅两位大姐分别找她谈话，之后进入延安马列学院学习。由于她曾在红十字会救护总队工作过，1941年初学习结束时，延安中央医院总支书记刘英找她谈话，让她进入中央医院第二期护训班学习，结业后金星留在中央医院小儿科当护士，同时担任党小组长。由于那时中共党员的身份是不公开的，所以同事中很少知道她是中共党员。

在筹建延安中央医院过程中，为了解决医护人员人手不足问题，一方面由院长何穆亲自出马到大后方招募医护人员，一方面自己培训护理人员。从1939年8月起至1945年抗战胜利前，中央医院先后开办过5期护训班，其中以金星所在的第二期护训班人数最多，后来绝大多数成为中央医院的骨干。第二期护训班是1941年2月开办的，何穆在回忆文章中写道：

开办护士第二期训练班是大事，因青年到延安来，绝大多数都是为了在抗日战场上大干一番，谁都没想到做技术服务性工作。因此，思想动员工作是艰巨的。三个星期后，组织部终于从女子大学、陕北公学、马列学院等几个学校动员到40余名学员。

这一期学员绝大多数是女生，金星也在其中。金星是个文静、内向的人，喜欢文学，本来她以为到延安能上抗大或鲁艺，而组织上却分配她继续从事医护工作，尽管这与她内心的理想不大相符，但她还是愉快地服从了组织分配。与母亲同期护训班学习的刘震、韩明阿姨曾说："金星那时年龄小，是个很单纯热情的小姑娘，又是华侨，别说对北方生活不大习惯，就连普通话都说不好。"刚来时，头发中长满了虱子，自己不知道怎么办，这些老大姐就帮她洗头灭虱；发的制服不合身，老大姐们帮她裁改，还帮她缝被子……因为这些事情也受到一些工农出身的人的嘲笑，但她并未在意，依然热情地向老大姐们学习请教，尽快适应新的生活。

延安中央医院的前身，是中央红军的卫生所，后改编成西北办事处机关卫生所，负责中央领导的医疗保健工作。1937年7月，由于来延安的人员不断增加，医疗任务不断扩大，中央决定让中央卫生处处长傅连暲在延安东门外嘉岭山（宝塔山）组建中央苏维埃医院。他们在半山上挖了一排70孔窑洞，建立了能收容100个病人的医院，傅连暲担任第一任院长。1939年三四月份，中央接受傅连暲的建议，决定在延安修建一所正规化的医院，为延安的革命干部和人民群众解决生老病死的大问题，中央委托曾经留法的医学博士、肺科专家何穆在中央卫生处领导下筹建中央医院。经过多方选址，最后选定蓝家坪西北方向的李家坬村。医院最初定名为中央干部医院，毛主席说：叫干部医院，老百姓有病看不看？还是叫中央医院好，面向延安和边区的党政军民，为群众服务。

刚建院时，生活和工作条件十分艰苦，用的桌子、板凳都是请老乡就地取材打制的，连手术外科的手术台、产科的产床等必需的医疗器材也都是自己设计、自己动手制作的，很简陋。医院里没有设备，连病人最需要的小便壶、大便盆和化验室的用品，以及护理用的镊子、盘子都是到延安城里新市场街找铁匠打制的。工作人员和病员都住在土窑洞里，四壁都是黄土。上下山的各条通道、大路都是土路，真是"无风三尺土，下雨两脚泥"，一不留神就能滑下山坡去。顿顿吃的是小米饭熬土豆汤，经常吃不饱，甚至有时只吃两顿饭。母亲说，刚到中央医院时，有一次开饭是黄澄澄的干饭，她远远看去以为是鸡蛋炒饭，高兴坏了，哪知盛饭时才知道是小米干饭，虽然很失望，但总算是吃上干饭了。

中央医院的科主任，多是高级专家，大都出身于名牌大学，有博士学位，有的留过洋，在大后方都是有一定社会地位的人。母亲说，她到小儿科工作时，科主任是金茂岳，后来是侯建存，副主任是王郅。1983年，母亲去青岛时还专门去看望过侯建存老主任。

当时除了在延安的中央领导经常来医院看病，前方的八路军首长负伤、生病也都送到延安来治疗。1941年，八路军120师政委关向应也因病从前线回到延安，住在中央医院高级干部病房里。1942年的一天午后，毛主席独自一人到中央医院来看望关政委，关切地询问病情，并告诉关向应"既来之，则安之"，让他在医院里安心养病，不要着急出院。因两人说话时间较长，护士刘鑫炎过来催促道："首长！医生不让关政委多说话！现在还不能会客。"毛主席听了，点头称是，便起身告辞了。毛主席走后，关向应笑着问刘鑫炎："小刘，你认识这位首长吗?"小刘说："不认识！不管是谁，都得服从医生的吩咐！"关向应说："他就是毛主席呀！"小刘惊讶地瞪大了眼睛说："怪不得觉得面熟呢，可是没有想到是毛主席！"小刘后悔不该打断毛主席的谈话。

刘鑫炎与母亲都是护训二班的，那天母亲只看到了毛主席的背影。小刘一见到母亲，立即将毛主席来医院的事告诉了母亲。按当时中央医院规定，在医院见到哪位中央领导、听到什么谈话，是不准私下传播的，但一定要向党组织汇报。那时小刘正在积极申请入党，她知道母亲是党小组长，因此她将此事告诉了母亲。母亲听后觉得毛主席带头遵守院规定的事情很感人，也很有教育意义，于是在油灯下写了《毛主席看望关向应同志》这篇文章，发表在《解放日报》上。感人的情节，清丽的文字，文章发表后轰动了整个延安。这是母亲第一次给报刊投稿。新中国成立后，这篇文章被编入小学课本，成为脍炙人口的名篇。因当时在《解放日报》上发表并未署名，所以那篇课文也没有作者。那时我正上小学，母亲拿起我的语文课本，不经意地翻到了这篇课文，惊奇地说道："这是我写的啊！"第二天一上课，我将这事悄悄地告诉了我的语文老师陈丽馨，陈老师下午就来找母亲，请她到学校里给同学们上了这节语文课。

在"文抗"的方纪看到这篇文章后，便来到中央医院采访金星，从此二人便相识了。金星与方纪相识后，很快就进入热恋之中。母亲每每回忆起这些甜蜜的往事时说："那时你爸爸常常挽着裤腿蹚过延河来医院看我。"中央医院的老同志也经常说："方纪那时很帅气，经常来中央医院看金星，给金星带大枣什么的，然后两人就去延河边了。"1944 年 8 月 1 日，方纪与金星二人喜结良缘，很多朋友前来为他们祝福。十几年后，在一次朋友的聚会上，冯牧讲起父母结婚那一天的故事："那天，新郎特地从几里以外的'文抗'菜地摘下两个西红柿，作为给新娘的结婚礼物。婚礼上，方纪身穿洗干净的灰制服，新娘则穿着用从泰国带来的旧连衣裙，绰约别致。简陋的新房里，响起同志们的一片祝福声。著名摄影师吴印咸在延河边为他们拍下了珍贵的结婚纪念照。他们二人的结合，成了当时延安生活中的一段美谈佳话。"从此，我的父母亲在共同的命运和漫漫人生中，相濡以沫，同甘苦共患难。

六、在延安《解放日报》

1944 年 1 月，方纪在党校三部的学习结束后，调到延安解放日报社，在艾思奇领导下工作。解放日报社设在延安的清凉山上，与宝塔山隔河相望。新华社、新华广播电台等单位也都设在那里。站在山上，雄伟的宝塔山和蜿蜒的延河尽收眼底。方纪说，每天都可以看到沐浴在朝霞中的宝塔山和夕阳中闪耀着粼粼波光的延河，那种景色令人终生难忘。所以他闲暇时经常哼唱"夕阳辉映着山头的塔影，月色映照着河边的流萤；春风吹遍了平坦的原野，群山结成了坚固的围屏……"从歌声中可以听出，方纪心中对延安生活的怀念和眷恋。关于这段生活经历，方纪在回忆文章中这样写道：

从《解放日报》正式创刊于1941年5月16日，开始只有两个版面，社长博古不主张为文艺稿件开辟专栏，他认为好的文艺作品可以刊登在头版上。到9月16日，报纸扩大为四版后，增辟了一个文艺专栏，占整个版面的八分之一，每月出四五期，由丁玲同志主编。我去时，《解放日报》改由艾思奇同志主管。我在《解放日报》工作期间，既紧张又充实。除了学习、改稿子之外，还经常与冯牧等人坐在山坡上唱几句京剧，他唱，我操琴，至今令人难忘。

冯牧与方纪都是在结束党校三部的学习后，前后调到《解放日报》副刊部工作的。他到延安后先进入鲁艺学习，整风运动开始后进入党校三部学习。他与方纪有着共同的理想、爱好和情趣，共同的文学观和"才气"，在一起工作的经历使他们成为终生挚友。冯牧在《方纪文集·序》中这样写道：

我们在同一办公室工作，在一排土坯房里比邻而居。我们很快就发现，他和我在性格和气质上都保持了某些北京学生的特点，我们有许多共同熟悉的人和事，有许多接近的情趣和癖好，比如在我们身上都有相当浓厚的书生气，都有某种在那时常常会有"毁誉参半"含义的"才子气"，都有些不知天高地厚而又恃才傲物的知识分子习气；这一切都成为开始联结我和他之间的友谊纽带的一种独特因素。我们不但在一起工作、学习，而且从中发现我们在某些问题上常常是志同道合的，尽管我们也有过争吵。我们在有一年多的时间里几乎是每天一道在延河边散步，在窑洞外谈天；我们不但谈论国家大事和生活理想，也谈论俄罗斯和苏联文学，谈论自己的文学主张和文学抱负。我们时常在一道回忆北京的古老而又魅人的文化传统，谈论京戏、书法以至于围棋的发展。

……

在相处期间，我很快就发现了方纪的长处，他才思敏捷，热情奔放，对生活和文学都有极其敏锐的感受能力。他笔下很快，对于分配给他写的文章，常常是略假思索便一挥而就。他在写作上涉猎的方面很广：既能写很有文采的小说和散文，也能写富有广博知识和鲜明见解的评论和杂文。

汪健云是方纪晚年特别嘱托为自己写传记的作者，她1982年于南开大学中文系毕业后到天津市文联编刊物。汪健云在其所撰《为伊消得人憔悴》中写道：

1944年是方纪走向成熟的一年，这一年方纪25岁。他才思敏捷，热情奔放，对生活和文学都有极敏锐的感受能力。冯牧的话勾勒出一位风华正茂，才华横溢的年轻的革命文人形象。

作家陈登科，也是冯牧的好友，他在一篇文章中写道：

冯牧，是经朱丹介绍结识的一位朋友。他是个书生型的人物，不爱夸夸其谈，也不大和人开玩笑。我、方纪、冯牧，三人都属羊，朱丹却称方纪为方兄，叫我老登，称冯牧为冯老三。冯牧原籍北京，兄弟排行也是第三，因此，在文艺界，也有人叫他三老板。朱丹其人，性格憨厚，不爱开玩笑。

父亲调到《解放日报》后，工作生活都相对稳定了，他每到周末便蹚过延河去中央医院与母亲团聚，有时母亲也过河来清凉山，因此那段生活给他们留下了深刻美好的记忆。这时期，母亲身体非常不好，还得了肺病，住在医院里，朋友们都非常关心她，希望她能尽快好起来。周而复的夫人、时任延安中央医院小儿科副主任的王郅给母亲写信，让她安心休养，信中写道：

我很想来看看您，主要的目的是和您谈谈"怎么休养"的事。您的肺病在进行，那是没有问题的，因此，您应静卧在床上三个月，什么事情都不应该做。这样做，等三个月后，一定会好的。您要认真地休养！切勿忽视了您的病。可可糖您留着自己吃，您是病人，我不需要吃这些，而且我还可以吃蜂糖，谢谢您。我做了一些酱，等晒好了给您带些去。

从这些亲切的话语中，可以看出那时同志之间亲密友好的关系。1983年春我到上海出差时，母亲还特意让我去看望王郯阿姨，她还非常关心母亲的身体状况，并说有机会到天津一定来看母亲。那次我还到杭州拜访了陈学昭阿姨，她热情地问起我父母的近况，临别前还特意送给我父母一本她刚出版的《野花与蔓草》，并签名留念。

方纪那时一方面编副刊，一方面到延安外语学校学习俄文、英文。当时给日本共产党总书记冈野进（野坂参三）当秘书的李振中叔叔曾对我们说：你父亲那时经常来外语学校上课，我总能见到他。他那时穿着一件日军黄呢子大衣，很帅气。为此我们曾问父亲：从哪里搞来的日军黄呢子大衣？他笑笑说，是杨朔从前线带回来送给他的。关于在外语学校学习的情况，父亲回忆说：

那时，我一边工作，一边还挤出时间到延安英文学校去学习，记得当时我从英文的刊物上转译了几篇苏联反法西斯战争的报告文学，发表在《解放日报》上。

方纪在学习外语的同时，利用业余时间翻阅了大量的苏联文学名著，经过短期突击，他竟能从英文刊物上翻译一些苏联的报告文学作品，如《为了乌克兰》《亚历山大·马特洛索夫》《一个女人，一个战士》等，均发表在1945年的《解放日报》上。同时，他还全面介绍了苏联作家阿列克谢·托尔斯泰，写了介绍高尔基的文章，如《对Ａ·托尔斯泰创作的一点介绍——纪念他的逝世》《生活指示着他的未来》等。这些译作和文章，对于抗日战争最后阶段的中国军民起到了鼓舞作用。

天津一位研究方纪文学创作道路的作者王树人，在其未刊的书稿中写道：

方纪的这些表现苏联英雄人物的译作，是介绍苏联最具代表性的革命作家的文章，具有十分积极的意义。我国五四运动以来的新文化运动中，主要作品的内容大多是以暴露为主，虽然揭露了旧中国的病痛和流弊，但在描写和塑造革命英雄人物、充分表现革命英雄主义方面还缺乏比较成功的代表作品，也没有取得成功的经验。而且，他的译作又和当时我国的抗日战争的现实紧密配合。因此可以说，方纪对于开拓中国革命文艺的新领域，做出了一定贡献。

值得一提的是，孙犁著名的代表作小说《荷花淀》，就是父亲在《解放日报》编副刊时发现并经他手编发的。方纪在50年代写的对孙犁文学作品的长篇评论《一个有风格的作家》中写道：

那时我在延安《解放日报》编副刊，读到《荷花淀》的原稿时，差不多跳起来了，我还记得当时在编辑部的议论——大家把它看成一个将要产生好作品的信号。

那正是在延安文艺座谈会以后，又经过整风，不少人下去了，开始写新人——这是一个转折点；但多半还用的是旧方法……这就使《荷花淀》无论从题材的新鲜，语言的新鲜，和表现方法的新鲜上，在当时的创作中显得别开生面。

顺便说一句，延安文艺座谈会以前，大家长期的学外国、学古典，特别是学外国的古典文学，在语言上、方法上，所形成的那种批判的现实主义的氛围中，——至少是一部分人当中，《荷花淀》的出现，就像是从冀中平原上，从水淀里，刮来一阵清凉的风，带着乡音，带着水土气息，使人头脑清醒。

这一时期由于在《解放日报》的工作比较紧张，方纪没有太多机会去深入生活搞创作，因此这一时期除了几篇译作和两篇介绍苏联著名作家的文章外，只写了一篇短篇小说《魏妈妈》和一篇报告文学《阿洛夫医生》。王树人在其未刊书稿中写道：

1944年底，方纪写了以国统区人民不堪忍受国民党的抓壮丁、派粮和增税的残酷压榨，毅然投奔抗日根据地为内容的小说《魏妈妈》。从作品的语言中，也可以看到方纪经过延安整风和座谈会之后，确实是深入了工农群众，并得到可喜的成效。在作品中，他能够开始熟练地运用朴实而生动的群众语言，在描写农村生活时，他完全避免了知识分子的腔调。这时，方纪还写了另一篇小说《张老太太》，它是《魏妈妈》的姊妹篇，收到了相同的效果。此后，他还写了一篇报告文学作品《阿洛夫医生》。这篇作品反映了苏联医生阿洛夫的国际主义精神，以及对工作的一丝不苟，对医疗技术积极进取的品格。

抗战时期有6位外国医生来到延安，他们是马海德、汉斯·米勒、白求恩、柯棣华、傅莱和阿洛夫。

莫斯科出生的阿洛夫，有一种苏联人特有的优越感，所以架子比较大，加上他的克格勃身份，因而不太受毛泽东的喜欢。

安德烈·阿洛夫，苏联人，毕业于莫斯科第一医科大学，获博士学位。他曾参加苏芬战争及苏德战争，具有丰富的野战救护经验，是苏联颇负盛名的野战外科专家、医科大学教授。1942年5月，奉斯大林之命，这位年仅37岁的教授来到延安。在延安时期，给毛泽东看病的医生，一个是美国医生马海德，另一个是苏联医生阿洛夫。阿洛夫也是唯一一名为毛泽东、中央书记处书记和政治局委员查体看病的医生；我军卫生界首批高级人才也是阿洛夫亲自培养起来的，故他被毛泽东誉为边区的"模范医生"。

1942年9月，应阿洛夫请求，中央卫生处为他建了有4台手术台的手术室，毛主席亲自在手术室门上题写"治病救人"四个大字。在这里，病人既有前线下来的干部、战士，也有延安的中央首长和普通百姓。阿洛夫夜以继日地手术、看伤、除病，有时甚至一连工作15个小时。有个病人脚化脓了，已经决定截肢，而阿洛夫保住了他的脚。他曾救活两个孩子，孩子的母亲为两个孩子起名"院生"和"院成"。劳动英雄炼铁时脚被铁水烫伤了，赶大车的刘殿忠被车轮碾伤了，阿洛夫都给治好了。百里外的群众骑驴赶车来找这个外国人看病。为感谢阿洛夫，当地群众把他住的枣园后沟改名"阿洛夫沟"，陕甘宁边区政府副主席李鼎铭将毛主席手书"模范医生"的锦旗授予阿洛夫。1944年6月29日，《解放日报》刊登阿洛夫医生的事迹。阿洛夫在延安工作了5年，然而他后来是很不幸的。据马海德的儿子周幼马说，阿洛夫一回国就被克格勃关押了起来，严加审问，打断了几个肋骨，让他交代和美国人马海德的关系，以找到马海德是间谍的证据。关押了他3年，但什么也没有审出来，只好放了，不久后就宣称阿洛夫因飞机失事而死亡，时年47岁。

方纪在1944年得了一次急性阑尾炎，就是阿洛夫给做的手术。大概也是在那期间，方纪得以收集到有关阿洛夫事迹的素材，于1944年底写出了长篇报告文学《阿洛夫医生》，当时准备在《解放日报》发表，但因涉外稿件要经领导审查，故拖延下来。直到父亲回到冀中后，1947年有出版社要出单行本，方纪写信将此事告诉已到西柏坡工作的艾思奇，并说自己将去参加土改运动。艾思奇回信如下：

方纪同志：

来晋察冀后，早就知道你在冀中工作，没有机会通信，昨日忽接来信，非常高兴！《阿洛夫医生》在延安没有登出，稿子给富春同志审查，我还以为被他丢了，一直疚歉在心，现在能出版，你的心血不算白费，我也安心了。不用我的信作序很好，因为那是一时写下，没有仔细斟酌，不宜公开。

参加群众运动对于文艺作者很重要，三五年没有作品不要紧，有三五年的群众运动真实经验比关在房子里三五十年的写作好处更多。我现在没有机会做群众工作，自以为深憾，但任务压在头，也没有办法，只有等待以后了。愿常常通信。

此致
敬礼！

金星同志问好
艾思奇
一九四七除夕

经过中国人民14年艰苦卓绝、不屈不挠的浴血奋战，在世界反法西斯正义力量的共同努力下，终于在1945年赢得了反法西斯战争的胜利，日本于8月15日宣布无条件投降。早在8月10日晚，新华社的译电员就收到了日本投降的消息，他们一路高喊着，从清凉山上飞奔下去，把胜利的消息传遍了延安全城。第二天延安群众在南门外新市场自发地搞起了庆祝集会，卖水果的老乡把一筐一筐的花红果子抛向空中，高喊着，让大家吃"胜利果实"！有些学生把自己棉袄里的棉花掏出来，扎成火把点燃，一路上尽情地欢呼游行。延安沸腾了，与全国所有的城市一样，人们尽情地欢庆胜利，享受着胜利的喜悦。8月12日在鲁艺当教员的诗人鲁黎给父亲寄来一首庆祝胜利的诗，他在信中写道：

方纪兄：

这些日子，诗情蓬勃，你呢？我想，你也一定要写诗了，希望我们多写诗，这是诗的日子。

昨天写了《胜利之夜》，是一篇叙事式的抒情诗，一时情感太兴奋，写不出［较］长的洗练的诗章。准备最近着手写一首《胜利的诗章》来。另外一首《震动世界的消息》，在鲁艺朗诵，一般同志尚加以许可；但时间已过，我特写给你读，不要用，为我保存起来，我最近会到你这里来玩，再拿回来。

……

八月十日之夜，我们兴奋得要死，你们呢？兄弟们，我们长久在斗争中所急盼的伟大日子是来到了，你回北平么，我也希望上北平去。

老兄，写诗，写诗，如你不写诗，你对不起这样的日子。(胜利之夜，如不能用也算了)

胜利！

鲁黎

八月十二日

8月15日夜，延安的干部群众自发地举行了盛大的庆祝抗日战争胜利火炬游行，晚上方纪回到清凉山上后，以无比喜悦的心情在日记本中写了一首诗《人民的胜利》，诗中写道：

胜利，胜利，胜利

我歌唱胜利

我大声的歌唱

人民的胜利

……

人民的手培养了胜利

人民的血灌溉了胜利

人民牺牲自己的一切

换取胜利

今天——

庆祝胜利的人群走在街上

胜利给人带来了欢笑……

然而，蒋介石却下令不准八路军、新四军参加受降，与此同时阎锡山派军队进攻上党解放区，一场新的内战又迫在眉睫了。父亲后来在散文《挥手之间》中这样写道："那几天，不要说那些烧棉花的人不免后悔，就是我们也都憋了一肚子气，把胜利的欢喜化为愤怒了……"

8月13日毛泽东作了《抗日战争胜利后的时局和我们的方针》的报告，指出"内战危险是十分严重的，因为蒋介石的方针已经定了"。在这个危急时刻，蒋介石邀请毛泽东前往重庆，举行"和平谈判"。全延安军民一致认为这是一场"鸿门宴"，为了毛主席的安全，都不同意他去重庆。但为了制止内战，争取和平，毛泽东不顾个人安危，决定前往重庆与蒋介石进行谈判。1945年8月28日，毛泽东从延安机场乘美国军用飞机前往重庆。父亲在后来所写的著名散文《挥手之间》中一开篇便写道：

一九四五年八月二十八日清晨，从清凉山上望下去，见有不少的人顺着山下大路朝东门外飞机场走去。我们《解放日报》的同志，早得到了消息，见博古、定一同志相约下山，便也纷纷跟了下来，加入向东的人群，一同走向飞机场。

关于当时机场送行的经过与场面，父亲在《挥手之间》中有较为详细的记录，写得很感人，真切地表达出当时在场每一个人的真实感受。特别是记述毛泽东在飞机舱口那富有历史意义的举手一挥，被永远定格在了中国的史册中。

这篇散文淋漓尽致地展示了领袖和人民群众的亲密关系，这也是《挥手之间》能成为散文名篇的重要原因。在1979年10月举行的中国文学艺术界第四次代表大会（简称"文代会"）期间，记者来采访方纪，想请他讲一下《挥手之间》的写作过程。但那时方纪因患脑梗，已经难以用语言来表达了，于是我代替父亲将以前他所讲过的故事告诉了记者，父亲不住地点头称是。在讲到毛主席在机舱门口慢慢举起的手停止在空中，一动不动时，全场送行的群众仿佛在瞬间也被凝住了，表达出人民对领袖的深情！这时父亲抑制不住内心的激动，流下汩汩热泪……

为了保卫抗战胜利果实，中共中央决定将经过数年培养的大批干部派往东北、华北等各新解放区开辟工作，为迎接即将开始的解放战争做准备。父亲和母亲也在依依不舍的心情中，于9月23日离开延安，前往东北。

延安，再见了！

方大卫、方兆麟

童年的梦

　　每个人都有自己的童年，我童年的记忆是在革命圣地延安开始的。延安，我至今想起来，心驰神往，激动不已。我两岁到 6 岁在延安，6 岁之后就辗转在晋察冀解放区，直到北平解放，我也进了北平，那年我 10 岁。这都是 60 年前的事了，现在想起来，是那么遥远，而又那么甜蜜。经常涌上心头，挥之不去，在脑海中翻腾，让我记一辈子。我们的童年，没有电视，没有电脑，没有音响，没有游戏机，没有商店里琳琅满目的玩意儿，没有巧克力和各种各样好吃的东西。总之，一切好吃、好玩的东西都没有，但是有连绵起伏的群山，有长流不息的延河；有一排排冬暖夏凉的窑洞，有悠扬动听的陕北民歌；有酸枣树和甜甘草，有带铃铛的骆驼队；有快乐的小朋友和关爱我们的阿姨，有党中央和毛主席。因此，我们的童年自有自己的特色和乐趣，什么时候回想起来，都是无比欢乐和幸福的。童年的生活对于我，像一个美梦。

一、延河滩上

　　我两岁的时候，妈妈怀着大妹妹，带着我，从重庆八路军办事处出发，经过国民党的层层关卡艰难地来到延安。听妈妈说，临走的那天，周副主席、邓颖超同志和办事处的其他同志都来送行。车上装满了运往延安的药品和物资，超过了卡车两边的围板，妈妈当时肚子里怀着妹妹，脚上长了一个大疮，非常疼，怎么也爬不到车顶上去，还是周副主席了解情况后，动员大家帮忙，才把她送上车顶，同车还有贺绿汀的夫人姜瑞芝阿姨，当时她已身怀六甲，坐在副驾驶的位置上。一路上，国民党百般刁难，有一次甚至把大人孩子集中在一起，架起机关枪进行威胁，最后还是周副主席出面找蒋介石交涉，才放我们通过。我们离开重庆才3天，皖南事变爆发，爸爸和贺绿汀伯伯他们准备第二批坐车去延安的计划就根本不可能实现了。爸爸他们一批文化人辗转到了香港，最后还是在周副主席的关怀下，通过东江游击队营救，直到1944年才到达延安。

我到延安后就跟妈妈来到桥儿沟鲁艺所在地。延安鲁艺聚集了一大批文艺精英，他们风华正茂，才华横溢，向往革命，来到延安，把小小的桥儿沟闹得翻天覆地，热闹非凡。当时，我爸爸还没有来延安，只有妈妈带着我和妹妹，因为妹妹小，妈妈要照顾她，自己还要工作，我经常自己玩。当时鲁艺未婚的小伙子和姑娘很多，有的是教员，有的是学员。他们早上到延河边刷牙洗脸，晚上到延河边洗脚，夏天到延河里游泳，冬天到延河上溜冰。这样，延河滩成了我经常玩耍的好地方。听大人们说，当时延河的水经常是清澈的，能看到里面的小鱼在游。延中的学生有的敢生吃小鱼，听说蝌蚪能治疥疮，有的还专门生吃蝌蚪。

在我的记忆中，延河的水颜色发黄看不清底，但却是滔滔不绝、长流不息的，一个大人站进去能没过大半身。当时的延河水很多，随着季节的变化，有时还会发大水。因此，延河两边有很宽的河床，不像现在，两边垒上堤，延河变成了一条小水渠。我记得曾经坐在叔叔的腿上在延河里游泳，至于我坐在叔叔腿上，叔叔怎么还能游起来，我就不得而知了。有时我在延河边的河滩上玩沙子、晒太阳。这时我成了叔叔阿姨们的玩偶，叔叔阿姨经常让我表演一个，我会把两只胳膊交叉在胸前，噘起小嘴，翻着白眼表演"老婆生气"，或者是找一根树棍，一头叼在嘴里，当烟袋锅，表演"老头抽烟"，我表演得非常认真专注，逗得叔叔阿姨们哈哈大笑。

二、傍晚的灯与歌

延安的生活是艰苦的，但留给我的记忆却是美好的，延安是诗与歌的摇篮。每当夜的帷幕不知不觉拉下的时候，一天中最美丽的时刻就来临了。人们都回到自家的窑洞。远远看去，山和山在朦胧的夜色中静静地对望着，山上一排排的窑洞只有极少的窗户放出温暖的黄色灯光，更多的窑洞被夜色笼罩着看不清楚，却清晰地传来信天游的歌声。

"青线线，那个蓝线线，蓝格英英（的）彩，生下一个兰花花，实实的爱死（个）人。"

"五谷子，那个田苗子，数上高粱高，一十三省的女儿（哟），数上兰花花好。"

"你要（那个）死来（哟），你早早的死，前晌你死来（哟），后晌我兰花花走。"

"对面（价）沟里流河水，横山（上）下来些游击队。"

"人人呀都说咱们两个好，阿弥（呀）陀佛，只有那天知道。"

"人人呀都说咱们两个有，自幼儿就没有拉过你的手。"

"一座座山来一道道川，翻山过水走三边哟，三边地方有三宝，大盐、皮毛、甜甘草哟。"

"鸡娃子那个叫来，狗娃子咬，我那当红军的哥哥哟回来了。"

"土溜溜的蚂蚱，满呀么满地爬，举起那个镢头，哎呀来把洋芋刨，一镢头那个下去，翻过来瞧一瞧，哟！这么大的个儿，哎呀你说妙不妙。"

……

这边刚落音，那边又响起，不知是哪座山上的哪孔窑洞里发出的声音。每当这时，妈妈总是爱唱的，我喜欢站在黑暗中静静地听，尽管我平时非常淘气，这会儿我却悄无声息，好像不存在一样。歌声上上下下，前前后后，左左右右，远远近近，此起彼伏，荡漾在我的心头，我沉浸在歌声的海洋之中。天全黑了，四周山上窑洞里的灯，一盏一盏地点亮了，一个，又一个，又一个，数也数不清，窑洞的灯光不太亮，是红黄色的、温暖的、朦胧的、一闪一闪的，漆黑的夜幕上星星和月亮与山上窑洞里朦胧的灯光连成一片，真像置身在仙境之中。

三、偷吃毛桃

鲁艺的校址在延安桥儿沟。记得周扬等领导住在东山坡上，我们住在西边坡上的平房里，坡下就是操场和那座著名的教堂。这里除了黄土就是窑洞，没有什么可吃的东西。北京电影学院的干学伟教授，现在已经90多岁了，他一见我总要谈起当年鲁艺的生活。他说，当时他得了肺病，领导照顾他，每月有点鸡蛋。我那时很小，又很胖，经常在院子里跑来跑去。有一天，跑到他家门口，正看见他在吃鸡蛋，我愣了半天，最后说了一句话："我也敢吃鸡蛋！"但是，不知为什么，他还是没给我鸡蛋吃。

在我们的平房前小院里，叔叔阿姨们种了几排西红柿，后面还可以看到我们的平房。西红柿熟了之后，一个个又红又亮，非常好看，但我从来没有摘过，因为这是叔叔阿姨们的劳动成果。不知道什么人，偷摘过西红柿。记得有一次，一个叔叔把全院的小朋友召集到一起，排成队，训过一次话，我当时心里很坦然，因为我从来没有想过，更没有动过西红柿。

当时，爸爸还没有到延安，妈妈一个人带着我和刚刚出生不久的妹妹，又学习又生产。我经常自己和小朋友们在院子里玩。鲁艺的院子里有毛桃树，我们住的平房前院子里就有一棵，因为没有嫁接，毛桃长得又青又小，妈妈经常嘱咐我不许偷吃毛桃。我虽然知道毛桃又青又小，肯定不好吃，但毕竟没吃过，不知是什么滋味。有一天，大人们都去开会了，我和小朋友们在院子里玩。我在男孩子的帮助下，摘了不少毛桃，拿衣服兜着，找一个隐蔽的地方，认真品尝了毛桃的滋味。我想毛桃如果有点甜或者有点酸，我都可以吃，但这种毛桃实在太差劲，又苦又涩，吃了之后，舌头都发麻，根本没法吃，我们只好把毛桃全扔掉了，还注意打扫战场，不留痕迹，唯恐被妈妈发现。

晚上妈妈回来后，我装出若无其事的样子，好像白天什么事也没发生似的。不一会儿，我觉着脖子有些痒痒，就对妈妈说："妈妈，你看我脖子被什么咬了，特痒痒？"

"啪!"突如其来,妈妈扇了我一个大嘴巴,"不让你吃毛桃,你偏偷偷地吃……"妈妈气急败坏地数落我。

好玩的是,我当时才三四岁,挨了一巴掌,不但不哭、不气,反而像发现了什么秘密似的好奇地反问妈妈:"你怎么知道我偷吃了毛桃?"

妈妈反问我:"你吃了没有?"

我痛快地回答:"吃了!"我还是不甘心地反问:"可是你怎么知道我偷吃毛桃了呢?"当时,在我的眼里,感觉妈妈真是太神了,她一天都不在我身边,但我干一件坏事也瞒不过她。

我的这种神情和不断地反问,使妈妈哭笑不得。多年之后,我又提起吃毛桃的事,妈妈才告诉我,在我的脸上、脖子上,有一行行小毛桃留下的白毛印迹,只要一看就明白了,原来是我自己把证据拿到妈妈的眼前了,哈哈!

四、"骆驼来了"

后来,妈妈把我和妹妹送进了延安保育院。我们的保育院比起现在小朋友们的幼儿园,玩具少多了,但回忆起来还是蛮有意思的。

我们的保育院在延安小砭沟的山上。每天早上,太阳都最先照到我们班的窑洞前。这个时候,阿姨们会把全院的小朋友集中在我们的窑洞前晒太阳。窑洞的上面是大山,山挡住了西北风,我们挤在窑洞前,像一群小鸡依偎在母鸡身旁,金灿灿的太阳照在身上,感到无比温暖。每到这时,我就能见到我的妹妹,小时候的妹妹焰焰可不像现在能说会道,那时候,她长得胖乎乎的,不爱说话,总是一声不响地走到我身旁,我焐焐她冰凉的手,摸摸她圆圆的脸蛋,我们在太阳地里一起玩,直到分别的时刻,她虽然不得不随小班的队伍往回走,还会一步一回头,依依不舍地看着我。

上午,我们分班上课,我们大班有时学写字,有时听故事,有时猜谜语,有时做游戏。游戏的种类很多,现在的小朋友都会玩的找朋友、拔河、击鼓传花、踢毽子、老鹰捉小鸡……我们都会玩,最喜欢玩的是老鹰捉小鸡。一个阿姨当母鸡，身后小朋友一个抱住一个的腰，一拖一大串，一位叔叔当老鹰，他拼命地追小鸡，忽东忽西，忽左忽右，阿姨身后的"长尾巴"忽东忽西、忽左忽右，拼命地摇摆着，小鸡们唯恐掉了队被老鹰抓走。因此，这个游戏玩得大家惊心动魄、汗流浃背，特别过瘾。

有时候，天下大雨，哪儿也去不了，我们只能在屋子里待着，又没有玩具，你肯定觉得我们特没意思吧？其实我们可会玩啦，不知是哪个小朋友发明了"看水花"。每当这时，小朋友们都趴在窗前，站在门边，盯着雨水一滴一滴地打在院子的小水坑里，雨点砸在水坑中，激起一朵朵水花，有时跳起一个个玻璃球样的大水珠，有时又激起一串串晶莹透明的小水珠，"一朵、两朵、三朵……"随着雨下的大小，水花有时多有时少，有时大有时小，有时快有时慢，有时甚至雾气昭昭，真是千姿百态，变化万千，百看不厌。

天气晴朗的时候，阿姨就带我们上山采野花、捉蝴蝶，拿回来压成标本，用玻璃纸包好，保存起来。有一次，一些美国人来参观保育院，我们就用自己压的标本作为礼物送给他们。小朋友们围着他们转成一个圆圈，给他们表演节目。当一个大鼻子的美国叔叔抱起我问："蒋介石好不好？"我就说："抗日就好，不抗日就不好！"平时保育院的阿姨们常给我们讲国共合作打日本的道理，还给我们表演过拉洋片，讲时事，所以美国叔叔的提问才没有难倒我。

在保育院，有一次，妈妈突然来接我，把我领到延河边，告诉我爸爸也来了。妈妈把随手带的东西放在河边，我们坐在河边的石头上，旁边的男人摘下帽子。我一看，吓了一大跳，高鼻子、黄头发，这是我爸爸吗？我爸爸怎么成了外国人啦？妈妈一说，我才明白了，原来爸爸化了装，马上要去演一个外国戏。长大后，我才知道他们当时正在排演苏联话剧《前线》。

晴天，站在我们大班的窑洞前，能看到整个延河和两边的河滩。这时候，我们最喜欢的就是站在窑洞前院子的高台上扒着栏杆向远处张望，看谁最先发现骆驼队。哪位小朋友一发现，就会像得了第一名似的高兴地大声喊叫："骆驼——来了！""骆驼——来了！"小朋友们一个跟着一个全挤上来，伴着驼铃丁零、丁零的响声，小朋友们有节奏地喊着："骆驼来了，骆驼来了……"小朋友越来越多，声音越来越大。骆驼队由一个小黑点逐渐变大，变成两个、三个、四个、五个……骆驼迈着不紧不慢的步子悠然地向前，一个个高昂着头。这往往是老乡的运盐队，除了骆驼之外，还有小毛驴，可以看见有的老乡在毛驴上吹笛子，有的老乡横坐在驴背上一摇一晃地向前，自由自在地唱着信天游，歌声那么悠扬，表情那么安详。骆驼队由远而近又由近到远，小朋友们的喊叫声由小到大又由大变小，最后骆驼队消失在远处的山坡后面，直到什么也看不见了。这时，小朋友们还舍不得离开，一声不响地向前看着，久久沉浸在刚才的欢乐之中。

五、一双眉毛和一双木拖鞋

我是 1941 年 1 月跟随妈妈在周恩来副主席的亲自关怀下，坐重庆八路军办事处的大卡车先到延安的，因为皖南事变，国民党封锁了陕甘宁边区，切断了通往延安的交通线，爸爸不得不辗转到香港。日军占领香港后，经周副主席安排，东江游击队营救，又把他们这些文化人送到桂林、重庆，一直到 1944 年 2 月爸爸才来到延安，我们一家才团圆，当时我已经 5 岁了。我从小眉毛很淡，谁也没有觉得是个问题。爸爸从中学时代就酷爱绘画艺术，每个休息日都背着画夹到野外去写生，高二参加江苏省中学生美术比赛获得第一名，而且他有三张画参加过南京举办的第一届全国美展，得到徐悲鸿的赏识，爸爸有一双画家的眼睛。不知道他是从创造美的观念出发，还是考虑到我的发展前途。总之，4 年后来到延安，他一看见我，就对我的一双眉毛很不满意，他马上产生一个大胆的想法，我至今不知道他当时对自己这个大胆的想法，是否作过论证，很快就落实到行动上了，他把我的两条淡眉毛用刮胡子刀给刮得一干二净，用他画画的黑笔给我画了两条眉毛。我当时只有 5 岁，只觉得好玩，什么也没想，更没想过将眉毛刮掉，如果长不出来怎么办。就这样稀里糊涂过了一个星期，我的新眉毛长了出来，黑黑的长长的一根搭一根，一双形状、颜色都恰到好处的秀眉诞生了，非常好看，给我的脸上增加了光彩。我现在60多岁了，周围和我年龄差不多的女同志，眉毛掉得很稀少了，不画眉毛就看不见，而我没有这种烦恼，这要感谢我的爸爸。社会发展到今天，社会上流行文眉，理发店的女老板经常对我说："阿姨，我给您文文眉吧?""不，不，不……"我总是毫不犹豫地一口回绝，心想：我的一双眉毛是爸爸的创造，是爸爸留给我的终身纪念，谁也不能动。

在延安，生活很艰苦，我们的衣服都是妈妈自己做的。毛衣是妈妈用旧毛线自己织的。最好玩的是，妈妈开始没有经验，给妹妹织了一件小毛衣，当时穿上正合适，因为妹妹很胖，长得又快，毛衣穿了没多久就小了，怎么也脱不下来，没办法，最后，妈妈只好用剪刀把毛衣剪破，才脱下来。我当时四五岁整天跑来跑去，欢蹦乱跳，鞋子穿得特别费，一双新鞋穿不了多久就露脚指头了，当时做鞋和买鞋都很不容易。爸爸来延安之后，就想了个办法，他找了两块木板做鞋底，木板前面钉上两条皮带，做成一双木屐，就是木拖鞋，让我穿。穿上这双木跶拉板儿，我非常得意，因为我从来没看见别的小朋友穿过这样的鞋，我独一无二。每天我穿着跶拉板，嗒嗒嗒嗒，跑来跑去，自己感觉这声音清脆悦耳。经常是人未到，声先响，叔叔阿姨们就知道是我来了。记得这双鞋，我一直穿到小，脚后跟都着地了，我还舍不得丢呢。但这双木拖鞋最终还是扔了，而爸爸给我的一双秀眉，将陪伴我一生。

六、王家乙叔叔和林白阿姨

王家乙叔叔就是解放后导演《五朵金花》《达吉和她的父亲》等影片的著名电影导演，林白阿姨曾是延安时期第一任喜儿的扮演者之一，解放后是译制片的导演。

延安鲁艺聚集了一大批文艺精英，从我们鲁艺托儿所小朋友的合影看，就有周密的父亲周扬、母亲苏灵扬，马南南的父亲马可、母亲杨蔚、非子的父亲袁文殊、母亲肖龙，肖朗的母亲肖昆，贺逸秋的父亲贺绿汀、母亲姜瑞芝，范小沙的父亲范景宇、母亲刘莎等，还有我经常见到的凌子风、张水华、王大化、田方等叔叔伯伯们。现在想起来，在我童年的记忆中留下印象最深的是王家乙叔叔和林白阿姨，因为他们的家紧挨着我们家，他们还给我们生了个小妹妹王晶晶。

王家乙叔叔的哥哥王逸和我父亲舒强、水华、吕复、许之乔等都是从南京走出来的艺术家。王家乙叔叔本来是上海震旦大学学医的大学生，在抗日的浪潮中，受哥哥的影响也参加了演剧队。1940年在重庆育才学校经周副主席介绍，进入延安，在鲁艺实验剧团当了演员，曾在《带枪的人》和《海滨渔夫》中担任角色。因为他聪明好学，没几年工夫，就成了一个好演员。1943年12月到1944年4月，鲁艺工作团到绥德、米脂、葭县、吴堡等城镇乡村去演出，他在秧歌剧《二流子变英雄》里演的二流子很受群众赏识。之后，他在新歌剧《白毛女》中扮演狗腿子穆仁智。解放后，他在新中国第一部故事片《桥》中扮演男主角工人老梁，同时担任摄制组的支部书记。之后，导演了大型纪录片《人民的新旅大》。此后，袁牧之、陈波儿就把他推上故事片导演的岗位。由于革命工作的需要，更主要的是他本人的刻苦努力，他很快成长为新中国著名的有特色的电影导演。

说起林白阿姨，应该算是个红小鬼，她1938年还只有15岁就来到了延安，因为长得漂亮，又能歌善舞，考入鲁艺戏剧系学习，她曾在独幕话剧《今天》中担任女主角，在1940年元旦王滨导演、延安轰动一时的话剧《日出》的演出中扮演小东西。1944年，鲁艺排新歌剧《白毛女》，她是女主角喜儿第一任的扮演者之一。《白毛女》她从延安演到张家口，又演到东北。解放后，她成为译制片导演，导演过著名的《舞台生涯》《好兵帅克》等影片。

王家乙叔叔1940年底到延安鲁艺，当时林白阿姨早在鲁艺了，他们在鲁艺是如何相识、相爱的，我就很难知道啦，只知道他们是1943年初结的婚，1943 年 12 月就生下了他们的第一个女儿，叫王晶晶。我 5 岁左右，鲁艺开始创作新歌剧《白毛女》，我爸爸是导演之一，我演小白毛，从排练到演出这段时间，就没把我再送保育院了。当时我 5 岁，晶晶才 1 岁，经常站在板凳里，她爸爸把板凳面朝下，4 条腿朝上，4 条腿再用布条捆上，把她放在中间。

每天中午，叔叔和阿姨去食堂吃饭时，就先做好一碗面糊糊，让我给小妹妹喂饭。当时生活很艰苦，吃到白面不容易，每天阿姨一走，我端着这碗白面糊糊，特别馋。所以，每次给小妹妹喂一勺糊糊，我总要先抿一下，吃一小点。每勺都吃一点，一碗下来，现在看，让我吃了有五分之一。阿姨每天把这光荣的任务交给我，对我是多大的信任啊！但我心里明白，我做了亏心事。后来我一直想向阿姨承认错误，总是没有勇气张嘴说出来。直到分别后一两年，到了张家口，我和阿姨再见面的时候，我才对阿姨坦白了自己的错误，说："林白阿姨，对不起。"阿姨笑笑，摸摸我的头，什么也没说，我知道阿姨早已原谅了我，但我一直不知道叔叔阿姨心里是怎么想的，他们是早已料到会这样就是不在乎，还是早已把我和他们的女儿当一家人看啦？

记得在排演《白毛女》的空闲时间，我最喜欢看王家乙叔叔做毛主席像章。王叔叔旁若无人，不闲聊天，他全神贯注地把银白色的锡放在一个小金属勺里用炭火烧化，倒在一个事先刻好的模子里，然后等液体的锡凝固，一个小小毛主席像章就完成了。在我眼里看，王叔叔做的每一个像章都很不错，但王叔叔总是不满意，他总是精益求精，一声不响地左看右看，化了重铸，铸完又化，翻来覆去地实验，不厌其烦地劳作。今天我联想到他后来告诉我，解放后，他虽然一连导演了多部影片，但他不满足，用了 3 年的时间集中钻研电影艺术的规律，许多优秀影片他都用摇片机一本一本地摇着看，学习人家的长处。中国的《六十种曲》中的《西厢记》《琵琶记》《荆钗记》等传奇剧本的情节结构他都细细研究，并从文学、音乐、美术等多方面，全面提高自己的艺术修养，使他后来导演的影片，能够得到全方位的提升。可见，他这种顽强的钻研精神早在青年时代就养成了。

2008 年 8 月 28 日下午 4 点半，85 岁高龄的林白阿姨特意从长春打来长途电话，谈到 60 多年前我们两家在延安当邻居时的一段往事："在《白毛女》正式公演的那天下午，汽车已经来接我们，我（喜儿的扮演者）、家乙叔叔（穆仁智的扮演者）和你爸爸（导演）马上要出发，但我们 1 岁的女儿晶晶感冒发烧了，你妈妈告诉我，发烧 40 度，怎么办？匆忙中我也没了主意，只说了一句话，不行就送医院吧，就走了。结果是你妈妈和照看孩子的一位 18 岁的农村女孩把晶晶送到了延安和平医院，当时大夫说已经很危险了，又没有特效药。在医护人员的精心护理下，住了好久，晶晶才病好出院，我是第二天才到医院去的。这件事深深记在我心中，我一直想当面或打电话向熊焰同志表示感谢，但现在你父母都不在了，我感到非常遗憾，只能对子女说一说了。当时在延安就是这样，同志之间亲密无间，团结互助，你帮我，我帮你，你的孩子就是我的孩子，我的孩子就是你的孩子……"

我安慰林白阿姨：不要遗憾，真正的朋友不必言谢。家乙叔叔生前，每次到北京来开会，都会到我们家去看望，上个世纪君子兰很贵的时候，他每次来都带君子兰的种苗，妈妈精心栽培，我们家种了许多君子兰，直到今天，父母都不在了，今年春节还有 3 盆君子兰开出绚丽的花朵呢！

七、一个臭球和一桶粥

有一天，一个小朋友不知从哪儿弄来一个臭球，我们用它画蚂蚁，地上画一条白道，蚂蚁就不敢越过白道，只能绕着走。我们玩了好半天。这时，大食堂开饭了，我们就跑到食堂玩。炊事员用大木桶抬来一桶粥，我和小朋友没吃饭，接着玩。一个小朋友把臭球放在木桶插木棍的圆圈边上，用一个手指头慢慢往里捅，等臭球快掉下去，又拿出来，再慢慢捅。一次、两次、三次、四次……虽然每次都很危险，但每次都侥幸地过了关。这种侥幸的喜悦，促使我们不停地玩下去。结果，一次正该我玩，我小心翼翼地捅着，不料，劲儿稍大了一点，臭球掉进粥里去了。这时，叔叔阿姨们还你来我往不停地来盛粥，谁也没有发现什么，我们当然更不敢嚷嚷。怎么办？我和小朋友们焦急地转了半天，也没想出好办法，只好灰溜溜地逃了。我们知道这下可闯了大祸，一旦哪位叔叔阿姨盛到臭球，一定会大喊大叫："这是谁干的好事?!"那时肯定会想起我们来。我们的心里一直七上八下，惴惴不安，等着被揪出来的那一天。时间一天天过去，我们一点声息也没听见。这事太让我们纳闷了：臭球到哪里去了呢？臭球掉到粥里没有臭味吗？那为什么发现不了呢？人吃了臭球会怎么样？会生病吗？这个问题至今在我心里还是一个谜。

八、《白毛女》的排练和演出

鲁艺创作新歌剧《白毛女》时，爸爸是导演之一。我清楚记得有一天，演喜儿的女演员坐在我家平房门口的小马扎上，爸爸拿出几张他画的画正在讲解，画是铅笔素描，每张都画的是喜儿的动作和表情。其中有一张"北风吹"：一阵北风刮来，喜儿双手捧着装玉米的家什，用胳膊肘挡住迎面刮来的风。光是唱"北风吹"，喜儿刚出场的一段戏，爸爸就画了三四张画。《白毛女》剧组经常在桥儿沟大教堂里排戏，关着大门，我们就扒着门缝往里看。终于有一天，《白毛女》彩排了，在教堂外的院子里，表演区在一个平台上。这次彩排，给我印象最深的是，白毛女穿一身翻毛皮衣皮裤，上身和腿上以及头发都是白色的长毛。大概是因为不好看，观众提了意见，这身打扮以后再没有出现过。喜儿变成白毛女之后，只是披着白色的长发，身上、腿上穿着破布条一样的衣裤，再没有白毛了。

新歌剧《白毛女》1945年春中国共产党第七次代表大会期间首先在中央党校礼堂正式公演了，4月到6月这段时间，连续演出30多场。《白毛女》最初在延安演出时，白毛女是有小孩的，爸爸让我演小白毛。那时我5岁，个子比较高，当大春、大锁追进山洞时，我躲在白毛女的身后，拉着她的破衣裳，做出害怕的样子。因为我个子高，爸爸让我缩着身子，两条腿也弯起来。我每次按照导演的要求做，一点也不马虎。在演《白毛女》的过程中，我跟着剧组走遍了延安的每一个角落，像毛主席、党中央的所在地——杨家岭，八路军总司令部——王家坪，以及延安中央党校大礼堂和陕甘宁边区政府礼堂等我都去过。每天晚上让我在后台找个地方先睡觉，等快上场时，有叔叔阿姨叫我起来化装上台。白天，不演戏的时候，我比较清闲，喜欢到处乱转，碰上延安的机关干部或部队战士总喜欢逗我玩，让我表演一段《白毛女》，我总是连唱带表演，好不热闹。虽然延安的生活很艰苦，可能我去的地方好吧，我每次唱完，经常能得到一些花生、红枣作为奖品。这样不停地唱不停地吃，我把嗓子都喊哑了。后来，爸爸做了一个牌子挂在我的脖子上，牌子上写的大意是：请叔叔阿姨们不要再给我吃花生、红枣了，我的嗓子已经哑了，谢谢！因为是为我好，所以我很自觉地挂着这个牌子跑来跑去，叔叔阿姨们看了，再给我吃的，就象征性地给几个了。

我随《白毛女》剧组演出，如果哪一场有首长来看戏，我还有一项特殊的任务，就是等演出一结束，赶快到前三排（首长席）去捡烟头。爸爸为此，专门给我一个带盖的小铁盒，就为了装烟头。我捡完了，拿到后台交给爸爸。爸爸和抽烟的叔叔们再把一个个烟头剥开，将烟丝倒在一起，用裁好的白纸卷烟抽，这大概是他们在延安抽到的最好的香烟了。

九、毛主席给我半块糖

延安和北京不一样，在延安要想见到中央首长很容易。在《白毛女》演出期间，有一天白天，剧组的大演员们正在礼堂排戏，我自己在礼堂外面玩，突然开来一辆汽车，好几个人从车上下来，我躲闪不及，就马上蹲在一个土坡下，我悄悄把头藏在树枝后面偷看，看见几个人拥着朱总司令走来，他们从我的面前走过去。

记得在中央大礼堂不远的山坡上，有一排面向东的窑洞，大人们告诉我："这是'五老'住的地方。"我至今不知道是"五老"（董必武、林伯渠、谢觉哉、徐特立、吴玉章），还是"吴老"（吴玉章），难道延安的"五老"都住在这一排窑洞里吗？

在中国共产党召开第七次全国代表大会期间，延安鲁艺为大会演出了新歌剧《白毛女》，爸爸舒强担任导演，我扮演小白毛，跟随剧组活动。有一天剧组在杨家岭参加晚会，我也被带去了。晚会会场在杨家岭中央大礼堂前的一片广场上，人们自觉地用板凳、条凳围成了一个大圆圈，中间就是舞台。大家都在等待晚会开始。我那时只有5岁，高兴地在圈子里跑来跑去，就像匹撒欢的小马驹。忽然有一只大手抓住了我的肩膀，一个高大魁梧的身躯屹立在我面前，我仰起头一看，一下子惊呆了。眼前这个人正带着慈祥的微笑看着我，这是一张多么熟悉的脸呀，但我一时又想不起在什么地方见过，我不知道该怎样称呼他，也不知道该怎么办。正在不知所措时，听到旁边有阿姨说："还不快向毛主席问好！"我这才反应过来，原来站在我面前的这个人就是我们每天歌里唱的、经常想念的领袖毛主席呀！我赶紧说："毛主席好！"又下意识地敬了一个军礼，当时我的样子一定很滑稽，因为我根本没戴帽子。记得毛主席还问了我几句话：几岁啦？从哪儿来？跟谁来的？爸爸叫什么？我都一一回答了。后来，毛主席转身招手，很快跑过来一个小女孩，和我差不多大，毛主席从她胸前的工裤兜里摸出唯一一块长条糖（我后来才知道叫口香糖），连包装纸一起，一掰两半，一半给了我，另一半还给了小女孩。我谢谢主席之后就高高地举起这半块糖向爸爸跑去。我恨不得大喊大叫让在场的所有人都知道，这是毛主席给的。我从两岁到延安以来，从未吃过糖，这次是我记事以来第一次吃糖。在当时延安极其艰苦的环境中，我得到这样珍贵的礼物，心情多么激动啊！我不知道这块糖在嘴里含了多长时间，我咂尽了糖里的所有甜味，最后只剩下一块橡皮泥一样的东西，我还舍不得吐出来。这块糖成了我10岁之前（1949年进北平之前）吃过的唯一一块糖。这件事成为我儿时乃至一生中最甜蜜的记忆。

十、上保小

《白毛女》演出告一段落，我被送去上小学，不记得为什么送我上学的那天，爸爸妈妈都不在身边，只记得是一位叔叔拉着一匹马，我们要骑马到几十里外的安塞第一保小去上学。我是一百个不愿意去，就大哭大闹，叔叔怎么劝我也不听，磨蹭了很长时间还没有出发，谁拿我也没有办法，只记得叔叔最后说："服从组织分配嘛！"这句我似懂非懂的话，却产生了魔力，我二话没说，擦干了眼泪，一声不响地跟着叔叔走了。

到安塞第一保小的当天，是一位高年级的大姐姐林华英一直领着我，她带着我从山下到山上转来转去，向我介绍学校的情况，还教我怎样挖甜甘草，怎样挖甜根吃，使我感受到了学校的温暖，减轻了对鲁艺、对父母的思念。

我刚到保小时，我们会唱的革命歌曲比较少，记得上课之前，老师让我们先唱首歌，我们经常唱的是："我家有个胖娃娃，生在两岁里，伶俐会说话，不吃饭不喝茶，整天吃妈妈，头戴小洋帽，身穿绿红纱，见人面带笑，好像朵海棠花，爸爸妈妈爷爷奶奶哪一个都爱他！"

有一天，我们班来了一位新同学，是前线下来的小战士，当时我已经是"老学生"了，老师让我照顾这位新同学，当时我只有五六岁，而这位新来的男生已经有十五六岁了。他穿一身灰军装，上衣特别长，盖住了膝盖，脸黑黑的，非常严肃，沉默寡言。听说他的父母被日本鬼子杀害了，他是跟着哥哥上前线，又从前线转到后方来的。后来他渐渐和我们熟悉起来，最后成了我们保小从延安行军出来的学生大队长。

十一、我演王二小

1945 年 4 月 23 日—6 月 11 日，中国共产党胜利召开了第七次全国代表大会，在大会闭幕式上毛主席发表了《愚公移山》的闭幕词。我在学校庆祝七大胜利闭幕的晚会上，看到一个节目是木偶。由两个人用手指控制两个木偶小人，一个小人扮愚公，一个小人扮智叟，表演《愚公移山》的故事，这个节目最后在大家"下定决心，不怕牺牲，排除万难，去争取胜利"的口号声中结束。当时我们班的班主任是一只胳膊、脸上有点麻子、说话和气的男王老师，他给我们排了《歌唱二小放牛郎》的节目，他让我女扮男装，演小英雄王二小，让我学男孩子冲着台下撒尿。后台有合唱队唱《歌唱二小放牛郎》的歌，我在前台表演。日本鬼子来了，二小来不及跑掉，就假装撒尿，被鬼子抓住，鬼子让他带路，他就把敌人带进了八路军的埋伏圈，最后被敌人打死在大石头的旁边。从前线下来的新同学邢立统，这时候已和我们很熟悉了，他还表演了一个节目《机智的侦察员》。他扮演机智的侦察员，装成一个十足的大傻瓜，被日本鬼子抓到司令部受审，他仔细观察了敌人的情况，带领八路军把鬼子全部消灭了。他装的傻子惟妙惟肖，一手拿馍、一手拿咸菜。敌人问他：姓什么叫什么，从哪里来？他边吃边唱："我爸爸姓牛，我也姓牛，一家子五口人都姓牛，我从前姓牛，而今还姓牛，我问你老总，姓牛不姓牛，那哈咿呀嘿。"给大家留下深刻的印象。从此，全校师生几乎人人会唱这首歌，谁高兴了谁唱，从陕北一直唱到晋察冀边区。

十二、纪念"四八烈士"

1946年4月8日，叶挺、王若飞、秦邦宪等人乘飞机遇难，我们保小和整个延安一样，召开了隆重的追悼"四八烈士"的大会。那天从山下大操场到整个山坡上站满了师生，大家都在唱着专为悼念"四八烈士"创作的歌曲："黑茶山上云雾重重，在4月8日的下午，陨落了民主的明星。我们来追悼遇难同志，他们为了和平民主光荣牺牲，我们伤心，我们悲痛，我们失去了亲爱的同志。你们的革命精神，永远活在我们的心中，你们的革命事业，我们来继承。"当时好几个"四八烈士"子女都在我们学校。我记得自己唱着这首歌，心情十分悲痛，而我却看见秦邦宪的女儿秦新华（我的同年级同学）还在若无其事地捕蝴蝶，好像她还没有意识到失去父亲是多么沉痛的事情，这使我感到更加悲哀。

十三、一块枣肉

延安保小位于安塞一个山沟里。陕北黄土高原，当时绿化很差，一到春秋天就刮黄风，天旋地转一片黄。每当这时，老师就把我们关在窑洞里，把窑洞的门窗关得紧紧的，门帘都放下。我们能听到外面风沙的呼啸声和风沙打到门窗上的啪啪声，非常吓人。尽管门窗是紧闭的，但这样刮上半天，地上、窗台上还是会落上厚厚的一层细黄沙土，有时还摔下几个大雨点。雨过天晴的早上，天气晴朗，太阳照在绿草上，滴滴露水珠闪闪发光。每当这种时候，老师就带我们到草地上去捡黑木耳，我真奇怪，这片草地上为什么会有那么多木耳，我们尽情地捡呀捡，好像永远也捡不完似的，难道一下雨，一夜之间就能长出那么多木耳来吗？这真是上天赐给我们的美味佳肴。

收割、打场忙完之后，很快冬天又来到了。冬天的场院冷冰冰、光秃秃的，被风刮得什么也不剩。因为当时延安的生活很艰苦，我们平时除了偶尔碰到一两个野酸枣，或是挖土一片，刨一根甜甘草吃之外，什么零食也没有，很希望能在场院上捡到点什么吃的，但是，冬天的场院是又干又硬"白茫茫一片真干净"。有一天，走在场院上，我无意中用脚踢下一小块泥土，捡起来抠了抠，发现里边是一小块红枣肉，我马上抠去外面的泥土，把一小块枣肉丢进了嘴里，才发现枣是那么甜，这么一小块枣肉给了我极大的满足，让我记了它一辈子。

最欢乐的时刻是每年过春节，我们会敲锣打鼓，背上大扫帚去军属家拜年，帮老乡扫院子、挑水、干好事。军属老大娘，迈着三寸金莲，端出一碗黄米酒给我们，我们每人尝一口，真是甜在嘴上，喜在心里。

我上学后的一天，正是我的生日，我想起了已上前方的妈妈，心中掠过一丝惆怅，就决定给妈妈写封信，我在信中说："亲爱的妈妈：今天是我的生日，我非常想念你，我想你能不能送我一个小小的礼物，作为我生日的纪念呢？那样，我将会多么高兴呀！"没想到，信发出去之后，不知过了多久，我居然收到了妈妈的一封回信，妈妈真的送了我一个小礼物，是她在前方穿着军大衣，戴着皮帽子的一张一寸近照。我的妈妈是那么年轻，那么神气，一双炯炯有神的眼睛在看着我笑呢！这个礼物太好啦，我太喜欢、太高兴啦！这张一寸的小照片，"文化大革命"前，我在爸爸妈妈的相册里看见过多次，没想到的是，近十年来父母先后去世，我在整理父母的多本相册时，却再也没有看到这张小照片，这是我童年在延安妈妈送给我的唯一礼物，现在只留在我的记忆里，永远找不到了，我想问问妈妈放到哪里去了，但现在我连妈妈也找不到了，每想到这儿，眼泪就涌上来，一张小照片，留下了终身的遗憾。

1945年8月15日，小日本宣布无条件投降了，抗战终于胜利了。这天我是在延安桥儿沟鲁艺的校园里度过的。只记得是一个晚上，鲁艺沸腾了，叔叔阿姨们个个像发了疯，喊呀，叫呀，扭呀，跳呀，还不足以表达他们内心的喜悦与激动之情，有的就找来木棍、门帘点着，做成火把，我印象最深的是，有的叔叔没有东西可烧，就把棉被中的棉花掏出来，做成火把，举着火把扭秧歌。秧歌队在夜色中像一条火龙，从山下盘旋而上，又从山上盘旋而下，这一夜鲁艺桥儿沟彻夜未眠。

十四、过黄河

抗战胜利后不久，鲁艺就成立了两个文艺工作团，东北文艺工作团和华北文艺工作团，很快参加了向日伪占领的城市进军，收复失地的工作。我的爸爸妈妈参加了华北文艺工作团，开赴前线。后来他们到达了张家口，托从延安去张家口的同志带一个孩子去，当时我在延安保小，妹妹焰焰在延安保育院。人家就决定带我去。我是跟着鲁艺的作曲家张鲁叔叔他们一起离开延安的，而我们又是跟随着延安图书馆的运书队一起走的。我们整个队伍是一个牲口队，每头牲口背上都有个木头架子，每个架子两边各放一个大木箱子，每个箱子里装的都是延安图书馆的书。要行军的时候，给每一头牲口背上盖上布垫子，然后套上牲口，把装书的驮子放在牲口背上，人再坐在驮子中间。一天下来，牲口非常辛苦，特别是小毛驴，好多背上都磨破了。我们就这样一天天地向前走着，开始是整天在山里转，后来才开始看见平原。

记得有一天，我们刚爬过一个小山又看见一座大山，当我们向山上爬的过程中，就听到一种可怕的声音，像是万人愤怒的吼声，我们越接近山顶这奇怪的声音就越大，一口气爬到山顶，向下一看，我被惊呆了，一条浑浊的黄色的水龙顺着两个山涧之间由上而下蜿蜒曲折、汹涌澎湃、一泻千里、奔腾而下，到了下游，水面渐宽，水势才略显平稳。原来在10里之外就能听到的持续不断的吼声，是从这里发出来的。大人们告诉我，这就是黄河。因此，在我的记忆中，黄河不是一个温顺的母亲，黄河是一条凶猛愤怒的巨龙，它奔腾到海、气势磅礴、势不可当，以摧枯拉朽之势冲击着一切，义无反顾地奔腾向前。如果在黄河的面前，哪个狂妄小人胆敢跳出来阻止它前进，一定会被这条黄色的巨龙席卷而去，死无葬身之地。

下到河滩，黄河的吼叫声反而好像小了一点，我们要渡过河去，用的是大木船。撑船的老艄公大约有50多岁，个头不高，除了头上有一条白毛巾外，浑身上下一丝不挂，皮肤黝黑锃亮，他让我们坐好，头埋在膝盖上，闭上眼，什么也不要看。我不断地偷偷看他，我看见他刚开始离岸时，一边撑船，一边撒尿。船到江心，情势紧急，老艄公不断地喊着号子，"划哟，划哟，划哟，划哟"，一声比一声更紧迫，一下比一下更用劲，大家心往一处想，劲往一处使，唯恐哪一下配合不好，木船就会顺流而下似的。我们终于闯过了险境，胜利地渡过了黄河，全靠了这位有经验的老艄公掌舵。

十五、闯进小爬虫的家

整天坐在小毛驴背上，一步一步地向前走，也许你的想象中会很乏味，其实不然。在毛驴背上有看不完的新奇景色。有时我们休息的时候，就去崖边上摘酸枣吃。有时，我们也下来跟着小毛驴走。有一天，我们爬上了一座大山，下山时实在走不动了，发现距山下最后几十米处，有一条光秃秃的土坡，由于被磨的次数多了，又光又硬，像一个滑梯。一定有很多人下到这里也走不动了，干脆躺在"滑梯"上滑下山去。我们也照样躺在"滑梯"上，一鼓作气滑下山去，真是好玩极了。

有一次，当我们正在一个山涧中走着时，国民党的飞机来了，叔叔让我们躲进旁边的芦苇丛中，教我们等敌人飞机扔炸弹或扫射时，张大嘴，以防炸弹爆炸震坏了耳膜。这是一个大晴天，蓝天、白云，敌机飞得很低，清晰可见，我感到，在光天之下，一青二白，一目了然，好像没有什么东西能逃过我们的眼睛似的。我趴在芦苇丛中，正等得不耐烦，就顺手拿起眼皮底下的一块大石头，没想到，石头底下爬满了蜈蚣、蚯蚓、蝎子、蚰蜒、毛毛虫、蜗牛等小爬虫，真可用魑魅魍魉来形容。它们一个挨一个，挤在一起，石头有多大，下面就密密麻麻挤满多少小爬虫。本来它们在石头的庇护下感觉很安稳，这里又潮湿又黑暗，是它们理想的家园，由于我的干扰，屋顶被掀了，它们突然暴露在强烈的阳光之下，好像灾难来临，马上向四面八方逃窜，立马全部动了起来。这一动，反倒把我吓了一大跳，我差点跳起来，赶紧用石头又把它们盖上。我的心还在咚咚咚地跳，我这才知道，我无意中闯入了另一个世界。在我们人类看来，这里是这样潮湿、黑暗，但却是这些魑魅魍魉的天堂，是它们的家，它们只有在这里才感到踏实、安全。通过这次经历，我才第一次体会到，世界并不像我看见的那么明亮，那么单纯，那么简单，那么一目了然，不一定在什么地方，还隐藏着我们看不见或没看见的复杂情况！

十六、从毛驴背上摔下来

真正遇到敌人轰炸的事比较少，大多数时间我坐在小毛驴的驮上悠闲自在地东张西望，我一首接一首地唱着歌。在这一天又一天的行进中，我领略了祖国山川的壮美与辽阔。虽然那些年，农村还很贫穷，但我完全没有感觉，在我眼里，更多看到的并留下深刻印象的是美的一面。比如，有一天，我们的驮队从两个土坡的夹道中走出来，眼前展现一望无际的平原，我看见左边是一片黄色的花，在夕阳的照射下，放出金灿灿的光芒。我从来没见过这么美丽的庄稼地，这是什么呀？大人们告诉我，这是黄花菜（金针菜）。大自然的美丽令我着迷，我用自己的歌声回报它。就因为我总是这么东看西看，新奇的景色不断涌入我的眼帘，我陶醉其中，结果我骑的小毛驴被地上的石头绊了一下，它长脖子向前一伸，我没抓紧缰绳，从毛驴脖子上摔到了地上，扶起之后，发现我的胳膊丁零当啷不听使唤了，原来我的胳膊摔断了。当时返回村里好不容易找到一位土医生接了一下，勉强继续往前走，到了张家口之后，又上医院拉开重接，结果，还是落下了残疾。没想到40年之后，还为此又住了一次医院，开了一次刀。

我们白天行军，晚上就聚在一起讲故事，讲得最多的是"鬼"的故事，吓得女同志吱哇乱叫。不管白天黑夜，只要有老乡唱民歌，张鲁叔叔就会马上拿出小本本记下来，他收集民歌很认真。

经过了将近一个月的长途跋涉，我们终于到达了目的地——张家口，我见到了盼望已久的爸爸妈妈。当天晚上，我们有说不完的话，直说到半夜，还是妈妈说：今天先说到这儿吧，先睡觉，明天起来再说。我说：好。话音刚落，我就冲着电灯吹了一口大气，打算吹灭灯睡觉了，结果电灯依然如故，光亮无比，逗得爸爸妈妈都开心地笑了，妈妈教我拉控制电灯的线绳，才把电灯关掉。虽然眼前一片漆黑，但我还沉浸在欢乐的气氛之中，面带微笑进入了梦乡。

十七、坚壁在老乡家

平津战役中，傅作义曾想进攻石家庄，为了便于与敌人周旋，我部队、机关进行了坚壁清野，就是在这种大形势下，我和其他一些孩子，被送到老乡家寄养。

记得是妈妈送我去的，我们是从河北省束鹿县小李家庄出发，向河北省武强县陈家大院村去。妈妈和我坐一辆大车向着太阳升起的地方走去（向东）。大约这样走了一天才到达目的地。我住的这家在村子的最南头第一家，家里有爷爷、奶奶、大姑、二姑，他们家的两个儿子都参加了中国人民解放军。大姑结婚了，丈夫也参了军，因此她常年住在娘家。妈妈送我的那天中午，大家正围坐在小炕桌上吃饭，我想到妈妈一会儿就要丢下我一个人走了，心里很难过，眼泪差点掉了出来，但我又不想让妈妈看见，就把头转向窗户。这窗户上虽然糊的都是白纸，但中间粘着方镜子大小的一块玻璃，我隔着玻璃往外看。奶奶问我："晓鸣，你不吃饭看什么呢？"我说："看院子里的公鸡。"就这样，我才勉强把眼泪咽到肚子里去了。

后来妈妈还是丢下我走了，我很伤心。二姑当时只有18岁，比我大11岁，她知道我心里难过，就带着我去村里转，我们转到一个大院前，正看到一个母牛在生小牛，好些人站在那儿看。我看见母牛生出一只小牛，母牛舐净了小牛身上的血水，小牛开始在地上趴着，待会儿，小牛前腿使劲想站起来，刚一使劲站起，双腿一软又趴下了。就这样，一次，两次，三次……经过多次的努力，小牛终于站起来了，它向不同的方向上下点着头，听说这叫"拜四方"。我还是第一次看母牛生小牛的全过程，感到很新鲜，很有趣，暂时忘记了一切不愉快的事。回到家里，二姑又用鸡毛给我做了一个毽子，我们又踢了一会儿鸡毛毽子。晚上，我和二姑一起睡觉，二姑脱光了上身和我睡一个被窝，她的身体温暖着我，我很快进入了梦乡。就这样，我成了这个家庭的一员，也不那么想家了。

二姑活泼天真，说起话来声音高八度，又脆又亮。大姑当时已有二十二三岁，性格比较沉闷，好像有什么心事似的，不太爱说话，但对我也很好。奶奶性格开朗活泼，整天有说有笑，每天天不亮就起来纺线，有时，纺着纺着，一抬屁股就放一个响屁，然后自己咯咯咯地笑出声来。爷爷整天很少说话，只是闷头干活。顶多家里有什么可笑的事，或是谁在讲笑话，他站着听，或抿着嘴笑，算是他的反应，但他还是不会搭腔。我在村里过了一个冬天。冬天里，我经常跟着爷爷到梨树林里去刮树皮。爷爷种了一片梨树，据说树皮底下有虫卵，把树皮刮掉，虫卵也跟着掉了，对梨树有好处，因此每年冬天都要刮树皮。爷爷在梨树林用泥坯搭了一间小屋，小屋的四面墙，用细泥抹得又光又平。我们一到梨树林，就先进小屋，把工具放下，在小屋休息一会儿，开始干活。爷爷做个样子，我跟着学。春天，爷爷的梨树林开出一片粉白色的花，当白色的花像雪片似的落满地时，树枝上露出一个一个绿色的小梨骨朵。爷爷的梨树林和树林中的小泥屋，像一个人间仙境，永远地留在我的记忆中。

十八、听奶奶讲故事

那段时光，我经常爱听故事，有时摸黑在热炕头上，有时坐在场院的麦垛上。天虽然黑了，路上没有电灯，但天上的月亮和星星却显得格外明亮。我一边数着星星，一边听大人讲故事、猜谜语。奶奶最会讲故事。比如，当春秋天听到布谷鸟"咕咕、咕咕"的叫声时，奶奶就给我讲布谷鸟的故事。她说：有一个小女孩和她的姑姑最好，她们整天在一起，姑姑带着她玩。可是姑姑在家受虐待，姑姑实在受不了，有一天就出走了，小女孩回到家，看不见姑姑，就到处找。她每到一处就叫"姑姑——姑姑"，她不停地走，不停地找，不停地叫"姑姑——姑姑"。可是一直没找到，后来她变成了一只小鸟，还是不停地飞，不停地找，不停地叫"姑姑、姑姑——姑姑、姑姑……"

奶奶还给我讲过一个故事，我至今还记得：有兄弟俩，父母死了以后，哥哥欺负弟弟，把什么值钱的东西都拿走了，弟弟什么东西也没有，快饿死了。忽然有一天，弟弟看见一个神仙，神仙对他说："我看你忠厚、善良，想帮你一把。"就送给他一个小锅，对他说："你需要什么东西，只要把小锅提起说：'小锅，小锅，滴溜转，老爷想吃×××'，你想要的东西就会出现。"说完神仙就消失了。弟弟提起小锅说："小锅，小锅，滴溜转，老爷想吃包子和面。"果然眼前出现了热腾腾的包子和面条，弟弟饱饱地吃了一顿。弟弟自从有了这个宝物，就再也不愁吃不愁穿了。这个消息很快传到哥哥耳朵里。有一天，哥哥突然来到弟弟的面前说："听说你有一个宝物，让我看看。"弟弟就把小锅拿给哥哥看，还教他怎样用，哥哥说："借我用两天怎么样？"弟弟答应了。哥哥拿到宝物想：我缺什么呢？自己的鼻子短了一些，就说："小锅，小锅，滴溜转，老爷的鼻子想变长。"他就这样不停地说，结果他的鼻子越来越长，越来越长，都可以拉起来转圈了……

十九、"晓——呜，来——客（qiě）——啦"

我在村子里，看到许多新鲜事。有一天，村子里敲锣打鼓吹喇叭，还抬着轿子，我也跟着看热闹。追到一个院子，一个老婆婆堵着门不让进。后来，我们趁一个人拿着酒往里进，也跟着挤进院子。只看见一帮人把新媳妇的脸上都抹黑了，他们还抢人家的枕头撕。回到家我问大姑："为什么要撕人家的枕头？"大姑告诉我说："因为她枕头里有栗子和枣。"现在想来，大概是"早生贵子"的意思吧。

在村里，我每天也上学，可是学了什么，我至今什么也不记得了。但是，上学以外的事，我大都记得。我经常在炕头上、场院里，听奶奶讲故事、猜谜语；或二姑带我去挖甜根、摘野花；爷爷带我到地里去种棉花、点豆子。我还跟着爷爷去赶集，买回一斤肉，包饺子吃。大姑、二姑教我擀饺子皮，左手按住面剂子，右手按擀面杖，饺子皮要擀得四周薄，中间厚，围绕中心转圈擀。我学会之后，每次包饺子，都让我擀皮。

有一天，我在村外玩，老远就听到二姑站在我家的高坡上喊："晓——呜，晓——呜，来——客（qiě）——啦……"二姑的嗓门又尖又高，一声接一声。我赶紧跑回家一看，原来是我妈妈看我来了，二姑为了"保密"，只说是来客（qiě）啦。当时我在奶奶家的身份是亲戚，不说是"干部子弟"，怕村子里有坏人被出卖了。妈妈来了，也是带些肉，我们全家包饺子吃。平时奶奶一改善伙食，就给我们吃杂面做的汤面，还有大葱蘸甜面酱，我能吃3大碗，奶奶见人就说："可能吃啦！"

我在陈家大院村前前后后住了半年，当梨树长出小梨，还不能吃的时候，妈妈就来接我走了。奶奶拉着我的手，非常舍不得。她来回说着一句话："看，梨还不能吃就走了，等到秋天，摘梨的时候，再来吧，啊！"我强忍着眼泪，直点头。

我和妈妈又坐上一辆大车，向着太阳落山的地方前进，就这样哐当、哐当走了一整天，回到了爸爸妈妈机关驻扎的地方。

二十、在小李家庄

离开陈家大院村我又来到了爸爸妈妈工作的河北省束鹿县小李家庄村。这是华北联大文艺学院长期驻扎的地方。我在这儿念书，我目睹了土地改革斗争，我看见了分浮财和斗地主，我还作为儿童团员，参加了站岗放哨。记得有一天，我和一位小男孩在村外站岗，曾有一位叔叔给我们照相。解放后，我在画报上看到过一张解放区的儿童团员拿着红缨枪，站在高坡上站岗的照片，照片上是一男一女两个儿童团员，其中那个女孩特别像我，可惜我一直没有追究落实。

在小李家庄我看见过出殡：一队人全穿白鞋，披麻戴孝，边走边哭，我仔细一看，只有一个人是真哭，好多都是假哭，还有一个人用手盖着脸哭。到了坟上，一个女的边哭边说："爹也死啦，娘也死啦，叫爹没爹，叫娘没娘，可叫我们怎么活啊！"这时就听有人喊："来了没有？来了没有？"有人答说："来啦，来啦。"死者的两个儿子都站好啦，就听一个人说："梳梳头，洗洗脸，吃点饺子，上轿吧。"家里的人就都大哭起来，有喊"爹"的，有喊"爷爷"的，乱成一团。这时有人用火柴把一个糊的纸轿烧了，大概就算上轿走了，家里人这才慢慢止住哭喊，离开坟地，准备回村。

在小李家庄我还看见过斗地主、分浮财。斗争大会上说些什么已不记得，只记得斗争会上拿鞭子打那个胖地主，斗争会刚一完，群众就一直冲到他们家，把他们家花花绿绿的绸缎衣物抖搂出来，大包小包地包走了，就把他"扫地出门"了。之后，我再一次见到这个地主老头，他一个人孤零零地坐在院子里，背上全烂了，我看见很害怕，心里产生几分对老头的怜悯。

我在小李家庄近距离看枪毙坏人。先是集合开大会，我们学生都去参加，站好队，不许玩，要解手、喝水都得请假。公审大会开始，一个人拿着大喇叭宣布开会，县长、区长、抗联主任都讲了话，动员大家有苦诉苦，有冤的申冤，今天是我们翻身的日子，有政府给做主，不要怕。下面就是老百姓诉苦。有一位老大娘说，他向她逼债，她没有办法还，就把她的儿子抓去打死啦。贾老三说：他把我抓去，灌凉水……群众说完，县长宣布判决结果，然后一个人拉着他跑，跑出去很远很远。群众也想追上去，又有些害怕。人群和被枪毙的人拉开了一段距离，像潮水似的向前涌，我也裹在人群里向前跑。只听得"砰"的一声枪响，人群愣了一下，很多人反而跑得更快啦。我和爸爸没有到跟前看，正往回走，刚走到过道碰见了妈妈，妈妈问我：到跟前看了没有？我说：没有。妈妈说：我看了，打在脑袋上，子弹从后面打进去，从前面出来。妈妈比我和爸爸都胆大。

在小李家庄时看得最多的是戏，经常一到晚上，我就跟着爸爸他们到外村去看华北联合大学的演出。看过《放下你的鞭子》，阿甲伯伯演出的《四进士》《打渔杀家》等。戏台周围用的是汽灯照明，有好多小飞虫围着汽灯转。每次看完戏，我都跟着爸爸他们摸黑走几里地，爸爸他们总是在谈论刚刚看的戏，我已进入半睡眠状态，跟在后面，高一脚，低一脚，深一脚，浅一脚地往家走。

二十一、我的小学

我的小学是在行军中上的，今天在这儿，明天在那儿。小学一年级是在延安保小，后来跟着父母行军，走走停停，断断续续地上学。当时的学校质量也差。在解放区念小学，老师上课经常就随便讲个故事完了。但我的父母对我的期望还是比较高的，我从二三年级开始，爸爸妈妈就让我每天记日记，爸爸在我的日记本上写着："学习要用心，要努力！""日记要每天记。"我在陈家大院坚壁的时候，爸爸妈妈也让我每天记日记，但我因为没好好学习，很多字不会写，碰到不会写的字就画个圆圈，有时，一句话画好几个大圆圈，念都念不成句。比如："四月二十六日　半晴　今天我吃完早饭，我爷爷要去○○，我说：'我也去。'我就给我爷爷背着布袋，到了那里，我就看见我爷爷的手○○○○，我也学他，我拿两把土，我也○○○○！"爸爸妈妈看了我的日记，哭笑不得。因为我不好好学习，经常招爸爸生气。记得在张家口时（当时我刚从延安出来，只有6岁），爸爸考我"九九表"，我总是不专心，背不下来。有天爸爸生气了，就把门打开，靠在墙上，门和墙之间形成一个小空间，爸爸让我站进去背"九九表"，什么时候背熟了，什么时候才许出来。

在小李家庄时，有一天，爸爸在百忙之中想起了检查我的学习，让我把书包拿给他看。他打开我的书包，只见大半个书包都装的是杏核，因为我们在学校经常弹杏核玩，语文和算术两本书和杏核卷在一起，皱皱巴巴的，已不成样子。爸爸顿时火冒三丈，一下把我的书包扔了出去。只听得"哗"的一声，床底下、屋地上，到处撒满了杏核。因为没有好好学习，到现在我的字词都没有过关，很多字不会念或不会写，经常还需要查字典。可见一个人中小学的学习基础多么重要。

二十二、一块月饼

大概是1948年的中秋节，爸爸不知从哪儿得到一块月饼。爸爸手拿月饼，就是今天最普通的那种，我从小长到8岁了，还从来没有吃过一块月饼，爸爸的这块月饼对我的吸引力有多大就可想而知了，我马上扑上去就想拿。爸爸没有马上把月饼给我，他要选择一个最好的方式。他说："吃完晚饭开晚会，有一项'交换礼物'，当叫到你的名字时，你去领，我把月饼作为礼物送给你。"我觉得爸爸想得很好，我很愿意在中秋节的晚上用这样的方式得到这么宝贵的礼物，那将会多么高兴、多么幸福啊！一吃了晚饭，我们早早地到了会场。整个晚会都有些什么节目，我全没注意，一心只盼着赶快"交换礼物"。终于"交换礼物"开始了，当叫到我的名字时，我兴高采烈、连蹦带跳地跑过去，主持人只给了我一个信封，我站着不动，但人家说就这些。我像被当头浇了盆冷水，机械地把信拿回来交给爸爸。爸爸打开一看，是一封祝贺信，好像是说：在中秋节到来之际，祝你节日愉快，身体健康之类。爸爸看完这封信，一句话也没有说，我也一句话没说。之后，我们再也没有兴致参加晚会，我们离开了会场，离开了喧闹的人群，走进寂静的小胡同。当爸爸推开我们住的院子的大门时，我回头看了一下天，一轮比铜盘还大的明月挂在当空，发出阴冷惨白的光。

二十三、王昆阿姨

我认识王昆阿姨已经 60 多年了，刚认识她时，她只有 20 岁左右，现在已经 80 多岁了，但在我的眼里，她都是我的"王昆阿姨"，过去没觉得她多么年轻，现在也没觉得她老。我对她的记忆，是和鲁艺创作新歌剧《白毛女》联系在一起的。自从她演白毛女，我演小白毛，我就台上台下经常跟在她身后。记得我曾经跟她到中央组织部去串亲戚，知道她有个大首长的叔叔王鹤寿，在中央组织部工作。

在延安时，我经常爱对她说的一句话是："王昆阿姨，我喜欢你的'不多鸟'。"她开始没听懂，后来才琢磨出来是，"我喜欢你的不得了"。

日本投降后，爸爸妈妈和王昆阿姨随鲁艺华北工作团从延安出发，经陕西、山西、河北、察哈尔，行程 2000 多华里，来到张家口。后来，我又见到了王昆阿姨。可惜，我在从延安出来的路上摔断了胳膊，在张家口我的胳膊一直挎在绷带里。我在张家口人民剧院又看了《白毛女》的演出，还第一次见到郭兰英，当时她才 16 岁。后来我随父母，还有王昆阿姨、张鲁叔叔、郭兰英阿姨等一起离开张家口，一路行军，行军到一个山区（后来我才知道是河北蔚县境内），我们的马车先过去了，后听说，苏灵扬阿姨和她儿子女儿所乘的马车翻了，儿子苏苏被砸死了，阿姨和周密都受了伤。

我记得张鲁叔叔行军一路都在收集民歌，每到一地，不管多晚多累，只要听到老乡在唱民歌，他马上拿出小本本随手记下来，有时还专门请会唱民歌的老乡来唱，他边听边记，因为这样，我也没感觉行军有多累。最后，华北联大三部在河北省束鹿县小李家庄住了下来，就在这个村里办学了。王昆阿姨住的院子离我家不远，我经常去找阿姨玩，阿姨有时会拿出几颗醉枣给我吃。醉枣就是用一个坛子，把枣放在酒里泡上，想吃的时候，拿出几个。我生平第一次知道和吃上醉枣是王昆阿姨给的。

1947年7月6日的晚上，我记得先是在村子里开晚会，有一个节目是周巍峙叔叔指挥的大合唱，晚会结束后，大家就跟着叔叔进了他家的院子，不少人站在院子里，听见王昆阿姨"哎哟、哎哟"地呻吟，我听大人们说，阿姨要生孩子了，我和爸爸妈妈听了一会儿，就离开了。就在这天晚上，阿姨生下了她的大儿子，起名"七月"。在小李家庄有一段时间，我的爸爸妈妈不知干什么去了，就把我交代给王昆阿姨，我有什么事就找她。

后来，华北联大三部到了正定，有几天，王昆阿姨心情沉重，我听说，阿姨的弟弟和一个堂姐，为了来看她，在过滹沱河时翻了船，弟弟死里逃生，堂姐就被滹沱河吞噬了。

解放后，我上小学、中学、大学都住校，见到王昆阿姨的机会少了，王昆阿姨成为我国家喻户晓的歌唱家，但逢年过节，阿姨都会拿着鲜花去看望我父母、马可叔叔和杨蔚阿姨。直到父亲的晚年，多次因心脏病抢救住院，王昆阿姨都会到父亲身边来看望，总不忘说父亲是她的"恩师"。

父母去世以后，我们兄弟姐妹都忘不了王昆阿姨对父母的一片真心，每到春节，我们都想着去给她拜年。2006年春节，我去给王昆阿姨拜年，阿姨送我一张印有她照片的贺年卡，背面写着："小鸣小友：新春快乐　王昆　2006.1.24"。坐下聊了一会儿天，阿姨又送我一张同样的贺年卡，我刚想说你已经送过了，只见阿姨已写好，我拿过来一看，阿姨写的是："亲爱的小鸣'女儿'：新春快乐'娘'已81岁了　王昆　2006.1.24"。我一时不知说什么才好，我想，阿姨一辈子生了两个儿子，没有女儿，难道我不该是她的女儿吗？

二十四、又回到育才学校

我跟着父母生活了一年多，大约在1948年我又被送进了华北育才小学。华北育才小学当时在孙庄，是好几个干部子弟学校合并的。我们延安保小的老师和同学大部分都在这所学校里，当然我们又见了面，互相有说不完的话。一直在学校的同学，多半是给我讲述他们怎样在校长、老师的带领下，从延安走出来的光荣历史；讲罗克老师在行军路上怎样给他们讲故事，讲岳飞的故事，讲张飞、赵云、诸葛亮、刘备……的故事，讲《水浒》《三国演义》《西游记》的故事，我只能把我离开保小后的生活讲给同学们听。

回到育才碰到的第一件难忘的事是剃光头。当时因为用水困难，容易长虱子，学校要求我们不分男女同学，一律剃光头。我当时大约是8岁，对这个问题考虑不多，推光头就推光头，我甚至还觉得有些好玩呢。但当时班里有些年龄大的女同学（最大的比我大10岁），为了剃光头，好大的不乐意，有的甚至还痛哭流涕。最后，还是有一位年岁大的女同学，被允许留了小分头。

我们的教室是在泥堆上放着长条木板当桌子，坐的是长条板凳。把墙抹黑了当黑板。总之，一切都很简陋，但有条不紊，我们能够正常地学习。

无论春夏秋冬，我们每天天不亮就起来跑步，我经常光着头，抄着手，嘴里做出嘶嘶啦啦的响声，好像冻坏了的样子。其实我是为了逗大家乐，以减轻寒风刺骨的感觉。每天吃饭分班排好队进入，在院子里围成一个一个小圈，蹲在地上吃饭。地扫得很干净（但也是土地），谁要是掉了几个米粒，都要捡起来吃掉。我们经常吃小米饭或二米饭。

课余我参加了绘画小组，还帮助老师布置展览。晚饭后，同学们经常聚集在一起，互相表演节目。当时解放区出现了不少新歌剧，如《白毛女》《赤叶河》《小姑贤》等，同学们都会唱。李树林同学给大家表演的是《宝山参军》："太阳出来照呀么照满院，吃罢了早饭我刷洗了锅碗，我先把那猪来喂，再把那鸡来唤，扫净了院子我好做针线。""提起我男人王宝山，不由我心中好喜欢，他今年二十三，文的武的两双全呐，文的武的两双全……"我因为在延安演过小白毛，对《白毛女》的全部唱段都很熟悉，经常当众表演《白毛女》。男生们更有自己的玩法，他们能用胶泥做成棋子，下棋玩。还能用蛇皮或老鼠皮做胡琴，自拉自唱。不知谁还发明了"顶牛牛"，大家都去找蜗牛，双方用自己的蜗牛尖对尖地顶，谁的蜗牛尖顶碎了，谁就输了。我们女同学也会玩，一到秋天就拣树叶的梗，然后互相"拔梗"赛。谁的梗断了就输了，谁的树叶梗总不断，就是最后胜利者。还有一种游戏是"人民叫你这样做"。领头的一个同学边喊"人民叫你这样做"，边做出一个动作或表情，其他的同学也边喊边学着做。谁要是学错了或跑神没学出来，谁就输了。在我脑子里，记得有一些调皮的男同学会想出一些特别的玩意儿，给我留下难忘的印象。比如，李印同学会把猪尿泡装上水，冲着女同学呲水玩。张小光同学不知从哪儿捡来两根坏牙刷把，把它点着，在夜晚耍着玩。他能耍出各种各样好看的图形，比如：两个燃烧的圆圈，两个交叉的文字，一个火球在头顶，一个火球在裤裆下……夜色中的火球、火星变幻莫测，极为生动。

有一天晚饭后，天色已黑，我到男生宿舍去找老师，只见院子西屋的门没有关死，露一个大缝，从缝中可以看见，一圈男生一个个一丝不挂，身上抹着一块一块的颜色，围着一小堆火在转圈地跳呀蹦呀。我当时真纳闷，这么冷的天，他们脱个精光在干什么呢？原来这些同学身上长了疥疮，老师给他们身上抹了中草药，为了不把衣服弄脏，也为了不把药膏蹭掉，正让他们光着身子围着火烤，这是一种治疗，也是一种娱乐，这场景我见了一次，一辈子都忘不掉。我在院子里叫老师，男生们听到女生的声音，顿时，大喊大叫起来，我也哈哈大笑起来，一片笑声在夜空中回荡。

二十五、一串别针

我第二次进入华北育才小学时，正是解放战争即将取得最后胜利的年头，当时解放区的军民群情激昂，我们经常庆祝胜利，到小操场上去扭秧歌。记得有一年（大概是 1948 年）过完暑假，我刚从家回到学校。妈妈临走时给我带了几个小别针，我非常喜爱。扭秧歌的时候，我把 5 个别针一个套一个，编成一个银色的链子作为一个装饰品别在胸前，一扭起秧歌来，胸前的金属链也跟着一跳一跳，在夕阳的照射下，泛着银色的闪光。尤其是在场的那么多师生，别人都没有，只有我有，我为自己想出这么一个高招而由衷地喜悦。那天，大家非常兴奋，一直扭到天完全黑了才结束。因为我别了这一串别针，扭起秧歌来更加得意，更加狂热。等天全黑了，秧歌结束之后，我再低头一看，这串别针全丢了，一个都没有剩。天全黑了，小操场上的人全散了，低头在地上找吧，黑漆漆什么也看不见，不知上哪儿去找。这时我一个人，想起远方的妈妈，想起妈妈送我的一串别针，一股思家之情油然而生，狂喜的心情被淡淡的哀愁所代替。

1948 年 10 月，由于驻保定的蒋军扰乱我们学校所在的解放区，学校又转移了一次，由河北省行唐县差曲、高垒两个村转移到河北省灵寿县境内的张家庄和麒麟岩。记得这次转移和我从延安出来时大不一样。那时候我一个人骑一头毛驴，比较悠闲自在，这次是急行军，而且是几个同学分骑一头小毛驴。大家都是尽量自己走，过很长时间才让你骑一会儿毛驴。我因为没有经历从延安到河北的长途行军，缺乏锻炼，因此走起来感觉特别吃力。一个是走不动，一个是口渴，想喝水。加之，当时他们是老师同学成群结队、有说有笑地行军，这次是急行军。两三个同学跟着一头牲口走，骑毛驴的在上面，其他的就跟在毛驴后面走，没人讲故事，没人给唱歌，也没有水喝，感觉特别累。但不管怎样，我还是坚持了下来，顺利地到达了目的地。

我们在这个偏僻的太行山区里住了下来，白天没有情况时，就在树林里上课。石头当凳子，膝盖当桌子，边听边记，照样学习。一个多月之后，又回到行唐县。整个形势已发生了很大变化，每天的报纸上都有一个一个红枣大的铅字，报告最新的胜利消息，人民解放军又占领了新的城镇。那时候，我们每到一地，就在墙上挂上中国地图，用红纸和大头针做成一面一面的小红旗，把解放区都插上小红旗。每天看完报上的胜利消息，就抢小红旗，在墙上的地图上找，把新解放的城镇插上小红旗。当时解放区的革命歌曲也空前多起来，有：《打得好》，"打得好来，打得好来打得好，四面八方传捷报来传捷报……"——这是庆祝胜利的歌；"向前，向前，向前！我们的队伍向太阳……"——《解放军进行曲》；"你是灯塔，照耀着黎明前的黑暗；你是舵手，掌握着航行的方向……"——歌唱中国共产党的歌；等等。我们整天沉浸在胜利的欢乐之中。

当时我是个活跃分子，会写会画，爱唱爱笑，长得又胖乎乎的，老师和同学都喜欢我。有一天，我们男班主任李老师，竟然把我抱起来，举过头顶，说："什么时候我要有这么一个孩子就好啦！"

那时候，已经有从大城市来的同学进育才小学。我们班有位女同学叫白和荷，她来了之后，带来了一些我们从没见过的东西。比如，那时我们每天早上刷牙都用牙粉，用牙刷蘸一下牙粉，就刷牙了。白和荷有一筒黑人牙膏，每天她刷牙的时候，我们都好奇地围着她看。她把牙膏挤出一小条放在牙刷上，然后开始刷牙。不一会儿，她满嘴都是白沫沫，比我们多多了。我常常盯着她刷牙的样子看得出神。白和荷不知道我们为什么总盯着她，她本来刚到学校人生地不熟的就有些胆怯，让我们盯着，她那双大眼睛更像做了坏事一样怯生生的，不知如何是好。

在欢庆胜利的日子里，经常有解放军从我们村子过。有一天，学校还组织我们和解放军联欢。我们在一起都演了哪些节目，现在已经记不清了。只记得，开完联欢会后，把解放军分到各班，和我们一起包饺子吃。

这个时候，我才仔细地看清了每一个战士的脸。他们是那么年轻，有的比我们班年龄大的同学还小。特别是有一个小战士，只有 15 岁，小小的个儿，圆圆的脸，满脸单纯稚嫩的神气，真是人见人爱。有的女同学，竟然伸手去摸他的脸蛋儿，他仍然憨态可掬，一动不动。过了一会儿，大家熟识了，就像老朋友一样玩起来。女同学段西良和那位小战士玩得最多，他俩总在一起，不是咬耳朵，就是互相打打闹闹，亲密无间。那天晚上，这些解放军就在我们村住下了。当我们吹过熄灯号，大家都快进入梦乡时，两位女老师还在我们的窗户外面转，我听见他们小声地说："一定要注意，千万不要出事……"然后，她们把声音放得更低，说："今天下午，段西良和那位小战士就不正常……"当时我听了老师的话，还以为会发生什么事呢，结果什么事也没有发生。

二十六、进北平

一天又一天，最后的胜利离我们越来越近了。终于有一天，韩校长从北平开完会回来了，他给我们传达毛主席《在中国共产党第七届中央委员会第二次全体会议上的报告》："我们很快就要在全国胜利了。……夺取这个胜利，已经是不要很久的时间和不要花费很大的气力了；巩固这个胜利，则是需要很久的时间和要花费很大的气力的事情。""因为胜利，党内的骄傲情绪，以功臣自居的情绪，停顿起来不求进步的情绪，贪图享乐不愿再过艰苦生活的情绪，可能生长。因为胜利，人民感谢我们，资产阶级也会出来捧场。敌人的武力是不能征服我们的，这点已经得到证明了。资产阶级的捧场则可能征服我们队伍中的意志薄弱者。可能有这样一些共产党人，他们是不曾被拿枪的敌人征服过的，他们在这些敌人面前不愧英雄的称号；但是经不起人们用糖衣裹着的炮弹的攻击，他们在糖弹面前要打败仗。我们必须预防这种情况。""务必使同志们继续地保持谦虚、谨慎、不骄、不躁的作风，务必使同志们继续地保持艰苦奋斗的作风。""我们不但善于破坏一个旧世界，我们还将善于建设一个新世界。"毛主席的这些精神，韩校长反反复复地给我们讲解，深深地印在我们的脑子里。记得在讲到资产阶级的"糖衣炮弹"时，韩校长特别谈到北平是个花花世界。韩校长打比方说：北平的女人很多都烫头。韩校长在黑板上画了4种女人烫头的发式，有的向里卷边，有的向外卷边，有的满头卷……使我感到很清楚，也很新鲜。但韩校长提醒我们，不要眼花缭乱，要拒腐蚀，永不沾。

1949年3月5日，毛主席在七届二中全会上作了报告，韩校长给我们传达大约在四五月份，1949年六七月份，我们全校400多人先后分两批开赴北平城。

我记得我们开始走时，是在木轮铁箍的大车上铺好被子，很多同学挤在一辆车上往前走。后来，木轮车换成了胶皮轱辘的大车，这样，牲口跑得也比较快，车子也不那么颠了。最后又换成了双轮的大卡车，牲口车换成汽车了。进北平那天，我们整齐地排好队，一排一排站在卡车上，一辆接一辆的汽车，浩浩荡荡地慢速行进在北平的大街上。我们是沿着前门大街那条道向前开，我印象最深的是天安门广场长长的红墙，视线越过红墙，我们看见了中山公园、天安门……大卡车一直把我们拉到东总布胡同的一个院子里。

二十七、任芬找到了亲爸爸

1950年我们育才学校就搬进了先农坛。刚解放时，我们班出了一件大事，这就是任芬找到了亲爸爸。在小学，我、任芬和秦邦宪的女儿秦新华是班里最要好的3个女同学。我们经常在先农坛校园里玩（当时我们全住校），秦新华有诗人的气质，经常背诗，谈论刚看过的文学作品。任芬特勇敢，先农坛的秋千，两根绳特别长，下面只是一块长方形的木板。她能两脚贴绳站，两手抓着绳，双腿一点一点地使劲，把秋千一点一点地打起来，一直打到人悠上了天，人的整个身子悠成180度，和地平线完全平行。每当这时，她的衣服和头发随风飘荡，她成了空中飞人。我就没这个胆量，她是我心目中的英雄，因此我佩服她。有一天，突然来了个小汽车，一位部队首长把任芬接走了。任芬从延安就在学校，从延安到北平她一直住校，和同学们在一起，突然离开几天，大家都很想念。她回来之后，很激动地告诉我们：她原来的爸爸不是亲爸爸，她又找到一个亲爸爸。她告诉我们，那天，那位部队首长来接她时自称是她"妈妈的战友"。"妈妈的战友"把她接去后，领她到公园玩，到饭馆吃饭，晚上，还领她去看戏。看完戏，在回旅馆的路上，这位首长眼睛一直盯着她。他告诉她，说任芬长得非常像她妈妈年轻的时候，然后他进入了回忆，说她妈妈年轻的时候，是妇救会主任，又漂亮又能干，会骑马又会打仗。脸也像任芬那么圆，红红的像苹果……这位首长越说越具体，越说越激动。任芬注意到这位首长在说到她妈妈的青年时代时，眼里放出异样的光芒。这使任芬产生了怀疑：为什么"妈妈的战友"对妈妈的青年时代那么熟悉？为什么"妈妈的战友"对妈妈那么感兴趣？到旅馆之后，在他住房的门上，任芬看到了"×××"3个字，在任芬的记忆中这3个字早已有印象，因为延安的爸爸妈妈过去经常说起。因此，任芬知道他们的关系不一般。但他和妈妈到底是什么关系呢？在任芬的再三追问下，这位首长说出了真实情况：原来他才是任芬的亲爸爸。他原是新四军，任芬妈妈到延安之后，他留在新四军。皖南事变后，新四军损失很大。传到延安的消息，说他牺牲了。任芬妈妈万分悲痛，任芬亲爸爸的好朋友，也是任芬妈妈的战友，当时已在延安，就经常安慰她，后来，他们就结婚了。1949年全国解放后，任芬的妈妈才知道任芬的亲爸爸还活着，而且，他一直在等着她，到现在还没结婚。而她妈妈和后爸爸已经有了几个孩子。既然如此，他们只好维持现状。

当任芬的亲爸爸要求见任芬时，她妈妈要求他只说是"战友"，不要说是"爸爸"。没想到见面之后，亲爸爸一看见任芬，就想起了她妈妈年轻的时候，想起了他们恋爱的时光，他虽然没有说什么，但他的一双眼睛告诉了任芬，他和妈妈的关系很不一般。后来，任芬就有了两个家，她在两个家中都是老大。妈妈的家在四川，她下面还有弟弟妹妹。她爸爸在山东，解放后又娶了一个文工团员做妻子，生了几个孩子。但是，她亲爸爸仍然很怀念她妈妈，他的这种感情并不回避现在的妻子，比如，有一天早上醒来，他告诉她：昨天晚上我梦见了任芬的妈妈，她什么什么样子……在描述的时候，非常兴奋，非常投入，历历在目，眼睛里又放出异样的光芒。那位后妈心里是什么滋味就可想而知了。这件事当我长大之后，才深深地体会到，这些老革命，牺牲了的，为革命贡献了一切，就是活下来的，他们不仅为建立新中国贡献了自己的青春，甚至贡献了自己终身的幸福。

二十八、老师，我想回延安

刚进北平还比较新鲜，但是，我们被关在屋子里，视线被四堵墙挡住了，再也看不到雄伟壮丽连绵起伏的高山，看不到一望无际的华北大平原，看不到我们朝夕相处的老乡，更看不到中央首长，我们感到天地狭小了，心情憋闷得慌。没过 3 天，我们就待不住了。我对老师说："老师，咱们还是回延安吧！"

老师说："傻孩子，毛主席都到北平了，你还想回延安？"

我一想也是，就是回了延安，也看不到毛主席了。毛主席、党中央都到北平来了，我也只好安心在北平待下去了。

1949 年 10 月 1 日，我们也参加了开国大典游行。记得游行好像进行了一整天，当我们的腰鼓队经过天安门时，天都快黑了。我终于又见到了我们日思夜想的毛主席，但是，距离太远了，我深深地体会到，延安的时代一去不复返了，一个新的时代来临了。

舒强之女　舒晓鸣
1998 年 2 月稿，2008 年修改

我的父亲萧殷在延安

一、到延安去

1938 年春天，由范长江创建的中国青年新闻记者学会（简称青记）在武汉成立，萧殷被推选为学会总干事，负责处理全部来往信件，同时参加《新闻记者》月刊的编辑工作，并在月刊发表文章。夏天，日寇步步逼近武汉，逐步控制了武汉的制空权。武汉形势吃紧，大批新闻机构及工商企业向后方重庆撤退，新闻记者学会也决定撤往重庆。何去何从？重要抉择降临到萧殷头上。萧殷自然想到一年前，在上海接触了来自延安的共产党人老舒，他带来了《解放文选》油印本，里面选编了延安《解放》周刊的文章，还有《方志敏传》等油印小册子，萧殷如饥似渴地阅读，大开眼界。从老舒口中，萧殷第一次得知延安的动态，深受鼓舞，心有所往。是年秋天，萧殷跟随第七战区政治部宣传队进行革命宣传时来到武汉，听过八路军驻汉办事处的负责同志作报告，尤其是听了张爱萍、张经武和聂鹤亭讲政治工作和游击战战略，很受鼓舞，越来越向往延安——现在，武汉即将沦陷，萧殷果断地决定，到延安去！

萧殷当即向青记负责人徐迈进提出去延安学习的愿望，继而通过汉口新华日报社的介绍，萧殷来到八路军驻汉办事处，填表写明家庭情况，介绍自己发表过的作品，并且经过口试、笔试。最后，办事处主任罗炳辉亲自谈话数次，听萧殷介绍自己在广州参加曾生主持的国际问题研究小组以及参加创立广州艺术工作者协会的革命活动，并发表抨击蒋介石反动势力的文章；在上海参加上海大学生暑期无锡农村服务团宣传抗日；参加抗日救亡团体上海防护团宣传抗战并救护伤员；参加第七战区政治部宣传队进行革命宣传的经历……萧殷顺利被批准前往延安。

出发前，八路军办事处托付萧殷带领 6 位向往革命的年轻人同赴延安，他们是王杰、包慧、聂耶、金萍、贺昭、高立德。为了保证大家的安全，萧殷设法通过《全民》杂志社的关系，弄到全民社西北旅行团的公文，以应付路上国民党的检查。

二、在延安鲁艺

7 月 24 日，萧殷等一行 7 人在武汉大智门火车站搭上去西安的火车。一路上，22 岁的萧殷像大哥一样照顾 6 个年轻人。7 月 26 日到达西安七贤庄八路军驻西安办事处。经审核，八路军办事处只批准萧殷一人前往延安，其余 6 位年轻人被安排前往刚刚成立 20 天的枸邑县陕北公学分校。两天后，28 日晚，告别年轻人，萧殷独自乘车北上。29 日天亮后，到达延安南面的洛川县，萧殷跳下汽车，立即遥望北方——延安，就在前面 120 公里之外，萧殷眼眶湿润了。不能停留，立即举步北上。100 多公里，从天亮走到天黑，抬头仰望，没有月亮，只有满天星斗眨着眼睛，萧殷第一次来到海拔 1000 米以上的黄土高原，却觉得陕北的空气很清爽——过去 22 年的穷困、奋斗、颠簸和战斗……全都抛在脑后，萧殷第一次有了安全感、归属感！30 日傍晚，终于到达延安！极度的兴奋和激动，他忍不住用家乡话高喊："我来啦！"

8 月 2 日，萧殷来到刚开办 3 个多月的鲁迅艺术学院报到。那时候的鲁艺，位于延安北关，在旧城北门外的文庙一带。晚上，第一次住窑洞，爬上云梯山麓南侧的半山坡，在最高一层靠北的一排窑洞中间，有个搭起来的棚子。原来，这个窑洞里面塌了还没修整，临时用木头、苇席和油毛毡搭在棚洞里。与萧殷同住一个窑洞的有康濯、郭小川、高戈。18 岁的康濯来自湖南，那时候的康濯正担心自己读书少，怕考不上鲁艺。萧殷宽慰他、启发他、鼓励他。康濯终于考上鲁艺，并于 8 月 27 日一起参加了鲁艺文学系的开学典礼。后来，康濯成为中国作家协会书记处书记、湖南省文联主席。晚年，他深情回忆说："我这次考试的思想准备和情绪稳定，很大程度是得力于萧殷同志的帮助。"

据窑洞"室友"高戈回忆说："陕北高原寒冷多风沙，来自南方的萧殷很不习惯。环境艰苦，但萧殷常常手不释卷，或者在窑洞外的平台上独自踱步，时常陷入沉思。在小组讨论遇到争论时，他往往侃侃而谈，有时争得面红耳赤，坚持自己的意见，然而在个别接触时，又显得和蔼可亲。"

9月，萧殷随文学系到二十里铺参加秋收，与农民同住并写下散文收集在册。10月下旬，刚满23岁的萧殷加入了中国共产党。在延安北门附近的城墙洞里挂上党旗，点了油灯，与其他几位同志宣誓。入党介绍人耿西、崔荻。

在鲁艺文学系的3个月，萧殷系统学习了马列主义文艺理论，苏联文学作品和文艺理论以及中外名著，提高了政治觉悟和艺术修养，为他奋斗一生的文学艺术事业打下坚实的理论基础。

在鲁艺学习即将结束的时候，肖英（萧殷）以"全民社肤施通讯"的名义写了一篇通讯《抗战艺术在肤施——鲁迅艺术学院的轮廓画》，发表在1938年10月28日《新华日报》第3版。

三、在延安青记

1938年11月，萧殷结束在鲁艺的学习，来到中国青年新闻记者学会延安分会工作，被中国青年记者学会延安分会推举为理事，同时兼任延安中共中央机关报《新中华报》（旧版）编委。

11月6日，萧殷参加了中国青年新闻记者学会延安分会成立大会。据《新中华报》1938年11月10日《纪中国青年记者学会延安分会成立大会》的报道："大会推选徐冰、向仲华、汪仑、宁远、肖英（即萧殷）、员宪千、方树民等同志为大会正式主席团……""推选徐冰、向仲华、汪仑、肖英（即萧殷）、沙凡、雷烨、方树民、英魁、方绥、周游、员宪千、

190

刘人寿等十三位同志为理事"。

"大会闭幕后，即行召开第一次理事会"，"学术组决议以徐冰为主任，肖英（即萧殷）付之"。

11 月 27 日，中国民主同盟发起人和领导人之一的李公朴一行来延考察，党中央对此极其重视，毛泽东亲自接见了李公朴。紧接着，中央组织部特地安排萧殷、方树民、罗平等 3 位同志赴晋西北，协助李公朴进行革命宣传工作。

12 月初，萧殷奉命离开延安，步行五六天后，到达陕西省西部吉县县城。萧殷的主要工作是协助李公朴采访、起草讲演提纲，也帮他写些其他文章。

1939 年 1 月，在吉县秋林镇，李公朴吩咐萧殷为他写纪念温健公先生的文章。温健公是老共产党员，1936 年任阎锡山开办的晋绥军军官教导团政治总教官。1937 年七七事变后，受中共派遣，在河北和山西做统战工作。1938 年 12 月底在山西吉县遭敌机炸弹击中牺牲。为了准确了解温健公，萧殷拜访了温夫人宋维静，并取得信任拿到温健公先生的日记，经过仔细研读，了解并推断温健公先生的品格和革命态度，写成纪念文章。除此之外，还写了一篇谈论文艺的文章。两篇都以李公朴署名，发表在邹韬奋主编的《全民抗战》三日刊上。这期间，萧殷经常到八路军驻晋办事处，与八路军驻晋办事处主任王世英谈论形势，并汇报在李公朴身边工作期间了解到的阎锡山第二战区抗日统战情况。王世英当时的工作重点，就是尽量让阎锡山的势力成为保护陕甘宁边区的缓冲屏障，既不能让他投靠日本，也不能让他被蒋介石吃掉。

这期间，发生了井圪塔村被日军扫荡的惨案。2 月，萧殷到吉县县城六七里外的井圪塔村采访，了解日寇进行的一次灭绝人性的抢掠和屠杀。2 月 13 日，萧殷在吉县中市完成报告文学《井圪塔的血》，并将文章发往重庆《新华日报》。1939 年 3 月 23 日、24 日、25 日，《井圪塔的血》在该报连载三日，激起国民对日寇暴行的无比仇恨，引发了强烈的社会反响。

1939年4月底，萧殷回延安，在延安青年记者学会工作。因为当时青记驻会人员只有两个人，萧殷每周要回北门外的鲁艺参加党小组会议，过组织生活，回鲁艺，就像回家一样。这期间，与同样来自广东的人民音乐家冼星海成为挚友，常常在黄昏后一同在延河边散步、谈心，听冼星海详细描述《黄河大合唱》诞生的感人经过，那些日子，终生难忘。

5月，李公朴来到延安。方仲伯（方树民）在回忆录《风雨旅痕》中写道："公朴先生来延安后，由于我在抗大学习，不能常去。好在萧殷和几个搞戏剧的熟人都在鲁艺，所以就由他们多照顾。"

萧殷回到延安后，不忘记者的责任，将晋西工作4个多月实地采访积累的第一手资料整理出来，写出多篇战地故事，每篇约1000字，在《新中华报》（新版）以《西线小故事》专栏发表。

6月，萧殷作为延安青记大会主席团成员参加第二次会员大会，并代表上届理事会，报告半年来的会务。萧殷继续当选为下一届理事。1939年6月2日，《新中华报》发表《延安青记举行第二次会员大会》的报道："徐冰、向仲华和萧英三位同志被推选为大会的主席团。接着由萧英代表上届理事会，报告半年来的会务。""最后选出本届的理事：徐冰、李初犁、向仲华、乔木、刘光、萧英和汪琦等七位同志当选为理事。"

这期间，李公朴夫妇再次访问延安。在中共中央支持下，李公朴和抗大学生组成抗战建国教学团深入华北地区活动。出发前，萧殷为教学团成员送行，与李公朴夫妇、延安交际处处长金城以及前来迎接李公朴的第二战区战地动员会主任续范亭留下合影。

四、战地记者负伤回延安

7月初，刚成立半年的中共中央北方局机关报《新华日报》（太行版）需要延安派人支持，萧殷奉调前往太行山敌后工作。萧殷把写在薄纸上的介绍信藏在衣角，以防被敌人发现时可以随口吞下。在步行东进的两个月中，《新中华报》第 4 版继续发表萧殷的《西线小故事》系列，8 月 25 日发表《传令兵之死》，9 月 1 日发表《引路》……9 月，萧殷抵达中共中央北方局。在武乡县韩碧村八路军总司令部，与政治部副主任傅钟见面，交出藏在衣角的介绍信。萧殷被派往《新华日报》（太行版）任编委，并兼通讯联络科长，负责战地采访报道。期间，萧殷穿梭于太行与冀中地区战地，白天采访，晚上写稿。在战争环境下，为了解决前线青年记者的困惑，提高他们采访以及报道的水平，萧殷凭着自己深厚的文学修养和过硬的新闻业务素质，甘于做基础普及工作，在繁重的工作中编写油印教材《怎样写新闻消息》。这种普及教育在当时是极其难得的。新中国成立以后，该教材以笔名"黎政"署名正式出版。

1940 年 1 月，报社派萧殷到冀南采访平原游击战及政权建设经验。2 月，适逢"剿逆"战争（即石友三率部进犯冀南八路军）。萧殷随军赴冀南前线采访。3 月，冀南保卫战期间，在威县追击战中，战地采访过后，随冀南军区王宏坤副司令员返回冀南军区司令部，途中不幸遭战马踢伤，致左腿胫骨断裂，后被晋察冀军区评为二等乙级残废军人。在军区医院医治两月无效，膝盖以下将要腐烂，医生建议锯腿被拒，后出院养伤。11 月回太行山《新华日报》工作，因腿伤未愈无法战地采访，继续做编委的工作。期间写出多篇反映敌占区人民战斗生活的作品。5 个月后，组织上认为萧殷的身体情况不适于险恶的游击战争环境，决定调回延安。至此，萧殷迫不得已结束了将近两年的战地记者生活，重回延安。

从 1941 年 4 月到 1945 年 8 月，接下来的 4 年零 4 个月，萧殷一直生活在延安。

五、延安的生活

下面一段，是根据 1961 年萧殷口述记录的。

陕甘宁边区贫瘠的黄土高原，自然条件恶劣，杂粮等农作物的产量极低。1941 年和 1942 年，抗战进入相持阶段，国民党停发了八路军的军饷，并且对边区采取经济封锁，断绝一切外援，妄想将我们饿死冻死困死在边区。由于重重封锁，边区几万人的生活十分困难，如食物、燃料、饲料、药品、文具和布料等生活必需品都很匮乏。敌人还时时袭扰破坏，胡宗南几次进攻边区革命根据地，发生各种规模的摩擦。要顶住强大的敌人，需要很大的人力物力财力，但是战争的环境，无法进行正常的生产，生活十分艰苦。我们吃饭的下饭菜，只是一碗汤，上面仅仅浮着两片菜叶，没有油，于是多放盐，就像一碗盐水。有时候，我们还要挖野菜、苦菜、树叶代替粮菜。甜高粱等作物就是"糖"。穿衣，也成了困难，因为每人只有一件衣裳，洗完澡以后马上洗衣裳，然后要等衣裳干了才能穿上。衣裳穿破了不能扔掉，我们会小心地撕，把长袖变成短袖，长裤变成短裤，当衣裳破烂得像块纱布一样的时候，就把它扭成布条来编草鞋，行军的时候又可以穿了。冬天穿的毛衣、毛袜，都是自己纺的毛线或者用手捻成的毛线织出来的。

冬天的陕北很冷，没有火柴，只靠"打火镰"，为了一点点火，大家要跑几个山头。没有棉衣，不少同志冻得身僵手麻，关节发炎，只好不停蹦跳以增加体温。天黑以后，没有油点灯，不能学习，大伙就在黑暗中交流学习心得，一点也不浪费时间。晚上睡觉就睡在稻草或者野草上，甚至睡在牛粪上。

没有水，我们要到 15 里地外去驮水回来；开荒需要锄头，但没有铁，于是我们用敌人炸弹的碎片打锄头，那样打出来的锄头只有两三寸长。我们不丢一片纸，写日记的时候，一行的空间写两行的字……我们废物利用，以物代物，我们把牙刷把、破罐头、破油桶利用起来，把变色铅笔当墨水，以盐代替牙粉，没有钞票，用邮票、用木刻画当钞票……

后来，党中央提出"自己动手，丰衣足食"，提出"保全自己，消灭敌人"，提出"建立新中国，发动大生产"。那时候我在中央党校四部当教员，我们师生一起参加了大生产运动。

我们自己动手，创造一切。我们自己打窑洞，筑围墙；我们人人都会纺线，并在八路军大礼堂比赛棉纺；我们尽量开垦所有荒地，让山塬一片碧绿；我们见粪肥就捡；我们挑水上山；我们每个人都尽力交出劳动果实，如南瓜、西红柿、毛衣、毛线、棉纱，也有人交"洋娃娃"的，各尽所能为社会增加财富；我们积极创造，建成了炼铁厂，生产了"丰足"牌火柴，生产了纸张、烟卷、肥皂。

为了战胜国内外反动派，为了革命理想，为了解放，我们开动脑筋，克服困难。在胡宗南大举进攻前夕，同志们都充满胜利信心，连因伤病住在疗养所的同志们也斗志昂扬，不能走路，就要求参加训练、改造俘虏的工作。

那时候，生活艰苦，却心情舒畅。

听说敌人要搞细菌战消灭我们，同志们乐观地说，好啊，我们正好可以趁机提高卫生水平！

为了学好本领，好学钻研蔚然成风，在饭堂和厕所人们最集中的地方，常常会爆发学术性的大争论；

在桃树林里，你会听到情侣们在讨论哲学问题；

女同志的房间干净朴素，窑洞前，她们都种上各人喜爱的花草；

学校逐步多起来了，老百姓的文化得到提高；

在开荒种地同时，处处可见各种副业生产，养猪、磨豆腐热火朝天；

在改善物质条件同时，生活健康并且多样化，舞会活跃，球赛经常；

到了 1943 年，边区经济逐步好转，已经达到丰衣足食，有毛衣，呢大衣穿，每顿甚至还能吃上 4 两肉。

……

延安的故事太多了，几天几夜说不完。

六、延安最后这四年

从 1941 年 4 月，萧殷回到延安后，在鲁艺住了一个月，这时的鲁艺已经从北门外山岗搬到桥儿沟天主教堂。5 月，萧殷进入马列学院学习。

马列学院成立于 1938 年 5 月，是党中央创办的专门培养党的理论干部的高等学府，校址位于延安城西北的蓝家坪，开设的课程有马列主义、中国革命史、联共（布）党史等。校长由张闻天兼任。毛泽东、周恩来、陈云经常来给师生作报告。艾思奇、吴亮平、杨松等理论家都是兼职教员。5 月 19 日，毛泽东在马列学院的高级干部会议上作了《改造我们的学习》报告后，马列学院改为马列研究院。9 月，又改为中央研究院。中央研究院下设 9 个研究室：中国政治研究室、中国经济研究室、中国文化思想研究室、中国文艺研究室、中国教育研究室、中国新闻研究室、中国历史研究室、国际问题研究室和俄文研究室。每个研究室有研究员十几人。

萧殷所在的中国文艺研究室共有 22 位研究员。中国文艺研究室分为 5 个小组：鲁迅研究小组、文艺评论小组、小说散文小组、戏剧小组、诗歌小组。萧殷被编入文艺评论小组，该小组成员共为 3 人，除了萧殷，还有王实味和蔡天心。萧殷从此开始探索文艺理论。

文艺评论组的成立是为了顺应当时延安文艺理论薄弱而专设的。抗战时期的延安聚集了不少的作家、艺术家，但专门从事文艺评论工作者甚少。文艺理论工作的滞后与当时的文艺运动发展极不平衡，表现出薄弱的缺点。早在 1939 年 2 月，周扬在延安文艺界抗战联合会领导下主编的《文艺战线》月刊创刊号上，就指出理论落后于作品的现状，提出"战时文艺理论批评工作十分重要""我们需要有计划有系统地开始一个理论的运动"。中国文艺研究室的宗旨是：以马列主义基本原则为指导，以研究中国文艺的实际问题为中心，调查研究各方面文艺的历史和现状，总结实践的经验，提出系统的文艺理论，指导今后的文艺实践。萧殷在这里开始系统地学习和研究马列主义文艺理论和著作，同时也学习苏联别林斯基、车尔尼雪夫斯基等文艺美学思想，进一步掌握了从形象思维到逻辑思维的完整的思维方式，奠定了他今后文学评论工作的重要基础。

那期间，萧殷多次在延安《解放日报》及《新华日报》等报纸发表文章，但是由于战争年代，目前仅找到 1942 年 1 月于《解放日报》以"萧英"（萧殷）

署名的一篇评论文章《关于创作的态度——读者散记》。文章首先以古罗马伟大的诗人维吉尔因不满意自己的作品要焚烧为题，引出艺术家有良心的创作话题，对延安一些文艺写作者"随便"的创作态度进行了批评，运用马克思、毛泽东的文艺思想提出"先有生活，再从丰富而复杂的生活素材中选择主题"。在结论中说："我总以为一个写作者——当他完成了一件艺术品之后，必须考虑到：这件是不是达到了一定的水平，是不是会辜负了读者？凡是有艺术良心的作家，总是尊重他的读者的。他献给读者的每幅作品，不一定每篇都十分'完美'，但却能始终保持着一定的艺术水平"。这篇文章仅两三千字，但字里行间却洋溢着健康的气息和权威的指向，对延安文艺创作偏向发出了强有力的声音，体现了萧殷对文艺理论、文艺政策的掌握和运用正走向成熟。

针对 1941 年到 1942 年初延安文艺界出现了关于"歌颂光明和暴露黑暗"的争论、关于"文艺创作要不要马列主义立场"的争论，以及"政治与艺术的关系"等方面的系列争论，为了解决问题并系统地制定党的文艺工作的方针政策，1942 年 5 月，党中央召开了延安文艺座谈会，确定了文艺为人民服务的方向和如何为人民服务的方法问题，解决了文艺工作者与党与工农兵的结合，把延安文艺家们的思想引入一个新的境界。对延安文艺评论工作的现状，毛泽东在讲话中说："文艺界的主要的斗争方法之一，是文艺批评。文艺批评应该发展，过去在这方面工作做得很不够，文艺批评是一个复杂的问题，需要许多专门的研究。"之后，毛泽东对文艺批评需要的两个标准，即对政治标准和艺术标准进行了详细的阐述。这后来成为萧殷一生奋斗的宗旨。

1942 年 4 月，整风运动开始。因为同为文艺评论小组成员的王实味 3 月份曾在《解放日报》副刊上发表了杂文《野百合花》，并在中央研究院墙报发表《矢与的》文章，鼓动群众向上提意见，引发轩然大波，甚至惊动毛泽东来中央研究院看墙报。9 月，中央研究院的整风运动变成对王实味的斗争，思想批判变成政治斗争，最后将王逮捕。这期间，知识分子集中的单位如中央研究院、鲁艺等都成为整风运动的重灾区。

1943 年 1 月，萧殷因急病入院，在学生疗养院养病。4 月，中央根据毛泽东的意见发布了《关于继续开展整风运动的决定》，萧殷再次回到中央研究院参加整风运动。适逢中央研究院扩大，同时并入中共中央党校，成为中共中央党校三部。

7 月，康生作"抢救失足者"的报告，从延安到各抗日根据地全面掀起了"抢救运动"，知识分子成为"抢救"的重点。萧殷卷进"抢救运动"的原因，首先是因为韦明（解放后曾做过周恩来的秘书）等人提出怀疑，说李公朴跟阎锡山、CC 特务组织成员的关系复杂。接着，中央研究院中国文化思想研究室的研究员陈唯实提出怀疑，说萧殷与李公朴曾经一起工作，是否有牵连？萧殷因此被卷入"抢救运动"遭到"抢救"。"抢救运动"中，组织上重新审查萧殷与李公朴一起工作期间的表现，没有发现任何问题。这期间，萧殷在晋西工作时曾经接触过的温健公的太太宋维静回到延安，遭到 4 个月残酷的"抢救"，而八路军驻晋办事处主任王世英也回到延安，在"抢救运动"中，竟被人说成是大特务……1944 年 1 月，经过半年审查，萧殷被证实没有问题。3 月，萧殷调到中央党校第四部当文化教员，党校四部绝大部分是军事干部，在这里，萧殷一边教文化课，一边与他们一起学习党的政治路线与军事政策。1945 年 5 月，响应党中央"耕三余二"和"耕二余一"的口号，萧殷参加了开荒生产大军。劳动，令人感到轻松快乐。

七、告别延安

1945 年 8 月 15 日，日本无条件投降。8 月底，萧殷被派往晋察冀解放区。萧殷知道，这次离开延安，就不会再回来了。在抗战胜利的鼓舞下，心情极佳，一路兴奋地哼唱着"向前，向前，向前！我们的队伍向太阳……"萧殷再次东渡黄河，经阜平往张家口方向进发。两个多月的行军后，到达张家口，担任新华社晋察冀分社编辑组长，同时兼《晋察冀日报》编委。半年后，接替丁玲主编副刊。

1946 年 2 月，在北平参加《解放报》（三日刊）工作。在北平国共谈判期间，以新华社记者身份住翠明庄，及时采访中共代表团，每日把国共和谈的报道发回延安。

新中国成立后，萧殷无论是担任《文艺报》主编、《人民文学》执行编辑、中国作协文学讲习所副所长等职务，还是暨南大学中文系系主任或者是中共中央中南局宣传部文艺处处长、广东省作协副主席，但在延安工作和生活的 5 年，是奠定他思想的重要基石，延安情结伴随他的一生。

八、不忘延安

几十年过去了，萧殷不能忘记延安。在 1961 年，中国面临三年自然灾害的困难时期，他深切怀念那个培育了他的革命情操的土地。在一次报告中，他说：

今天，我想起了延安，想起了延安精神，想起了延安作风，想起了那个为了崇高理想而百折不挠的奋斗年代。

延安精神，就是中国共产党从江西五次反"围剿"的战斗中、从两万五千里长征的历程中所积累，又在延安特定的环境中发展起来的不屈不挠的奋斗精神；就是忠于革命理想，坚信革命胜利，宁可牺牲自己，也要为劳苦大众创造幸福的精神；就是不怕困难，艰苦奋斗，迎取胜利的精神。

有延安精神鼓舞，我们定能合力摆脱眼前的困境，同舟共济，齐心协力，克服困难，把我们的社会主义国家建设好。

延安，锻造了萧殷坚信革命必胜的信念，锤炼了萧殷不屈不挠的奋斗精神，使他在后来遭受的磨难中笑对人生。

萧殷之女　陶萌萌

父亲马达执教鲁迅艺术文学院

马达于 1938 年 10 月至 1945 年 9 月在延安鲁艺工作，为鲁艺美术系教员，居住于桥儿沟东山上。

1938 年，在日本帝国主义的疯狂进攻下，上海等一些沿海城市相继沦陷，武汉成为全国的政治文化中心，马达和许多爱国艺术家们陆续来到武汉继续开展抗战美术工作。马达先后负责组建中华全国美术界抗敌协会和中华全国木刻界抗敌协会，后者为首次成立的全国性木刻组织。同时，还举办一期木刻讲习班来培养抗战美术人才。

中华全国美术界抗敌协会，理事有马达、徐悲鸿、林风眠、丰子恺、潘天寿、张善子、叶浅予等 43 人，主席是力群；中华全国木刻界抗敌协会，理事有马达、赖少其、罗工柳、陈烟桥等 20 人。

1938 年夏秋之际，在武汉失守前，马达婉拒了军委政治部部长陈诚要他去重庆工作的邀请，放弃了国民党少校军衔和每月 150 大洋的高薪，把"中华全国木刻界抗敌协会"的工作移交给了其他木刻家，与冼星海等艺术家一道踏上了奔赴延安的征途。在鲁艺，马达与华君武、胡一川等名画家共事，切磋画艺，并在鲁迅艺术学院美术系任教，成为延安画派主要的代表人物之一。

1941 年，马达重新加入中国共产党。他的入党介绍人是来自上海的木刻家江丰。江丰在新中国成立以后长期代理中央美院院长的职务，后被错划成右派，受到不公正的对待，这对马达产生了很大的刺激，他 50 年代的砖刻版画作品《屈原像》就是在影射江丰被划成右派的事件，这是后话。抗日战争胜利后，马达担任中央党校文艺工作室美术组副组长、晋察鲁豫文联美术工厂主任等职，后在华北大学任教，为我国美术事业培养了大批人才。在此期间，他创作了许多美术作品，配合当时的革命斗争，受到美术界推崇。

鲁艺美术系早期的木刻课几乎是他一个人承担的，后来全国全世界知名的木刻家古元正是马达的学生。而他自己也没有少刻木刻，他在当时延安的《新中华报》发表的木刻最多，所以延安的干部和群众都知道马达是一位木刻家。

在那个物质极度匮乏的年代，陕甘宁边区当时遭到国民党严密的经济封锁，边区内部生产力落后，无法生产美术创作所必需的纸张、颜料等，而边区之外的物资又很难运入，油画、水墨画等画种的创作受限。因此，当时在延安搞美术的艺术家多数就地取材，利用枣梨木板搞木刻，这也促成延安时期木刻艺术的长足发展。

马达在延安战斗生活了8个春秋，艰苦的战争岁月并没有磨灭这位艺术家的生活情致，他创造的马达公园为延安紧张的战斗生活带来一丝轻松愉悦。当时的"新四军臂章"就是他的木刻作品。马达作为鲁艺教员居住于桥儿沟东山，出于艺术家独特的生活情趣，他巧妙利用身边最富有的资源——黄土，将自己的居所装扮成东山上一道亮丽的风景。

蔡若虹老先生曾经给我讲过这一段历史。老先生是中国美术家协会副主席，已经91岁高龄了，颌下一部银白色的长髯，特别像张大千。

了解了我的来意后，他第一句话就问："你爸爸的烟斗还在吗？"我愣了一下回答说："我还没出生爸爸就戒烟了，所以我从来就没有见过他的烟斗。"老人注视着我的脸，稍稍地顿了一下对我说："你知道吗？全延安的烟斗，数马达的最大。"

他就开始讲述了起来："马达是我40年代延安时的老战友，他是个不大开口、喜欢动手的怪人。他的手里离不开一把铁锹和几柄木刻刀。动铁锹的时候多，动木刻刀的时候少。鲁艺的教员都喜欢到东山的马达公园去坐坐。其实，这个公园不过是马达把窑洞两旁的山坡挖成台阶形的

'土沙发'。

"马达还铲了很多黄土把自己的床铺、桌子、椅子全都封住，'调水和泥'，把这些可以移动的东西变成不可移动的固体。这些都成了别人参观的对象。无论人家问这问那，马达总是点点头或摆摆头，不轻易开口。

"马达从来不串门，却常常闯到我的窑洞里来。我因为摸清了他的脾气，只问他两三句话就继续做自己的事。有时在寂静的窑洞里，我们两个默默地对坐，只听见马达的烟斗在嘶嘶地叫。那情调我一闭眼就能细细地回味出来。"

临告别时我请求老人为我写几个字，他答应写好了就寄给我。大约过了一个多月，我收到了一封邮件。里面是蔡若虹老人用钢笔书写的《百字令一首——怀念马达》。字写得方方正正，诗文更是韵味十足：

一言不发，看无声马达，道家模样；清净有为一个人，修正老聃思想；静乃思维，动为实践，动静相依傍；工夫在手，不劳唇舌多讲。且观马达新居，土床土椅，土桌墙根放；造化本来全是土，土是最初家当；一把长锹，几瓢清水，塑造新风尚；功成独坐，但闻烟斗低唱！

《茅盾文集》中也有一段"马达的故事"，《马达的烟斗》一文谈道：

认识马达的人，先认识他的大烟斗。马达的大烟斗，是他亲手制造的。"这有几斤重吧？"人们开玩笑对他说。于是马达的浓眉毛轩动了，他那严肃的方脸上掠过了天真的波动似的笑影。他郑重地从嘴角上取下他的烟斗，放在眼前看了一眼，似乎在对烟斗说："吓！你这家伙！"

他可以让人家欣赏他的烟斗。像父母将怀抱中的爱子递给人家抱一抱似的，他将他的烟斗交在人家手里。

那"斗"是什么硬木的老根做的，浑圆的一段，直径足有一寸五分。差不多跟鼓槌一样的硬木枝（但自然比真正的鼓槌小些），便做成了"杆"，插在那浑圆的一段内。

欣赏者擎起这家伙，作着敲的姿势，赞叹道："呵，这简直是个木榔头（槌子）呢！"他仰脸看着马达，想要问一句道，"是不是你觉得非这么大这么重，就嫌不称手?"可是马达的眉毛又轩动了，他从对方的眼光中已经读到了对方心里的话语，他只轻声说了七个字："相当的材料没有。""这杆子里的孔，用什么工具钻的?""木刻刀，"回答也只有三个字。这三个字的回答使得欣赏者大为惊异，比看着这大烟斗本身还要惊异些，凭常情推断，也可以想象到，一把木刻刀要在这长约四寸的硬木枝中穿一道孔，该不是怎样容易的。马达的浓眉毛又轩动了，他从欣赏者脸上的表情明白了他心里的意思；但这回他只天真地轩动眉毛而已，说明是不必要的，也是像他这样的人所想不到的。

可不是，原始人凭一双空手还创造了个世界呢，何况他还有一把木刻刀!

市上卖的不是没有烟斗。这是外边来的粗糙的工业制造品，五毛钱可以买到一支。虽说是粗糙的工业制造品，但在一般人看来，还不是比马达手制的大家伙精致些。鄙视工业制造品的心理，马达是没有的，即使是粗糙的东西。然而这五毛钱的家伙可小巧的出奇，要是让马达叼在嘴角，那简直像是一只大海碗的边上挂着一支小小的寸把长的瓷质的中国式汤匙。

"你也买过现成的烟斗么?"欣赏者又贸贸然问了。"买过，"马达俯首看着欣赏者的脸，轻声说，于是他慢慢地抬起头来，看着遥远的空际，他那富于强劲的筋肉的方脸上又隐约浮过了柔和而天真的波纹，似乎他在遥远的空际望到了遥远的然而又近在目前的过去，"买过的，"他又轻声说，"比这一支小些!"他从欣赏者手里接过了他的爱人一般的大烟斗。叉开了两腿，他石像似的站着，从烟斗里一缕一缕的青烟袅绕上升，在他那方脸上掠过，好像高冈上的一朵横云。刹那间云烟散了，一对柔和的眼睛沉静地看着你，看着周围的一切，看着这世界宇宙。

马达与诸多艺术家一样在搞木刻艺术的同时，他利用身边唾手可得的黄土将自己居住的窑洞塑造成了马达花园，极具浪漫特色，成为当时桥儿沟东山上一道亮丽的风景，吸引了众多人前来参观。

单调的土窑洞生活在艺术家的手下变得活泼起来。马达从院子里挖来几铁锹黄土，加水不断搅拌和成黄泥糊糊，将窑里面的桌子腿、椅子腿、茶几腿等所有家具都用黄泥糊糊固定起来，使得它们变得不可移动，极具个性。这还不够，他将窑洞外门边的土坡一铁锹一铁锹地削成沙发形状，然后铺上光板羊皮，俨然成了一件既舒服又洋气的家具。

似乎艺术家的手永远不愿停歇下来，他又对门前一块很大的土疙瘩展开了进攻，用他自制的雕刻刀不断对这块土疙瘩削削刮刮。不久，这块土疙瘩就变成了一尊形象的"思想者"土雕塑蹲坐在他的院子里。

还差点什么呢？他寻思着，不知从哪里挖来了一棵两米多高的洋槐树，在自己的院子里刨开黄土挖出一圆坑，把洋槐树栽进去。五月的桥儿沟东山，马达的院子槐花开了，芳香四溢，引得鲁艺师生频频前来参观这个马达花园，留恋这个花园。

如今，艺术家已远去，但留在桥儿沟东山的艺术气息依然依稀存在，这位用黄土做家当的艺术家以及他所创造的马达花园留给人们无限怀想。

1945 年 8 月 15 日，日本宣布无条件投降，9 月 20 日中秋节，马达随华北文艺工作团（艾青、江丰、陈强、彦涵等 56 人）出发，奔赴张家口。1946 年马达受命返回延安，担任中央党校文艺工作室美术组副组长。解放战争中在晋冀鲁豫解放区，马达担任文联美术工厂主任，编辑出版《人民日报画刊》，还出了不少关于土改的木刻作品，后调至正定华北大学执教。

马达之子　陆书林

我父亲母亲叶澜、陈素与延安

我父亲叶澜、母亲陈素都是 1938 年到延安的。

他们都生长在旧式家庭。父亲叶澜原名张晋寿，生于旧官僚家庭，祖籍山西，祖上数代都是靠读书为生，并做过明朝、清朝、民国的官，全家在大江南北不停地迁徙。母亲陈素原名陈韵笙，江西泰和人，生于旧军官家庭。其父陈济远，保定陆军军官学校一期学员，因参加反袁"二次革命"被北洋政府陆军部开除，后又考入该校六期再读，曾任李烈钧部下，1924 年起任广州孙中山大元帅府参谋、副官、副官长等职。其母武进女子师范毕业。

他们都是少年时生活优越，随后家道败落，经济紧张。叶澜生于妻妾成群的封建家庭，生活条件十分优越。小学中学就读于有钱子弟读的学校。1935 年读高一时，他父亲去世，家庭经济紧张，加之他不想读书，想进入社会，辍学。陈素少年时住广州，外出有护兵跟随，曾与妹妹一起参加朱培德等高级军官的家庭堂会。四一二反革命政变后，其父离开国民党军队，赋闲住上海，靠同事、学生资助生活，家庭经济紧张。陈素小学读完四年级时，家中不让她再读书。她姥姥卖了一枚金戒指给她做学费，又读了一年多，没学费了。老师劝她继续读下去，说你再读半年就可小学毕业。但家中不再供学费，辍学。外婆对她说：你要是男的就好了。她的大妹妹也只读小学，两个弟弟则大学毕业。她母亲为大弟弟上中学的事找过黄金荣。

早年他们都受到进步思想影响。叶澜少年时对穷受富欺，人不平等看不过眼，觉得这个社会不好。接受进步思想，搞些进步活动，参加九一八学运，做宣传、办刊物等。陈素与梅志、胡风是亲戚，在上海时又与左翼作家叶紫为邻，受到左翼文化及正直的父亲影响。淞沪抗战爆发后，她试图参加淞沪抗战，因无人介绍无法直接投入抗日。她参加抗战救护培训班，培训还未结束上海沦陷，没能直接参加淞沪抗日。

两人都是在少年走入社会，担上家庭生活的担子，又都得到父亲好友的关照，但又都主动脱离关照、脱离国民党政府参加革命。叶澜辍学后找到其父"密友"，时任国民党河北省政府民政厅厅长的李培基，任民政厅文书。后李培基调任河南省民政厅长（后任省主席），叶澜跟随他到任河南省民政厅任文书，此期间叶澜见过张学良等。1936年红军东渡时，他太原家被国民党当局查抄，并以抓共产党名义抓走他妹妹弟弟。叶澜的母亲写信托李培基营救，李培基给山西当局去电，他妹妹放出，弟弟被判刑坐监。弟弟才14岁因长得高大，被认为是大人。叶澜与同在国民党政府工作的"那些家伙们不合"，工作之余就是读书。1937年全民族抗战爆发，当年秋冬他母亲从太原（太原失守）到开封。叶澜借国民党政府遣散工作人员的机会，主动辞职，离开李培基。

陈素辍学后曾在绸厂做工，还做过护士、小学教师。1932年她18岁找到其父的好友，国民政府军政部常务次长曹浩森（保定军校一期学员），得入国民政府军政部工作。历任军政部陆军署文书、军衡司司书、总务厅（机要部门）文书等职。她在军政部时得到上司照顾，但她觉得女人在军政部只是花瓶，出路只是嫁人做官太太，她不想依靠男人。

两人去延安的路就不一样了。叶澜的胞姐张亚苏（张晋媛）早年积极参加妇女解放运动和抗日救亡运动，1936年入党。姐夫武新宇1925年入党。叶澜是根据组织安排从开封与其母亲张森同去延安的。先到西安，在西安等待姐姐寄来的介绍去延安的信（程子华写给滕代远的）。持信到西安八路军办事处联系，办事处答要请示延安。延安答复要办事处送叶澜一家去延安。1938年7月，叶澜一家到延安。抗战期间，叶澜家中多人先后到延安。

陈素则是在上海从报纸报道知道了平型关大捷，知道有打胜仗、抗日的八路军，是在上海到武汉复职的路上，在上海到香港的轮船上第一次听到延安的。

她曾在军政部陆军署监印科、军衡司铨叙科、总务厅人事科等重要部门工作，曹浩森又是其父好友。所以她虽然只是一名低级军官，却能够了解九一八后国民党军队与日军作战的真实情况。平型关大捷极大震撼了她。她多次说，八路军是抗日的，是八路军的平型关大捷让她去延安的。

陈素家住上海租界。上海沦陷后，她看到日军暴行，觉得不能再待在上海，要抗日。她向已迁到武汉的军政部的曹浩森提出要求复职，军政部同意。1938年5月，她从上海乘船至香港转武汉去军政部复职。在上海去香港的船上，她与同船的青年陈凌云聊天，得知他是去延安的。陈素第一次听到延安，知道八路军是延安领导的，有了新方向。

她在武汉军政部恢复原职后，看到《新华日报》登的陕北公学招生广告。她找到时在武汉的表姐夫胡风先生，要求胡风先生介绍她去延安。胡风不同意，说那里生活艰苦吃小米，她受不了的。梅志对我说过：你母亲是很讲究生活享受的。

后来，陈素又几次找胡风，反复请求胡风介绍她去延安。胡风见劝阻无效，才同意介绍她去武汉八路军办事处，并提醒她到延安后不能再讲享受，要过艰苦日子。为去延安要改一个单字名，胡风起了几个名字，经商定，陈韵笙改名"陈素"，"素"字取自"艰苦朴素"，为让她牢牢记住到延安后一定要艰苦朴素。胡风找武汉八路军办事处吴奚如同志，吴奚如同意介绍她去陕北公学。

1938年7月，陈素复职仅两个月，先向军政部请3天事假，后又改请长假，随后去陕北。她脱离军政部去延安没有告诉家人。胡风介绍陈素去延安后，还很关心她。抗战期间，胡风、梅志夫妇在重庆见到从延安去的何其芳同志，还问陈素在延安的情况。

二人入党情况不一样。叶澜1938年到延安，当年冬就入党了。陈素在陕公分校时，分校指导员曾动员陈素加入共产党，她说不了解共产党，再看看。后当其提出加入共产党时，被告知因她曾在国民政府军政部工作，故暂不考虑。陈素觉得受到打击。经不懈努力，1942 年 4 月，经龚亦群、石秋介绍加入共产党，因甄别原因，两年后，即 1944 年才转正。

延安审干时，组织告诉叶澜，李培基是 CC。但叶澜本人之前并不知道李培基是 CC。组织让叶澜交代了与李培基的关系，并对他进行了审查。

延安审干时，陈素被审查。她说审查原因是：说她为什么在国民政府有吃有穿却到延安受苦。结束审查原因是：因为查不出问题，又看到她是胡风介绍的，说胡风不会介绍特务到延安。结束了审查。《甄别结论》记载审查原因：在国民党军政部监印科、铨叙科、人事科工作 6 年之久，历史可疑，是国民党员。可能是汪逆（汪精卫）部下派来的。青训班时到西安见任西安禁烟局督察的表哥一次，陈说表哥曾劝她加入国民党。在青训班时与特务一起烧材料、发牢骚说生活太苦。在青训班、鲁艺与特嫌分子接触密切，陈素曾在军政部陆军署监印科、军衡司铨叙科工作。军衡司负责校级军官任命，铨叙科负责任职资格审查。后军衡司划归军委会，军委会只要男的，她调入军政部总务司（相当于办公厅）人事科，这些都是军政部重要部门。鲁艺《甄别结论》记载："周恩来说""李克农说"，当时国民党政治控制得没那么紧，军政部是地方派，不是很重视政治控制。军政部军衡司工作，不一定是国民党员。

最后审干结论：对发牢骚说生活太苦的结论，属于"大小姐脾气"。对汪逆派遣特务、与特务一起烧材料的结论："无证据"。对国民党员的结论："不是国民党员"。

鲁艺在对陈素甄别时，坚持了实事求是，疑罪从无。

我问她，听说延安"抢救"很"左"，她先是有些委屈地说：他们说我父亲是国民党将军，我又在军政部工作，有吃有穿，为什么要到延安吃苦？不是特务是什么？接着她转而带有激动之情道：她参加了为甄别人员举行的大会。毛主席在大会上向他们这些被"抢救"过的人道歉，那是主席呀！有几个人能这么做！

叶澜在太原的家是地下党的据点，传递信息，掩护、护送地下党。姐姐张亚苏 20 世纪 30 年代初就积极参加妇女解放运动和抗日救亡运动并被北平国民党政府通缉，姐夫武新宇是 1925 年的党员。经彭真同志介绍又在太原家中掩护刘少奇同志。太原陷落前，党组织安排他们一家到延安。叶澜母亲这一支人全家参加革命。他们认为自己一家是革命家庭，而陈素家庭政治背景、个人政治背景都太复杂。虽然陈素已参加了革命并且当时已加入共产党，但是，当家里人知道叶澜要与陈素结婚时，仍然不同意并极力反对。在叶澜坚持下，叶澜与陈素结婚。他们结婚时，博古、陆定一等同志参加了婚礼。

叶澜家人的话不幸言中。陈素这边也是个大家族，多人在国民党政府工作。据了解，解放前只有她和梅志参加革命。1955 年，陈素生病在家，她的外甥女来看她，当时已开展反"胡风反革命集团"的运动。聊天中，陈素说到自己当年是胡风介绍到延安的。她的外甥女回家就向其父亲（陈素的表哥，国民党政府留用人员）汇报，其父即向陈素工作单位写信举报，并再指使其子向其子工作单位领导举报。陈素单位分别接到直接举报及某部委转来的举报后对陈素进行审查，并因陈素是胡风介绍参加革命，叶澜是陈素爱人的原因，于 1955 年 6 月对叶澜实行停职审查。第二年 1 月叶澜病逝，时年 37 岁。病中叶澜对他母亲喊"冤"，但又不让陈素知道他的这种感受。

陈素没有向组织隐瞒胡风介绍她参加革命，组织认为胡风介绍陈素参加革命并不算什么事，也没有主动就此审查陈素、叶澜。叶澜去世后，组织尚未作出政治结论时，董必武、彭真等同志就前往吊唁。

但国民党政府留用人员的两封举报信改变了这一切。陈素被击倒了，叶澜不仅要写自己无法写出的交代材料，经组织同意，还要帮陈素写交代材料，接着叶澜也倒下了。

陈素一直被蒙在鼓里，认为此表哥是待她最亲的亲人之一。

在青训班时，陈素因扁桃腺炎发作，到西安治病。为看病找时任西安禁烟局督察的表哥帮忙，表哥劝我：年轻人就应该加入政党，劝陈素入国民党，遭拒绝。陈素病未治好就离开西安。

在延安时，陈素因扁桃腺炎发作要动手术。当时只能在窑洞动手术，没有电灯，要靠日光照射、镜子反光，照亮手术部位，就着这些亮光做手术。那天，就在医生的剪子剪下去的一瞬间，太阳突然落山，窑洞立即暗了下来，但是剪子已经剪下去了不能收回，一下子扎深了，鲜血立刻大量涌出来，大出血。手术完成后，陈素身体异常虚弱。给她动手术的医生是个老红军，他把组织分配给他的部分食物送给陈素补充营养。这样陈素身体慢慢恢复，活下来了。因为黑暗看不见手术部位，又忙于止血，扁桃腺也没有清除干净，后来继续发炎发烧，加之当时的条件，大出血后虽然老红军将自己的食物让给陈素补充营养，但远远不够正常的营养补充。此后，她的身体就很差了，虚弱多病的身体伴随她一生。

1940年左右，在上海的大弟弟陈文理给她写信也想到延安抗日。陈素一是想大弟弟留在上海照顾母亲，二是当时国民党严密封锁边区，在边区周围建集中营，抓捕去延安的青年，她也担心弟弟的安全，所以没有同意弟弟来延安。陈文理受姐姐影响，虽然没有到延安，但利用在上海黄金大剧院工作的机会掩护了地下党。

虽然她做了吃苦的准备，但陕北生活的艰苦还是超出她的预料。在青训班时她因感觉生活太艰苦，与国民党特务一起发牢骚。在鲁艺时，因生活艰苦，她要在重庆国民党中央政府工作的大妹妹陈韵玉从重庆给她汇钱，她收到钱就请同学、同事一起下馆子吃饭，改善生活。

母亲在冼星海指挥下演唱《黄河大合唱》，参加《黄河大合唱》鲁艺首演。她说，在冼星海指挥下唱《黄河大合唱》，印象最深的就是唱"怒吼吧黄河"这句时，冼星海伸出一个手指，大家演唱第一遍；冼星海伸出两个手指，大家唱第二遍……直到冼星海对大家的情绪满意了，才唱下一句。

鲁艺毕业后，留鲁艺教务科、油印室、工合工作。

1944年陈素被评为鲁艺戏音部模范工作者。

叶澜1939年2月起在延安《新中华报》《解放日报》工作。他大量记载报道毛泽东等中共领袖们的言行及白求恩追悼会等边区政治、文艺、教育、医疗、工业、农业等各个方面的情况。

叶澜参加工作仅3个月，就于1939年4月作为边区代表团成员参加国民党政府的祭拜黄帝陵活动。

叶澜在1939年7月25日女大成立报道中，第一次报道了高呼"毛泽东同志万岁"场景。1940年5月4日，五四军事检阅报道中，第一次报道了高呼"敬祝毛泽东同志健康"场景。1940年5月7日，在泽东青年干部学校成立报道中，第一次报道了周恩来同志等相继领导全体同学高呼"学习毛泽东"等口号的场景。

毛主席名言："全国妇女起来之日，就是中国革命胜利之时"；"一个人做点好事并不难，难的是一辈子做好事，不做坏事……"等录自叶澜的报道。

叶澜1940年1月20日在延安《新中华报》对第一次文代会作了3个整版报道，报道了毛主席作《新民主主义的政治与新民主主义的文化》长篇演讲的场景。

1940年4月4日叶澜在采访时，得知当天毛主席为史洛明同志题词"天天向上"。叶澜对史洛明说：这是毛主席给全国儿童的题词，应该发表。于是史洛明将毛主席的题词交给叶澜，第一次发表在4月12日的《新中华报》上。

同年8月，《新中华报》发表叶澜近整版剧评《关于"雷雨"的演出》。编辑部加按语："本报现发表叶澜同志所写关于此演出意见之一文，但系讨论性质，尚希各界人士特别是戏剧界的同志们对此多多发表意见，以期对此问题能得出更确切之结论。"文中指出："'雷雨'产生在中国现实的社会里，产生在中国过渡时代的历史过程中，以反映现实为主的写实作品，其已获得所具有的历史意义，不但今天而且将来将在中国革命继续向前发展过程中，我们可以预计着他的历史价值。"

针对当时延安的文艺现象，文章指出："听说剧协曾讨论到今后在延安剧本上演的问题。当然，如果现在大家都拼命地搬出一些过去的东西或外国的剧本再上演几幕的大戏，而忽略了目前有许多尖锐的摆在戏剧工作者面前现实的问题，则也是不应当的。现在反映抗战现实的比较成功的剧作的确是很缺少，而所谓有关抗战却也多是千篇一律口号标语式的剧本，那对观众并不有多大兴趣。中国时代已经更向前走进了一步，希望戏剧工作者更多地在这'前进一步'中反映更被摆在面前的尖锐的现实，在三年五年，十年八年长期抗战中，从火光与血影的交织下产生出伟大的作品来。"

叶澜11月在《新中华报》发表剧评《略谈"蜕变"》。文中称《蜕变》为："曹禺先生抗战以后巨作"。"在今天中国这是时空剧烈的变化的当儿，勇敢的接触到当前的政治问题——更确切地说是接触了当前的行政机构，行政效率问题——这在目前剧本中。恐怕是很少见到的事，曹禺先生的'蜕变'应该说是产生于抗战烽火中的有力剧作"。

当年7月，叶澜在《延安防疫运动与今后的卫生工作》一文中提出："充实卫生设施对卫生设施的用费，应当有最低限度的保证，不应当把卫生用费看成为不急需或不需要，而是要有一定的卫生用费，用之于一定的卫生设施上去。当然边区经济物质困难，卫生讲究上不能尽如人意，即便有一点卫生用费，也很宝贵，因之，我们这里应当注意在平时一切生活上的设备就应当以'合乎卫生''适应卫生的要求'为原则，特别是住所，厨房，厕所等等的建筑，如果在平时不注意这些问题，到临时为了讲求卫生又要改造，则徒耗经济，非常不好""为了防止疾病的传染，隔离病人，不能而且不应该忽视"等意见。

叶澜在《新中华报》《解放日报》《新华日报》发表多篇文章，当时报社发表文章的同志，每人都有若干笔名。他进入《新中华报》时用的是张晋寿的名字，叶澜是他的笔名之一，后来在工作生活中他沿用了这个笔名。可惜因自己不懂事，在有条件时，我从没有了解过父亲的其他笔名，故至今也不知道父亲其他的笔名，成为遗憾。

叶澜一家到延安后住杨家岭，与中央首长为邻。毛主席见到叶澜母亲亲切称张大姐。叶澜母亲张森曾在延安保育院工作。姐姐张亚苏在延安时曾任延安妇女界宪政促进会理事等。姐姐张晋梅曾在延安抗日军政大学学习，毕业后去山西抗日前线。她说：以前大家不往来，想不到在延安聚到一起，成同志了。弟弟谢黎（张晋勋）约1940年从大青山到延安中央党校学习，与田家英住一个窑洞。他们家在太原掩护刘少奇同志时，谢黎跟随刘少奇身边，因个子高大被笑称作刘少奇的警卫员。妹妹荆燕（张晋燕）先后在延安保小、青训班学习。妹妹张晋媛也在延安。姐夫武新宇1939年从绥远调延安，任毛主席办公室秘书，筹备七大。后武新宇主动对毛主席提出要求回前线，去了晋绥。

约1944年，叶澜调至《解放日报》敌后版，让他熟悉敌占区情况。1945年10月，抗战胜利后不久，叶澜就被派到敌后工作，足见党的预见性、计划性。母亲也随父亲一起离开延安。

叶澜在延安时珍藏了毛主席1941年、1943年写的文章手稿原件。1970年，陈素捐给国家。

叶澜、陈素之子　叶钢

2021年1月29日

抗日战争时期尹文元从成都到延安的经历

尹文元于1921年2月出生于四川省成都市，6岁回到原籍新津县普兴场镇。少年时由于有时在家里带弟妹，在镇上小学读书时断时续。

1936年，小学毕业后考入成都协进中学。该校师生中有地下党组织，尹文元和众多学生受到进步思想影响。

1937年7月，全民族抗日战争爆发，年底尹文元即参加救亡团体——星芒宣传团。每周日到郊区宣传抗日一整天，演唱救亡歌曲、演出活报剧。曾参加在少成公园举办的救亡团体联合义演，在洪深编剧的《米》中扮演米店老板的女儿惠芳。

1938年3月，初中未毕业的尹文元辍学参加了四川地下党领导的四川旅外剧人抗敌演剧队。

5月，演出队一行21人离开成都，搭运粮船沿岷江经彭山、眉山、乐山、宜宾、江安、泸州等地到重庆参加双十节举办的全国第一届戏剧节，沿途在各城镇寺庙、祠堂的戏台宣传演出。

到宜宾时，在《塞上风云》中扮演女主角金花的演员不辞而别，剧队早上把剧本交给背台词快的尹文元，当晚由她替演一场金花。

同年10月，尹文元在泸州加入中国共产党。

在重庆作为25个演剧队之一的旅外演剧队在街头演出吴雪编导的《女扒手》，为前方将士募集寒衣捐款，所得居各演剧队之首。尹文元扮演主要角色女扒手。其后，剧队沿公路走回成都，沿途在附近集镇演出，宣传抗日。

1939年2月，剧队开始第二期流动演出，期间演员集体创作了四川方言讽刺喜剧《抓壮丁》，揭露国民党腐败的兵役制度。吴雪扮演李老栓，陈戈扮演王保长，雷平扮演三嫂子，尹文元扮演李老栓妻，卢咸铄扮演卢队长，潘秋扮演潘驼背。剧队在北碚与万籁天、辛汉文两位戏剧家相遇，他们看了《渡黄河》《抓壮丁》的演出非常赞许，愿来队工作，想在剧队有所作为，并有了以旅外演剧队为基础建立剧院的设想。

在广安、岳池一带，两位戏剧家为剧队排演了两个戏：一个是陈白尘写的多幕剧《群魔乱舞》，陈戈扮演维持会长，丁洪扮演保安队长，尹文元扮演妓女小白菜。另一个是宋之的和陈白尘根据德国席勒的名剧《威廉·退尔》改编的《民族万岁》。胡沙扮演英雄猎人魏大鹏，尹文元扮演魏妻。

1939年12月，旅外演剧队主要负责人被列入国民党的黑名单，四川地下党通知剧队速回成都、迅速转移。让剧队加入到阎锡山办的民族革命大学在四川招的新生队伍，160余人开赴山西。地下党派王怀安以协理员身份带领前往。队伍沿川陕公路步行，经广元入陕西宝鸡乘火车抵咸阳，步行向北。

1940年2月2日，尹文元随旅外演剧队24人（男18人、女6人）步行到达延安。和剧队绝大多数人员一起留在中央青年运动指导委员会系统，先去泽东青年干部学校学习。同时参加新组建的西青救总剧团，一面学习、一面演出。

元宵节开联欢会，毛主席亲手把一碗碗饺子送到大家手上。

陕北冬天的夜晚很冷，在党校礼堂演出《雷雨》时穿单衣有时还要扇扇子，冻得直打哆嗦。演完戏收拾好服装道具，排队走回文化沟（大砭沟）青干校时，鸡已叫头遍。洗把脸睡不了一会儿就要起床锻炼和学习了。青委书记冯文彬同志把组织发给他的一点儿有限的保健费买了鸡蛋发给他们补养。这种温暖人心的事儿真比任何营养品都要珍贵，给他们的精神力量足以战胜一切。

1941年秋，青干校停办，西青救总剧团改建为延安青年艺术剧院。

尹文元成为延安青艺的主要演员之一。在剧院演出剧目《塞上风云》中扮演金花母亲；《渡黄河》中扮演酒店老板妻；《雷雨》中扮演鲁侍萍；《伪君子》中扮演奥尔贡母；《生产大合唱》中扮演嫂子；《抓壮丁》中扮演李老栓妻；《夫妻逃难》中扮演妻；《贺保元得奖回家》中扮演贺妻；《三边风光》中扮演老太太；《把眼光放远点》中扮演老大妻。

尹文元和田蓝演秧歌剧《夫妻逃难》后，观众为尹文元募捐了大饼等各种食物，说："这个妇女演得太好了，太感动人了！"

初到延安时生活很艰苦，吃惯大米的四川人吃小米饭不消化，有一段时期，小米供应不上，还吃了一段时间小麦粒。到 1942 年，在党中央"自己动手，丰衣足食"的号召下，每人都参加种粮种菜、纺线、捻羊毛、织毛衣毛裤，自己种的西红柿大个儿的有半斤多，有时饿了就啃上一两个充饥，生活就好起来了。尹文元纺的线、织的毛衣在延安青艺数第一。延安的物质生活虽苦，精神却非常充实。人们唱着抗日救亡歌曲，整天都是乐呵呵的。

1943 年整风后机构调整，把青艺从青委划归联防军政治部领导，青艺演职员成为联政宣传队队员。

按规定，每人每年都要上交若干斤小米折算成货币的生产任务，可贺龙司令员有点儿偏爱文艺兵，免了他们的上交任务。他们就可以用一些收入改善生活了。买上些红枣，用每天既盛饭又喝水的大铁皮缸子来煮。一边吃枣，一边聊天儿，别有一番情趣。女同志把纺好的线或织好的毛衣、毛裤，定期背到新市场的生产合作社去交任务。

有一天，尹文元和于真去卖纺的线，回来一人买了一角钱的油炸枣糕。当她们走到日本飞机炸平的县城时，一辆卡车停在她们身旁，萧向荣部长开门向她们招手让上车。上车后才看见贺龙司令员也在车上。两位领导向她们问长问短，亲切极了。

1945 年 1 月召开的陕甘宁边区群英大会，联政宣传队获得团体奖，李鹰航、吴雪、欧阳山尊获得甲等奖，翟强、谢力鸣、尹文元、宋兴中获得乙等奖。

同年6月初，由周恩来副主席提议，在中央党校给七大代表和中央首长演出话剧《雷雨》。周副主席每次从重庆回延安，都会抽空观看延安青艺排练、演出，与演员促膝谈心。他称赞延安青艺的《雷雨》演员阵容整齐，表演有创造性。陈戈扮演周朴园，吴雪扮演周萍，雷平扮演繁漪，尹文元扮演侍萍，朱漪扮演四凤，丁洪扮演鲁贵，田蓝扮演周冲。6月3日，为七大代表和中央首长演出《雷雨》，周副主席、朱总司令等首长观看了演出。5日，到杨家岭演出；13日，为西北局干部演出。

1945年11月撤离延安后，尹文元一直从事宣传教育工作，曾任承德女中教务员、冀察热辽鲁艺分校教导主任、朝阳县文教科科长、泸州地委宣传科科长、成都铁二局宣传部副部长、北京南口铁路技工学校校长、北京铁路局教育处副处长、铁道部教育局文化教育处副处长。

1962年，尹文元受邀参加中国青年艺术剧院复排演出话剧《抓壮丁》扮演李老栓妻。

1963年，参加八一电影制片厂拍摄影片《抓壮丁》。

1965年4月，尹文元调任国家外国专家局友谊宾馆副经理。"文革"中，被打成黑帮批斗后，回到铁道部教育局劳改，8个月后平反，下放到河南新蔡县铁道部五七干校。1983年，按局级待遇离休。

2013年4月29日，尹文元病故，享年92岁。

郭夏霞

中国第一个"白毛女"

——林白与喜儿的一生情缘

她14岁只身前往延安参加民族解放运动；15岁登上延安话剧舞台，活跃于抗日宣传战线；21岁主演的中国第一部民族新歌剧《白毛女》唤醒无数被压迫人民，轰动全国；新中国电影摇篮初建，她从幕前退居幕后，成为一名翻译片导演。她将歌声与青春留在延安戏剧舞台上，又将大半生心血铭刻在银幕的光影之间，她就是中国第一个"白毛女"——林白。

林白，原名翟秀华，1923年11月20日出生于河南郑州一个铁路工人家庭。在上世纪二三十年代，社会极度混乱与动荡，铁路工人较先接触到进步思想，而林白父亲工作的陇海铁路郑州—洛阳段，早有共产党人建立地下组织，讲解革命道理，并取得了早期铁路工人运动的胜利。儿时的林白生活在这样的环境中，思想自然也受到一定的影响。

1937年，七七事变，抗日战争全面爆发。1938年，战火一路烧到河南，林白就读的郑州扶轮中学停课了。父亲决定带全家离开郑州，前往洛阳。

一、林白的中学时代

林白转入洛阳女子中学。不料，洛阳局势也很快紧张起来，洛阳女子中学也停课了。林白舍不得刚刚失而复得的学生生活，每日依旧跑回学校。正是在这段时间，林白遇见了人生中另一个更重要的课堂。

那天下午，一位年轻人站在操场中央，慷慨激昂地作着演讲，学生们围成一圈席地而坐，听他讲述日军怎样一步步侵占东北、华北，无数中国同胞怎样惨死在日本人的刺刀下，国民党怎样节节败退……

几位演讲者轮流演讲后，老师向学生们介绍说：这几位是南开大学的学生，因为天津失守，一路南撤，流亡到了河南。后来，林白才知道，他们是地下党组织的爱国青年，其中一位叫吴祖贻。

多年后，林白依然清晰地记得这个名字，是他引领着林白走上革命道路。

在学校停课的日子，只要有这样的演讲，林白就会跑去听。在爱国青年的感召下，她报名参加了救亡活动，同几个女同学，被分派照顾部队撤下来的伤员。林白始终记忆犹新：那时医疗条件极其有限，学校搭起临时安置点，接收伤员。由于缺少护理，有的战士伤口严重发炎化脓，腐烂的肉里长出了白蛆。当粘着血迹和尘土的发黑的绷带被一圈圈拆下来时，伴随着一股股臭气，有的女生忍不住地吐了，有的女生感到害怕。然而，看到这些小战士们年轻的面庞，她们更多是心痛。战士们刚刚从战火中死里逃生，决不能再让伤痛夺去生命，要治好他们，这些并没有受过专业训练的孩子，凭借着一股勇气担负起了又脏又累的护理工作，担负起战争年代赋予的超越年龄的责任。

护理伤员之余，林白便走上街头，加入抗日宣传队伍，演唱《义勇军进行曲》《牺牲已到最后关头》等歌曲，演出《放下你的鞭子》《保卫卢沟桥》等小型抗战剧，向妇孺、青年、老人，传递着抗战的思想、希望的微光……

在抗日救亡的宣传中，延安这个名字，林白在与进步青年的交流中，越来越频繁地接触到，但它会与自己的人生发生怎样的联系，林白从来没有想过。就在一个看似平常的下午，一个机缘彻底改变了她的人生。

1938 年 8 月的一天下午，林白在邻居家意外看到一本《抗大动态》。她翻开第一页，就被目录上的文字吸引，"救国教育的一个新贡献""抗大怎样与困难搏斗"……这是介绍中国抗日军政大学的书。林白不曾想过，在到处充斥着战乱恐慌的年代，还有这样一所学校。

"要到抗大去，到延安去!"林白几乎在一瞬间就作出了这个决定。当天晚上，林白兴奋得一夜没睡，她在心里琢磨着怎么实现这个计划。经过一番思量，她将所有希望寄托在母亲的身上。

母亲性格果敢、思想相对开明，林白趁母亲做饭，鼓起勇气，将内心的想法和盘托出——要到延安抗大去，要闯一片自己的生活。

但第一轮游说以失败告终。接下来的一段时间，一有机会，她就将沦陷区人民的生活讲给母亲听，她不甘做亡国奴，想去寻求救国之路。整整一个礼拜的软磨硬泡，母亲最终拗不过女儿，同意了。

林白立刻找到地下党员——吴祖贻，希望尽快出发，她怕母亲反悔，更怕走漏风声节外生枝。但林白始终不知道，这个吴祖贻的真实身份是中共豫西特委青年部长，后任豫鄂边区党委民运部长，长期进行着抗日群众工作。吴祖贻应该也不曾想到，那个后来在延安舞台上扮演《白毛女》中喜儿的革命战士，正是当年深受自己影响的小姑娘。

经联络人安排，林白被确定随第一批7人（5男2女）去西安，经西安八路军办事处介绍，前往延安。

8月的洛阳天气燥热，母亲送她去火车站，火车站挤满了人，逃难的、当兵的、流亡的，嘈杂的声音淹没了母亲焦虑的嘱咐，林白只看见母亲噙满泪水的双眼，忍不住一阵难过，她将目光游移到站台上，在人流中寻找父亲的身影，期盼能看到极力隐瞒着的父亲"最后"一眼。然而，一心向往延安的林白，却不知父亲早在母亲那里得知了情况，只是佯装不知，默许了女儿的决定。

直至多年后，她才得知母亲自她离去终日焦虑、懊悔，竟哭瞎了一只眼睛……即便如此，母亲仍在险恶的时局下，承受住巨大压力，给予了女儿最大的支持。

二、爬也要爬到延安

出发前，林白同行7人，从联络人那里得知，9月18日延安要举办一场九一八纪念大会。他们当下决定，尽管沿途有国民党的层层封锁，但在 9 月 18 日前，爬也要爬到延安。

八路军驻西安办事处，是中共中央在西安的联络处，是进步青年前往延安的一处重要联络点。8 月底，林白与同行的进步青年怀着急切的心情，踏进了西安八路军办事处的大门。

接待员热情地接待了他们。林白忽然感受到久违的踏实和希望。"去延安（要吃苦），你身体行吗？"接待战士的目光落在林白身上，不免有些担忧。那时的林白还不到 15 岁，身材瘦小，面带稚气，在同伴中年龄最小。而她自认为已是革命者，不服气地说："别看我瘦，在学校，我还是校篮球队的呢！"战士一下被逗笑了，便不再多说，让他们等待去延安方向的车。

西安连日阴雨，迟迟没有去延安运送物资的汽车。眼看九一八临近，林白一行年轻人决定背上行李，步行前往。他们凭着坚定的信念，翻过重重山峦，登上黄土高坡，用自己的双脚，一步步迈向信仰与理想的土地。

1938 年 9 月 17 日，林白与同行的同学终于到达抗日军政大学洛川随营分校。11 月，林白随学校并入抗大女子学院，正式到达延安。

在洛川的短短 3 个月，林白深切体会到，陕北边区最炽热的革命热情和迷人的勃勃生机，她被眼前这个崭新世界震撼了。为学到新知识兴奋、为接触到新思想振奋。她要尽快、彻底融入这个进步的群体，于是作出了人生中两个重要的决定——改换姓名、申请入党。

林白是她自己改换的新名字，她要彻头彻尾告别"旧我"做一个全新的战士，同时也为了保护亲人。直至多年后，林白饰演的角色在延安家喻户晓，她的远房侄子才通过延安的朋友得到她的消息，帮她联系到家人。

11 月，林白郑重向组织提出了入党申请，那时她还不足 15 岁，不到入党年龄，组织便让她先加入少先队，次年 3 月才批准她入党。但这个想法早在洛阳学校听进步青年抗日演讲、在宣传抗日、救治伤员时，就为之心动，共产党员这个身份早已成为光荣与责任的化身，她迫不及待想成为一名共产党员。

在洛川抗大的学习中，林白爱唱、爱表演的特长逐渐崭露头角，并第一次登上舞台，出演了话剧《洛痕》的女主角丽芝。遗憾的是，战争年代的剧目大多是边排边演，演出情景已无处可查，没有留下正式的剧本。这一段日新月异的经历，却仅存于林白档案上简单的一行字——1938 年 11 月话剧《洛痕》饰女主角丽芝。

1938 年 11 月，林白随学校改编，真正地到达了延安。

三、鲁艺的学习开启文艺生涯

多年以后，林白提起这段历时数月从家乡辗转到延安的经历，艰难与波折的过程早已淡忘，但延安给予她求知若渴、终得所愿的激动心情，却深深烙印在她的脑海中。尤其谈到初入鲁迅艺术学院的一段往事，即便已是满头银发的她，语调仍会立刻兴奋起来，眼睛里光芒闪烁。

1939 年 3 月，林白从抗大女子大学二队毕业，就在她困惑于未来道路的选择时，同学柳岸带来好消息，延安鲁迅艺术学院正在招生。

这让对文艺充满热情的林白一阵惊喜。她立刻决定报考鲁艺，并向领导提交了意愿申请书，最终获得批准。

当时的考试，林白记忆犹新。考官给她出了一个即兴表演的小品考题：一天，她工作很晚回到住处，在黑暗中吃馒头，然后睡觉。这段看似简单的表演，实际考的是对生活细节的观察和模仿，她的思绪瞬间被拽回郑州的家，多少个日夜，一家人躲进黑暗的防空洞，匆匆吃饭的场景再次浮现。她一下抓住了动作的情绪和重心，又丰富了摸黑划火柴点油灯、就着水啃馒头等细节，很快完成了表演。正是这段流畅的表演，让林白得到了戏剧系老师的肯定，顺利通过了考试。

那时的鲁艺音乐系主任是著名作曲家冼星海，文学系主任是文艺理论家周扬，戏剧系主任是戏剧理论家张庚。在戏剧系的林白，同时还被分配到当时已小有名气的作曲家郑律成老师那里学唱歌。

除了学习专业课程，林白特别爱听文学系的外国文学课，主讲老师周立波颇受欢迎，每个鲁艺的学生几乎都是他的粉丝。他的课从下午讲到黄昏，从黄昏讲到天黑，来蹭课的小板凳越搬越多。林白记得高尔基、托尔斯泰、巴尔扎克的小说最吸引人，讲到《安娜·卡列尼娜》时大家都听入了神，"地下掉一根针都听得见"。

林白一边听一边将这些作品的人物分析记在小本子上，以至于一生中，她都对俄罗斯文学情有独钟。多年后她在长影转行做翻译片导演，译制最多的影片，也是俄罗斯（苏联）电影。

林白还记得在俄罗斯文学的感染下，学生间刮起了穿俄式军装风，修身的列宁装成为新时尚。林白自己动手，一针一线将肥大的军装改成了合体的收腰款，还做了个俄式的假领子。结果，第二天一出门却发现，同学们竟不约而同穿上了自制的列宁装。

林白还选修了文学系周扬、陈荒煤的文艺理论，她曾深深感慨道：那些对小说人物命运的剖析，曾在她日后的演出中，对剧中角色内心的理解与把握，起到至关重要的作用，对于她的文学鉴赏水平也有很大的提高。

在鲁艺最初的一段时间，林白参演了多部活报剧，并在《棋局未终》《今天》等剧中扮演了女主角。就是在这样一次次的街头演出中，林白丰富了舞台经验、了解了广大民众的需求，为抗战宣传演出奠定了基础。

在鲁艺学习的几个年头，林白迅速成长，她再也不是那个街头巷尾唱歌曲、喊口号的小女孩，她的理论知识更加丰富，思想更加成熟，鲁艺对于她来说，成为她一生重要的转折。

1939 年 4 月，在林白考入延安鲁艺的第二个月，学校为庆祝鲁艺成立一周年准备 5 月 11 日举行音乐晚会，演唱由冼星海作曲、光未然作词的歌曲《黄河大合唱》。这部歌词是光未然渡黄河时，根据吕梁前线战斗的经历而创作，借黄河的浩荡磅礴之势，展现中国人民抗战的壮丽图景，词曲慷慨激昂、振奋人心。学校决定将由师生组成百人合唱团，唱出中华儿女顽强不屈的雄伟气魄，林白也被选中成为其中一员。

5 月 11 日，《黄河大合唱》在延安鲁艺庆祝周年晚会上首演，冼星海亲自指挥百人大合唱，场面壮观、歌声雄厚。演出相当成功，毛主席感动地连声说好。多年后林白在接受采访时还回忆道："'风在吼、马在叫……保卫黄河、保卫华北、保卫全中国'的轮唱，大家不是在唱，简直是在呐喊。它是民族的怒吼，是抗战时代的最强音！当时，我头发丝都跟着竖起来，眼泪不由自主地流淌。晚会结束之后，《黄河大合唱》的旋律仍在我的心中久久回荡……"

四、第一次排大戏——《日出》

1939 年初冬，林白突然接到通知，借调她到鲁艺实验剧团扮演《日出》里的小东西，这很出乎林白的意料。《日出》不是国统区的话剧么？延安当时以短小自创的活报剧为主，怎么突然要排这个大戏？怎么会选到自己？当时，她猜想，可能是在洛川演话剧《洛痕》时，导演王滨也在洛川抗大学习，碰巧看过这个戏吧。不过这个疑问她从未向王滨证实过。

原来不久之前，毛泽东在延安杨家岭的窑洞里接见了周扬、沙可夫等人，提出鲁艺在现有基础上，应该在艺术上再提高，不能总停留在活报剧的水平上，不妨演一些优秀的剧目。过段时间，毛泽东同志又约鲁艺戏剧系主任张庚同志谈话，说延安也应该上演一点国统区作家的作品，比如《日出》就可以演，并提出应该集中一些延安的好演员来演。演出筹备组组成后，毛泽东同志又指示，这个戏是几个单位联合演出的，一定要团结互助搞好合作关系。该剧导演团有张庚、姚时晓、王滨，钟敬之舞台设计。

《日出》是四幕话剧，集中了当时延安的一批优秀演员，有李丽莲、张成中、王异（一达）、颜一烟、干学伟、范景宇、田方、林白、韩冰等。其中，李丽莲饰演陈白露，张成中饰演方达生，田方饰演黑三，韩冰饰演翠喜，林白饰小东西。

小东西自幼丧母，和打夯的父亲相依为命，生活贫苦倒也其乐融融，

224

直到父亲意外被砸死，她生活中的一切美好瞬间化为灰烬，命运的巨掌将她推入无边的黑暗。她的挣扎反抗显得那么赢弱，最终被卖到妓院里，受尽凌辱，绝望自尽。小东西在剧中戏并不多，只是第三幕出现，但在编剧曹禺的心中，却占有很重的分量。

林白饰演小东西时年仅 16 岁，她从小在父母身边长大，性情单纯活泼，对黑暗的社会还缺乏深入了解和感受，《日出》又是她在鲁艺参加的第一部大戏，难免感到压力。林白记得，那时候导演王滨给她排戏，从分析人物到引导情绪，都给她很大帮助。当他讲到激动时，会把衣服前襟一甩，一手叉着腰，一边讲，一边表演，别看他是个男同志，演起小女孩儿来，神情拿捏精确、扮相惟妙惟肖。林白暗想：这导演真厉害，看他那儿表演，肯定也是个好演员！

林白当时并不知道，眼前的导演，早在 30 年代初期，就开始接受进步思想，参加进步的戏剧活动，小有名气，曾参演过电影《故宫新怨》。

在王滨的悉心指导下，林白将小东西的凄惨命运表现得淋漓尽致，加上她那柔弱的外表、娇小的身材，更博得了观众的同情。王滨导演后来说："林白演的小东西真是既可怜，又可爱，很成功！"

经过 20 多天的排练，《日出》于 1940 年元旦公演，一连演出 12 场，引起了很大反响。1 月 17 日，《新中华报》以《〈日出〉公演 8 天，观众将近万人》为题，报道了演出的盛况。文章说："演出效果甚佳，获得了一致好评……"

《日出》演出成功后，毛主席和中央领导同志上台接见了剧组成员，为祝贺演出成功，周副主席请部分演员到干部食堂一起吃晚餐。这是个令林白终生难忘的一天，大家围坐在一个圆桌旁。周副主席将林白叫到自己的身边坐下。林白回忆道："那时在剧组，我年龄最小，刚满 16 岁，所以周副主席认为我还是个小姑娘，特别关照。那天吃的是大米饭，平时几乎见不到，我一高兴吃了一碗还觉得不够，想站起来添饭，周副主席看我坐在靠墙的里侧不方便，便热情地拿过我的碗，替我添了饭。"周副主席平易近人，待人真诚关心的情景，深深地印在林白的心里。

对于林白来说，《日出》的演出，是她在艺术生涯中，具有标志性的意义，她的演技得到了很大提高，尤其在对人物形象的塑造，更加注重情感细腻的呈现和丰富的肢体语言的表达，使人物更加饱满立体、真实动人，为她日后塑造角色打下坚实的基础。

《日出》是延安上演的第一个表现国统区生活的剧目，活跃了延安的文艺生活，开拓了延安观众的视野，提高了鲁艺表演的整体水平，并为日后排练大戏打下了基础，成为延安时期文艺史上的一笔财富。

五、与王家乙的相识相知

《日出》演出成功后，延安掀起了一场排大戏的热潮。当时另一部有名的大型话剧是苏联的《带枪的人》，在这部剧的排演时，命运为林白与王家乙安排了一段缘分。

1941年夏天，林白从鲁艺戏剧系被借调到鲁艺实验剧团《带枪的人》剧组，扮演剧中的一个侍女。当林白第一次见到王家乙时，他正在修理灯具，像是一个照明工，很不起眼，有人说，他是从上海来的，家里是资本家，这让林白彻底没有好感。那时林白对上海的知识分子抱有偏见，认为他们浮夸，不够革命，更何况还是资产阶级出身，倒是王家乙对这个活泼可爱、唱歌好听的小妹妹却多了几分关注。

当时剧团里，无论导演还是演员，都身兼数职，台上是导演、演员，台下就是工作人员，搬景、装台不分你我，大家一起干，连化、服、道、灯、音、美都是多面手，并常常在剧中扮演角色。王家乙在《带枪的人》中不只是负责灯光，还扮演一个苏联红军水兵代表。

苏联红军水兵的头发是卷发，王家乙需要把头发烫卷，那时没有专门的化装师，大家都是拿火剪子自己烫。在彩排前，林白看到王家乙举着烧热的火剪子站在镜子前，比画半天也没有烫好，笨拙的动作让她暗暗发笑。王家乙有些不好意思地说："烫头，我们男人不在行，帮个忙好不好?"说着将火剪子递给了她。林白接过火剪子，熟练地帮他卷好头发。彩排结束后，王家乙特意买来烧饼送给她表示感谢。就这样，每次演出，王家乙都找林白帮忙，一来二去两人熟络起来。

在交往中，林白逐渐了解到，王家乙是南京人，曾在上海震旦大学（法国人办的私立学校）学医，1937年参加了上海抗敌演剧队，先后转战江苏、湖北、重庆、湖南、安徽多地进行演出，是个名副其实的"老演员"；他心灵手巧、兴趣广泛，灯光、舞美、道具样样精通，对生活充满热情。他还会弄一块锡，用小勺熬化做毛主席像章；在艰苦的日子，他会种柿子，带林白去摘火红的西红柿；他的一双手总能创造出浪漫而又新奇的事物。更可贵的是，他的精神是乐观向上的，与林白在思想上不谋而合，他们互相理解、互相尊重、互相欣赏，很快就成为情投意合的恋人。

1942年12月30日，王家乙和林白在延安桥儿沟鲁艺教堂举行婚礼。两个不同家庭出身，不同文化背景的年轻人，因为共同的革命理想成为终身伴侣。当主婚人宣布俩人结为夫妻时，大家簇拥着他们跳起交际舞。林白记得，王家乙特意买来了一大筐黄澄澄的胡萝卜，答谢婚礼上来祝福的同志，也庆祝即将到来的新年。

令人没想到，两年后，这对恩爱夫妻，在舞台上竟饰演了一对生死冤家。

六、从民间传说到亿万人心中的"白毛女"

1945年1月的一天下午，鲁艺师生照例集中在教堂西侧的大院里听报告，报告结束后，领导让大家留一下，说要讲个"白毛仙姑"的故事。故事讲述晋察冀边区，一个被地主迫害的农村少女逃入深山躲进山洞，因缺盐又少见阳光，生出一头白发。她饥饿难忍，便偷庙里的供果为食，当地村民误将她当作"白毛仙姑"供奉起来，后被八路军弄清真相救出，才得以重见天日。

故事讲得惊心动魄、跌宕起伏，不知不觉夜色已深，北方深冬的寒风凛冽刺骨，但在场的师生竟无一人离席，满场鸦雀无声，大家都被白毛仙姑的悲惨遭遇牵动心弦，沉浸在悲愤中。王滨导演从人群中走出来，向大家宣布了一个院领导的决定，要将这个故事排成一部大戏，随后宣布了演员名单：喜儿由林白扮演，黄世仁由陈强扮演，杨白劳由张守维扮演，穆仁智由王家乙扮演……演员名字一个个念下去。此时，林白还沉浸在故事里的人物牵绊中，忽然听到自己的名字，心里一惊，如梦初醒。她被选定扮演喜儿，真是既兴奋又紧张，她没有想到组织会把这么重要的角色交给自己。

导演王滨之所以选定林白饰演喜儿，主要是因为她在话剧《日出》中扮演的小东西，给观众留下深刻印象。她把小东西凄惨的命运表现得淋漓尽致，加之外形娇小乖巧，更加博得观众的同情。而喜儿的形象命运，也恰似小东西，当喜儿被黄世仁迫害、逼至绝境，让人心疼、怜惜，才会更加激起民众对黄世仁的仇恨。因此，决定让林白来演喜儿再合适不过了。

演员确定的第二天，导演王滨就让演员和作曲下乡去体验生活，要求演员到农村学说陕北当地方言，向老百姓学习秦腔，收集民歌唱词。秦腔是陕北最流行的曲种，深受老百姓的喜爱，剧组专门请了秦腔艺人逐字逐句地教唱，大家都很兴奋，津津有味地学说学唱，就连日常生活中都改说陕北话。一个月下来，浓郁的陕北话和高亢的秦腔曲调，使演员们深深感受到陕北浓郁的乡土气息。

与此同时，《白毛女》剧本也进入到由民间传说故事到集体讨论创作和排练的阶段。第一幕第一场按照秦腔的戏路排练出来后，导演决定请领导看看是否认可。彩排是在鲁艺校园内进行，院领导周扬、张庚、陈荒煤和鲁艺师生及桥儿沟附近的乡亲们都来了。在临时搭设的露天戏台上，演员们一开腔就吸引住了当地的观众，但周扬几人却微皱眉头，心生担忧。

彩排后，领导立刻召开座谈会，直接否定了秦腔的唱法，认为有被民间形式束缚的感觉，如果继续走下去，很难创作出新意，更算不上新歌剧。此时，恰逢革命形势好转，这部戏从长远来看，不仅要在延安演、陕北演，还要到全国各地去演，为了让全国人民都能看懂听懂，必须改用普通话，排成一部老百姓喜闻乐见的新歌剧。

于是，一切推翻重来，导演王滨又一次带领创作组开拓新的思路。创作组由王滨、陈强、王家乙、张成中、赵起扬和西战团的几个人组成，他们换掉秦腔方言，改成普通话，吸收传统戏曲的精髓，借鉴西洋歌剧的元素，汲取秧歌剧的经验，从老百姓熟悉的生活出发，在文艺创新中寻找突破。创作组决定以民间曲调定为主基调，按照周扬提出的"根据内容决定形式"，将音乐、舞蹈、唱腔、对白等多种舞台表现形式容纳进来。

林白回忆道："当时没有剧本，大家都不懂戏剧，不懂新歌剧是什么样，没有创作经验，创作组完全是在传说故事的基础上进行讨论，王滨做大纲，大家再凭经验和创造力往里加内容，贺敬之再将大家的讨论整理成文。贺敬之作词，音乐组作曲，再交给导演和演员进行排练。在整个排练过程中，反反复复不断打磨，不断地修改，每推倒一次，就重新排练一次，好似流水作业，天天如此……"

那时，林白和王家乙，几乎完全沉浸在《白毛女》的创作中。白天，俩人在现场排练，晚上回家，仍在探讨戏怎样演更好。林白记得，排到杨白劳喝卤水死后穆仁智上门抢喜儿的戏时，尽管喜儿悲愤交加，痛不欲生，但现场几次排练都不理想。王家乙突然从传统京剧中得到灵感，对林白说："这段戏不能只是哭和说，还要借助外部形体动作体现喜儿的悲痛，咱俩配合一下，当穆仁智上前抢喜儿时，你要扑向爹的身上，我向后拉你，你随着我的拉拽形成反动作，像戏曲中的一拉一拽，反复几次，将其中的情绪激发出来，表现出穆仁智的可恶和喜儿的可怜。"这个细节巧妙地将戏曲的动作融进了《白毛女》的歌剧中，增强了情感的表现力。

1945年4月，新歌剧《白毛女》终于在鲁艺院内搭建的露天舞台上首次公演。林白记得那天鲁艺的师生和桥儿沟附近的老百姓几乎都来了，木板搭的椅子上坐满、站满了人，目光所及之处都是人，大家争先恐后一睹这部新歌剧。

大幕拉开，年三十的夜晚，喜儿欢天喜地盼望着爹爹归来。爹爹带回二尺红头绳，喜儿幸福地坐在爹爹身前，感受爹爹为她扎上红头绳，而转瞬间地主管家前来逼债、逼死了爹爹，喜儿仿佛五雷轰顶，堕入悲痛的深渊……喜儿的命运牵动着每一个观众的心，林白的演唱生动鲜活，激起人们对喜儿的无限同情。

陈强回忆道："林白扮成喜儿，上得台来，展现出一种天成的灵秀和妩媚，把人物动作、表情处理得格外细腻，再加上她惹人怜爱的扮相，就更加唤起观众对喜儿的同情，所以，看她的演出，人们要带两条手绢。"

演出引起轰动，领导和观众给予了较高的评价，也给了剧组极大的信心。剧组又接连演出多场，每场演出过后，又收集各方的建议，进行修改、排练，为七大正式公演做准备。

此时，距七大正式演出只有一个多月，剧组从早到晚都在排练场，林白的身体承受着巨大考验。《白毛女》是大型歌剧，每场演出都要持续4个小时，演出强度极大，生活十分艰苦，考虑到演员身体严重透支，鲁艺特批林白每天一个鸡蛋。导演王滨也格外照顾大家，从他微薄的津贴中拿出一部分买些肉蛋之类，送给演员们补充营养。

那时，组织上分给林白和王家乙教堂西边坡上一间平房，与舒强家为邻，在紧张的演出排练中，林白和王家乙常常顾不上照顾1岁多的女儿，常托付给舒强5岁大的女儿舒晓鸣来帮忙照看。

舒晓鸣回忆道："那时，我在歌剧《白毛女》中演小白毛，从排练到演出这段时间，就没把我送保育院，一到排练时间，家乙叔叔他们经常将1岁多的女儿放到一个倒置在地上、四周用绳子绑成围栏的凳子中，然后让我来看管。那会儿我哪会照顾小孩子，只是将林白阿姨煮好的面糊糊喂给小妹妹吃，那时生活很艰苦，能吃到白面不容易，叔叔阿姨留的面糊糊让我特别馋，每次给小妹妹喂一勺，我总要抿一口，一碗下来，让我吃了五分之一……后来，我对阿姨坦白了错误，阿姨笑笑，摸摸我的头，她早已把我和她的女儿当成一家人了。"

当时，全剧长达 4 个多小时，喜儿的表演戏份大，几乎场场都有，因过度劳累，林白突然病倒，这让剧组意识到，单靠林白一个人承担喜儿的演出强度太大，身体吃不消，急需增添喜儿 B 角演员，以随时应急补上。经作曲家张鲁推荐，从音乐系调来了王昆。由林白饰演《白毛女》喜儿 A 角，王昆饰演《白毛女》喜儿 B 角。为了让林白全身心投入排练，此时领导还为林白安排了一个十七八岁的农村姑娘，帮助她照顾女儿，以迎接党的七大献礼的演出。

1945 年 6 月 10 日，鲁艺剧团领导接到通知，《白毛女》剧组当晚要到杨家岭中央大礼堂为党的七大献礼演出，毛主席和其他中央领导都会出席。这是林白和剧组全体期盼已久，也为之准备已久的时刻，每个人都兴奋不已。他们苦苦创作了半年之久的新歌剧，终于要在毛主席和中央领导面前接受最终的检验。林白更是激动不已。然而，就在开演的 3 个小时前，一件出人意料的事情发生了。

傍晚时分，一辆开往杨家岭的敞篷大卡车停在院门口，剧组人员纷纷跳上车等待出发，却发现林白迟迟未到。原来那几日，林白的女儿患上了急性肠炎，高烧不退，她放心不下，再三叮嘱照顾女儿的农村姑娘，又匆忙找来邻居熊焰来帮忙。熊焰看着烧得满脸通红的孩子心里没底，问林白："如果孩子还继续烧怎么办？"林白毫不犹豫地说："那你就帮我送医院吧！"说完，顾不得耽搁便赶往集合点。

她最后一个爬上卡车，站在了车尾。车辆猛然启动，一股浓重的汽油味扑面而来，林白一个趔趄差点摔倒，王家乙赶紧扶住她，让她靠在自己身上做支撑。持续高强度的排练、演出，长期的过度疲劳，加上连续几夜照顾生病的女儿，林白的身体有些吃不消了。

然而，从桥儿沟到杨家岭的路，全是盘山路，卡车在山路上剧烈颠簸，伴随着阵阵浓郁的汽油味，林白开始晕车，呕吐不止。王家乙一边安抚，一边用大茶缸帮她一次次倒掉呕吐物，车开了一路，她呕吐了一路。

到了杨家岭，林白终因体力不支，被扶下卡车蹲在路旁……

剧组看到林白虚弱的身体，担心她撑不下来《白毛女》中喜儿 4 个多小时的演出，可演出不等人，剧组只能临时换人，安排 B 角王昆来出演当天的喜儿，其他演员原封不动。

演出获得成功，中央领导给予《白毛女》极高的评价。

林白却在幕后独自挨过了整场演出，那是她一生中最漫长的 4 个小时，最痛苦的 4 个小时，也是她一生中最遗憾的 4 个小时。尽管林白从 1945 年 4 月 23 日歌剧《白毛女》首演开始，到 6 月 10 日期间，始终在歌剧《白毛女》中扮演喜儿（A 角），然而，在她心中最盼望的——为毛主席和中央领导演出的这一场，却与其失之交臂，成为了她一生中最大的遗憾。

在歌剧《白毛女》为七大公演的第二天，林白的身体已经恢复，她立刻又投入到为七大会议代表与群众的连续演出中。之后，由林白与王昆每人一天一场轮流演出，有时两人分别各演半场。

扮演黄世仁的陈强回忆道："林白扮演的喜儿生动、鲜活，给观众留下了深深的印象……场场演出，人们同情的都是喜儿，最受欢迎的也是喜儿，扮演喜儿的林白无论走到哪儿，人们总是笑脸相迎，仿佛她真个就是受过黄世仁欺凌逃进深山，而今被八路军接回村的喜儿……"贺敬之提起林白扮演的喜儿，依然记忆犹新："林白是演话剧出身的，她的戏好，胜过别人，而且形象好……喜儿让她演活了。"当地老百姓看到林白，便拉着她的手，红着眼眶说："这个戏，我看了 3 遍，我还要再看！"在对外公演时，每次观众都达三四千人，很多农民跑 10 多里路来看戏。房上、墙上、树上都站满了人。歌剧《白毛女》在延安引起强烈反响，在艺术上也达到当时的最高水平，在思想上更是站在了时代的最前方。

在歌剧《白毛女》演出结束后的总结大会上，林白因成功扮演了喜儿，获得了甲等奖。

七、到更需要的地方去

1945 年 8 月，日本投降的消息传来，整个延安都沸腾起来，人们奔走相告，男女老少挤出窑洞，潮水般地涌上街头，整个桥儿沟，整个鲁艺一瞬间陷入了狂欢之中，压抑多年的愤懑终于得以释放。人们把带响的东西都拿出来敲，脸盆、锅盖、锣鼓，声音响彻延安城；大家 4 人组成一排随着鼓点跳着叫着，扭起了大秧歌。王家乙和林白顾不上年幼的女儿，也兴奋地冲出门外，加入到秧歌队庆祝胜利的狂欢之中……中国人民经过 14 年的浴血奋战，终于取得了最终的胜利。

国内形势发生了巨大变化，内战一触即发，党中央决定尽快占领东北。在派出军队的同时，将向东北派出文艺团体，建立东北根据地。鲁艺的师生争先恐后地报名。当日，王家乙参加动员会后告诉林白，自己已报名去东北文艺工作团，并将随舒群、沙蒙、田方等人出发。因女儿还小，他嘱托林白先不要去，在家等消息，待自己到达东北，情况稳定后，再带孩子去与他会合，那时候组织一定会通知她，妥善安排她的行程。

1945 年 9 月 2 日，大队出发，林白抱着不到两岁的女儿去送王家乙。部队很快走出了桥儿沟，林白穿着自己编的草鞋追赶不上，只得望着队伍渐渐远去。送行的人们已经散去，她一个人抱着女儿默默地往回走，心里百感交集：在这战争的年代，她不知他会不会顺利到达东北，不知到了东北又如何度过那滴水成冰的严冬，更不知何时才能团聚？……身边的延河水波涛汹涌，似乎在回应她的倾诉，林白心头不禁涌出，轻声唱起："延水浊，延水清，情郎哥哥去当兵，当兵啊要当抗日军，不是好铁不打钉……"《延水谣》句句情意绵绵，歌声清澈婉转，带着林白对丈夫的牵挂，带去无尽的思念。

在日夜盼望中，林白终于等来了消息。1945 年 12 月，她接到鲁艺组织的通知，可以带着女儿与鲁艺教师队出发去东北。因为孩子太小，组织分配给林白一个 16 岁左右的小战士，照顾她和女儿，路上还有好多带着孩子的母亲,被叫作"妈妈队"。

她们从延安出发,走的是山路,路程很远,又很艰险,路的一侧是黄河,另一侧就是山崖。组织上给她们每人配一头毛驴,毛驴的背上左右各挎上一只箩筐,一边放孩子,一边放行李,大家管它叫驴轿。他们有时坐驴轿,有时搭乘汽车,遇见山路上山时,林白将女儿放在驴背上的箩筐里,下山时,林白怕驴失前蹄,又把女儿抱在怀里,一路来到山西地界。

就在刚进山西时候,对面山沟突然出现一支国民党的队伍,林白说:"我们的队伍向北走,他们的队伍向南走,几乎是擦肩而过,当时谁也不知道将会发生什么事情,幸好没有发生摩擦,大队有惊无险地过去了。"他们就是这样一路翻山越岭,直奔北方。

沿途他们要通过数道封锁线,队伍很长,带孩子的妈妈很多,孩子不懂得危险,一旦有孩子哭叫、乱跑,被敌人发现,后果不堪设想。每当这时,队里的男同志总会来帮忙,有的帮助抱孩子,有的搀扶行走不便的女同志。林白回忆起那段时说:"同行队伍里的陈静波,看我抱着女儿行动不便,便帮我抱着女儿冲过封锁线。在过滹沱河的时候,河水有齐腰深,水流很急,冲得人站不稳,小战士只能牵着驴,陈静波又将我女儿扛在肩上,拉着我蹚过了这条河,如果只靠小战士,我是很难顺利冲过封锁线的。"

林白随队伍从延安出发,徒步经绥德、碛口、临县、平鲁、左云、阳高。数十天后,直至河北怀来,因锦州战事紧张过不去,队伍决定暂不去东北,折返张家口待命。这段时间,鲁艺华北文工团决定重演《白毛女》。这次演出的剧本,贺敬之参照了观众们的要求和意见作了较大修改,并由李焕之补写了几段音乐,同时担任歌剧指挥,由舒强导演。演员方面也作了调整,保留了在延安演出时的主要演员,林白仍然饰演喜儿,另外,还有王昆、孟于,陈强饰演黄世仁,凌子风和牧虹先后扮演杨白劳等。

歌剧《白毛女》先后在张家口人民剧场等处公演,轰动了新解放的张家口市。林白回忆起这段经历时说:"在张家口,我和王昆、孟于演《白毛女》中的喜儿,群众感到很新颖,很喜欢。北平的戏剧界和知识界,也都认为共产党的歌剧好。"新歌剧《白毛女》在张家口的演出,在歌剧历史上占有重要的位置,奠定了我国新歌剧的发展基础。在此期间,林白还演出了《12把镰刀》等小歌剧。

1946年,张家口形势紧张,上级命令继续往北撤,林白等数十人在吕骥、张庚率领下,于1946年5月由张家口,搭乘战时大卡车向北出发。

1946年6月,林白到达东北哈尔滨,又加入到歌剧《白毛女》的演出筹备中。此次由水华导演,演员基本上还是延安时期的老班底,林白仍扮演喜儿,王家乙扮演穆仁智,干学伟扮演杨白劳,张平扮演黄世仁(陈强当时在华北文工团)。

8月,哈尔滨剧场(后来的东北电影院),由东北大学鲁迅艺术文学院及东北文工团、松花江文工团联合演出《白毛女》。哈尔滨剧坛立刻引起震动,买票的人们排成长队,剧场每天上午11点,就挂出了"客满,票已售罄"的牌子;等到晚上演出前,剧院门前又挤满等票的群众,一时间出现一票难求的局面。每一场拥塞着满满的观众。原来一周两天的团体包场,也被迫改为一周5天。后来广大市民提出抗议,剧院又不得不取消团体包场,重新向观众售票。歌剧《白毛女》的公演,在哈尔滨掀起了一浪高过一浪的观演热潮。

全场观众情绪激扬。青年学生心灵受到极大的震动,有的哭成泪人,有的女同学因悲痛过度,被搀扶出剧场。演出结束,热烈的掌声经久不息。

林白对在哈尔滨的演出,一直有种特别的情感。她曾说:"哈尔滨的人民在日本侵华时期,长期受日本人的压迫奴役,许多孩子不知道自己是中国人。日本投降后由于国民党的反动宣传,哈尔滨部分群众不了解共产党,害怕共产党,从没有看过这样的好戏。更没想到二尺半(军装)共产党的队伍竟能演出这样高艺术水平的节目,《白毛女》给蒙受奴化教育的东北人民和青年,带来一股清新的气息,感受到解放区革命文艺的巨大魅力。"

《东北日报》曾报道,《白毛女》"演出走进了东北民众的内心,唤醒了东北民众的自我意识，与剧中情节产生了共鸣。民众关注度之高，是以往其他单一戏剧演出所没有过的"。

林白说："那时每场演出结束，我们都要等到观众彻底离去才能返回驻地。如果走得早，一定会被在门口等着签名的观众堵住难以脱身。有一次我坐着一辆马车返回驻地，半路上遇到一群热情的青年跟着马车边追边喊：'白毛女，喜儿，签字，签字。'我赶快让马车加快速度摆脱了追赶的人群。当然，他们都是些热情善良的好青年，好观众。但因当时形势复杂，哈尔滨虽然解放，但国民党特务无处不在，我们不得不保持高度警惕性。"

1948年夏，《白毛女》歌剧准备出国演出，在出国之前，又在哈尔滨演出数十场，这个时候扮演喜儿的还有解冰同志，后因局势变化，出国演出未能成行。

《白毛女》融合了丰富艺术形式，汇聚了鲁艺人的集体智慧，使这部中国第一部新歌剧成为一颗璀璨的新星，永久镶嵌在中国艺术史的星河中。《白毛女》中的喜儿，作为林白艺术创作标志性的人物，镌刻在她人生的里程碑上。

八、初建新中国电影的摇篮——长影

1948年秋，东北局决定将东北文工一团并入东北电影制片厂。

林白随东北文工一团并入东北电影制片厂，在剧团任演员，继续她的演艺生涯。1950年，东北电影制片厂决定将《白毛女》搬上银幕，由王滨和水华担任导演，杨白劳和黄世仁仍然由最初的张守维和陈强扮演。王滨导演十分希望林白能再次扮演喜儿，便去找她。

林白在回忆中写道："1950年春，我因患肠结核住进医院，王滨导演到医院来看我，他是带着挑演员的念头来的，但我对他要拍《白毛女》的事一概不知。我们聊了一会儿，我觉得他有点儿心不在焉似的，临走时他握着我的手说，后会有期，我觉得很奇怪，一个单位的同事常常见面，有什么后会有期呢？过后我才知道他想让我再演喜儿，一看我病得厉害，身体很虚弱，只好放弃这个想法。电影《白毛女》拍出样片后，王滨导演特意请我去看，看后还征求我的意见。我真心地感谢他，感谢党让我和喜儿结下不解之缘。"

林白后因身体欠佳，无法继续她心爱的演艺事业，在组织的建议和安排下，她离开剧团改做译制片导演。

她先后译制导演了《海军上将乌沙可夫》《好兵帅克》《天堂里的笑声》《舞台生涯》《金牌》等数十部影片，并多部获文化部奖。2008年，年已85岁的林白，荣获吉林省文艺最高奖——长白山文艺奖的"终身成就奖"，以表彰她70年来对文艺的贡献。

2000年，王昆与郭颂到长春演出，王昆特意将林白请到她演出的剧场，两位延安时期歌剧《白毛女》中的喜儿再次相见，显得格外亲切。演出之前，王昆特意将林白拉上舞台，向观众介绍："这位是长春电影制片厂译制片导演林白，是我的老战友，好姐姐，她是延安时期《白毛女》中第一个喜儿的扮演者，当时，她演A角，我演B角。"然后，在观众热烈的掌声和欢呼声中，两位姐妹再次相拥在一起。

2014年，林白年老体衰生病住进医院，在昏睡中，只要耳边听到播放《北风吹》的音乐，她便会睁开眼睛，寻找倾听她一生最喜爱的歌曲，这是沁入到她生命中的记忆。

2014年3月4日，91岁的林白在她生活了近60年的长春安然去世，家人没有播放哀乐表示哀悼，而是播放了她一生中最喜爱的歌曲《北风吹》伴送她走向另一个世界。

北风吹过，雪花飘落，化作朵朵白花，祭奠这位艺术家的逝世。长春市各个报纸纷纷报道了这个噩耗，她的生前好友纷纷发来唁电表示哀悼。"林白走好！喜儿走好！"

人世间，仍然有"北风那个吹"，仍然有"雪花那个飘"，却再没了第一个喜儿的歌声和身影……

王晓丽、张弛

肖汀在延安

我们从延安走来。看着这鲜红的大字，我周身热血沸腾、思绪万千。延安——中国革命的圣地，我父亲青少年时代成长战斗过的地方，让我魂萦梦绕、心驰神往。记忆的闸门一经开启，往日的回忆，如潮水般奔涌，倾诉着我对亲爱的父亲无尽的思念……

1924 年，我父亲肖汀出生在古都开封。我爷爷郭景义，奶奶田秀云，为他起名新民。他祖籍山东省临沂县，曾祖父一辈，迫于贫困，携家带小逃荒到此地，经过奋力拼搏，卖苦力做零工，积累些许资本，在市里第四巷经营小杂货铺，字号公兴和。我爷爷是独生子，学得一手烹调技术，在春竹园饭店当厨师，家境虽不富庶，却也不愁温饱。

1937 年七七卢沟桥事变，日寇的铁蹄践踏我大好河山，引发了我国全面抗战。1938 年 2 月，华北大片国土沦陷，黄河以北战事吃紧，敌机不断来狂轰滥炸，大批难民逃亡。

抗日救亡运动风起云涌，直至 1938 年 6 月开封沦陷前夕，开封一直是中原地区抗日救亡的中心。中共河南省委为了适应日益高涨的救亡运动需要，派省委秘书长危拱之同志化名魏晨来到开封扶轮小学任教，负责组建了开封孩子剧团，肖汀和同学们踊跃报名参加，经过简单测试就定下了名单，团员中年龄最大的 17 岁，最小的 8 岁，平均 13 岁，共 23 人。刚开始的时候，演出以歌咏为主，教唱的都是一些抗日救亡的新歌，如《义勇军进行曲》《大刀进行曲》等。孩子剧团被称为是抗战血泊中的一束奇葩，洛阳抗敌后援会赠送孩子剧团一面锦旗——孩子抗战先锋队。

随着战争形势的发展，开封的抗日救亡活动日益频繁，孩子剧团始终活跃在救亡一线，人民会场、河大礼堂、南关新华大舞台的大型公演，孩子剧团都参加了，还专门在徐府街国民党开封县党部礼堂进行一场演出，观看的有国民党党政官员。各场演出的节目除了《放下你的鞭子》这个当时最流行的剧目以外，大都是他们自己编演的节目，《流浪儿》《海陆空军总动员》《红色机器舞》等。肖汀在《壮丁》《林中口哨》《八百壮士》等剧中担任老头、日本军官、排长等角色。剧团排练了很多节目，可以连续演 3 个晚上不重复，不少节目演出时博得了观众经久不息的掌声，每当演到日本帝国主义侵占我山河、蹂躏我同胞的时候，观众自发地发出愤怒的吼声——"打倒日本帝国主义！"演到《流浪儿》时，台下一片哭声。在第二集团军二十七师演出了反映十九路军淞沪抗战的话剧《八百壮士》和一支伪军起义抗日的节目《反正》，许多将军和官兵都感动地流下了热泪。

剧团于 1938 年 6 月秘密地转到确山县竹沟镇，接受党的培训和休整。当时，竹沟镇是新四军八团留守处，实际上是中共河南省委所在地，也是中共中央中原局所在地。在竹沟，孩子们受到了省委主要领导朱理治、彭雪枫、陈少敏、刘子久等同志的接见，听了省委同志的报告。省委还组织有关同志给剧团的孩子们讲了一些马列主义的初步知识，使团员们在政治思想上有了很大的提高。开封孩子剧团成立了两年，之所以能在国统区站住脚，做了大量工作，得到广大群众和士兵的喜爱和支持，出色地完成了党交给的 3 项重要任务，那就是宣传党的抗日救亡政策，从事抗日救亡工作，掩护省委部分领导和部分活动，做统一战线工作。

1939 年冬，国民党掀起第一次反共高潮。11 月 11 日，国民党出动部队几千人围攻竹沟镇新四军留守处，残杀新四军干部和战士，历史上称为竹沟惨案。在这种情况下，特委负责人和剧团党支部按照省委原定方案准备撤回边区，在撤退途中走散了，前面两组经过国民党各种关卡到达皖北涡阳新四军彭雪枫部，受到彭雪枫司令员、张震参谋长和政治部主任肖望东等首长的热烈欢迎。另两组失去联系后，不得不改向洛阳撤退，在洛阳遇到了地下党。党组织决定把他们送到延安去。听说要去延安，孩子们都激动得彻夜难眠。在孩子剧团团长宗克文伯伯的带领下，赵东宛叔叔、李冀伯伯、我父亲等其他团员经八路军西安办事处奔向革命圣地延安。

奔向延安。赵东宛叔叔在书中写道："1940年3月，由于日寇轰炸，火车白天不能开动，只有晚上发车，而且火车只能到潼关，因而要走很长一段路再坐火车去西安。到了西安已是第二天深夜，八路军西安办事处的同志带着团员们绕了一圈才进入办事处，办事处的同志说西安的环境很复杂，办事处周围都是国民党特务。因而，他宣布了几条纪律，不准上街，在办事处不准写信和打电话，不准和办事处门前的小贩交谈等。几日后，办事处的同志护送孩子剧团的团员们去陕甘宁边区。由西安到边区要经过数道关卡，每个关卡都有国民党特务严格盘问。直到1940年3月下旬，终于辗转到达了日思夜盼的陕甘宁边区。"

边区的天是晴朗的天，大家十分兴奋，边区的一切都和国民党统治区不一样，像是进入了另一个世界。由八路军兵站护送至革命圣地延安，住进中央组织部招待所，很快肖汀被分配到陕北公学文艺工作队。来到这所大学校，肖汀如饥似渴地学习着，踏踏实实地工作着，为他的人生铺奠基石，为他的艺术事业积累着才干。

1940年9月上旬，陕北公学文工队开始排练曹禺的四幕话剧《蜕变》。为赶排《蜕变》，文工队副队长彦军前往西北工委，请他们批了120元法币，作为经费。同时，还请来鲁艺戏剧系的史行、何文今帮助工作。在排练过程中，陕公校长罗迈（李维汉）经常前来观看和指导，中央医院的外科主任也应邀观看彩排，提出修改意见。《蜕变》导演史行，舞台设计何文今、石鲁，道具碧波，灯光程铁，肖汀在剧中扮演丁大夫独子丁昌。演员有：张云芳、韩戈鲁、邵梦虹、郭新民（肖汀）、东方明、刘方、黎虹、王亚凡、闫明智、陈影、刘鹏杰、阮艾芹、李慕琳、程士铭、吴坚、胡岚、许瑞林、林丰、郭介仁、石鲁。

《黄土高坡唱大风》书中叙述道："1940年9月19日，陕北公学举行建校3周年纪念大会，到会来宾和校友达两千余人，出席会的有林伯渠、吴玉章、徐特立、董必武、谢觉哉、李富春、罗迈（李维汉）、高岗、张仲实、高自立、萧劲光、周扬、蔡畅、冯文彬、傅连暲、孟达、杨石人、刘汉兴、胡松等。校长罗迈作报告，朱总司令、洛甫（张闻天）、王明、吴玉章相继讲话，诸多勉励。晚间，文工队在中央大礼堂演出曹禺话剧《蜕变》，演出大获成功，好评如潮。"

方纪在 1940 年 10 月 15 日出版的《大众文艺》第二卷第一期上撰写剧评《关于〈蜕变〉——门外剧谈》说：继《日出》《雷雨》之后，《蜕变》在延安上演了，这是曹禺先生抗战后的第一部作品，发表在今年 5 月重庆《国民公报》上。《蜕变》的主题用作者话说：蜕变后的医院，是"开始造成一种崭新政治风气的先声"。这里，我们看到旧的残渣怎样在抗战中被搅了起来，显一显它卑污的面孔而终于沉了下去，看到新生力量怎么在艰苦曲折地与旧势力作残酷的斗争中而终于取得了胜利，这是一个不折不扣的抗战剧，即指出了光明对黑暗而作出英勇的斗争而且取得了胜利。

1941 年，肖汀被选送至延安鲁艺学习，是延安鲁艺戏剧系（4—5 期）学员，学习内容为表演、导演。鲁迅艺术学院成立于 1938 年 2 月，是中国共产党在延安时期创建的一所培训文艺工作干部的专业艺术院校。

鲁艺培养了大批的文艺作者，并创作了具有民族精神的旷世文艺作品，经久不衰。她像战斗号角，吹响了向敌人堡垒进攻的冲锋号，她鼓舞和激励着中华民族的优秀儿女，在抗日战争、解放战争中冲锋陷阵，无往而不胜。肖汀渴望来到这里学习，在这里他系统地学习了戏剧艺术理论、表演、编剧、导演。学院里都是德高望重的老师，他学习努力、刻苦、勤奋、如饥似渴，从他整齐划一的笔记里可见一斑。

鲁艺戏剧系主任是张庚，有水华、舒非等优秀戏剧家任教。通过一年多的学习，肖汀对戏剧艺术的特征、各种艺术在戏剧中的综合、剧作与整个戏剧的关系、演员的艺术、舞台美术的技能、导演的职权与创造、戏剧与观众等，有了比较系统的掌握和理解。在讲授理论的同时，又排演了各种样式风格的戏，他参加了这些戏的排演，自觉地把理论认识融会到实践里，他领悟到导演技巧的飞跃，结业后，他回到团里。这时，单位已更名为延安西北文艺工作团。经中共中央批准，将中共西北工委与陕甘宁边区中央局合并成立西北中央局，西北中央局宣传部部长李卓然，宣传科科长秦川。西北文工团更名后，刘鹏杰找到中共中央办公厅邓洁，敬请毛主席为该团题字。毛主席很快一连题了6张"西北文艺工作团"字样，任其选一张。当全团同志看到毛主席的题字，无不欣喜万分，惊叹不已，那刚劲的笔力、豪放的气魄，是对文艺战士的鼓励和支持。不久，延安电影团摄影师程铁同志用电影胶片制作成精致闪亮的团徽，戴在每人胸前，真是温暖如春，力量倍增。

为纪念陕北公学成立4周年，团里排演了苏联名剧《生命在呼唤》，肖汀参加了演出。贝·贝尔采柯夫斯基作；东方明（谢雁翔）翻译；导演塞克；舞台设计石鲁；化装刘方。剧情大意是：在苏联建设中老教授贾多夫提出一个宏伟计划：要把西伯利亚的气候变暖，开拓出富饶农庄。教授女婿尼克亭却悠闲酗酒，教授女儿批评尼克亭："光喊自己落后，偏不知道干些什么。"并让他"振作起来，去建设事业找一个位置，可以造就一个新人"。尼克亭幡然醒悟："我要好好学习，否则就完了。"老教授最后感慨道："生命在呼唤哩。"

周恩来副主席观看了演出，并走上台来，关切地询问大家的工作生活情况，并提出一些很好的意见。

延安的生活是丰富多彩的。虽然生活非常艰苦，但大家精神很愉快，我曾听父亲说：1940年，他当演员体验生活来到延安中央医院，当时毛主席的女儿李讷出生了，毛主席来到了医院，毛主席和医院的领导们围坐在院子里亲切交谈，我父亲也在其中，只见毛主席拿出烟，分发给每个人。当递给我父亲时，他非常激动地说："主席，我不会吸烟！"毛主席笑着说："那你是个好青年啊！"我还听父亲说：1962年，辽艺在北京演出话剧《第二个春天》时，请周总理观看演出。总理带着随行人员来看戏，有司机、警卫等，都是总理出钱买票看戏。国家领导人的高风亮节，深深地铭刻在父亲心中。父亲说：在延安时，还看到过朱老总在篮球场和战士们打篮球。

肖汀在延安中央医院体验生活期间，和医护人员朝夕相处，结下了深厚的友谊。有人提议，将来难免要行军出征，容易得阑尾炎，不如现在就切掉，免除后患。于是做了阑尾切除手术。谁曾想到术后感染，我父亲留下了永久疤痕，有10公分长，如同一条毛毛虫爬在肚皮上。我父亲还有一个绝技，我母亲厨艺不是很好，我家米饭经常烟锅，这时我父亲拿一根大葱，剥了皮插在饭锅中央，别说还真好使。这都是在延安时学来的经验。

肖汀在延安演出曹禺创作的多幕话剧《北京人》剧中扮演曾霆。1943年在延安中共中央党校三部文艺政治研究室参演苏联多幕话剧《俄罗斯人》，剧中扮演苏联红军中尉。还出演过《带枪的人》（苏联话剧）等中外戏剧。编写并出演秧歌剧《变工好》，饰演青年农民陈二。大型秧歌剧《陈家福回家》饰演陈家福。

延安开展大生产运动，师生掀起开荒种地、砍柴烧炭、纺纱织布等项生产热潮，赵东宛叔叔的学校自然科学院也组织同学上山烧木炭，他们的烧炭地点在延安三十里铺的一个山沟里，晚上就住在附近农村的两个窑洞内，他的任务是给烧炭的同学送水送饭。每天三次要走五六十里路，他们刚到三十里铺住下不久，有一天夜晚，狼群忽然朝窑洞嚎叫，大家都提心吊胆，很害怕，谁也不敢睡。第二天村干部来看望大家，告诉大家，那一带有不少狼，有单独的狼嚎叫不要理它，如果有狼群嚎叫，你们就敲锣，还送来一面铜锣。我听父亲讲，他在大生产运动中开荒种地，秋收时挎着筐在地里捡萝卜。

1943年2月4日，春节，在毛主席延安文艺座谈会讲话精神的鼓舞下，一个规模宏大的群众性大秧歌运动蓬勃兴起，西北文工团也投入到这洪流中来。从此，新时期拓展出一条新的道路，即由舞台上演大戏转到深入工农兵，以群众喜闻乐见的艺术形式，表现人民大众当权时代的崭新风貌和崭新的世界。

肖汀在延安陕甘宁边区文协，和钟纪明合作创作秧歌剧《变工好》《王有才归队》《孟翠兰务正》，和柯蓝、韩维琴、沈霜合作改编《女状元》（又名《一朵红花》）。秧歌剧演出后引起了热烈反响，受到群众喜爱。

肖汀1945年在延安西北文工团和方杰合作创作秧歌剧《回娘家》。1月23日，有消息报道，肖汀、方杰创作的秧歌剧《回娘家》在《解放日报》连载两天。该剧写的是陕甘宁边区农村因反对婚姻旧俗而引起的一场纠葛。父亲是老脑筋，爱财鬼，非把"生得机灵、长得俊俏、惹人喜爱的女儿三妞高价出售（要彩礼）"，弄得婆家"卖了粮又卖牛，好光景变成了穷光蛋"。母亲开通，骂老头子"老东西你没良心，逼得女儿受苦凄"。经说服开导，父亲终于"痛痛快快退彩礼"。

春节期间，西北文工团上演话剧《清明前后》，肖汀在剧中饰演角色。1945年10月12日，何其芳在《新华日报》（第4版）撰文《〈清明前后〉的现实意义》说，只看过一次演出，只草草地读过一遍油印脚本，感到它有尖锐而又丰富的现实意义。茅盾曾悲愤地写道："我不相信有史以来，有过第二个地方充满了这样的矛盾。无耻、卑劣与罪恶。"剧本通过1945年清明前后，重庆发生的轰动一时的黄金案中的几个人物，揭示出民族资本家的矛盾和挣扎以及他们的出路问题。

当时延安文艺活跃，乐器奇缺，全城只有一两把小提琴，二胡、三弦也甚少，于是乐队队长彦军和林丰商定，自己动手办乐器工厂，大家照葫芦画瓢，模仿着干，用废铁板制作出小工具。我父亲说刘炽伯伯可聪明了，弄段竹子，挖几个眼就做成了笛子。中央党校一部俱乐部主任姚铁首先上门订货，并预付了一部分订金，不久他们陆续交了货，还有一批乐器交由新市场口的供销社代销，折成小米，作为生产任务指标。女同志组成纺线组，在月光下清除棉花中的杂质，纺出的棉线又细又匀，被评为头等纱，受到表扬。还成立了油漆组，在延安市场包漆门面书写油漆牌匾，制作风景装饰品。女同志组织起来搞糖果生产，生产的水果糖和芙蓉糖送往中央和军委机关做待客之用。

1944 年，肖汀编演的剧目受到中共西北局宣传部和文委的奖励，奖励其在陕甘宁边区文协延安南区文艺宣传队搞新秧歌运动，参加创作、导演、表演、演出《变工好》等秧歌剧，并参加在杨家岭举办的八大秧歌剧会演的突出贡献。

1946 年年初，中共中央为了开展新解放区的工作，派出一批批干部奔赴东北，组织分配肖汀参加由强晓初同志率领的一个干部队，这个队里配备着各方面的专业人才。接受任务后，他们告别中央、告别延安，东渡黄河，穿越晋西北莽莽山区，向东北进发。行程曲折艰辛，为了绕过被国民党抢占的城镇，穿行在荒山野岭。为通过国民党的封锁线，要在夜间行军。干部队到了张家口，前方传来战报：我军战略转移，张家口沦陷。从张家口出发，进入了内蒙古草原，沙漠无水、嘴干唇裂，有的同志积劳成疾，坚持不掉队，一面躲过国民党军队封锁，一面和土匪武装战斗，在战火纷飞中历经数月到达哈尔滨。

肖汀之女　陈晓莲
2021 年 5 月

父母在延安难忘的生活

延安，是我父母正式走上革命道路的地方。在这之前，父亲虽然已参加过一二·九等抗日救亡运动，但是正式参加革命工作当属进入延安之后。1938年2月，才17岁的父亲关鹤童通过武汉八路军办事处奔赴延安，先在抗日军政大学学习，仅仅5个月就加入了中国共产党。同年8月，在鲁迅艺术学院建院初始，热爱音乐的父亲就到了鲁艺。他先后在音乐系学习和工作，曾担任过系的党支部书记、研究生、音乐部秘书等职务，期间还曾赴绥德，在359旅奋斗剧社工作了一段时间。而母亲贺高洁是在1940年11月抵达延安的，当时由于她年仅13岁，被送到延大附中、延安自然科学院，与叶选平、叶正大、林汉雄等革命前辈子女一起学习。后与父亲相识相恋，学习在鲁迅艺术文学院音乐系。1945年9月，抗日战争胜利后，他们与中央从延安派往东北的第一批干部组成干部团，开辟东北解放区，积极投身到解放战争中去。他们在延安的时间虽然不长，但延安在他们的一生中却留下了十分难忘的记忆。

一、母亲突破千难万险奔赴延安

我母亲走上革命道路深受外婆贺敬挥的影响。外婆贺敬挥1924年加入中国共产党，曾直接受蔡畅、向警予、恽代英等先辈领导，从事工人运动、学生运动、妇女运动，后回到四川，为党做地下工作直到全国解放。她和杨之华一样，都是《中国妇女》杂志的创始人之一，为中国人民的解放事业作出过重要贡献。1927年朱德把年仅8个月大的女儿朱敏托付给贺敬挥（朱敏的母亲贺治华为贺敬挥的姐姐）抚养，直到朱敏

14岁去延安。1940年9月，经过周恩来同志的周密安排，朱敏和贺高洁扮成前方回延安的护士一同奔赴延安。一路上冲破了国民党军警特务的重重关卡、阻挠与刁难，几次险些被扣下，十分危险。但由于有特别通行证和有丰富战斗经验的同志护送，经过一个多月的长途跋涉，她们终于到达延安。在延安时，贺高洁受到了朱老总和康克清同志无微不至的关怀。每逢周六，朱老总都会派警卫员牵着一匹高头大马去接贺高洁回家。朱老总给她讲党史、党的斗争历程、革命先烈的英勇事迹，鼓励她努力学习，继承先烈的革命精神，做坚定的无产阶级革命者。特别是毛主席一次又一次挽救中国革命的故事使贺高洁对老一辈革命家充满了敬意。朱老总平时生活非常朴素，从不搞特殊化，自己种菜，洗衣服，缝补衣服。他爱和战士们打篮球，平易近人。他的言传身教使贺高洁懂得，一个革命者应该始终与群众打成一片，不论职务高低都是为人民服务的。在延安大生产运动中，她学会了种菜、纺线、织毛衣，吃小米、黑豆，生活虽苦，但她从不叫苦。贺高洁的独立生活能力很强，鞋子破了自己做，衣服、被子脏了，没有肥皂就用野生的灰灰菜来洗。在我的眼中她是非常能干的妈妈，终身都过着艰苦朴素的生活。1945年9月，母亲和父亲一起响应中央号召，参加东北干部团。将要离开延安之时，朱老总送给她一份珍贵的礼物：一本联共党史、一支钢笔和一个小笔记本，首页上面题有"高洁女儿：你是青年中勇敢的一个，要勇敢地学习，要勇敢地斗争，要改造一切的旧世界存在的恶习，向新社会前进，那里才是你们的快乐世界。朱德"。朱老总的鼓励和关心为贺高洁一生指明了奋斗的方向。她用一生去实践朱爷爷的教诲，成为一名优秀的共产党员。她曾多次把自己省吃俭用下来的钱物捐给灾区和那些需要帮助的人，她以朱爷爷为榜样，临终前把珍藏的革命文物朱爷爷的题词捐献给了中国国家博物馆，她把自己最后的积蓄捐给了全国妇联的春蕾助学基金会。她甚至将自己的遗体也捐给了祖国的医学科研。亲爱的妈妈真正地做到了鞠躬尽瘁，死而后已。

二、父亲实事求是，热心助人，做好党的工作

我父亲在鲁艺学习工作期间曾任系党支部书记。为发展党的组织，做了大量艰苦细致的思想工作。通过他的帮助，不少同志加入了党组织。著名音乐家冼星海就是在父亲的直接帮助下加入了中国共产党。最难能可贵的是，在整风审干期间，鲁艺不少同志被错误打成"特务""反党分子"，父亲在十分艰难的情况下，坚持实事求是，诚挚关心别人，不歧视他们，不落井下石，对他们体贴入微，许多同志至今不忘。"文化大革命"结束后，有不少同志从全国各地来北京找到父亲，他都热心帮助他们，帮助许多含冤多年的同志平反昭雪，他们都深受感动，感谢父亲为他们伸张正义。

三、父亲为中国民族音乐的发展不懈奋斗

1938 年到 1945 年 7 年间，父亲和志同道合的安波、马可、刘炽、张鲁同志一起走出小鲁艺，深入到广大农民群众中去，搜集整理出大量民歌，如国家经常采用的哀乐就是 1942 年 2 月由他和安波、刘炽、张鲁等同志采集的。他们听到陕北著名民间艺人常峁儿用唢呐吹奏的丧礼用乐曲，如泣如诉，感人至深，于是记下了曲谱，并在 1945 年 4 月，将其刊登在鲁艺音乐系中国民间音乐研究会编辑的《器乐曲选》里，采录地区是绥德，记录者署名是鹤童。这是目前为止，发现的最早的刊登曲谱。他在延安时作词作曲的有《东北健儿》《一九四二年军队进行曲》等歌曲。作曲的有《边区妇女参政歌》《魔鬼希特勒》《黄河小调》《割麦子》《张丕谟锄奸》等歌曲。作词的有《拥军秧歌》《同盟国团结歌》《米脂秧歌》等。集体创作的有《运盐去》《黄河几道弯》《减租会》《血泪仇》。除此之外，他还参加了歌剧《血泪仇》和《白毛女》的演出和排练，以及冼星海同志的重要作品《军民进行曲》《生产大合唱》《九一八大合唱》《牺盟大合唱》的演出，在著名的《黄河大合唱》的首次演出中担任领唱之一。1942

年 2 月到 6 月父亲积极参加了河防将士访问团的慰问演出并从事民间音乐采集，收获甚丰。其中《黄河几道弯》《运盐小调》在部队和西北民间广泛流行，为群众喜闻乐见，并受到贺龙、王震同志的赞赏和边区政府的奖励。父亲用音乐作武器，鼓舞了无数战士在抗日的战场上英勇杀敌。

1991 年，父亲承担了为迎接党的 70 周年举行的全国革命文化史料展览中鲁艺史料的编辑，他不顾自己年迈多病，废寝忘食地工作了两个多月，突发脑溢血，亲爱的父亲过早地离开了我们。文化部党委追认他为优秀共产党员、焦裕禄式的干部。他把自己最后的一滴血献给了鲁艺，献给了党！

亲爱的爸爸妈妈在延安鲁艺相识相恋，他们都热爱民族音乐，共同的理想把他们的心连在一起。他们在几十年的革命生涯中风雨同舟，经历了多少次生与死的考验。平时他们经常爱哼唱陕北民歌，使我们从小耳濡目染，热爱陕北民歌，《兰花花》《三十里铺》《兄妹开荒》《山丹丹开花红艳艳》等歌曲至今听起来还是那么亲切，使我们与延安有着骨肉相连的感情。他们坚定不移的政治信仰，兢兢业业的工作态度，艰苦朴素的生活作风，助人为乐的优秀品质潜移默化地传给了我们。今年是爸爸冥诞 100 周年，我和妹妹关英虹准备写本书来缅怀亲爱的爸爸。同时我还参加了鲁艺校友会理事的工作，和鲁艺的后代一起克服重重困难，编写出《延安鲁艺师生歌曲集》（抗战篇）。在编辑时，我们深深地为鲁艺前辈的事迹而感动。我们仿佛看到在战火中他们用青春和生命谱写了抗战的旋律，用热血唱出了人民的心声，用音乐当作战斗的号角，鼓舞全国人民去争取胜利。鲁艺的革命精神一定会在我们手中传承下去！

关鹤童、贺高洁之女　关嵋琳、关英虹

2020 年 7 月 18 日

父亲创作的三首校歌

父亲吕骥在 75 年前的延安时期谱曲的《抗日军政大学校歌》(凯丰词，简称《抗大校歌》)一经问世，这首充满抗日使命感的优秀革命歌曲很快就成为鼓舞延安和各个根据地战士们的号角，成为凝聚全国各地进步青年追求光明、奔向革命的召唤。在已经过去的 80 多年里，《抗大校歌》长盛不衰、传唱至今。即使在今天，《抗大校歌》仍然被确定为全军的《军校之歌》。

原中国音协主席傅庚辰同志曾这样评价："'黄河之滨，集合着一群中华民族优秀的子孙。人类解放，救国的责任，全靠我们自己来担承'，雄壮豪迈的歌声中透出一种神圣的使命感，一种崇高，一种责任"，"歌曲有着强大的震撼力和感召力"。

父亲成功完成为《抗大校歌》谱曲的任务，既是他到延安前就已从事抗日救亡歌咏运动的延续，更是一个新阶段的开始。

早在 1931 年冬，父亲在上海就加入了中国左翼戏剧家联盟，1932 年参与创建左翼剧联武汉分盟，1933 年参加上海左翼剧联音乐小组的工作，和聂耳、张曙、安娥、任光、王为一等共同开展组织群众性抗日救亡歌咏的创作、传播工作，1935 年 2 月在上海加入中国共产党。在党的领导下先后在上海、北平开展抗日救亡歌咏活动，是群众抗日救亡歌咏运动的主要领导者之一。为实现走上抗日第一线的愿望，父亲又参加了代表上海民众支持、慰问绥远抗战部队的活动，并在绥远、山西开展抗日救亡歌咏运动，最后转而在 1937 年 10 月下旬抵达延安。父亲是从国统区走进延安的第一位专业音乐工作者。父亲到延安后，由中组部分配至抗大担任音乐工作。

开始工作时间不长，即受中宣部凯丰副部长的委托，谱曲《抗大校歌》。用了两天时间，于当年11月9日完成创作。父亲曾这样回忆："看到中宣部朱光同志交给我的凯部长创作的《抗大校歌》歌词后非常高兴，词写得很精美，内容很精深，立足点很高，看得很远，且有鲜明的形象，文字很精练，形式也很完整，很符合谱曲的要求。"

成曲后，父亲唱给凯丰副部长听，他没有提出任何修改意见，立即让父亲把歌谱交给抗大教育长罗瑞卿同志。在给罗瑞卿同志唱了一遍后，他也什么都没说就把原稿接了过去，也没说以后什么时候教同学们试唱。不料两天后，父亲就听见同学们在唱这首歌，这时父亲心想，这个工作是完满顺利地完成了。父亲后来曾这样回忆："它表现的是抗大同学教师们一股抗日的热情，大家唱着这个歌需要上前线，所以我就想既然你的词用了这样一个主题，我就应当把黄河这个形象写在我的音乐当中，把当时这个抗日的激情表现出来。"

《抗大校歌》创作成功后，12月中旬父亲又被调入陕北公学，马不停蹄地又创作了《陕公校歌》（成仿吾词），时间是1937年底。我想他连续创作两首校歌，是因为领导知道父亲在上海国立音专学习过，以往又写过那么多歌曲，所以就把两首校歌的谱曲任务都交给了他。父亲自己在心里也认为这是义不容辞的责任。

1938年初，从党中央决定创办鲁迅艺术学院（简称鲁艺），父亲就参加了筹建工作，从此和鲁艺结下了不解之缘。非常值得一提的是，父亲又为鲁艺创作了《鲁迅艺术学院院歌》，这次是和鲁艺副院长沙可夫合作的，沙可夫作词。词谱落款写着"1938年春作于延安"，与鲁艺的开学时间是同步的。也正是在这种抗日救国的大环境和氛围里，延安的文艺工作者在鲁艺创办前后陆续创作了一大批优秀的文艺作品，其中突出的音乐作品除了我父亲的三首校（院）歌外，还有1938年郑律成的《延安颂》（莫耶词）、《八路军进行曲》（公木词），1939年冼星海的《黄河大合唱》（光未然词）等。

父亲在延安鲁艺长期担任音乐系（戏音部）主任，从事音乐教育，承担院里的教务工作，并且主持中国民歌研究会的工作（该会就设于鲁艺）。民歌研究会大量搜集民歌，进行整理与提高，为这一时期的创作提供了充足的营养和素材。

1942年5月，毛主席在对革命文艺工作开展调查研究、总结经验教训的基础上，发表了《在延安文艺座谈会上的讲话》，提出了"为工农兵服务、为广大的人民大众服务""从小鲁艺走向大鲁艺"的方针，从而澄清了许多模糊观念，使得广大的革命文艺工作者在已经选择革命进步的方向后，更明确了实现理想时要遵循的必由之路和开展工作的方式方法。无疑这一具有重大启发作用的《讲话》，对于解放革命文艺的生产力、培养具备实际工作能力的革命文艺干部起到了巨大的作用，也从此开创了革命文艺工作的历史新篇章。在鲁艺，以群众喜闻乐见的形式对群众实现革命动员如《兄妹开荒》《夫妻识字》等秧歌剧和以新歌剧《白毛女》为代表的成功作品大量涌现。《讲话》精神逐渐成为革命文艺传统的重要组成部分，从延安走向各个根据地，走向东北等新解放区，并在取得全国政权之后走向全中国。

吕骥之女　吕英亮

怀念我们心中的"骆驼"

——电影《上甘岭》导演沙蒙

2021 年 5 月 8 日，是个值得纪念的日子，这一天在长影集团举行了百部经典影片献礼建党百年展映活动启动仪式，放映了 1956 年长春电影制片厂摄制的《上甘岭》，这是首部以抗美援朝为题材的经典电影。半个多世纪，这部电影无数次放映、无数次感动过亿万观众，但几乎无人知晓影片的作者是谁。1957 年，众所周知的那一场浩劫之后，所有《上甘岭》电影拷贝（胶片）的编剧、导演署名被删剪一空。从此，在大银幕上放映的《上甘岭》电影均不见编剧和导演署名，这在中国电影乃至世界电影史上也是罕见的。2021 年春，国家电影局批准了百部经典影片献礼展映计划，由中国电影资料馆修复制作，调用馆藏《上甘岭》底片（画底和画声），进行 4K 高清扫描修复，才真正还原这部作品原本状态，编剧、导演署名才得以重现大银幕。

北京展映日里，在小西天中国电影资料馆艺术影院我们再次观看《上甘岭》电影。当片头赫然出现编剧和导演署名时，我们激动得热泪盈眶。屏住气，重温这部影片。编、导对战役进程、战争场面、英雄人物故事，进行了精心的剪裁和表现，融洽无间地结合在一起，真实地烘托出这场惊天地泣鬼神的伟大战役。当"一条大河波浪宽，风吹稻花香两岸，我家就在岸上住……"悠扬亲切的歌声响起时，气氛的渲染和热爱祖国的主题升华直达顶峰……这首歌流传至今，传唱甚广。当银幕上最后一条字幕放完，观众才缓缓从影院走出……我仰天告慰那个曾在我小小心灵里留下深刻印象的、带我玩"猴爬杆"游戏的"骆驼伯伯"的在天之灵，终于可以安息了！尽管对那些才华横溢、无限忠诚却被剥夺了拍摄权和署名权的艺术家来说，真正回归大银幕的这一天来得太迟了，但毕竟到来了！

1980年4月，在北京，500余位电影界人士，为新中国第一届中国电影家协会副主席、优秀电影艺术家、著名电影导演沙蒙同志举行了一场隆重而迟到的追悼会。著名艺术家塞克对这位老朋友的英年早逝（1964年6月24日病逝于北京，时年57岁），悲痛万分地说："大才中殇，遗恨千古！"

"的确，只有在严酷的寒冬里打熬过来的人，曾经亲眼看见沙蒙的骨灰盒怎样被勒令从八宝山烈士公墓迁出来，又怎样悄然无声地迁入的人，在这思绪万千、满怀悲痛的时候，才更加突出地感到那个春天的春风的和煦和温暖。"齐锡宝感慨地说。

沙蒙原名刘尚文，他开始从事左翼戏剧活动，就用这两个字作为自己的名字。"沙蒙"两个字是法文的译音，可以解释为"忍辱负重"或"任重道远"，也包含"不断追求和刻苦探索"的意思。今天看起来，名实相符，他的一生历尽坎坷，总是在不断地追求革命真理，刻苦地探索革命文艺新道路、新境界。

沙蒙1907年出生于河北省玉田县。1919年随父亲进京，就读北平师范大学附属小学，那年正是五四爱国运动爆发，受到民主科学新文化运动影响，幼小的他就多次参加反帝爱国请愿。小学毕业时，校方认为他有美术天赋，希望他考北平国立专科学校，但父亲早已安排了一个时髦的"铁饭碗"，要他先去读法文，之后当铁路职工。这样他被迫考入北平南堂法文专科学校，该校是教会学校，他以无神论为借口拒绝加入教会。

1925年，总理孙中山北上，病逝前发出的遗训"革命尚未成功，同志仍须努力"激励着青年沙蒙，他参与组织了该校的募捐运动。后因多次参加学生运动被校方开除。1926年夏，他考入北平中法大学弗尔德学院。后因父亲意外去世，家境衰落，他要承担家庭生活而辍学，回乡务农并进入私塾，苦学4个月夯实了古文基础。1929年，他考上绥芬河长途电话局当话务员。1931 年，九一八事变后，日本占领整个东北，激起全国人民抗日爱国激情。1932 年初，日寇逼近绥芬河，沙蒙积极参加东北义勇军的抗日活动。那一年他结识了塞克，在义勇军宣传部，沙蒙拿着印有《南归》剧本的主题歌的歌本找到塞克，俩人志同道合，从此成为一生的好友。由于这支义勇军的继任者消极抗日，沙蒙和塞克壮志难遂，俩人退出了这支义勇军。当时，塞克身染重病，没有工作，沙蒙就用他在电话局当接线员仅有的微薄薪水，和塞克同住同吃，朝夕相处，每日谈论诗歌、绘画、演剧等。同年冬秋之交，因不愿做亡国奴，两人商定走出东北回到关内。塞克回忆："那时我是贫病交加，没有他的帮助，我是不可能走出来的，可以说没有沙蒙，就没有我塞克。"

1933 年 3 月，沙蒙回乡料理完家事，又借了些钱，便与塞克赶赴上海，考入上海美术专科学校，结识了美专学生赵丹、徐韬、王为一等。当时赵、徐、王已经参加左翼戏剧运动，他们鼓励沙蒙也参加。沙蒙感到演剧与革命联系更加紧密，宣传效果更大。此后，他和塞克就在很多剧社演剧，挨饿受穷也在一道。他们先后加入过剧联下属新地剧社、晨曦剧社、狮吼剧社、大地剧社等进步戏剧团体。

在上海剧院排演《流民三千万》，临近演出时，国民党当局提出"换个剧本"！塞克和沙蒙都坚定表示："绝对不行！要演就是这个戏，不演这个戏，我们都辞职！"就这样把上海剧院给拖垮了。南京政府派人用高薪招聘他们，大家也都不去，因此都没有饭吃。在危难中，他们结成了更深厚的友谊。塞克常说："一提到这些，我总是一阵激动，心里好久不能平静。"

把"刘尚文"改作"沙蒙"这里边就有塞克和沙蒙的友谊，面对那个没有饭吃的困境，沙蒙说：这个名字太俗，我想换个名字！塞克当时正翻弄一部法文字典，正好翻出"沙蒙"一词，译文为"骆驼"，说：就这个怎样？沙蒙看后欣然同意！"骆驼"的意思即是"任重道远"，也是他们共同的理想。

他们后来都参加了党的左翼戏剧活动，沙蒙在《罗密欧与朱丽叶》中饰演罗密欧的父亲、《大雷雨》中饰库里金、《太平天国》中饰天王洪秀全、《武则天》中饰上官仪等。

1934年夏，沙蒙和塞克与章泯、宋之的、陈荒煤、王为一、吕班等以大地剧社名义到南京，带着《一致》《蠢货》《名优之死》《悭吝人》《婴儿杀戮》等剧目，在南京大世界露天舞台公演，影响很大。次年沙蒙参加了上海舞台协会演出《回春之曲》，并加入上海业余剧人协会。

1935—1937年，沙蒙先后参加几部电影的拍摄。在《都市风光》里饰店员，《夜半歌声》中饰艺术家并做临时合唱队员，在电影《十字街头》里扮演东北流亡进步青年大刘儿，因为感同身受，与角色融为一体，受到好评。其余时间他仍断续靠翻译维持生活，过着半饥饿的日子。由于反动当局迫害进步文艺团体，所以时聚时散，沙蒙宁愿饿肚子，也决不与反动派同流合污。

1937年春，为打破国民党的文化"围剿"，党的文委决定将左翼演艺的精英集中起来，组成上海业余实验剧团。沙蒙因突出表现，又被选中，参加了《原野》剧组，但只演了7天，因抗战爆发而中止。在《原野》演出后的布景中，夏衍、郭沫若、于伶当场宣布左翼剧团全体整编为救亡演剧队，13支队伍直接上前线抗敌救亡。上海业余实验剧团整编成三、四两队，沙蒙参加郑君里任队长、吕复任副队长的三队，3天后直接开往镇江、苏锡常、九江等地。战事日趋紧张，12月南京沦陷，演剧队只能沿长江后撤，边撤边满腔热情地演出救亡戏剧、歌咏和演讲，以各种形式宣传抗日。因无资金支持，每个人都身无分文，进入冬季仍只有单衣，但大家热情高涨。

1938年初，周恩来副主席到武汉，郭沫若主持第三厅工作，按党的安排将濒于困境的演剧队统一在党的南方局领导下，组成10支抗敌演剧队，沙蒙被编入二队。4月，遵照周副主席指示，为扩展党的影响，调队中骨干沙蒙、水华、舒强、严恭去李宗仁第五战区青年军艺术团当艺术教官。沙蒙给学员们讲导演和表演课，带学员排练陈荒煤的《打鬼子去》和章泯的《表》等抗日剧，培养的学员有欧阳儒秋、徐光珍、岳林、李肖、梁菁、丁维敏等。期间，又为平津学生抗日救亡宣传团排演章泯创作的多幕剧《我们的故乡》。9月，艺术团的活动结束，归抗敌演剧二队，吕复任队长，沙蒙任教员，队员有石联星、赵明、舒强、王家乙、水华、夏淳、许之乔、严恭、朱琳、欧阳儒秋、徐光珍等。队里为培养演员表演能力，排演了一些世界著名戏剧片段，如高尔基的《求婚》《人到黄昏》，曹禺的《日出》，进行公演，并办专题讲座，沙蒙主讲"演技六法"。

从汉口经长沙赴衡阳途中，遇长沙大火，演剧二队光荣地参加了周恩来副主席直接领导的灭火救灾安抚工作。1939年，全队被派属江西罗卓英部，到江西南昌、新喻等地区，慰问演出剧目《壮丁》《放下你的鞭子》《家破人亡》《生死关头》《妇女三部曲》《闹元宵》《木兰从军》《水车转了》《盐》《挖公路》等宣传抗日的优秀剧目。这一年沙蒙与欧阳儒秋结婚，夫妻俩想同去延安，先去重庆，到八路军办事处找周恩来要求去延安。

1940年3月，沙蒙应章泯（组织）之邀，便离开演剧二队到重庆北碚，此时正值陶行知先生创办育才学校，章泯任戏剧组主任，章泯请沙蒙、舒强、水华、王家乙、欧阳儒秋等担任戏剧组教员，讲授表演和导演课，给学生排演《最后一课》《为了大家》等剧目。9月间，周恩来、徐冰、沙汀三同志来育才学校，在章泯家与章泯、沙蒙、水华、王家乙、袁文殊等商量安排大家去延安事宜。此时，欧阳儒秋为沙蒙生下了儿子，孩子一出世，就遭遇重庆大轰炸，警报一响，母子俩就要躲进防空洞……

就在这危急环境中，章泯翻译了斯坦尼斯拉夫斯基的《演员的自我修养》前八章，沙蒙认真研读，并帮助审校，为了掌握戏剧和表演艺术的规律和方法，他利用自己会法文和俄文的条件，努力阅读国外的表演理论和经验，钻研斯坦尼斯拉夫斯基的表演体系，并做了大量读书笔记。无论是在十里洋场的上海，还是在左翼电影运动发源的重庆，在十分活跃的影剧界，沙蒙那种勤奋读书、刻苦钻研的精神和朴实无华的作风都是颇为突出的。他的老战友舒群常说："不知底细的人，根本不知道沙蒙是演员；我这个影剧圈外的人，成了他的好朋友，是因为我们作风相近，气味相投。沙蒙他们因为拒绝接受南京国民党控制的剧团的邀聘，饿得躺在床上起不来，数天花板上的苍蝇过日子。"

1941年1月，欧阳儒秋携不满4个月的儿子与熊焰先期赴延安。因发生了皖南事变，沙蒙、舒强等同志没能及早奔赴延安，随之而来的第二次反共高潮，时局更加动荡，去延安的道路受阻。经党组织安排，为防止国民党政府对进步文化界人士迫害，沙蒙与舒强、贺绿汀等待赴香港，准备去苏北新四军。沙蒙如饥似渴地读了《新民主主义论》等革命书籍，积极做好赴延安的准备。

后来他和夏衍、司徒慧敏等被周恩来安排秘密出走香港，从香港再去延安。他们在香港迟迟未能成行，根据廖承志的意见，旅港文化界人士成立了旅港剧人协会，在夏衍领导下由章泯、宋之的、司徒慧敏等主持，沙蒙任理事。珍珠港事件后，日军占领香港。在东江纵队的接应下，留港的文化人全部经过桂林转回重庆。沙蒙在桂林参加党的南方局领导的新中国剧社，沙蒙任艺术部长。在香港、桂林期间，他在《家》《雾重庆》《北京人》和《马门教授》等舞台剧中均参加演出。

沙蒙早在青年时代参与左翼戏剧和电影活动时，就选择了"为人生而艺术"的道路。1944年春，他由组织直接安排，终于冲破重重阻力，来到向往已久的革命圣地延安。到延安后第三天，周恩来夫妇接见沙蒙和舒强，仔细询问了他们的想法后，安排他们到鲁艺戏音系任教员。沙蒙受到周恩来谈话的鼓舞，更努力学习马列主义和毛主席《在延安文艺座谈会上的讲话》精神，进一步树立了文艺为工农兵服务的信念。不久，鲁艺的秧歌队从米脂回来作汇报演出，4年前和他分开的，先期来到延安的爱人欧阳儒秋随秧歌队从米脂演出（当时他们不满4周岁的儿子就放在托儿所）回来了，还有他的好友王滨、田方、王家乙、陈强，都参加了新秧歌剧的演出。沙蒙看了他们的演出后，高兴极了，恨不得自己也和他们一块儿去扭、去跳、去唱、去演。每逢鲁艺排演秧歌剧，他总在排练场一盯到底，为群众喜闻乐见的、充满生命力的新文艺，在他面前展现了一片广阔的崭新的艺术天地。

很快，组织上就让沙蒙担任戏剧系教员并兼任实验剧团团长。1944年10月到第二年春，为配合党校的整风学习，实验剧团和党校联合演出以反对教条主义和经验主义为内容的苏联多幕话剧《前线》。《前线》的排练和演出，是鲁艺戏剧系学习先进的导演和表演艺术理论的一次实践尝试。剧组以沙可夫同志为艺术指导，李伯钊同志为书记，王滨、沙蒙、舒强等三同志为导演，王大化、凌子风、陈强等为主要演员。他们一面学习戈尔恰柯夫的《导演教程》，一面研究剧本、分析人物，进行导演构思，然后分场排练。沙蒙当时虽然没有亲聆毛主席在延安文艺座谈会上的讲话，但是通过在延安的许多艺术活动和艺术实践，他对毛主席关于文艺工作是党的事业的一个组成部分，文艺应该成为团结和教育人民、打击和消灭敌人的有力武器，文艺工作者应该到群众的火热斗争中去，探求创作的源泉、树立正确的世界观等教导，体会很深，并铭记在心。

他在戏剧系主要讲郑君里翻译的美国《演技六法》、斯坦尼斯拉夫斯基的表演体系和《苏联演剧方法论》，以及戈尔恰柯夫的《导演教程》。讲这些课程都是结合他自己已经执导过的世界名著片段来分析和讲解。陈播回忆："我在延安听的第一堂戏剧导演课就是沙蒙讲的课，他是大高个儿，人忠厚，慢条斯理的，但讲课内容是极为深刻和丰富的……我听他讲专业理论课和方法论课就很过瘾，特别是他讲的戏剧结构，讲的都是经典名作里的实例，还有他讲的编剧课也独具匠心。"

1945年春，在陕甘宁边区群英大会上，文艺界有35人获模范工作者奖，其中有艾青、杨少萱、吴印咸、齐燕铭、陈波儿、王大化、古元、钟敬之、张水华、沙蒙、贺敬之、林白等。7月，他担任鲁艺实验话剧团团长。日本投降后，党中央、毛主席决定派出大批干部远赴东北，开辟东北根据地。沙蒙和欧阳儒秋、田方和于蓝、舒群和陈凡三对夫妻积极报名，去参加开辟东北解放区的东北干部团，他们都被编在二大队八中队。组织上决定由舒群任八中队队长、沙蒙任副队长、田方任副队长，这是东北干部团中唯一由文艺工作者组成的团队。东北干部团二大队八中队正式成立后在延安大礼堂前全体合影留念。

为了东北的解放事业，沙蒙夫妇决定将他们唯一的儿子（5 岁）留在延安保育院。临行前，夫妻二人和儿子在桥儿沟窑洞前合影留念。

二大队八中队过黄河，经晋西北到达张家口，经察哈尔到达锦西，乘火车于 11 月 2 日到沈阳附近的苏家屯。东北局书记彭真、辽宁省工委书记陶铸等接见了八中队全体人员，指示八中队以中国共产党辽宁省委东北文艺工作团的名义尽快上街公演。他们演出了《东北人民大翻身》《锯大缸》等节目，演出震动了在日本帝国主义统治下的东北人民。演出告一段落，八中队中原鲁艺文学系、美术系等师生接受新任务，相继离开八中队，剩下人员继续用东北文工团名义开展工作。舒群任东北文工团团长，在东北局宣传部工作。沙蒙任副团长，主持日常工作。12 月 13 日，沙蒙被批准加入中国共产党。12 月 23 日，沙蒙率领东北文工团随东北局宣传部机关撤到本溪。在本溪休整期间，为刚组建的东北民主联军各部队进行慰问演出，有《兄妹开荒》《一双鞋》《肃清汉奸特务》《军民一家》，随后到鞍山、辽阳、安东演出。

1946 年 3 月 14 日，根据东北局的命令，沙蒙继续率领东北文工团赴大连演出，到被日本人侵占了 40 多年的大连开展工作。3 月 17 日，他们举行进大连的首场演出《黄河大合唱》和苏联歌曲，慰问大连人民和刚进驻大连实行军事管制的苏联红军。当时大连刚由苏联红军接管，是各派势力错综复杂混在一起的沿海大城市，广大群众对共产党不了解，许多人对这支从山沟里来的文艺队伍持怀疑态度，当地的职业剧团则从沈阳重金礼聘"名演员"，准备和文工团争夺观众。面对这种情况，为了打开局面，沙蒙在大连市委的领导和支持下，4 月 14 日安排了既有积极的政治内容，又有高度艺术技巧的音乐晚会和话剧《日出》的演出。音乐晚会由刘炽主持，演出的节目是冼星海的《黄河大合唱》、抗战歌曲和苏联革命歌曲，庄严雄伟、热情奔放的革命歌曲和技巧精湛的演出，使长期处于日本帝国主义和国民党反动派统治和奴役下的大连人民，耳目为之一新。《日出》这个戏由沙蒙亲自导演，于蓝饰演陈白露，林农饰演潘月亭，张平饰演李石清，颜一烟饰演顾八奶奶，欧阳儒秋饰演翠喜，王大化饰演胡四。全团演出态度严肃认真，导演、表演、舞台美术都有独到的地方，一炮打响，轰动了整个大连。人们想不到从山沟沟里出来的文工团竟有这样高水平的演出。本来准备唱对台戏的当地职业剧团也只好偃旗息鼓，认输作罢。文工团得到广大观众的信任后，沙蒙马上把演出的重点放到反映当时革命斗争、对群众更富有教育意义的节目上来，像《白毛女》《东北人民大翻身》《血泪仇》《锯大缸》等剧目，在广大观众中产生了极大的影响，传播了革命的声音。在完成演出任务同时，文工团还尽量抽出时间，举办各种短期艺术训练班，为东北地区培养了大批革命文艺干部。沙蒙肩负重任，日夜操劳。他待人诚恳，善于团结同志，并且严于律己。他带领全团边干边学，学政治，学业务，在硝烟弥漫的战争环境中，奔波演出，出色地完成了传播革命文艺，鼓舞群众，夺取战争胜利的光荣任务。

1946 年 8 月，他们根据东北局命令离开大连，绕道朝鲜到哈尔滨、齐齐哈尔。东北文工团改名为东北文工一团，沙蒙任东北文工一团团长，1946 年 12 月 13 日正式在齐齐哈尔成立。

1947 年 5 月 1 日，内蒙古自治区政府成立。应乌兰夫邀请，沙蒙带领部分东北文工一团团员参加庆祝自治区成立大会。团员们激情饱满地演出了《内蒙人民三部曲》大合唱。演出后，乌兰夫上台热烈祝文工团演出成功。

1947 年 7 月 1 日，沙蒙根据东北局命令，为了创建新中国电影事业，率领东北文工一团整建制连人带器材设备并入到东北电影制片厂。

沙蒙任东北电影制片厂管委会委员、艺术委员会主任、党总支书记、编导组党组组长。从此，沙蒙成为开拓人民电影事业的一员闯将、新中国电影摇篮的奠基人之一。

从 1949 年到 1950 年，沙蒙先后拍摄完成了《赵一曼》（获捷克斯洛伐克卡罗维发利国际电影节最佳女主角奖）和《上饶集中营》（获得长影厂的优秀影片奖）两部故事片的摄制工作，塑造了不屈不挠与敌人进行斗争的共产党员的英雄形象，受到国内外观众的热烈欢迎。1953 年，他导演了反映农村生活的故事片《丰收》（获文化部优秀影片奖）。1956 年，完成了他导演的第四部故事片《上甘岭》。这部影片无论就思想性或艺术性来说，都取得了卓越的成就，它是新中国人民电影事业在 50 年代中期达到的一个艺术高峰。《上甘岭》是一座里程碑式的战争影片，是新中国战争影片的经典。即使现在放映，还会激起人们强烈的爱国热情。可以说，迄今为止，还真没有一部中国战争电影能像它那样完美，像它那样展示了人性的光辉，像它那样有如此长久的生命力！

沙蒙是一位极其严格的革命现实主义艺术家。他常说，一个导演如果远离所要表现的生活，不到生活里去体验、观察、搜集资料、尽可能掌握第一手材料，对所表现的生活和生活中的人物、环境、时代气息无感受、无体会、无知识，仅凭剧本作者提供的文学形象去闭门造车，导演工作是搞不好的。为了争取有较长的深入生活的时间，他决定在《上甘岭》的文学剧本的创作阶段，以导演身份参加工作。"走，我们到朝鲜去！"他的这个提议立即得到当时文化部陈荒煤同志批准。1954 年 4 月，他们以志愿军战士的身份跨过鸭绿江，赴朝鲜采访、看景。沙蒙有一副北方人的魁伟身材，当时已年近五旬，是创作组里年龄最大的一个，历来有心脏衰弱的毛病，组里同志们都尽量照顾他，有些地方不让他去。他却不顾大家的劝阻，坚持和大家一起在海拔 1000 余米的五圣山上下攀缘；在低矮、潮湿、抬不起头、直不起腰的坑道里摸索；和大家一起读有关上甘岭战役的材料，和大家一起访问上甘岭的指战员，从指挥员到战士采访了 57 人，历时 200 天，写了 25 万字的采访笔记。他和战士们"同床共炕"生活在一起，听战士们回忆上甘岭战斗的日日夜夜。正是设身处地地在上甘岭那 3.7 平方公里的阵地体验了敌人6万多兵力、3000多架次飞机、300多门大炮、170多辆坦克的疯狂进攻，一个早上就承担了30多万发炮弹的猛烈袭击的惨烈，才能体会当年上甘岭战斗的艰难和壮烈，才能深入探索这些创造了"惊天地、泣鬼神"的英雄业绩的普通战士们的精神世界，感受他们的脉搏，理解他们强烈的爱憎，窥见他们美丽的灵魂。这样，艺术家就产生了强烈的激情，展开想象的翅膀，去追逐和捕捉那些把普通战士的美好心灵再现在银幕上的艺术手段。

1955年7月30日，初稿完成。刘炽清楚记得影片主题歌《我的祖国》是怎样创作出来的。他回忆导演亲自对他的阐述："如果有一天人们忘记了这部电影，但一唱起这首歌，就会想起那些惊天地、泣鬼神的英雄，那些为了祖国英勇献身的伟大精神……"导演要借助这支能唱到人们心里去的歌，来抒发战士们远离祖国、热爱祖国和思念祖国的真挚深情，歌颂英雄们为了祖国的安全、人民的幸福而克服困难、战胜死亡的精神力量。原来剧本的歌词只适于谱进行曲，沙蒙提出要用优美抒情、有民族风格的曲调来表现。于是他请乔羽重写了《我的祖国》的歌词。刘炽用具有民歌风格的曲调，谱写了这支动人心弦的主题歌。果然，在音乐的烘托下，影片增强了感染力，使观众的感情升华到更高的境界。沙蒙花了很大力量，来调度拍摄连长张忠发和战士们一起在那狭小的坑道里抓放小松鼠的场面。与运用主题歌相似，用与严酷的战争相反的抒情浪漫色彩，来抒发英雄们热爱生命、热爱和平和渴望幸福的感情，衬托出他们为了祖国人民的和平和幸福，不怕困难和牺牲的崇高品质。

沙蒙的工作方法一定是在研究和分析了剧本以后，先有"导演的阐述"，阐明总体设计和构思，安排好未来影片的全局，制定全片的节奏总谱，然后再从全局出发，来部署各种戏剧因素的消长起伏，调配各种色彩的浓淡轻重。为此，曾在1952年，当时的中央电影局艺委会专门下发《关于〈丰收〉导演阐述的通知》，提请全系统创作者们做研究和参考之用。在电影《上甘岭》创作中，沙蒙强调"导演工作要讲究形式和技巧，但内容的充实毕竟是决定性的，形式和技巧要为深入提示人物性格、塑造鲜明的艺术形象来感染观众这个目的服务"。在影片的最初设想中，沙蒙的许多安排都在于尽力突出主要人物张忠发，认为只要这个角色站住了，全片也就站住了。因此，当戏转入坑道，在群众情绪波动的紧急情况下，他本想安排连长张忠发出来给大家做思想工作。这样一来，把指导员撂在一旁，把一切好的东西都堆在张忠发身上，成了为突出主要人物而突出主要人物，这就不是从人物出发，也不完全符合生活的真实。因此，沙蒙否定了原来的设想。后来当他把总谱上的红线引申到全剧的高潮时，很自然地把红线的顶点停在杨德才舍身炸暗堡，使战争转向胜利这一情节上，但影片的主角张忠发在全剧的高潮中却被推到后景去了。按照艺术的规律，张忠发应该始终贯穿在这条红线上。怎么办呢？经过有战争经验的同志们的提醒，回忆起生活中指战员们在战争环境里的相互关系，沙蒙设计出让张忠发掩护杨德才扑上暗堡的积极行动，把主要人物在情节发展中安排在他应有的位置上，使影片人物合乎艺术规律地完满地推向高潮。

《上甘岭》完成片送到中南海放映后，有人告诉沙蒙，毛主席看了影片后说："这可是一部中国的影片啊！"沙蒙非常激动，连声说："这是最高的奖赏！"《上甘岭》公开上映后，观众当时就突破1000万人次，广大观众对影片的反映十分强烈。摄制组的同志们都非常高兴。沙蒙却谦逊而严肃地说："我们要找出影片的不足和缺点，在拍摄下一部影片《党的女儿》的时候，克服这些缺点，从这个起点更进一步。"接着他谈道，在今后的工作中，一定要不遗余力地熟悉、了解和分析研究每一个在银幕上出现的人，使每一个人物都成为有个性的真实的人。

沙蒙有一个最大的心愿，那就是，用毕生精力在银幕上表现党的斗争历史。这是他1957年初从江西老苏区体验生活，接触了许多为革命付出巨大代价的苏区人民群众后，从内心深处迸发出的愿望。他计划和同志们一起组织艺术创作研究室，把江西老苏区作为基地，长期深入生活，一辈子拍"党的斗争历史"题材的影片，一辈子努力探索、剖析，在银幕上再现这些为新中国的诞生而艰苦奋斗甚至壮烈牺牲的英雄形象。他认为："党领导的中国人民的革命是无与伦比的壮丽史诗，在长期的革命斗争中，涌现了众多英勇无畏、奋不顾身的英雄人物。我们一方面要下大功夫去访问今天仍然健在的参加当年斗争的战士和群众，更要下大功夫访问当年领导过斗争的党和军队的领导人。"因此，他计划这个专拍党的斗争历史题材的艺术创作研究室，可以集合一些革命理想和艺术趣味相同的同志，不断地搜集材料，不断地下去生活，不断地了解人、熟悉人、研究人。艺术研究室不仅有编剧、导演、摄影师、美术师，也要包括主要演员。由易而难，主要是先表现普通党员和人民群众、基层党的领导的，再重点表现领导者甚至党的高级领导者的电影。通过不断的艺术实践，积累经验，争取影片一部比一部拍得更好。

我们仿佛又听见他低缓而激动的声音："到江西老苏区走这一趟，我决定了，我这一辈子就拍党的斗争历史题材，就塑造这样的人物，是千百万这样的人流血牺牲，才换来了新中国。《党的女儿》是第一部，只是开始，我有 10 部红色经典的计划……"那是 1957 年春天，但谁也未料到，那年秋天，在批斗会上却有人说："资产阶级的制片商为了票房价值，也可以拍革命内容的影片，你们声称要反映党的斗争历史，塑造工农兵英雄形象，还不是为了你们名利双收，为了你们的一千万人次……"在会场上，沙蒙把脸转向窗外蔚蓝的晴空，咔嚓一声，他手上捏着的烟嘴折断了……

不幸的是，那场罹难，新芽夭折了，作为计划中尝试的第一部影片《党的女儿》，连拍片的权利也被剥夺了。实际上，这部电影他已经是把前期工作全部就绪，包括分镜头剧本、男女主角选用、前期看景……只待秋季到来就开机了！他只得将自己的心血之作，毫无保留地全部托付给他最得意的学生林农来完成。他从此便沉默了，更忍辱负重了。当时长影厂领导决定，只允许他隐姓埋名带年轻导演。

1959 年秋冬之交，沙蒙被安排在第三创作集体，他的工作是每天看外稿。1960年初，厂党委接了文化部电影局重点任务要拍摄电影《甲午风云》。为了加强创作力量，厂领导决定指派沙蒙做隐形顾问，帮助作家叶楠并介入他的《甲午风云》文学剧本的修改并完成导演分镜头剧本。沙蒙又被激发出了创作激情，在《甲午风云》文学剧本的修改和分镜头剧本的创作上，倾注了自己的全部心血和内心的呐喊。叶楠回忆，沙蒙一开始对这部作品的内涵定的"调儿"，就是老子的一句话："民不畏死，奈何以死惧之？"那些日子里，他们朝夕相处，按两人之间约定的流程：沙蒙启发式地先在文学本上画道道，标注重点，叶楠动笔改，改好送沙蒙审看；沙蒙再指导画道道，叶楠再改……就这样前后写了两稿。直到除夕，叶楠深夜带着炒花生米，来到小白楼沙蒙的房间陪他守夜，他回忆："看到沙蒙的脸上浮出微笑，这是我第一次见到他的笑容。他对我似乎有了点信任，也似乎有了感情。不知道为什么，我的眼睛湿润了，我忙低下了头，免得让他看见了，破坏了他好不容易有的一丝欢快的心情。我将包花生米的纸包打开，放在茶几上。别看一包炒花生米，那时候在市面上已经很难买到了。有了花生米和茶水，我们就有了守夜的酒肴。这一次，他不再拘束，不再缄默了，很快就进入叙谈佳境，就像是微醺后的情况，娓娓而谈。是由我们正在改定的《甲午风云》谈起，谈他的艺术设想，谈应该拍成什么样式，什么调子和气韵……谈戏剧冲突，谈人物，谈细节处理，谈节奏，谈音乐，甚至于谈光和色彩……就像他是这个戏的导演。谈着谈着，竟忘情地手舞足蹈了起来，神采飞扬，宛若少年……他毕竟是艺术家，激情在重压下也能忘情地迸发！"叶楠回忆起这一切，万分感慨地说："实际上，沙蒙确实是传授电影艺术给我的第一个师长！"是啊，电影对沙蒙生活的全部意义，正如罗曼·罗兰所说："世界上只有一种真正的英雄主义，那就是，在认清生活的真相后，依然继续地热爱它。"

1961年2月，沙蒙调离长影，到北京电影制片厂工作，得到厂长汪洋的信任支持和深情关照。5月，厂里先安排他去北戴河休养。在那儿，他得到周恩来总理的单独接见，总理关心地询问他的身体、生活、工作情况和今后的打算，勉励他继续拍摄人民喜欢的好电影。1962年，北影厂领导把反映农业合作化的农村生活小说《汾水长流》拍摄任务交给了他。他接下任务，全力以赴投入剧本改编。分镜头剧本很快就获得通过，并组织拍摄……但困难的处境，孤独抑郁的心情，逐渐加深的疾病，使他克服了常人难以想象的苦难。当电影全部拍摄完成，1964年6月，他在做导演最后总结时，积劳成疾，脑溢血终于夺去了他的宝贵生命。真是"壮志未酬身先死，长使英雄泪满襟"！人们啊，你们可曾看过一个身背重负，向着黎明默默前行的探索者的形象？在他身后，璀璨的阳光洒在大地上……

可以告慰沙老的是，他的壮志并非完全未酬，他毕竟给我们留下了5部影片——尤其是本文中涉及的《赵一曼》《上饶集中营》《上甘岭》，经过半个世纪的检验后，它们已经在中国电影史上赢得了应有的历史地位，其中的《上甘岭》即使今天列入红色经典影片之列，也当之无愧！

沙蒙是新中国电影导演艺术的先驱者、开拓者之一，是思想理论水平、文化素养均较高，并具有丰富的革命斗争与艺术实践经验的导演艺术家之一。熟悉沙蒙的同志们都说，他是一个憨厚、真挚和十分执着的人，他是真正"忘我的、无我的"人民艺术家，他对党、对革命忠贞不移，对艺术孜孜以求，一丝不苟。他所表现出的成绩，可说初露头角，真正的成就还未发挥出来，这样一个好党员好干部好艺术家，竟委屈地过早逝去，岂不太可惜啦！想到沙蒙，就想到骆驼，老是那么一步一步，稳步前行，可是每迈一步，都是那样踏实、有力。他是个不轻易走一步，只要迈步就不可收回，非要走下去不可的人，这就是沙蒙！

他像一潭清澈的泉水，蕴蓄很深，风过处虽然也泛起涟漪，却从不轻佻地溅起飞沫。那是个一生向往着革命，吃苦耐劳的人，他的才能并没有得到充分的发挥，就过早地故去，实在使人遗憾！艺术家的道路往往是坎坷的。沙蒙要是活到今天该多好啊！即使还有困难，他的宏图壮志大概总会一步一步实现吧。他会拍出多少好的影片啊！人民需要这样的艺术家。

他的艺术植根于生活的土壤中，会给人民带来艺术的享受和生活的滋养。人民将永远怀念他。我们将永远记住沙蒙，记住他留下的歌颂人民、反映时代精神的优秀作品。

岳晓湄、刘克勤（根据《走近沙蒙》书中齐锡宝、

塞克、叶楠等人回忆整理）

2021 年 12 月 27 日

从小鲁艺到大鲁艺

——严正前进之路

一、周恩来副主席特批去延安

严正，1918 年 12 月生，原名陈雷，祖籍江苏南京，家境贫寒。

哥哥严恭 13 岁即被迫卖身学徒，因之严正从小对剥削压迫极为痛恨。哥哥严恭于 1934 年参加党的左翼剧团开始革命工作。为了地下工作的需要，严恭把他弟弟也改姓为严，并且取名为严正，意即兄弟两个都恭恭正正地做人。严正从跟着哥哥看排练演出革命戏剧《放下你的鞭子》《五奎桥》《香稻米》，到认真旁听哥哥们在一起读革命刊物，在特务搜查时主动将刊物、文件在家中收藏起来。1932 年 1 月 28 日，淞沪抗战爆发，才 13 岁的他就瞒着家人去参加党领导的爱国会的宣传抗议大游行。那天游行遭到军警残酷镇压，打伤、抓走了不少学生，他居然能坚持到底。

1937 年 12 月，日本侵略者残酷地在南京进行大屠杀。1938 年 8 月，他终于逃出南京，到武汉寻找在周恩来副主席领导下做抗敌演剧工作的哥哥严恭。此时，严恭正极力想到延安去，但是受到了周副主席的批评，说："我奉党中央之命，从延安来到武汉，做统一战线抗战工作，你们作为主力，却闹着要到延安去，丢下这些工作怎么办?!"严恭服从组织，提出请求批准自己的弟弟去延安。周副主席即特批年轻的严正赴延安。

当时，特务监视八路军办事处很严密，特别是对我党组织青年进入延安的西安八路军办事处更是严加防范。那时候革命青年去延安，国民党设了 3 道封锁线：郑州、潼关、西安。公路、铁路都要检查，抓了不少进步青年，这对没有出过门的严正更是个威胁。

在组织的统筹安排下，严恭又找了许多战友、同事帮忙。1938年9月，严正跟着金山一起坐火车去西安，第三厅为他办了给陕西的公文，将其作为护身符，暗藏着党的长江局介绍信。到了西安，严正按照安排找到当时正为西北影业公司拍电影的导演瞿白音，他是严恭演剧队的老大哥，也是演剧队的队长，他毫不犹豫地设计好：先发给严正影业公司的证章，进入摄制组当剧务，让特务们先混个脸熟。等到有一天，特意在八路军办事处门口拍片时，趁特务和路人专心看当红女主角欧阳红樱的时候，严正在掩护下迅速进入八路军办事处。这一真实的"戏中戏"果然很顺利。几天后，严正就穿上英武的八路军军装，臂佩120师标志，前往延安。

到延安，他进入鲁艺戏剧系第三期学习，毕业后留在鲁艺实验剧团。

二、走向大鲁艺

参加革命前，在南京左翼剧联领导下，严正参加了抗日救亡戏剧、歌咏宣传活动。凭着青年人的热情，尽管遭到国民党反动政府、军警的破坏镇压，依然坚持着干。

当到了革命圣地延安，在鲁艺学习和工作，和许多来延安的青年知识分子一样，心里自然地认为：自己从小就参加革命活动，如今又身处革命环境中，当然自己已经是革命文艺工作者了。

但是，延安文艺座谈会开过7天之后，毛泽东主席亲自到鲁艺，对学员讲话。毛主席说：你们现在学习的地方是小鲁艺，还有个大鲁艺，还要到大鲁艺去学习。大鲁艺就是工农兵群众的生活和斗争，广大劳动人民就是大鲁艺的老师。你们应当认真地向他们学习，改造自己的思想感情，把自己的立足点逐步移到工农兵这一边来，才能成为真正的革命文艺工作者。

听了毛主席这番教导，让他犯起疑来了，自问：怎么自己连做个革命文艺工作者至今还未入门呢？

尽管思想认识一下子上不去，但他还是决心听毛主席的话，到工农兵中去，拜人民群众为师。

　　1939 年春节，在延安县严正观看了群众闹秧歌，群众性很强，遍及整个陕甘宁边区。这些朴素的，甚至是稚拙的小场歌舞剧却十分吸引人，他觉得这就是工农的艺术。于是有意识地结识了伞头，即领舞，搜集了领舞的各种图案、秧歌的基本步法、唱词、小场子对舞时的动作与表达的情趣等。

　　1943 年元旦，鲁艺为宣传拥政爱民，拥军优属，组织了秧歌队。刘炽和严正就成了延安鲁艺第一支秧歌队的伞头。几天之后，鲁迅艺术文学院秧歌队鲜红的门旗竖立起来了，在五色缤纷的彩旗和大幅"拥政爱民""拥军优属"标语的簇拥下，一支几十人的大型秧歌队踏着锣鼓点，扭着健壮的舞步，从桥儿沟出发了，向延安南关外边区政府献旗，向延安北门外边区联防司令部献花。秧歌队走街串乡，群众用惊奇的目光看着他们，议论纷纷："尔个变了，鲁艺大学的学生也扭起咱们老百姓的土秧歌来了！"有的说："好热闹！好红火啊！"

　　但是尖锐的批评也来了，集中一点就是：鲁艺闹秧歌，咱群众双手欢迎，但是秧歌队将咱们边区各行各业扮得不美，咱们看了心里不舒坦。甚至说：公家人咋还扭这骚情秧歌?!

　　听了这一尖锐批评，他像当头浇了一桶凉水。是啊！仔细想想扮相真难看啊！作为秧歌队的打头人比其他演员的扮相还更难看——头上扎了十几个小辫子，辫子上插上各色的纸花；面部化妆是仿戏曲"丑"的扮相，眼上涂上两大白粉圈圈，红鼻头，脸颊抹上两块红圆饼，两耳挂着红辣椒或红枣串串，身穿大红袍，手持大团扇和绿色手帕。舞步舞姿基本上是保持旧秧歌的扭动情趣……自己在镜子前一站，也发现扮相非但不美，简直是丑极了！可是又想，这是从群众那里原样学来的呀！为什么群众会反感呢？……问题出在哪儿呢？自己困惑起来了。

　　在困惑思索中，他再次学习毛主席《在延安文艺座谈会上的讲话》：

"到了根据地，并不是说就已经和根据地的人民群众完全结合了。""我们知识分子出身的文艺工作者，要使自己的作品为群众所欢迎，就得把自己的思想感情来一个变化，来一番改造。没有这个变化，没有这个改造，什么事情都是做不好的，都是格格不入的。"

沿着毛泽东同志指引的路，他又走进群众中去，请教桥儿沟的老乡。群众说："尔个边区是咱群众当家作主呢，政治大翻身了。可不敢像旧社会把咱老百姓不当人看。"有的说："如今咱们群众代表参加边区政府大会，跟毛主席、朱总司令平起平坐，共商国家大事哩。"桥儿沟秧歌老把式悄悄地对他说："旧社火是闹红火，扭的是骚情秧歌，有的人家都不让年轻女娃出来看呢！"……这些简短朴实的话语，像惊雷骇电骤然击开他的困惑，茅塞顿开、思绪清晰，心情顺畅了。群众教育他作为一个文艺工作者必须真正了解群众的心愿，看"时代不同了"这样一个现实。这时，才悟到毛泽东同志亲自到鲁艺动员全院师生到大鲁艺去的深远的意义：深入群众，改造自己。由于创造意识和审美观念的改变，鲁艺秧歌队由丑变美了。

秧歌队全部改为"俊扮"。头扎英雄结，身穿绣花红肚兜兜，外套天蓝色的上衣，腰系彩绸缎带，看上去人人精神焕发，个个英姿飒爽，真是一派新时代气魄，他和刘炽两个伞头装扮也漂亮英俊了。但手上要扔掉大团扇和绿手帕，改换什么样的道具却感到为难。应以什么具体形象作为表现工农兵战斗风格的鲁艺秧歌队前导的标志呢？同志们提出的方案不少，但都难以选中。正在大家聚议设想时，猛然间，看到一杆红旗迎风飘扬，红旗上的镰刀、锤头在阳光照耀下熠熠闪光。大家喊出：应该是它！是镰刀、锤头！它是人民大众的代表形象，是无产阶级政党领导的象征。

1943年2月9日，鲁艺秧歌队以百余人的庞大阵容，第一次高举镰刀、锤头，工农代表形象领衔，连续到党中央所在地杨家岭、联防司令部、边区政府、西北局、文化沟等处演出。每天延安农村演出五六场。由于鲁艺秧歌队的面貌全变了，深得群众的喜爱，每到一处，群众皆奔走相告:"鲁艺家来了!"周扬同志听到,笑着对他们说:"鲁艺家——多亲昵的称呼!过去你们关门提高,自称为'专家',可是群众不承认。如今你们放下架子,虚心向群众学习,诚诚恳恳地为他们服务,刚刚开始做了一点事,他们就称呼你们是'家'了,可见专家不专家,还是要看他与群众结合不结合。这头衔,还是要由群众来封的。"群众看了演出后说:"鲁艺家秧歌变样了,唱的、演的、跳的满美的太咧!"广大群众批准了!

中央首长看后也赞道:"这还像个为工农兵服务的样子。"一致认为:鲁艺为表现新的群众时代开了个好头。

鲁艺秧歌掀起了延安表现新的群众时代的秧歌,并迅速向各部队、机关、工厂、农村、各革命根据地流行。

解放战争时,每解放一个城市,进城仪式都有鲁艺秧歌似的高举镰刀、锤头的秧歌队,紧随解放大军,高唱《解放区的天是明朗的天》,迎接欢庆人民的时代来临!鲁艺秧歌跨过黄河、越过长江,直至珠江海口,直到开国大典。作为鲁艺秧歌的领舞人,每当看到这革命秧歌时心潮澎湃,严正永远记着毛主席教导的从小鲁艺走向大鲁艺这启蒙的一课。

三、坚持做"我们的文化"

1943 年 4 月,严正被调出鲁艺,送往中央社会部西北公学整风审查,经历了"抢救失足者"运动的考验。当时,毛主席亲自调查研究,发现肃反扩大化、逼供信的错误,发出审干决定 9 条方针。中央社会部副部长兼西北公学校长李克农同志,当即把审干转入正常工作,遵照党中央和毛主席指示办事,提出被审干部执行"边生产边学习,边甄别边工作"。为了保护专业人才和干部,成立了文娱科,严正被调入文娱科,做戏剧导演和演员工作。

当时,延安演过苏联、法国的名剧,也演出过《日出》等剧,文娱科要演什么呢?各种意见都有,比如现在该提高了。

针对这种情况,文娱科科长汪东兴同志及时传达了 1944 年 3 月召开的一次宣传工作会议上，毛主席特别称赞秧歌剧起到的教育作用。毛主席说："这就是我们的文化的力量。早几年那种大戏、小说，为什么不能发生这样的力量呢？因为它没有反映边区的政治、经济。过去，成百成千的文学家、艺术家、文化人脱离群众。开了文艺座谈会以后，去年搞了一年，他们慢慢地摸到了边，一经摸到了边，就受到广大群众的欢迎。所谓摸到了边，就是反映了群众的生活，真正地反映了边区的政治、经济，这就能够起指导作用。"

听了让人很震动，我们不是要干革命的么?! 首先要分清自己搞的是什么人的文化?! "我们的文化"——"我们"这两个字分量很重，讲述了应有的立场，与人民的关系、对革命的态度。大家决心永远要做"我们的文化"。

1944 年春节前夕，同志们决定自己编一个剧本。编写组的同志请示汪东兴同志，问有什么主题方针没有？他说："方针就是毛主席《在延安文艺座谈会上的讲话》，也就是要面向广大的人民，面向百分之九十以上的工人、农民、士兵和知识分子，这就是我们的方向，我们的主题。这个主题非常丰富，正如毛主席所说是取之不尽、用之不竭的源泉。你们就抓住这个主题去写吧。

"还有毛主席在边区劳动英雄会议上的讲话叫《组织起来》，报纸上已经登出来，你们可以找来看看。毛主席在这篇文章里说，把群众力量组织起来，这是一种方针。要把经济工作看作是一个广大运动，一个广大的战线，就要把农村、部队、机关、学校、工厂的广大群众组织起来，把一切老百姓的力量动员起来，成为一支劳动大军。我们有打仗的军队，又有劳动的军队，那么我们就可以克服困难，把日本帝国主义打垮。毛主席在这篇文章中肯定了陕甘宁边区的农民自己组织起来提高劳动生产率的做法。你们考虑一下，深入到群众生活中去，看看他们想什么，有什么愿望，再创作。"

编写组的同志们学习了毛主席的讲话后，深入到枣园附近的磨家湾村去体验生活。他们一边搞调查研究，一边与农民群众同吃同住同劳动。集体讨论，经陆石写初稿，汪吉同志协助几次修改补充，很快就将剧本写出来了。最后定稿后，由音乐组配乐成陕北很流行的秧歌剧《动员起来》。由严正导演，李高峰、张婷乙主演，杨啸空、刘苏（刘芝贤）等分别扮演剧中角色。经过一个多月的排练，就上演了。

春节期间，文娱科的演出队到枣园演出这个戏。住在枣园的毛泽东主席、朱德同志、刘少奇同志、任弼时同志都观看了演出，李克农等社会部的同志陪同观看。这个戏的音乐是在陕北民歌的基础上改编的，演员唱起来很好听，音乐舞也跳得很好看。在演出过程中，群众反应很热烈，笑声、掌声不断。

张婷乙同志饰演的张栓婆姨，形象俊俏和善，待人朴实真诚，唱得陕北风味浓郁，特别是深入生活后，一举一动都体现了新农村大嫂的优美神态，深受观众的喜爱。演小姑的刘苏回忆：一次戏散了，一群婆姨女子在一起对她指指画画，后来推出一个婆姨找到她，悄悄地递了一些过年吃的油圈圈、红枣、花生等物，并笑着说："给你嫂子吃，叫她宽宽心，养好身子（戏里嫂嫂怀孕了）。"当刘苏去拉演嫂嫂的张婷乙同志来到她们中时，她们亲热地拉着"张栓婆姨"的手说："你带张栓和妹子到我村中住几天。你们一家人和和美美的，真好！"

这样一来，西北公学的文娱科的名气响了，在延安地区到处演出。编导演深感创作《动员起来》等秧歌剧的创作演出过程就是从群众中来到群众中去，所以才受到延安群众的欢迎。

戏，受到党中央、毛主席、周恩来副主席和其他领导同志的肯定和赞扬。后来，听李克农同志讲，毛主席还给他们秧歌队起名叫枣园秧歌队。毛主席看完演出说："方向对了，好戏，群众喜欢看，让他们多演。"1944年3月，中共中央西北局宣传部春节宣传工作总结大会将这部秧歌剧评为一等奖。1944年12月，边区文教大会授予他们为工农兵服务模范集体单位，并授予张婷乙几个主要演员一等奖和边区劳动模范。

值得一讲的是，1992 年，《动员起来》剧组老人们重回延安，再回深入生活的磨家湾，张婷乙同志深入生活的原型还在，村里的老人居然还能叫出他们每个人的名字和饰演的角色。

大家深感为百姓做了一点事的喜悦，与人民群众心连心是那么令人激动，为时代做些许推动的工作是那么光荣，决心永远做好"我们的文艺"!

四、识时务者为俊杰

1944 年 6 月 5 日，文娱科科长汪东兴突然通知副科长丁丹、张克勤，创作组简化生、黄钢、石影，演员组严正、杜印、李高峰，音乐组程云，总务组路迈等 10 人去枣园社会部李克农办公室开会。问起会议的内容，谁也不知道。问到汪东兴同志，他也只说了一句话："好事情……"

大家怀着疑问，当走出沟口，老远就看到李克农办公的窑洞，定神再看，李部长早已站在窑洞前的坪场上等候他们。他精神焕发，笑容满面，像是有什么大喜事埋藏在心里，眼睛透露出神秘的光彩。他请大家就座在坪场上，操着浓重的芜湖口音笑着说："室外天地宽，好商量大事。"

大家都眼巴巴等着他宣布喜事，他却先讲述了枣园文工团前一阶段，按讲话精神创作了秧歌剧等好节目，取得很好的成绩等等……但是，下一步搞什么呢?

大家没思想准备，谁也答不上来。克农同志慢声细语地说："我想你们来搞这个!"他举起《解放日报》上登的剧本《前线》，他们一时愣住了。

李克农反问起他们："这件事情该怎么看?《解放日报》从 5 月 19 日到 26 日，连续 8 天登《前线》剧本，这么长时间，占有重要版面，而登的又是反映苏联反法西斯战争的剧本，是不是件罕见的事? 6 月 1 日《解放日报》为它又发表了一篇重要社论，是不是反映了毛泽东主席的重要思想?你们想一想，把几件事联系一起想。这件事重要不重要?……"他点燃烟吸着。

过一会儿，李克农忽然低下头，扔掉烟蒂用脚踩灭，叹道："要真搬上舞台，困难太多，担子也太重了!"他心里好像在闹矛盾。过一会儿，他忽然抬起头，对大家投去期待目光，激昂地说:"革命重担总得有人来挑吧!"

严正他们实在按捺不住了，不约而同地发出一个声音:"这副重担由我们来挑!"李克农听到了响亮的回声，也情不自禁放声大笑起来，很是满意，高声赞扬说:"敢为天下先。有觉悟，有胆量，有雄心，有气概!"

中央社会部领导决定，由西北公学文娱科科长汪东兴同志总负责。工作步骤:先组建《前线》集体导演组，由黄钢、杜印、严正、石影等人统筹研究。工作千头万绪:没几个专业演员、没服装道具甚至连苏军军服什么样都无处参考，连一块天幕都没有。可以说什么都是两个字:"没有!"

由于国民党军事经济封锁陕甘宁边区，物资匮乏，经费短缺，部领导特批总制作费600元（边币）。尽管这个数在当时是个大数目，也很难完成制作任务。怎么办? 大家集思广益提出"借、代、做、省"四字方针。即借用为辅、代用为主、做用为补、省用为要求。为此，必须群策群力，开动脑筋，发扬自力更生、艰苦创业的奋斗精神。当时流传一句话:"三个臭皮匠赛过一个诸葛亮。这么多的诸葛亮还不能过五关斩六将?"

化装组首先报捷。她们跑遍清凉山、凤凰山、宝塔山山头寻找、采掘各种颜色风化岩石层，从岩石层中挖薄脆的风化石片，放在石碾上碾碎，磨成细粒，筛出颜色一样的粉末，再加水蒸，过滤，取其沉淀物，经过日晒或烤干，最后用油搅拌成化装油彩，尽管擦在脸上像硬壳，总算解决部分问题。

在各种借代对付中，月初进行试演，中央社会部领导邀请了《前线》剧本译者萧三、李伯钊等延安文学、戏剧界著名人士来审查。当晚演出效果不佳。专家们不满意、领导们不满意、演出者们（演员、导演）也不满意，真正是"三不满意"。

原因是:人物造型失败;服饰简陋;演员舞台事故多;演出时间拖沓（长达4个多小时）;战争场面音响效果四不像。……整个演出，从艺术创作和技术表现上看，尽管参演者热情很高，但未超出业余演出水平，确实使专家们难以表态。只能说："同志们很努力""演到这个水平已很不容易""外国戏更难演""剧本很好，人物难以把握"等等这类善意的爱护性的否定批评后，有的同志抬不起头，心灰意冷、情绪低落。专家们走了，观众散了，一大锅肉丝汤面（炊事员特意做的），放在那儿无人问津，大家都没有胃口了。导演组坐不安、睡不宁，查找原因；文娱科领导人也整夜未眠……

次日一早，李克农偕汪东兴来到西北公学大礼堂召开全体会议。他们也是一夜没睡！克农同志看到大家无精打采的神态，突然说："唱个歌嘛！"见无人反应。他提高音命令声乐组长程云："指挥唱个歌——《八路军进行曲》！"

不一会儿"向前，向前，向前，我们的队伍向太阳……"嘹亮的歌声震动着大礼堂，驱散了心头愁云，振奋了他们的情绪。严正显得那么兴奋，眉宇间闪烁着光彩，滔滔不绝，发表了意见。开门见山第一句话："有人说演出是完全失败了——这个结论我不同意。我认为演出基本上是成功的，检阅了我们队伍的实力，给我演好这个戏提高了信心。第一次试演，初次检验哪能十全十美？……主要是我领导工作做得差，责任由我负，向同志们检讨。比如，台上幕布破旧不说，连一块天幕都没有；照明汽灯又少，多是借来的，还出尽毛病；大小道具都是凑合着代用，戈尔洛夫总指挥都没有沙发椅子；化装品原料缺乏，没有凡士林用猪油代替，一出汗就往下流，成了大花脸；服装借人家剧团的，也不像苏联红军，倒像日本兵（惹得大家也在笑）……音响效果也不像，大炮是敲鼓，机关枪是敲钢板……能怪谁呢？还有更重要的是演员，除了五六个人有专业经验之外，其余全是票友，他们做党的政治工作、军事工作、理论工作是内行，演戏却是大外行。上台见下面那么多观众看自己，就觉得磨不开，不好意思，不知所措，越发紧张起来，词也忘了，下场门都不知道在哪儿了。……"

李克农恳切地承担了责任，对谁都没责备，最后告诉大家他的一条工作体验。他由衷地说："做革命工作要勇往直前，只要时刻把党对工作的要求置于自己思想意识的最重要的部位，就能够在任何环境中找到办法克服困难，开展好工作。勇气和毅力越强，就越能有效地克服一切障碍，工作获得胜利。"这段话说得多么好啊！这是老一辈革命家克农同志革命思想的精髓，是忠诚于党的事业的精神支柱，语重心长的话语在每个人的心扉上刻下永恒的印记。

接着《前线》复排工作开始做准备。李克农委派汪东兴挂帅抓第一线工作。为适应由广场剧转变为演舞台大型话剧，克农同志一把牵住了"牛鼻子"——改善领导，与群众共同制定修改方案，做出全盘规划，并亲自奔走，八方求援，千方百计，绞尽脑汁，为复排工作胜利完成在物质上寻求资助，在精神上增强滋养，掀起了新的红火势态。

9月中旬，复排合成。李克农还是以前的穿着，一套很得体的军服，历来整洁的仪表使他更显精神；毫不掩饰真情的笑容，一副真诚亲切的神态，令人如沐春风。他说："今天叫'自家人先观赏品尝'，没请外人，枣园机关党委和学校领导评审，请了各班同学代表陪观。"这场复排后重新亮相的演出出乎意料地顺利、紧凑，不到3个小时一气呵成。演员和舞台工作自我感觉良好。

接着，在枣园大礼堂连续操练演出5场。场场爆满，反映强烈。党政军各方观众不约而同地建议："戏给了他们思想启发和精神鼓舞。枣园家的《前线》应走出山沟，送到延安广大干部中去！"

9月底，正当《前线》在延安南门外边区政府大礼堂演出之际，接到杨家岭中央办公厅通知：邀请枣园《前线》进入杨家岭大礼堂为党中央和毛主席演出。

9月的延安是金秋季节，也是最为欢乐的收获季节。那天(9月29日)杨家岭大礼堂内歌声嘹亮，热情奔放，不同往常。《咱们的领袖毛泽东》《东方红》歌声此起彼伏。8时整，响起热烈掌声，毛主席健步进入礼堂，频频向人群挥手致意，随后坐在第六排边座上（便于抽烟、喝水）。朱德、刘少奇、任弼时、张闻天等中央领导同志相继坐在一条木椅上。李克农坐在毛主席身后作陪。演出开始了，演员的情绪格外饱满，词说得格外清晰，每个人性格表现得格外鲜明，各部门配合得格外默契。

毛主席和其他中央首长兴致很高地观看演出，边看边评论，全神贯注地看完了全剧（近 3 个小时）。演出结束后，毛主席转身握着李克农的手连连称赞："好，演得好！"

克农同志请求毛主席指示，毛主席挥着右臂大声说："到——处——演！"

"到——处——演！"三个字是毛主席的批准。他们觉得光荣，受到鼓励，同时感到了鞭策。

李克农部长及时传达毛主席的指示，要求大家在行动上努力贯彻。他说："到处演"应体现出革命文艺方向同毛主席三个字指示思想连接在一起；要求文艺方针为人民服务同延安艰苦奋斗、自力更生作风连接在一起，自觉克服差距，不断提高质量。

大家体会到，演出始终，李克农对《前线》排演的指导要求就是：要使每个参演者对演出意义的认识有质的飞跃，艺术上严格要求，对导演和演员的创作也无异于一次次升华的淬火，枣园家《前线》好看，也是同李克农（包括其他枣园领导）高瞻远瞩、运筹帷幄、呕心沥血分不开的。

这次演出，严正在戏中扮演主角——军长欧格涅夫，他深有所悟地感到：革命者要懂得"识时务者为俊杰"这句老话。用"识时务者为俊杰"这句古训来概括《前线》演出的全部内涵也许颇合时宜。它告诫人们：历史在前进，时代在变革，思想要发展，工作要创新，行动要跃进。毛主席在七大报告《论联合政府》中非常鲜明地贯穿这种精神，革命者本身要能重新塑造自我，紧跟时代、目标明确，保持信念、去除私心杂念，这样才能在革命大浪潮中永远挺身前行，为人民作出更多贡献。——即是"俊杰"。

我们应该永远警醒自己：是否真正认识新时代？是否落后于时代？甚至是否站在时代对立面?! 我们认识新时代，正是为了全身心投入革命时代洪流，为民族复兴贡献一切，做新时代的俊杰！

陈德赛

父亲李天佑在延安

我的父亲李天佑是河北肃宁人，1926年1月出生在北京房山县琉璃河塌河村外祖母家。1937年8月在家乡参加了冀中人民自卫军，分配在司令部电话排当勤务兵。1938年参加八路军120师359旅学兵团一营青年连，从此，成为一名正式的部队战士。随后，从青年连又调到120师359旅奋斗剧社任宣传员，配合战场战斗进行文艺演出，并用日语（父亲学过日语）在战地进行对日军的反战宣传。

1939年10月，国民党顽固派增兵包围陕甘宁边区，制造军事摩擦，359旅由晋察冀边区调至陕甘宁边区，接替宋家川至葭县的黄河河防任务，旅部兼绥德警备司令部。奋斗剧社也随部队调往陕甘宁边区担任保卫边区的任务。

1940年，组织上调奋斗剧社人员到延安鲁迅艺术文学院学习培训一年。鲁艺当时有大批的爱国志士、名人和文化界明星。在鲁艺的革命熔炉中，李天佑的业务水平、思想境界、革命理想都有了质的飞跃，同时也奠定了以后从事文艺工作的基础。

1940年底，中央军委、毛主席命令359旅主力部队进驻延安的南泥湾地区进行屯垦，开展大生产运动，实行生产自给，减轻人民负担。

奋斗剧社人员在鲁艺学习期满后，于1941年随359旅到南泥湾，一边开荒种地，一边进行宣传动员，同时还要随时做好战斗准备。奋斗剧社人员和战士们一样，开荒种地、纺线织布、修建窑洞，他们披星上山、戴月收工，一天要干十几个小时。

后来李天佑得了严重的关节炎，组织上照顾他，安排他干轻一点的活，就是每天做饭，然后挑着饭菜在十几里的路上往返两趟送饭。战士们吃饭的时候，我父亲就捡干柴，担着柴火回来做饭用。晚上磨豆腐，早晚还要喂猪，抽空喂鸡喂鸭等。为改善生活，自己酿酒、烧木炭，虽然条件艰苦，但心里很高兴，并对未来十分乐观。他们没有牙膏就用盐代替，没有肥皂就用碱面代替。部队在"自己动手，丰衣足食"的号召下，每人种32亩地。每人打6石（1石等于10斗——编者注）2斗细粮。其中：2石交公粮，减轻人民负担；2石是自己服装杂用费；2石用于自己的口粮；余下的2斗存入到359旅团结军人合作社，用来支用生活日用品，有结余还可以将来分红利。

生产不忙时就大练兵，投弹、射击、操练学习各种战术，班排连进攻防御战术，生产学习都在紧张有序地进行着。

1945年5月，359旅主力部队奉命南下，李天佑被分配到717团，担负随军宣传鼓动工作。同年9月，又到太岳军区二分区担任宣传队工作。1945年9—10月，李天佑随部队参加了上党战役。此役对国民党军进犯我根据地行动给予沉重打击，开创了我军打大规模歼灭战的范例。战役结束，李天佑晋升为宣传队分队副队长，之后参加了临浮战役、运城战役等。

抗战初期，李天佑因年龄小，只能在部队担任勤务兵、"小鬼"等角色，每当战斗结束后他参与追击敌人，打扫战场，因此缴获到日伪军一些战利品。有一件日军双筒望远镜，是李天佑在359旅奋斗剧社当宣传员期间，在山西战场与日军战斗中追逃敌人时所缴获的战利品。后来，这件战利品作为文物捐赠给了延安文艺纪念馆，目前在该馆的展厅中展出。

在奋斗剧社，李天佑他们既是宣传员，又是战斗员。在那时，部队作战时要组织转移下来的伤员进行治疗，奋斗剧社人员为伤员发放慰问品。部队行军时，奋斗剧社要根据现场情况，现编现演快板鼓舞大家，起到宣传鼓动作用。战场上敌我双方对垒时，对敌宣传我党政策。遇到战役部队伤亡减员严重时，又要临时补充到连队任职。在战役结束后担任训练俘虏工作，对俘虏进行政治审查、阶级教育，启发俘虏的觉悟，使他们认清国民党的反动本质。经过教育感化，大多数俘虏后来加入人民军队，为国家为人民战斗。

从 1926 年到 2017 年，李天佑走过了 91 年人生旅程。从 1937 年至 2007 年，李天佑经历了 70 年革命生涯。从西北战场到首都北京，再从首都北京支边到内蒙古草原，不论在任何时候任何艰苦的环境下，面临任何困难，李天佑都听党的话、跟党走，党叫干啥就干啥，始终对党坚定不移，对革命忠贞不渝，表现了一名共产党员的高尚品格，永远值得我们学习。我们要始终不渝继承父辈遗志，坚定不移跟中国共产党走，为中华民族伟大复兴添砖加瓦。

李天佑之女　李燕

忆父亲舒群在鲁艺

延安文艺纪念馆馆长刘妮同志打来电话，希望我能写一篇父亲舒群在延安鲁艺工作期间的文章。承诺之后，又有些后悔，原因有二：一是父亲舒群年长我近 50 岁，我懂事后，他已进入暮年，与我们子女间的谈话很少。印象中是到了他生命最后的一两年，才偶尔会对我说上那么一二十分钟。二是他生前很少与家人亲属谈他的过去。有关于他的事情，我都是从他的朋友、战友谈话和文章中了解的。正像他的老朋高铁先生在他去世后的纪念文章中所说，"他从来没有跟我讲过他的光荣历史，也没有说过他的辉煌业绩，更没有抱怨诉苦……"这就是父亲舒群的性格，一生不变的性格。

2011 年，我有幸到中国延安干部学院学习，这是我第一次到延安。过去因为父亲在延安工作过，所以在我的内心深处，一直有一个情结，就是到他在延安工作过的地方走一走、看一看那个时代的父亲和前辈们走过的足迹，留下的传统。他晚年的时候跟我讲过，一生中，在延安度过的那段艰苦岁月，是他最留恋和怀念的。这也是那个时代的共产党人一生的信念源泉和百折不挠、勇往直前的精神支柱。

1938 年到 1945 年，舒群两进两出延安，主要的工作单位是解放日报社和鲁迅艺术学院。记得父亲晚年片言只语谈到的一些在鲁艺工作期间经历的事情。那时他身兼鲁艺文学系教员、系主任，同时又负责《解放日报》文艺栏（后改副刊）主编，工作繁杂，责任又重，两个单位之间又相距较远。每天往返于两地之间，甚至一日数趟，那段 20 余华里的路，天晴时尘土飞扬，下雨时满脚泥汤，一天下来精疲力竭。两个单位的工作性质不同，但都很重要。《解放日报》文艺栏这边日常工作由博古领导，重要稿件需舒群呈送毛主席审定。舒群上任时正赶上报纸改版，按照毛主席的指示，要把"不完全的党报变成完全的党报"，把共4版中占半版的文艺栏改为每天以文学艺术为主，综合性、杂志性的每月几十万字的副刊，而另一处鲁艺需每天日常的教学，研究制定教学计划，印刷学习材料及大量的日常性工作。舒群说，那时很苦，很累，也有不尽人意的烦恼，但内心是愉悦充实的，思想是纯朴简单的。那时的舒群，工作中充满激情，在文学系教学工作中，他善于团结同志，发挥他人所长，积极主动与系里的教员周立波、陈荒煤、严文井等人共同商量教学内容，制定教学方案，积极扩大教师队伍。在他的努力下，又陆续调来了艾青、萧军等人。在他任系主任的那段时间，鲁艺文学系为党培养了大批文艺骨干。新中国成立后，鲁艺文学系出来的很多人都成为了新闻界、文艺界领导和名作家、名记者。

1942年，延安整风，舒群在"抢救"运动中被隔离审查，主要疑点是1934年他在青岛被捕入狱的那段时间的表现。在被停止工作，接受审查的两年里，前一年他被严密看管。听他说，当时很险，险些殒命。1943年春，王震旅长出于同情和友情，怕舒群发生意外，为他担保，让他到359旅开荒种地，由359旅代为看管。此时舒群才得以脱离险境，安心地等待有关部门调查结论。

春播之后的几日里，舒群注意到一些战士，每晚晚饭之后，他们就集中起来，剃光头。一个多月中，反复多次。一天晚饭后，他又看到了几十个身强体壮的战士在剃头，他不解地问王震旅长这是怎么一回事？王震旅长笑眯眯又很神秘地说，他们晚上出去"砍萝卜"。舒群还是听不懂。王震旅长这时表情严肃地说，这是军事秘密，但可以告诉你，这是去夜袭阎锡山的部队。没有特殊情况，不许开枪，只能用大片刀，摸着有头发的就砍……这就是"砍萝卜"。

舒群晚年有时讲到类似这样的事情时，也都显得很神秘，很得意。有时还会露出会心的一笑。在359旅近一年的时间中，舒群与王震旅长朝夕相处，叙家常，吃小灶……舒群多次说过，王震同志是一位有血性，会打仗，重情意的好兄长。

1944年秋收之后，舒群的问题得到了澄清，有了结论，恢复了工作，又回到了鲁艺。抗日战争胜利后，中央委派舒群任团长，组建由鲁艺文学、美术、戏剧、音乐中的知名工作者，参加东北文艺工作团，远赴东北接收"满影""东北大学""新大陆科学院"等文化单位。在这个近50人的团队中，有沙蒙、田方、公木、华君武、刘炽、严文井、雷加、王大化、王家乙、于蓝等。至此，舒群告别了他生活工作战斗了8年的延安。

舒群自延安整风运动后，又经历了"反右""文革"，长期深陷政治漩涡，但他始终坚守信念，不改初衷。自1945年舒群离开延安后，就再也没有机会回去。

舒群之子　李霄明

追寻父辈足迹　传承延安精神

　　战场上的硝烟已经散去半个多世纪了，我们生活在安宁幸福的和平年代里，枪林弹雨、炮火连天、金戈铁马等一些与战争有关的场景似乎已经淡出我们的视线很久了。现在，有多少人，尤其是年轻一代还能记得在 80 余年前曾经有那么一批怀着满腔热忱和爱国热情以及不把日本鬼子赶出中国去誓不罢休的英雄气概的热血青年，在革命圣地延安工作生活战斗，用青春和热血捍卫着毛主席和党中央的安全，在那片热土上谱写着英雄赞歌。我的父亲尤克就是其中的一员。

　　早在 1934 年，尤克在天津法商学院学习会计专业，在校读书期间，先后参加了 1935 年的一二·九学生运动。1936 年，在进步思想的影响下加入了中华民族解放先锋队，这是在中国共产党领导下的一支青年抗日组织。在天津读书期间，由于接受了一些抗日救亡进步思想的影响，尤其是七七事变之后，学校已经无法正常上课了，偌大的华北已经放不下一张平静的书桌。于是，他和同学们参加了抗日救亡运动，比如：和同学们一起参加了去南京请愿，迫使蒋介石抗日，扩大宣传党的抗日民族统一战线，并与北平学联联合天津海关当局表示支持海关缉私，愿做缉私后援。组织下乡工作团，教唱抗日救亡歌曲，演街头戏，张贴和散发传单，并加强北仓、姜家井、王兰庄、杨柳青等地的乡村教育工作。这些工作都是在地下进行的，当时的时局非常危险，稍有疏忽就有可能被捕甚至牺牲。

　　尤克参加的天津流亡学生会与北平抗日救亡同学会起到了先遣队作用，对掀起全国抗日救亡高潮和逼迫国民党蒋介石在抗战初期抵抗日寇的侵略和宣布国共合作正式建立，都起到了一定的促进作用，对争取和动员广大青年到陕北和其他抗日根据地，收到一定成效。

在去南京逼蒋抗日活动告一段落后，大家为了抗日又各自选择了自己认为是最正确的道路，有的参加地方工作，有的参加军队工作。总之，都在抗日民主根据地，在战争期间没有一个消极动摇的，都在为抗日战争奉献着青春热血甚至宝贵生命。

1938年9月，经人秘密介绍，尤克和另外几个同学去了西安八路军办事处，在那儿拿到了去延安的介绍信。早在1931年九一八事变开始后，他就想参加抗日组织，尤其是参加了一二·九学生运动以来，又听说有一个叫延安的地方，毛主席就在那里指挥全国的抗战，一直就特别向往着那儿。这次终于有了机会可以到毛主席身边工作了，心情非常激动。历经千难万险，克服了种种意想不到的困难，终于抵达延安。那时正赶上鲁艺在招生，于是他就报考并被录取。

鲁艺是中国革命文艺的摇篮，虽然条件艰苦，但还是人才辈出。因为在搞学运时他经常演街头剧，教唱抗日歌曲，也学过一些基本的乐理知识，还会拉二胡、吹笛子，更重要的是对音乐无限热爱。在鲁艺音乐系作曲专业学习期间，有幸聆听著名音乐家冼星海授课（当时冼星海是音乐系主任）。虽然，那时各方面条件都十分艰苦，没有几件像样的乐器，但同学们的学习热情还是非常高的。那时候，只要心中有理想什么样的困难都能克服。值得一提的是，1939年4月13日，尤克和同学们有幸参加了在延安陕北公学大礼堂首演的由冼星海作曲、光未然作词的《黄河大合唱》。作品表现了在抗日战争年代里，中国人民的苦难与顽强斗争，也表现了中华民族的伟大精神和不可战胜的力量，歌曲慷慨激昂，在抗日战争时期起到极大鼓舞作用。这也是他终身难忘的记忆。

毕业后，尤克被分配到中央教导大队俱乐部任副主任及宣教干事，做了一年多俱乐部工作。在这期间，他经常给官兵们教唱歌曲并组织歌咏比赛，活跃了部队的文化生活。由于保卫工作重了，1942年中央教导大队扩编为中央警卫团，也因部队需要尤克做会计工作，所以他愉快地接受了组织的安排。

延安是从 1935 年各路红军长征会师后的党中央所在地，是我党和全国各根据地的政治、军事、经济、文化中心。党中央在那里领导着全国抗日战争。当时中央军委及各个部委有一个留守兵团司令部、政治部，设有边区政府，由林伯渠任主席，后又增设一位进步的民主人士李鼎铭任副主席，下设各级领导部门。有边区银行，有中央医院、部队医院等。当时还有几所高等学府：抗大、女大、马列学院、鲁迅艺术学院、陕北公学、青训班、中央党校，还有一所延安日本工农学校，这是中国共产党在延安创办的一所史无前例的敌军战俘学校，先后培训了 900 多名学员。这些学员在中国共产党统一战线政策和优待俘虏政策的感召下，努力学习马克思主义理论，逐渐觉悟，积极开展多种形式的反战活动，和中国抗日军民一起，谱写了反对日本帝国主义侵华战争和世界反法西斯战争史上新的篇章。

党中央、中央军委驻地杨家岭王家坪，后来毛主席又迁到枣园居住。尤克一直在中央机关工作，所以中央搬到哪里，他们就跟随到哪里。对外公开的名字是中央教导大队，对内就是保卫党中央的警卫部队。教导大队时期，只有两个步兵连，后来又增加一个，另外还增加了一个骑兵连和一个重机枪连，一个教导队。到了 1942 年，由于保卫任务重了，部队成立了团，也只有两个营下设几个直属连，他们的主要任务就是做保卫工作，保卫着党中央、毛主席、军委等中央首脑机关的安全，任务十分重大和艰巨，任何问题都不能发生。因而这一工作对尤克来说是十分光荣的。由于与中央驻地在一起，能经常聆听毛主席和中央首长作的报告。毛主席一般都在夜里工作，几乎每天白天都外出散步，有一次尤克就有幸遇到了毛主席，当即上前行了个军礼，主席伸出了温暖的大手和尤克握了握。尤克说当时激动得心情难以言表，看到主席正在思考问题就没敢打扰他，满怀着幸福离去了。由于边区群众政治觉悟高，非常热爱和尊敬毛主席和各位首长，地区治安很好，从未发生过任何问题。群众热爱领袖，领袖也非常关心群众。

据父亲讲，那时的延安，生活极端艰苦，毛主席也和大家一样，没有搞过特殊，衣服也是补了又补，一件衣服穿好几年。

当时延安土地不多，大部分是山地，没有多少川地而且土质不好，基本是靠天吃饭，如果不下雨就没有收成。当时部队吃的主要是土豆、小米、糠、南瓜和少量的小麦，根本吃不上白面和大米。由于经常吃糠，有的同志解不下大便，就用棍子往外挖。那时一件衣服要穿两三年，破了补，再破了再补，连周副主席的衣服上也都是补丁摞补丁。因为那时很少有土地能种棉花。父亲记得枣园后沟的一个连不外出时，就光穿着没有面子的老羊皮袄，生活实在难以维持。

1938 年 10 月，日本军队占领武汉后，改变其侵华政策，逐步将主要军事力量转向中国共产党领导下的抗日根据地，实行灭绝人性的烧光、杀光、抢光"三光"政策。国民党在日本帝国主义诱降面前，消极抗日，积极反共，破坏抗日民族统一战线，包围封锁陕甘宁边区及各抗日根据地，停发八路军、新四军经费，加之华北等地连年遭受自然灾害，致使整个抗日根据地财政经济发生极大困难，军队供给濒于断绝，陷入没粮吃、没衣穿、没被盖、没经费的困境。

为了战胜困难，坚持抗战，1942 年底党中央提出了"发展经济，保障供给"的方针，号召边区军民自力更生，克服困难，开展大生产运动。

在毛主席的号召下，从 1939 年就开始大面积开荒。那时有好多人都是来自机关和学校的知识分子，从来没有劳动过，手上打起的血泡一个连着一个，但时间长了也就锻炼出来了。开始能挖半分地，后来一分、三分五分。战士一开始从几分、半亩、一亩，最后出了个六亩三分的劳动英雄，这人就是尤克所在团的一个叫杜林森的战士。除了大量开荒，也种菜，有西红柿、西瓜、烟叶和各种蔬菜。尤克还曾挑着西红柿到几里路以外的市场去出售呢。种地解决了吃的问题。而穿的问题除去到敌占区买些布来，部队没有东西能用来换布，于是就用自己种的烟叶去换，单靠换是换不来那么多的。到了 1943 年延安的大生产运动朝着全部自给和半自给的目标前进。为了能穿上衣服就自己纺织棉花、羊毛织布做衣服，已经达到丰衣，开荒种地达到足食。毛主席是 1942 年提出丰衣足食号召的，尤克他们在枣园的机关部队，在周副主席、任弼时同志的亲自领导下，在纺织生产方面掀起了轰轰烈烈的群众运动，大家一面工作，一面学习，一面纺织，到处都变成了纺线车间。周副主席向技术高的同志学习纺线，没几天就掌握了纺线技术，大家也很快地掌握了纺线技术。从一开始的每天不到一两到一天能纺五六两、十几两。周副主席纺的线很快就达到了头等，大家都表示要向他学习，他非常谦虚地说："我这个纺线新手技术不够熟练"。任弼时同志也称赞周副主席的这种精神是大家学习的榜样。

1947 年 3 月中旬，胡宗南部队攻占延安，这成为中国内战的标志性事件，它表明国民党的军事进攻和全面优势已经达到顶峰，而共产党、解放军则被迫实行战略撤退，他们放弃了大中城市，转入内线和山区作战。为了削减敌人的有生力量准备暂时放弃延安。当时边区的老百姓都特别关心毛主席和党中央的撤离情况，他们希望毛主席早日离开延安以保证安全。胡宗南部队一开始是飞机轰炸，当国民党飞机轰炸延安时大家都进了防空洞，老乡们也都钻山沟了，毛主席驻地山头上落了几颗炸弹，窑洞的窗户直摇晃，但毛主席依然坐在那里看地图，好像什么都没有听见的样子。大家都跑去让毛主席赶快进防空洞，可他毫不在乎地说，这么厚的窑洞它能炸透吗？一位参谋从外面捡回一片弹片给主席看，毛主席说这挺好啊，可以打两把菜刀。那一段时间，敌人飞机天天来轰炸，机枪连为了打飞机，把重机枪改装为高射机枪，给敌机以强有力的打击。父亲说有一次打中了两架，被击落的飞机坠毁在延安南面约 240 里的洛川了。为此战士们受到了毛主席的嘉奖，奖励了该连两只大肥猪。当指导员告诉大家是毛主席奖励的，战士们都高呼毛主席万岁，保卫党中央，保卫毛主席，保卫延安。这次轰炸了一星期，国民党部队除了消耗上万吨钢铁外，机关部队和老乡们没有伤亡，只烧毁了一些房子，杀伤了一些鸡狗、牛羊、毛驴。

敌机轰炸完之后紧接着就是步兵的进攻，大家不时听到从南面传来的大炮声，有时还隐隐约约听见机枪声。这是我军主力部队在距延安约 30 里的地方阻击敌人，推迟敌人侵占延安的时间，也是为了掩护党中央和老乡们安全撤退。

为了这次撤退，党中央召开了一个动员大会，部队进行了第二次疏散，分成两部分，毛主席、周恩来、任弼时等同志为前委，留在陕北继续指挥全国的解放战争，以朱总司令、刘少奇同志为后委东渡黄河到晋西北临县、三交一带，这时尤克他们团也分成两部分，由团长和政委率领一部分部队随主席留在陕北（尤克也在其中），保卫党中央、毛主席，另一部分由副政委随后委过黄河，担任保卫工作。分开时，毛主席对刘团长说，只给我留下一个班就行了，说中央很重要（指后委）。朱总还专门召开连以上干部会议，嘱咐大家，党中央和毛主席的安全就交给你们了，这个任务很重大也很艰巨，你们不能出任何差错，他让团长把那些岁数偏大体弱的同志选出来和朱总他们一起过河。把那些身强力壮的有战斗经验的留在陕北保卫党中央毛主席。这样留在主席身边的只有一个手枪连，两个步兵连，一个骑兵连等，还有中央直属机关的同志，人数不多，大约 500 多人，番号是"三支队"。任弼时任司令员，化名史林，陆定一任政委，化名郑位，汪东兴任参谋长。为了保密和安全起见，毛主席化名李德胜，周恩来改名为胡必成。由于当地老百姓觉悟高，警惕性高，非常关心和爱护部队，从未出过乱子。国民党有情报说毛住在陕北带了一只骑兵连走到绥德又往西拐了，他们的情报比较准确，但始终也没弄得很清楚。有时确实非常危险，尤克所在部队在这个山头，敌人就在那个山头，有时二三十里，有时只有几里路。有时做好战斗准备掩护中央转移。曾有一次已经接了火，因我们的机枪是苏式的，比他们捷克式的打得远，我们能打到他们，而他们打不到我们，这样就把他们吓跑了，说这不是一般的部队。就这样毛主席带领这支队伍在陕北与敌人周旋了八九个月（3—12 月），最后到了米脂县的杨家沟。这是个比较大的庄子，部队在这住了下来。为了部署抗战任务，中央在这里召开了扩大会议，毛主席向会议提交了《目前形势和我们的任务》书面报告，指出中国人民的革命战争现在已经到了一个转折点，是蒋介石20年反革命统治由发展到灭亡的转折点，也是100多年以来帝国主义在中国的统治由发展到消灭的转折点。到了1948年4月，各个解放区战场的形势已经起了根本性的变化。陕北、晋冀鲁豫、晋察冀、东北、华东各区都已转入了大反攻，蒋介石的进攻已全部破产。而我军的胜利一个接着一个。

为了迎接全国的伟大胜利，中央决定在1948年3月23日，也就是撤离延安一年零五天，部队从吴堡县川口渡口东渡黄河到了晋察冀边区的平山县西柏坡。经历了无数次危险，克服了意想不到的困难，终于迎来了胜利的曙光。西柏坡成为党中央领导中国革命、夺取全国政权的最后一个农村指挥所。1949年3月25日，尤克跟随党中央警卫部队进驻北平。

从1947年3月18日离开延安到1948年3月23日东渡黄河，是毛主席和党中央首脑机关在转战中度过的最后一年，也是毛主席和党中央转战陕北最富传奇色彩的一年。毛主席转战陕北的一年零五天，途径安塞、靖边、榆林、葭县、米脂等12个县，住过38个地方，行程1000多公里。可以说这是继二万五千里长征之后，毛主席和党中央进行的又一次"长征"。

党中央从1935年到达延安一直到1948年离开那里，整整13年，以毛主席为首的党中央在那片黄土地上运筹帷幄，领导中国人民夺取了抗日战争和解放战争的伟大胜利。尤克从1938年抵达延安一直在中央机关整整10年，在那里生活工作战斗，他与战友们挥洒着青春和热血，度过了峥嵘岁月，每当想起这些就觉得非常有意义。作为晚辈的我们有义务将延安精神传承下去，让延安精神永放光芒。

尤克之女　尤丽娟

李琦的延安岁月

我的父亲李琦，青少年时期在延安度过了 9 年。晚年，他曾多次回忆起自己在延安的经历。

1937 年秋，不到 9 岁的李琦（时名李灵心）随父母从北平到达延安。他急切地希望投入抗日工作，被分配到延安的儿童剧团。这个团的成员多是原人民抗日剧社歌舞班的小演员，有的参加过长征。团长温涛、副团长胡一川是来自大城市的版画家，多才多艺，他们教小团员们唱歌、跳舞、演剧。李琦特别喜欢他们的木刻，心里萌生出美术的种子。不久，儿童剧团与其他文艺社团合编为抗战剧团。

李琦普通话讲得好，常在一些剧里出演重要角色。在快板剧《消灭汉奸》中，他演放羊娃；在《锯大缸》里，他挑着担子，边走边唱，因顾此失彼，担子滑来滑去，逗得台下毛主席等观众哈哈大笑。

李琦随抗战剧团几乎走遍了陕甘宁边区，还于 1937 年冬到陕西的国统区宣传抗日，在成人团员因国民党军限制撤离后，他与小团员们化装为流亡儿童，组成孩子抗战剧团继续宣传。一次在黄河边演出，对岸传来日本大炮的隆隆声，演出仍继续进行。他和同伴们心里明白：日本鬼子就在黄河那边，一旦打过来，人民如果不觉悟，不武装起来抵抗怎么行？小演员们不辞辛劳的行动和演出的节目感动了老百姓和当地驻军。

李琦到延安前只断续上过 3 年小学。在延安，剧团的教育科安排各种文化课，行军时也会通过背包上贴字条和传看写有生字硬纸板的方法让大家识字。但频繁在各地巡回演出，不免影响学习。1938 年夏，当孩子抗战剧团历经艰险，摆脱胡宗南部队的监视到西安八路军办事处后，孩子们被安排到安吴堡战时青年训练班艺术连学习。1939年春，他们返回延安，又集中补习文化艺术课。

不久，抗战剧团迁到桥儿沟，常请鲁迅艺术学院教员萧三、冼星海、郑律成、辛莽、崔嵬等教师讲授文学、音乐、戏剧表演、美术等课程。萧三听了孩子们的经历，为他们写下团歌，冼星海谱曲并亲自教唱。李琦多次唱起这首团歌。"我们小小年纪，有我们自己的武器，我们唱歌跳舞，我们上台演戏。老百姓看了心里欢喜，有钱的出钱，有力的出力。大家坚持抗战到底，定能收复一切失地"这段歌词，正是他们这群少年努力宣传抗战的生动写照。

1939年的九一八纪念日，李琦与抗战剧团中一些孩子参加演唱《黄河大合唱》，因为鲁艺的女同志少，他们加入了女声部。李琦清楚记得，指挥冼星海在台上让大家脱掉帽子，"可是我大概没听见，临开幕的一刹那，我还戴着帽子。冼星海走过来帮我把帽子摘了，还冲我做了一个鬼脸。"

李琦喜欢音乐，除了唱歌，还跟同伴学习小提琴等乐器，甚至尝试着作曲。抗战胜利后，延安新华广播电台恢复播音时播放的第一首歌，词曲就是他写的。但是，最让他着迷的艺术形式是美术。

李琦先是加入抗战剧团的业余美术组。他抓紧一切时间绘画。行军途中短暂的休息，他也会拣起树枝在地上画身边的同志。有时他因年少生病被安排骑毛驴，他就骑着毛驴画速写，先画前面行列的人或景色，再倒骑毛驴画后面的驴和人，还侧着骑，速写两边的风景。据团友回忆，他有时在开大会时画参会者的后脑勺；曾趴在窑洞顶上画在院子里活动的团员；还给地头练小提琴的团员画过速写。

延安的纸张笔墨十分缺乏，酷爱画画的李琦就常在地上练画。后来业余美术组的成员每人每月分到两张又黑又厚的马兰纸，李琦会把一张纸裁为8块，每一小块用铅笔、木炭条、蘸水笔、墨反复画好几遍。偶尔得到一张白纸，他舍不得在上面画，就细心收起来，留作重要用场。有些画具他自己动手制备：用柳条烧炭条，用钉子和粗铁丝砸磨成刻刀，锯木头当刻板。

幸运的是，李琦在延安得到了一些专业美术家的指教。1939年抗战剧团与鲁艺为邻，次年编入附属鲁艺的部队艺术干部训练班，1941年又以抗战剧团为主成立陕甘宁边区艺术干部学校。住桥儿沟的几年，李琦不仅有机会听鲁艺美术教员讲课，还可近距离观察鲁艺师生写生。他常跑去观看鲁艺的画展和壁报，临摹过鲁艺礼堂挂的领袖画像。有的鲁艺教员注意到这位好学的孩子，王朝闻甚至专门用泥巴雕塑了个头像，供他练习素描。

1943年春，边区艺校并入西北文艺工作团，团里有正式编制的美术组。组长石鲁常带李琦等几个组员下山到延河边写生。李琦回忆："有一天，石鲁说我应该练练基本功，就到窑洞外铲来土和泥，一上午制作出一个切面像，晒干后刷上灰，然后教我画素描。……我经常到石鲁的窑洞里向他请教。"

李琦期盼能早日像那些画家那样以画笔为主要武器。以前，他在儿童剧团帮胡一川印木刻并张贴，在抗战剧团给画海报的施展打杂。渐渐地，他更多投入剧团的美术工作：写标语、刻木刻、画漫画、画洋片。剧团内部的壁报也不时有他的画。1941年儿童节，他画的一套团史组画被选送参加延安儿童画展。他曾与美术组同伴为边区劳动模范、自卫军英雄画像，有一次还应巡演地区政府的要求画了挂戏台上的大幅马恩列斯毛像。那时延安的各种展览会都有点像美展，他与美术组的同伴几次参与筹备。1943年冬，他正随西工团在陇东演出，奉调回延安为陕甘宁边区政府举办的生产展览会绘画。在窑洞里，还举办过他的小型个人木刻展。遗憾的是，因战争的环境和动荡的生活，他的这些画作一件都没有留存下来。

延安和整个边区的生活条件十分艰苦。剧团每年夏天发一身单衣，两年发一套棉服。几年下来，衣服上补丁摞补丁。有时冬天也穿草鞋，脚上都是冻疮。延安的窑洞冬暖夏凉，但在外地巡演有时老乡家的炕不够住，有的孩子就睡在碾盘上、牛槽里。开荒之处住的是窝棚和老窑洞，睡在树枝上铺草的"床"上，很硌人。吃的主要是小米和土豆，汤里有一点油花，难得吃到肉。延安灾荒时，小米饭里要掺入山里采的野菜、野杏。后来边区搞大生产，1942年李琦随边艺师生迁往延安附近的北沟村，边学习边开荒种地、烧木炭；1944年又随西工团在延安纺线，在金盆湾开荒种地。有固定的住处，吃饭还能得到保障，可在陕甘宁一带巡演，常常走60—80里路见不到一个大村，行军途中就要挨饿；晚上演出前后有老乡慰问，又吃得很多。这样饥一顿饱一顿患上胃溃疡的李琦非常虚弱，可他骑在驮道具箱的牲口背上，还忍着胃痛做打油诗。团里有人生了病，常会说："没问题！扛扛就过去啦！"

李琦晚年说："为什么那时候我们那么小的孩子能够吃得那么大的苦，而且还能保持那么乐观的精神状态呢？最根本的原因就是我们每个人脑子里都有个奋斗的目标，有崇高的理想。当时的目标就是打败日本鬼子，解放全中国。……更大的目标是要实现共产主义最美好的社会。"

剧团的小伙伴们曾在一起谈起打败日本侵略后个人的小理想，李琦说："我要当画家。"经过多年在美术方面的学习和探索，他成为著名肖像画家。

在延安的9年奠定了李琦的艺术方向和道路。1942年延安文艺座谈会后不久，他亲聆毛主席在鲁艺的一次讲话，文艺要为人民大众服务等话，深深种在他头脑里。延安的生活为他提供了不少创作素材，以后他画的不少人物，如毛泽东等领袖和冼星海等艺术家都是他在延安熟悉的人。

李琦深深地眷恋着延安，多次重返那里。1961—1962年间速写宝塔山、窑洞、延安街头，还画出一组延安记忆小稿，呈现了他亲历并刻印在记忆深处的露天听课、窑洞里学习、文艺演出、大生产(包括开荒、收获、捻线纺线、打草鞋等)、延河边和窑洞里小八路与领袖在一起的画面。

晚年，李琦曾挥毫写下"延水长小米香""延河水长流"，寄托对延安的思念，表达弘扬延安精神的信念。2009年，他病重之际，嘱咐家人把自己的骨灰撒到延安和黄河。10年后，他永远地回归了哺育他成长的延安，他的一些书画也陆续入藏延安的纪念馆。

李琦之女　李丹阳

责任编辑：朱云河

装帧设计：王欢欢

责任校对：史伟伟

图书在版编目（CIP）数据

燃烧的岁月：我的父辈在延安 / 刘妮 主编 . — 北京：人民出版社，2023.9

ISBN 978 − 7 − 01 − 025703 − 7

I. ①燃…　II. ①刘…　III. ①革命回忆录 − 作品集 − 中国 − 当代

　IV. ① I251

中国国家版本馆 CIP 数据核字（2023）第 084960 号

燃烧的岁月

RANSHAO DE SUIYUE

——我的父辈在延安

刘 妮　主编

人民出版社 出版发行

（100706　北京市东城区隆福寺街 99 号）

北京新华印刷有限公司印刷　新华书店经销

2023 年 9 月第 1 版　2023 年 9 月北京第 1 次印刷

开本：710 毫米 × 1000 毫米 1/16　印张：19.5

字数：270 千字

ISBN 978 − 7 − 01 − 025703 − 7　定价：58.00 元

邮购地址 100706　北京市东城区隆福寺街 99 号

人民东方图书销售中心　电话（010）65250042　65289539

版权所有·侵权必究

凡购买本社图书，如有印制质量问题，我社负责调换。

服务电话：（010）65250042